Klaus Wanninger
Schwaben-Ehre

Vom Autor bisher bei KBV erschienen:

Schwaben-Rache
Schwaben-Messe
Schwaben-Wut
Schwaben-Hass
Schwaben-Angst
Schwaben-Zorn
Schwaben-Wahn
Schwaben-Gier
Schwaben-Sumpf
Schwaben-Herbst
Schwaben-Engel
Schwaben-Ehre
Schwaben-Sommer

Klaus Wanninger, Jahrgang 1953, evangelischer Theologe, lebt mit seiner Frau Olivera und den schwäbischen Katern Mogli und Balou in der Nähe von Stuttgart. Er veröffentlichte bisher neunundzwanzig Bücher. Seine überaus erfolgreiche Schwaben-Krimi-Reihe mit den Kommissaren Steffen Braig und Katrin Neundorf umfasst mittlerweile zwölf Romane in einer Gesamtauflage von über einer halben Million Exemplaren.

Klaus Wanninger

SCHWABEN-EHRE

KBV

1. Auflage November 2009
2. Auflage Dezember 2009
3. Auflage Dezember 2010

www.kbv-verlag.de
E-Mail: info@kbv-verlag.de
Telefon: 0 65 93 - 99 86 68
Fax: 0 65 93 - 99 87 01
Druck: Aalexx Buchproduktion GmbH, Großburgwedel
Printed in Germany
ISBN 978-3-940077-70-7

Für meine Mutter

Die Personen, Namen und Handlungen dieses Romans sind frei erfunden. Jede Ähnlichkeit mit lebenden Personen oder tatsächlichen Ereignissen wäre rein zufällig. Leider beruhen die Hintergründe aber auf Tatsachen.

1. Kapitel

Der auffallend breite, in einen feinen dunklen Anzug gehüllte Rücken eines Mannes war das Erste, was Braig wahrnahm, als er die Toilette betrat. Größe 116 oder 120, falls es die überhaupt gibt, irgendeine Spezialanfertigung jenseits von XXL, schoss es ihm durch den Kopf, als er die wuchtige Figur vor sich hatte. Ob der in eine der schmalen Kabinen passt? Oder – was eher zu vermuten war – schon im Türrahmen stecken bleibt?

Er betrachtete die Umrisse des Breitschultrigen, sah die blaugrauen Schwaden, die von ihm aufstiegen. Intensiver Zigarettenqualm hing in der Luft. Der Mann schien keinen Hals zu besitzen, sein Kopf ruhte unmittelbar auf seinen Schultern. Alles an ihm wirkte klobig. Der Halslose starrte in eine der Kabinen, seinen Kopf wie bei der lautlosen Verneinung einer Frage unruhig hin und her bewegend, als könne er nicht glauben, was dort zu sehen war.

Braig trat einen Schritt zur Seite, versuchte, einen Blick ins Innere zu erhaschen. Es war unmöglich, der gewaltige Leib des Mannes versperrte jede Sicht.

Ein Toter in einer Toilette der Liederhalle, hatte man ihn informiert. Sie müssen sich darum kümmern. Sofort und mit äußerster Diskretion. Es läuft gerade ein wichtiger Kongress. Nicht, dass es zuviel Aufsehen gibt.

Steffen Braig, seit vielen Jahren als Kriminalhauptkommissar beim Stuttgarter Landeskriminalamt tätig, war sich der Brisanz des Falles von Anfang an bewusst. Die Stuttgarter Liederhalle war seit Jahrzehnten eines der, wenn nicht sogar das renommierteste Kultur- und Kongresszentrum nicht nur der Landeshauptstadt, sondern des gesamten Bundeslandes. Tagungen und Konzerte, die hier angeboten wurden, genossen allein schon der Lokalität wegen einen besonderen Status. Wer immer sein Image aufzupolieren gedachte, gab sich als Besucher einer der zahlreichen Veranstaltungen der Liederhalle zu erkennen – heute wie seit Jahrzehnten eine beliebte Gepflogenheit der Bürger fast des gesamten Ländles, Kultur zu genießen und zugleich das eigene Renommee nachhaltig zu verbessern.

Der mitten im Zentrum Stuttgarts gelegene Komplex war in den fünfziger Jahren des vergangenen Jahrhunderts als weltweit gelobte Meisterleistung der Architektenkoryphäen Rolf Gutbrod und Adolf Abel anstelle des 1864 erbauten und 1944 durch Bombenangriffe zerstörten Vorgängergebäudes als deutlich von expressionistischen Strukturen geprägtes Konzerthaus errichtet und 1991 durch einen vom Gutbrod-Schüler Henning kreierten Neubau ergänzt worden. Beethoven-, Hegel-, Mozart-, Schiller- und Silchersaal galten ebenso wie die zahlreichen Tagungsräume als Musterbeispiele gelungener Architektur, warteten zudem bis in die letzten Winkel mit perfekter Akustik auf. Tag für Tag zogen sie Tausende von Kongress- und Konzertbesuchern an. Die geniale Gestaltung des gesamten Komplexes hatte unzählige Kulturbeauftragte und Städteplaner auf der ganzen Welt zu dem Versuch veranlasst, die Liederhalle zu kopieren, zumindest ihre zentralen Strukturen zu übernehmen – nirgendwo jedoch, so das weitgehend einhellige Urteil der Fachleute, mit der Perfektion, die das Original zu einem so einzigartig gelungenen Kunst- und Musentempel hatte gedeihen lassen. Dass es den Managern dieser Kulturhochburg in einer Zeit immer neuer geistiger Tiefschläge und alle paar Wochen nicht mehr nur von privaten Fernsehsendern mit großem medialen Getöse inszenierten Verblödungsaktionen gelungen war, sich den auf ein kaum mehr zu unterbietendes Fäkalniveau zusteuernden Unterhaltungstendenzen wirkungsvoll zu widersetzen und dem seit Jahrzehnten bewährten, auf der Klassik gründenden Ideal weitgehend treu zu bleiben, hatte den Ruf der Institution weiter gefestigt. Einem Fels in der Brandung gleich schien das Kultur- und Kongressangebot der Liederhalle bis auf den heutigen Tag unangefochten aus der unübersehbaren Flut der belanglose Nichtig- und Geschmacklosigkeiten plärrenden Hohlköpfe und Dummschwätzer zu ragen.

Kein Wunder, dass Braig bei der Nachricht vom Fund eines Toten an diesem Ort sofort hellhörig geworden war und sich auf dem schnellsten Weg zu dem mitten im Zentrum Stuttgarts gelegenen Gebäudekomplex aufgemacht hatte.

Sein um einen Tag verlängertes Wochenende war überaus zufriedenstellend verlaufen. Am Samstag der Besuch eines Konzerts seiner Lieblings-Folkrockband Wendrsonn im Staufer-Schulzentrum in Waiblingen, gemeinsam mit seiner hochschwangeren Lebensgefährtin. Ihr erstes Wendrsonn-Erlebnis, hatte Ann-Katrin Räuber erklärt, verschmitzt lächelnd auf ihren Bauch deutend.

Bruder, mei Bruder, letscht Nacht do han i träumt,
a Wese kam zu mir, s' hat's gut mit mir gmoint...

Biggi Binder, die Leadsängerin der Band, hatte Braigs Lieblingssong wieder einmal mit besonders einfühlsamer Stimme vorgetragen, ihn den Stress und die Mühsal seines Berufes vergessen lassen.

Nur einen Tag später dann das beeindruckende Orgelkonzert seines Kollegen Dr. Kai Dolde in der voll besetzten Backnanger Stiftskirche, das der promovierte Kriminaltechniker dem 200. Geburtstag des Komponisten Felix Mendelssohn-Bartholdy gewidmet hatte. In der Begleitung seiner Kollegin Katrin Neundorf und deren Partner Thomas Weiss waren Braig und Ann-Katrin Räuber in das von vielfältigen Klang-

farben getragene Werk des Romantikers abgetaucht. Doldes musikalische Virtuosität hatte sich in besonderem Maß bei seiner abschließenden Triosonate in C-Dur von Johann Sebastian Bach gezeigt, ein, wie er selbst betont hatte, hochkomplexes Stück, das er auf seiner heiß geliebten Stiftskirchen-Orgel mit viel Ehrgeiz zum Besten gegeben hatte.
Zu Braigs und seiner Partnerin großer Zufriedenheit war auch ihr Besuch beim Gynäkologen am folgenden Morgen ohne negative Überraschungen ausgefallen.

Er starrte auf den breiten Rücken des Mannes vor sich, überlegte, ob es sich wohl um einen eilig herbeigerufenen oder zufällig im Haus anwesenden Arzt handele, der jetzt noch auf die Ankunft des Gerichtsmediziners wartete, räusperte sich daher laut. »Guten Morgen«, versuchte er seine Anwesenheit deutlich zu machen, »ich komme vom Landeskriminalamt. Darf ich wissen ...«

Er trat einen Schritt zurück, weil sich die beleibte Gestalt vor ihm etwas ungelenk zur Seite drehte, wich der blaugrauen Wolke, die der Mann von sich stieß, mit einer schnellen Kopfbewegung aus.

»Landeskriminalamt, da schau her. Auch schon ausgeschlafen, auf Steuerzahlerkosten, wia?«, erklärte sein Gegenüber mit kräftigem Bass, die qualmende Zigarette von den Lippen nehmend. »Hams dort alle so a lahmarschiges Timing?« Er zeigte ins Innere der Kabine, maulte in einem leicht bayrisch gefärbten Akzent etwas von »unerquicklicher Dislokation«, gab eine weitere blaugraue Rauchwolke von sich, reichte dem Kommissar die Hand.

Braig schob den Kopf zurück, um dem Nikotinnebel auszuweichen, spürte den laschen Händedruck des Mannes. Es fühlte sich eher wie die versehentliche Berührung eines glitschigen, auf einem Marktstand zum Verkauf angebotenen

Fisches an. Er sah die feucht glänzenden, üppig gegelten Haare seines Gegenüber, begriff im gleichen Moment, wen er vor sich hatte. Söderhofer, der neue Staatsanwalt! Er hatte ihn erst ein- oder zweimal von Weitem gesehen, noch nie direkt mit ihm zu tun gehabt, um so ausführlicher jedoch von ihm gehört. Wahre Horrorstorys, die über den Mann im Umlauf waren. Kochs, des Oberstaatsanwalts eifrigster Speichellecker, sein ungeniertester Zuträger, von unglaublichem Ehrgeiz getrieben, Tag und Nacht im Einsatz, jede von ihm betreute Untersuchung akribisch verfolgend. Was davon wahr war, wirklich persönlichen Erfahrungen und Beobachtungen entsprang, konnte Braig allerdings nicht beurteilen. Mehrfach schon waren ähnlich skeptische Gerüchte im Umfeld neuer Staatsanwälte aufgetaucht, die jeweilige Person als einzigartigen Alptraum disqualifizierend, hatten sich dann aber nach wenigen Wochen gemeinsamer Ermittlungen schnell als weitgehend unberechtigte pauschale Verdächtigungen entpuppt.

Er dachte an den Dienstantritt von Thekla Kliss vor etwas mehr als einem Jahr zurück, einer jungen Staatsanwältin, mit der er inzwischen schon einige Male zu tun gehabt hatte. Noch bevor er zum ersten Mal mit ihr in Kontakt gekommen war, hatte ihn die Gerüchteküche aufs Ausführlichste mit angeblichen Informationen über sie versorgt gehabt. Von der Unfähigkeit in Person über Alibifrau der staatsanwaltlichen Männermafia bis zur Schlampe, die sich durch die richtigen Betten hochgeschlafen hat, waren unzählige Varianten übelster Nachrede über sie im Umlauf gewesen. Braig hatte im Umgang mit der Juristin von Anfang an versucht, möglichst sachlich zu bleiben, hatte die Kontakte mit ihr nie als unangenehm empfunden. Mochte die Staatsanwältin ihre Tücken haben – wer hatte die nicht? – besser als mit Koch, dem personifizierten Ekel zusammenarbeiten zu müssen, war es allemal.

Wird schon nicht so schlimm werden mit Söderhofer, hoffte er deshalb, wahrscheinlich wird sich ein Großteil der über ihn kursierenden Storys als Ansammlung plumper, letztendlich unberechtigter Vorurteile erweisen. In drei, vier Monaten werden die meisten Kollegen ganz anders über ihn reden. Er versuchte deshalb, seine Irritation über das Auftauchen des Staatsanwalts hier am Tatort und über das ungewohnte Phänomen, dass der Mann zu einem solch frühen Zeitpunkt schon über das Verbrechen informiert war, zurückzustellen und sich vorurteilslos auf die Zusammenarbeit mit ihm einzulassen.

»Braig ist mein Name«, stellte er sich vor, vorsichtig seine Rechte zurückziehend, bevor der andere noch einmal auf die Idee kam, sie zu berühren. Wenn er etwas nicht leiden konnte, dann Leute, die beim Grüßen nur die Handfläche aneinanderrieben statt richtig zuzupacken. Einen nassen Waschlappen konnte er sich zu Hause selbst herrichten.

Er starrte ins Innere der Kabine, glaubte nicht richtig zu sehen. Der leblose Körper eines Mannes hing schlaff wie eine übergroße Puppe quer über der offenen Toilettenschüssel, Kopf, Schulter und Arme auf der linken, die Beine auf der rechten Seite. Ein grotesker Anblick. Braig spürte, wie es in seinem Magen rumorte, schluckte.

»Eine sehr bedenkliche und – lassen Sie es mich so formulieren – unerquickliche Dislokation, wia?«, hörte er die Stimme Söderhofers. »Wie geht es Ihren Söhnen?«

Braig starrte auf die Leiche vor sich, zurrte die Plastiküberzüge zurecht, die er ebenso wie der Staatsanwalt auf Geheiß eines vor der Tür postierten Beamten vor dem Betreten der Toilette über seine Schuhe gestülpt hatte, wusste nicht, worauf die Frage zielte. Ann-Katrin, seine Lebensgefährtin, war zwar im achten Monat schwanger, allerdings mit einem Mädchen, wie die Aufnahmen der Gynäkologin zu ihrer gemeinsamen Freude eindeutig ergeben hatten. »Söhne?«, murmelte er deshalb irritiert vor sich hin.

Der Tote war gut gekleidet; ein silbergrauer Anzug, dessen Jacke größtenteils in die Toilettenschüssel hing, schmale schwarze Schuhe, eine dunkelblaue Krawatte, die jetzt senkrecht von seinem Hals herunter auf den Boden fiel. Braig sah, dass er kurz geschnittene dunkle Haare hatte, ein – soweit das in dieser ungewöhnlichen Position zu beurteilen war – breites, von dichten Augenbrauen geprägtes Gesicht und sich wohl einen Drei-Tage-Bart hatte wachsen lassen. Vom Alter her schwer einzuschätzen, wohl Anfang oder Mitte Vierzig, auf jeden Fall viel zu früh und deutlich sichtbar gewaltsam aus dem Leben geworfen. Er betrachtete die linke Schläfe des Mannes, sah eine große blutverkrustete Wunde, die bis zum Hinterkopf reichte, beugte sich über die Leiche, entdeckte auf der anderen Gesichtshälfte eine weitere, etwas kleinere Wunde. »Er wurde erschlagen«, überlegte er laut, »mit einem harten Gegenstand, wenn ich das richtig sehe.«
»Eine sehr unerquickliche Dislokation. Und das ausgerechnet in unserer Liederhalle.« Söderhofer setzte zu weiteren Worten an, wurde von der eilig aufgerissenen Eingangstür und lauten Stimmen überrascht. Drei in hellgrüne Plastikoveralls gekleidete Männer betraten die Toilette, betrachteten verwundert die beiden Anwesenden, dann den Toten.

»Alle Idiote von Sindelfinge, der Sparrefantel scho wieder. Ihr hent mir hoffentlich nix agrührt«, blaffte Helmut Rössle, einer der Spurensicherer des Landeskriminalamts. Sein vorwurfsvoller Blick haftete auf der Zigarette des Staatsanwaltes, deren graublauer Rauch zur Seite stob.

»Sie halten uns wohl für Idioten, was?« Söderhofers gereizter Ton war nicht zu überhören.

»I wüsst nix, was dagegen spricht. Glimmstengelgepaffe mit feinverteilter Asche am Tatort, do erübrigt sich jedes Wort.«

Der Techniker schaute an dem Mann vorbei in die Kabine, musterte den Toten. Lars Rauleder, ein weiterer Spurensicherer klopfte Braig auf die Schulter, ließ dem dritten Neuankömmling den Vortritt. Dr. Holger Schäffler, der Gerichtsmediziner, reichte dem Kommissar die Hand und nickte dem Staatsanwalt kurz zu.

Er kennt den Mann anscheinend schon, überlegte Braig, trat dann vom Eingangsbereich der Kabine zurück. Einer nach dem anderen begutachtete ausführlich den Toten.

»Wer ist der Mann? Weißt du, um wen es sich handelt?«, fragte Rauleder.

Braig schüttelte den Kopf. »Woher? Ich bin eben erst gekommen.«

»Ihr habt ihn nicht angerührt?«

»Ich nicht«, erklärte er mit Nachdruck, schaute dann zu dem Staatsanwalt, der gerade tief inhalierte.

Söderhofer schüttelte den Kopf. »Artikulieren Sie sich immer so impertinent?«, schimpfte er.

»Wie bitte?« Rauleder schaute von einem zum anderen, sah nur genervte Gesichter. Er winkte mit seiner Rechten ab, zeigte auf den Toten. »Dann fangen wir an.«

Braig trat zwei Schritte zurück, beobachtete die Männer, wie sie schweigend, ohne ein weiteres Wort zu verlieren, mit ihrer Arbeit begannen. Ein eingespieltes Team, wusste er, mit in jahrelanger, unermüdlicher Berufsausübung erlangter Routine, infolge derer sich jeder genau bewusst ist, worauf es ankommt, um optimale Untersuchungsergebnisse zu erzielen. Die leichte Spannung, die in der Luft lag, war dennoch nicht zu übersehen: Keine flapsige Bemerkung, kein um künstliche Heiterkeit bemühtes Wort, den traurigen Anlass ihrer Begegnung zu überspielen. Die unverhoffte Anwesenheit und das herrische Auftreten des Staatsanwaltes schienen ihre Zungen gelähmt, den gewohnten Informationsaustausch der ersten auffälligen Beobachtungen gebremst zu haben. Braig sah, wie Rauleder die Leiche aus allen Richtungen fotografierte, die Kamera vor, hinter, unter, neben und über den toten Körper haltend, trat dann näher, um gemeinsam mit dem Spurensicherer die Ergebnisse dieser Arbeit auf dem Bildschirm eines Laptops zu studieren.

»Makaber, wie?« Der Techniker deutete auf die über die Toilettenschüssel gebeugte Leiche, wies auf die Verletzungen an beiden Schläfenpartien. »Wenn wir diese Verunstaltungen einmal vergessen, sieht das doch eher nach einer skurrilen Komödie als nach einem Tatort aus, oder?«

»Sie kultivieren eine seltsame Vorstellung von Humor«, schimpfte Söderhofer, eine neue Rauchwolke ausstoßend. »Überhaupt keinen Respekt vor dem Toten, was?«

Braig sah den genervten Blick, den Rauleder ihm zuwarf, musste dem Techniker insgeheim recht geben. Sah man von den üblen Verletzungen des Toten ab, was aus dieser Position und in der Umgebung allerdings schwerfiel, konnte es sich tatsächlich um die Paradeszene einer skurrilen Erfolgskomödie handeln. Ein erwachsener Mensch, abgelegt wie ein zusammengerollter Teppich auf einer Toilettenschüssel. Er überlegte, warum ihm gerade dieser Vergleich einfiel, fand keine Antwort.

»Die Verletzungen an seinen Schläfen«, unterbrach Rauleder seine Gedanken, »das ist wohl die Todesursache, ja?« Er präsentierte die Wunden mehrfach vergrößert auf dem Bildschirm, hörte das Brummen des Arztes.

»Das könnte sein, ja«, erklärte Dr. Schäffler, »aber bitte, ich habe den Mann noch nicht untersucht.«

»Jemand hat auf ihn eingeschlagen«, fügte der Spurensicherer hinzu. »Sowohl auf die linke als auch auf die rechte Seite.«

»So sieht es aus, auf den ersten Blick.«

»Wo? Hier in der engen Kabine?«

»Uf koin Fall«, meldete sich Rössle vom Boden her zu Wort, »der isch do hergschleift worde. I han die Spur von seine Schuh, eindeutig.«

»Dann ist es nicht hier in der Toilette passiert?«, fragte Braig überrascht. Er bückte sich, sah die Markierungen des Spurensicherers, die der Kollege auf den Fliesen fixierte, hörte Rössles lautes Stöhnen.

»So weit bin i no net. Jedenfalls net in der Kabine drin, des isch eindeutig.«

Braig hatte keine Schwierigkeiten, Rössles Aussage nachzuvollziehen. Für eine Auseinandersetzung zwischen zwei Menschen, sofern es sich wirklich um einen solchen Vorgang gehandelt hatte, war die Kabine viel zu eng. Es sei denn, der Täter hatte von oben, über die Trennwand hinweg, zugeschlagen. Er wollte seine Überlegung gerade zur Sprache bringen, als Rauleder den Fund eines kleinen Papiers in der Hosentasche des Toten meldete.

»Hier, wohl eine Telefonnummer.«

Braig nahm den kleinen zerknitterten Schnipsel mit seinen in Plastikhandschuhen steckenden Fingern entgegen, fragte nach einer Geldbörse und einem Ausweis.

»Nichts«, gab Rauleder nach kurzem Zögern zur Antwort. »Die Taschen sind ...«, er hielt mitten im Satz inne, brachte dann ein winziges, sorgsam verschnürtes Päckchen zum Vorschein, fügte »fast leer«, hinzu.

Der Kommissar betrachtete den kleinen durchsichtigen Beutel, sah das feine weiße Pulver, das er enthielt. »Es ist doch nicht etwa ...?« Er verfolgte die Bemühungen des Spurensicherers, das Fundstück zu öffnen, beobachtete den Gesichtsausdruck des Kollegen, als er von dem Material kostete.

Rauleder ließ das Pulver auf seiner Zunge zergehen, fuhr sich über die Lippe, nickte mit dem Kopf. »Doch, werter Herr

Kommissar, genau das: Koks!«

»Ein Dealer?«, mischte sich Söderhofer ins Gespräch. »Sie meinen wirklich, hier in diesem Haus?« Die Ungeheuerlichkeit der Behauptung schien ihm ins Gesicht geschrieben.

»Na ja, so würde ich das angesichts dieser kleinen Menge nicht formulieren. Für mehr als den Eigenbedarf reicht das wohl kaum«, erwiderte der Spurensicherer.

»Sie sprechen aus Erfahrung, wie?«

Braig warf einen prüfenden Blick auf die angespannte Miene des Staatsanwalts, sah keinen Hinweis auf eine wie auch immer angedeutete Ironie.

»Er net, aber i«, meldete sich Rössle zu Wort. »Für mein Tagesbedarf reichts grad.«

Der Kommissar sah Söderhofers Wangen rot anlaufen, versuchte, sachlich zu bleiben. »Kein Geldbeutel, keine Papiere?«, fragte er.

»Ich habe noch einmal alles überprüft. Er trägt nicht einmal ein Taschentuch bei sich. Das Papier und der Koks steckten im hintersten Winkel seiner rechten Hosentasche,« erklärte Rauleder.

»Das heißt, der Täter hat alles an sich genommen, nur dieses Zeug übersehen.«

»Falls der Mann überhaupt etwas bei sich hatte.«

»Na ja, ein Taschentuch trägt doch wohl jeder in der Tasche. Außerdem, hier findet gerade ein Kongress statt. Du kommst doch gar nicht ins Haus, wenn du dich nicht entsprechend ausweisen kannst. Mich haben sie jedenfalls genau überprüft.«

»Das ist richtig, ja. Du meinst, es handelt sich um Raubmord. Weil der Mann etwas von Wert bei sich trug.«

»Oder, der Täter will uns genau das glauben lassen. In Wirklichkeit steckt ein ganz anderes Motiv dahinter. Er tötete sein Opfer und leert dann seine Taschen, um uns auf eine falsche Spur zu lenken und zugleich noch die Identität des Mannes zu verschleiern. Für den Anfang jedenfalls.«

»Und den Koks lässt er zurück?«

»Vielleicht hat er ihn übersehen. Er war garantiert in großer Hektik.«

»Und wenn des Zeugs gar net dem Tote ghört?«, mischte sich Rössle ins Gespräch. Er war mitten in der Toilette mit der Untersuchung des Bodens beschäftigt, winkte Braig zur Seite.

»Du meinst, der Täter ...«, fragte der Kommissar, trat dann zwei Schritte zurück.

»Vielleicht wollt er sei Opfer net nur umbringe, sondern au no in a schlechtes Licht rücke?«

»Mein Gott, jetzt bleiben Sie doch auf dem Boden der Realität«, schimpfte Söderhofer, »für so a gspinnerts Zeugs ham mir wirklich koa Zeit.«

»Wir untersuchen die Verpackung auf jeden Fall auf Fingerabdrücke«, sagte Rauleder, »wenn wir Glück haben, klärt das diese Frage.«

»Und ich muss versuchen, den Mann auf andere Art zu identifizieren. Obwohl das in diesem Fall nicht so schwer sein dürfte. So ein Kongress ist doch wohl eine geschlossene Gesellschaft«.

»Du meinst, sämtliche Teilnehmer sind genau verzeichnet.«

Braig dachte an die überraschend genaue Überprüfung seines Ausweises, als er vorhin die Liederhalle betreten hatte. »Den akribischen Eingangskontrollen nach nehme ich das an. Ich denke, die Leute haben sich alle vorher angemeldet. Damit müssten ihre Namen schnell zu finden sein. Der des Opfers und der des Täters.«

Rauleder sah zu seinem Kollegen auf, pfiff laut durch die Zähne. »Natürlich, du hast recht. Wenn es eine Teilnehmerliste gibt, müsste auch der Täter darin zu finden sein.«

»Wenn Fremde wirklich keinen Zutritt haben und die Kontrollen immer so genau durchgeführt werden, ja. Ich muss mich danach erkundigen.«

»Sie wollen doch nicht alle Teilnehmer dieses Kongresses einer Investigation unterziehen?«, wandte Söderhofer ein.

»Um die Identität des Opfers und den Täter zu ermitteln, wird es möglicherweise notwendig sein.«

»Das ist indiskutabel, schlagen Sie sich das aus dem Kopf.« Braig betrachtete den Mann stirnrunzelnd, überlegte, was sich hinter seinem Einwand verbergen mochte. Angst vor dem Berg an mühseliger Arbeit, die das mit sich brachte? Das brauchte wohl dessen geringste Sorge zu sein, lag der größte Anteil der Bemühungen erfahrungsgemäß doch auf Seiten der Polizei. Die federführenden Ermittler der Staatsanwaltschaft übernahmen in den meisten Fällen die Ergebnisse, die Braig und seine Kollegen ihnen präsentierten, fragten im einen oder anderen Punkt genauer nach, verlangten eventuell auch einmal nach detaillierteren Überprüfungen. Nur in Ausnahmefällen waren Staatsanwälte bisher gezwungen gewesen – so jedenfalls Braigs persönliche berufliche Erfahrungen – die Vorgehensweise der polizeilichen Ermittler grundlegend in Frage zu stellen und auf völlig neuen Untersuchungsansätzen zu bestehen. Er hoffte, dass dies auch in der vorliegenden Angelegenheit vermieden werden konnte.

Was aber bewegte den Mann zu seiner pauschal ablehnenden Haltung? Waren es Bedenken, welches Aufsehen ein solches Unterfangen in der Öffentlichkeit erregen würde, in die Wege geleitet in einem Haus dieser außergewöhnlichen Reputation? Die Angst, irgendwelche hohen Herren aus Wirtschaft und Politik aufzuscheuchen, sie – und sei es auch noch so weit hergeholt – zumindest geographisch in die Nähe eines Gewaltverbrechens zu rücken, ihre Person in einem wenig vorteilhaften Umfeld der Öffentlichkeit zu präsentieren?

Er kannte Söderhofer zu wenig, um seine Beweggründe zu beurteilen, beließ es bei einem vorsichtigen: »Ich fürchte, wir sind noch nicht so weit, das jetzt schon auszuschließen«, hoffte, den Mann damit zu einer weniger starren Haltung überreden zu können.

Dieser nahm einen tiefen Lungenzug, schien unberührt von Braigs um Ausgleich bemühte Gedanken. »Das steht außerhalb jeder Diskussion, um das prinzipiell klarzustellen. Wissens denn net, wo mir hier san?« Mit seinen letzten Worten war er wieder in ausgeprägt bayerisches Idiom verfallen, sein Gegenüber mit stieren Augen kritisch musternd.

Der Kommissar rief sich die Gerüchte, die über den Mann im Umlauf waren, in Erinnerung, seine angebliche Kriecherei gegenüber Koch, dem Oberstaatsanwalt, fürchtete, dass die Zusammenarbeit nicht ganz so einfach, wie erhofft, ausfallen würde.

»Respekt vor unseren Leistungsträgern ist Ihnen anscheinend nicht geläufig. Die Damen und Herren hier, wissens denn net, wen Sie hier vor sich ham?« Söderhofer hatte seine Stirn in Falten gelegt, starrte zu Braig hinüber, den Kopf nach vorne gestreckt. »International Leadership, die Creme de la Creme! Die lassen sich vom Airport direkt hierher chauffieren. Akademiker, stellen Sie sich das vor, ausnahmslos Akademiker. The world's leading management von Los Angeles bis Shanghai. Mir ham ein agreement of understanding über alle Kontinente weg, dass die hier am besten aufghoben san. Das Meeting findet in unserer Metropolregion statt. Ein globaler Event ohnegleichen! Die opinion leaders des gesamten Globus hier bei uns in Stuttgart, mitten im Herz Europas. Wissens, wie lange unsere Politiker dafür gekämpft ham? Mir können doch jetzt net wie ein Elefant im Porzellanladen dahertrampeln und alles daniedermachen. Das Renommee unserer Metropolregion, wollens denn gar koane Rücksicht nehmen? Jetzt kommens doch net mit irgendwelchen erbärmlichen Quisquilien und entlarvens Ihre fehlende Qualifikation! Mir ham uns zum Herz Europas entwickelt, verstehens, was das bedeutet? Die ganze Welt schaut auf uns und unsere Stadt!«

Braig musterte die angespannte Miene des Mannes, wusste nicht, wie er dessen substanzloses Geschwätz einordnen sollte. Er starrte ihn nur an, hauchte ein verlegenes: »Ah, ja« als Antwort.

»Sottiche Idiote gibt's net amol in Sindelfinge«, hörte er Rössles Stimme vom Boden her.

Er wusste, dass es wichtig war, einen kühlen Kopf zu bewahren, versuchte, vorerst jeder Konfrontation aus dem Weg zu gehen. Der Anlass, dessentwegen sie sich hier zusammengefunden hatten, war gravierend genug. Ein Mensch war mit äußerster Brutalität aus dem Leben gerissen worden – von einer Person, die sich von dieser mörderischen Tat wohl etliche Vorteile versprach. Diesem Verbrecher auf die Schliche zu kommen, ihn dingfest zu machen, ehe etwaige Hinweise auf seine Identität verwischt waren, musste als das Gebot der Stunde gelten. Dem hatte vorerst volle Priorität zuzukommen, alles andere – persönliche Animositäten ebenso wie unterschiedliche Einschätzung der Sachlage – hatte zurückzustehen.

Er sah Söderhofer mit hochroter Miene vor der Eingangstür der Toilette stehen, wusste, dass er das gemeinsame Vorgehen versachlichen, die emotional angespannte Atmosphäre entschärfen musste. »Gut. Dann bitte ich zuerst einmal um eine kurze Zusammenfassung unserer bisherigen Erkenntnisse.« Er wandte sich in die Richtung des Gerichtsmediziners, wartete, bis der zu einer Antwort ansetzte.

»Was ich sagen kann, sieht folgendermaßen aus«, erklärte Dr. Schäffler. »Der bisher unbekannte Tote trägt kurze dunkle Haare und einen modischen Drei-Tage-Bart; er hat ein breites Gesicht mit einer kleinen Nase und auffallend buschigen Augenbrauen. Sein Alter schätze ich auf Mitte Vierzig, plus/minus fünf Jahre. Er trägt einen, wie mir scheint, teuren silbergrauen Anzug, Größe 94, ein weißes Hemd mit schwarzen Längsstreifen. Die Krawatte ist dunkelblau oder anthrazit, das kann ich bei diesem Licht hier nicht genauer definieren, seine Schuhe, Größe 43, sind schwarz und in Vollleder gearbeitet. An beiden Schläfen finden sich blutverkrustete Wunden als Folgen von Schlägen oder einem Aufprall auf einen harten Gegenstand. Links befindet sich die größere, wohl schwerwiegendere Verletzung. Eintritt des Todes vor etwa einer Stunde, also gegen 9.30 Uhr. Mehr kann ich zum gegenwärtigen Zeitpunkt noch nicht sagen.«

Braig bedankte sich für die Ausführungen des Gerichtsmediziners.

»Und? Welche Strategie ziehen Sie jetzt ins Kalkül?«, fragte Söderhofer.

Braig musste nicht lange überlegen. »Ich werde mit dem Mann sprechen, der den Toten gefunden hat. Und dann mit den Veranstaltern des Kongresses. Vielleicht kennt dort jemand unser Opfer.«

»Diese Idee scheint mir plausibel. Ich werde Sie begleiten. Anschließend werden wir uns einem gemeinsamen Brainstorming unterziehen. Als Team ...« Er wies auf die Männer am Boden, wurde vom Läuten seines Handy überrascht. Der Staatsanwalt zog sein Mobiltelefon vor, gab Braig ein Zeichen, einen Moment zu warten, nahm das Gespräch an.

Der Kommissar glaubte, nicht richtig gehört zu haben. Dass Staatsanwälte die Arbeit der Polizei Schritt für Schritt begleiteten, war absolut unüblich, entsprach weder den Gewohnheiten noch den gesetzlich verordneten Vorschriften. Ihre Aufgabe war es, das Vorgehen der Ermittler auf juristische Legitimität zu überprüfen, eventuellen Gesetzesverstößen vorzubeugen oder diese mit sofortiger Wirkung zu unterbinden. Im Allgemeinen waren die Beamten der Staatsanwaltschaft dermaßen mit Arbeit eingedeckt, dass sie sich schon von der Zeit her nicht um jeden einzelnen Schritt der Polizeitätigkeit kümmern konnten.

Söderhofers Absicht, ihn zu begleiten, mutete Braig deshalb seltsam an, auch wenn er keinerlei Handhabe hatte, es zu verhindern. Der die jeweilige Untersuchung begleitende Staatsanwalt galt juristisch als der Leitende Ermittler, dem sich jeder Kriminalbeamte zu fügen hatte.

Natürlich lief das nicht immer reibungslos ab, kam es ab und an zu – teils heftigen – Auseinandersetzungen. Gesetze waren schließlich nicht immer so formuliert, dass ihre Überschreitung sofort offensichtlich wurde. Zudem erwies sich ihre Einhaltung in der Praxis oft weit schwieriger als dies in theoretischen Überlegungen zu erkennen war. Polizisten hatten es nun einmal oft nicht mit Leuten zu tun, die sich so schematisch und marionettenhaft vorhersehbar verhielten wie es auf den Papieren der Staatsanwälte verzeichnet war. Zwischen der Praxis des polizeilichen Alltags und der Theorie der staatsanwaltlichen Aktenordner klafften oft größere Lücken als zwischen den Gipfeln der höchsten Himalaja-Giganten. Wenn einer dieser Herren tatsächlich bereit war, seinen Schreibtisch zu verlassen und freiwillig in die Abgründe der praktischen Ermittlungsarbeit abzutauchen, musste man ihn da nicht mit offenen Händen aufnehmen?

Braig wusste dennoch nicht, ob er über Söderhofers Ansinnen besondere Freude empfinden sollte. Er hörte die laute Stimme des Staatsanwalts, mit der dieser seinem Gesprächspartner antwortete, bemerkte, wie sich der Mann verstohlen nach allen Seiten umsah.

»Jawohl, Herr Oberstaatsanwalt, genau, diese Effizienzoptimierung werden wir realisieren.«

Braig verfolgte das untertänige Kopfnicken Söderhofers, mit dem der seine Aussage bekräftigte, sah, wie der Mann sein Gespräch beendete und das Mobiltelefon wieder wegsteckte, bemerkte dessen aufgeregte Miene.

»Ich bedaure sehr, dass ich Ihnen meine Hilfe im Moment nicht länger zur Verfügung stellen kann.« Der Staatsanwalt unterbrach seine Ausführungen, starrte auf seinen Zigarettenstummel. »Nolens volens«, fuhr er dann fort, »werden Sie den Progress der Investigation vorerst selbst realisieren müssen.« Er streckte seinen linken Arm in die Höhe, warf einen prüfenden Blick auf seine Armbanduhr. »Was die Evaluation dieser Sache hier betrifft: Punkt 12 Uhr erwarte ich Ihr detailliertes Briefing. Sie haben meine Nummer.« Er nickte dem Kommissar freundlich zu und verließ die Toilette.

Braig atmete tief durch, fühlte sich spürbar erleichtert.

»Ihr detailliertes Briefing. Punkt 12 Uhr«, hörte er Rössles den Staatsanwalt nachäffende Stimme, genau in dem Moment, als die Tür ins Schloss fiel. »Zum Glück sind mir den überkandidelte Großkotz los. Dem hent se net nur oi Mol ins Hirn gschisse.«

2. Kapitel

Als alles vorbei war, fand sie endlich langsam zur Ruhe. Wochen-, ja monatelang hatte sie intensiv darüber nachgedacht, ob und wenn ja, wie es zu bewerkstelligen wäre, ob sie es wirklich riskieren und wie sie es zu einem glücklichen Ende bringen könne. Tage der Hoffnungs- und Mutlosigkeit hatten sich aneinander gereiht, Stunden der Verzweiflung und Resignation hatten ihr jeden Mut geraubt. Ohnmacht und Depression schienen ihr Schicksal. Nacht für Nacht hatte sie wach gelegen, sich schwerfällig im Bett hin- und her gewälzt, erst nach langen, von ausschweifenden Gedanken geprägten Stunden zu einem unruhigen, von wirren Träumen begleiteten Schlaf gefunden, jeder Zoll ihres Körpers angefüllt von dem Bewusstsein, dass es keine Gerechtigkeit gab, nicht auf dieser Welt, nicht in diesem Land, nicht in den Hirnen und Händen der Mächtigen, die diese Gesellschaft regierten.

Sie hatten sie betrogen, sie ausgetrickst und niedergemacht mit einer Skrupellosigkeit, die jedes Vergleichs entbehrte, einer kaltblütigen Ansammlung von Lügen, die sie nicht einmal ihren verruchtesten Feinden zugetraut hätte. Wie ein Tsunami war es über sie hereingebrochen, eine Riesenwelle, die alles unter sich begrub, im Bruchteil von Sekunden alles überrollte und unwiederbringlich zerstörte. Die Arbeit, die Anstrengung, die Mühe ihres Lebens, unzähliger Jahre, – nichts hatte gezählt, überhaupt nichts gegolten, als null und nichtig hatten sie es abgetan, einfach achtlos zur Seite geworfen. Sie war ihnen, ihrer Gier nach Macht und Geld, in die Quere geraten, hatte sich ihnen entgegengestemmt statt von Anfang an zu kuschen und ihnen die Fußsohlen zu lecken und war deswegen zermalmt worden wie der frisch auf den

Untergrund ausgebreitete Asphalt unter einer Walze. Und beinahe hätten sie ihr Ziel erreicht, sie mundtot gemacht, wehrlos, erniedrigt, gebrochen, wie so viele andere in diesem angeblich so sozial ausgerichteten System, bis ihr plötzlich die Idee gekommen war, die alles verändert, ihr neue Kraft und frischen Mut vermittelt hatte und sie endlich wieder zu der Person hatte werden lassen, die sie einst gewesen war: Die selbstbewusste, fleißige, aber auch kämpferische und wagemutige Frau, die sich von solch verkommenen Typen und Institutionen nicht einfach unterbuttern ließ.

Was den Ausschlag gegeben hatte, sich nicht damit abzufinden, nicht liegen zu bleiben und den Dreck zu fressen, den sie ihr zugedacht hatten, wusste sie heute noch so gut wie damals, als sie es zum ersten Mal gehört hatte. Ausgerechnet in der Kirche war es gewesen, als die Pfarrerin den Text zitiert hatte, den Text, der ihr neuen Mut verschafft, die Gedanken an Wiedergutmachung, Rache, Vergeltung in ihr hatte wach werden lassen. War das die Lösung, der Weg heraus aus ihrer aussichtslosen Situation?

Sie hatte die Pfarrerin um das Original des Wortlauts gebeten, das Blatt freudig entgegengenommen, sich aufrichtig dafür bedankt. Wochenlang hatte sie spekuliert, lange nachgedacht, Nacht um Nacht darüber gebrütet. Bis ihr endlich klar geworden war, dass das und genau das die richtige Lösung war, ihr Wiedergutmachung zu gewähren, – der Weg, ihr wenigstens einen Teil von dem, was sie ihr geraubt hatten, zurückzugeben. Nur einen Teil, aber wenigstens den. Auch wenn der nicht legal, den Gesetzen des Landes entsprechend war.

Sollte sie sich deshalb davon abhalten lassen? Sollte sie deshalb darauf verzichten, ihre Idee zu verwirklichen? War die Illegalität des Vorgehens Grund genug, von der Sache abzulassen?

Sie musste nicht lange nachdenken, darauf eine Antwort zu finden. Was sie ihr angetan, wie sie sie in den Dreck geworfen hatten, spottete jedem Anstand, jeder Moral. Ihre Skrupellosigkeit, ihre verlogene Scheinheiligkeit schrie zum Himmel.

Nein, so oft sie jetzt im Nachhinein auch darüber nachdachte, es hatte nur eine Antwort gegeben: Sie hatte es tun müssen. Sie hatten es nicht anders gewollt. Es war die einzige Sprache, die sie verstanden.

Deshalb bereute sie nichts, nicht eine einzige Sekunde.

3. Kapitel

Dr. Ulrich Enssle war der Schock des frühen Tages deutlich anzusehen. Der mit einem grauen Anzug, einem weißen Hemd und einer dunklen einfarbigen Krawatte bekleidete Mann lehnte zusammengesunken in einem Stuhl in einem der kleinen Tagungsräume im obersten Stockwerk des Kongresszentrums, den ihnen die Manager der Liederhalle für ihre Untersuchungen zur Verfügung gestellt hatten und starrte mit bleichem Gesicht auf einen imaginären Punkt an der Wand, als Braig auf ihn zutrat.

Der Kommissar wies sich der uniformierten Beamtin gegenüber, die den Raum vor Neugierigen abschirmte, aus, nahm auf einem der Stühle Platz. »Mein Name ist Braig«, stellte er sich vor, »ich leite die Ermittlungen bezüglich des Toten, den Sie gefunden haben.« Er sah, wie sein Gegenüber erschrocken aus seiner Starre auffuhr und den Kopf zur Seite warf.

»Wie bitte?«, fragte der Mann.

Er schätzte ihn auf Anfang fünfzig, ein schlanker, hagerer Typ mit einer ausgeprägten, nur von einem schmalen Haarkranz am Hinterkopf umsäumten Glatze, einer modischen, randlosen Brille und hellen, unruhig zu ihm hinauf blickenden Augen.

»Braig«, wiederholte er, als er die offensichtliche Orientierungslosigkeit in der Miene des anderen bemerkte, »der Tote auf der Toilette. Ich leite die Ermittlungen.«

Dr. Enssle reagierte wie in Zeitlupe, betrachtete Braig zuerst langsam mit ausdrucksloser Mimik, fand erst nach und nach zu der Konzentration, sich auf ein Gespräch einzulassen.

»Dr. Ulrich Enssle«, nannte er seinen Namen, »ich habe den

...« Er stockte, holte tief Luft und sprach dann erst weiter. »Ich habe den Toten gefunden.«

Braig signalisierte mit bedächtigem Kopfnicken sein Verstehen, ließ dem Mann Zeit, vollends zu sich zu kommen. »Sie nehmen hier an dem Kongress teil?«

»An dem Kongress?« Dr. Enssle fuhr sich mit einem Tuch über das Gesicht, entspannte zusehends. »Ja, genau.« Er gab seine unnatürliche, jedes Selbstbewusstsein verneinende Körperhaltung auf, richtete sich in seinem Stuhl auf, suchte an der Lehne Halt. »Optimierung moderner Managementmethoden. Heute und morgen.«

»Sie kennen die anderen Kongressbesucher?«

»Die anderen? Nein.«

»Es handelt sich nicht um eine firmeninterne Veranstaltung?«

»Nein. Die Leute kommen von überall her.«

»Und von welcher Firma kommen Sie?«

»Ich bin Funktionär des Arbeitgeberverbandes.«

Braig nickte, kam auf sein eigentliches Anliegen zu sprechen. »Könnten Sie mir bitte beschreiben, wie Sie den Toten fanden?«

Enssle fuhr sich mit dem Tuch unter seinen Hemdkragen, tupfte sich den Schweiß vom Hals. »Wie ich ihn fand, ja.« Er zog die Nase hoch, steckte das Tuch in die Hosentasche. »Ich schaute nach einer Toilette, öffnete die Tür, da lag er.«

Braig versuchte, sich den genauen Fundort des Getöteten noch einmal zu vergegenwärtigen. Es handelte sich um eine Toilette, die aus drei etwa gleich großen, ohne Türen ineinander übergehenden Räumen bestand. Als erster ein Waschraum mit Handwaschbecken, Seifenspendern zum Kurbeln und Behältern mit Papierhandtüchern, danach ein Urinal mit mehreren Becken, zum Schluss die eigentliche Toilette mit acht Kabinen. Vier links, vier rechts. In der dritten Kabine der linken Reihe hatten sie den Mann entdeckt. »Sie betraten die Toilette allein?«

Sein Gegenüber schien nicht zu verstehen. »Allein?«

»Ja. Oder waren da noch andere Personen – außer dem Toten natürlich?«

»Ach so, - nein, niemand. Nur ich.«

»Sie sind sich sicher?«

Enssle betrachtete ihn unsicher. »Ja, klar. Wieso fragen Sie?«

»Na ja, der Täter«, antwortete Braig. » Der Mann war noch nicht lange tot. Wissen Sie, um wie viel Uhr etwa Sie die Toilette aufsuchten?«

Sein Gegenüber brauchte nicht lange zu überlegen. »Neun Uhr dreißig«, sagte er. »Halb zehn.«

»Das wissen Sie so genau?«

»Ja, das weiß ich genau. Ich schaute genau in dem Moment auf die Uhr, als ich die Toilette betrat.« Er deutete auf seine Armbanduhr.

»Zufällig oder aus einem bestimmten Grund?«

»Wie bitte?« Enssle legte seine Stirn in Falten, schaute fragend zu Braig.

»Ihr Blick auf die Uhr.«

»Ach so, das. Zufällig natürlich.«

»Sie betraten also die Toilette allein, und außer Ihnen hielt sich niemand in dem Raum auf. Die Kabinentüren waren alle offen?«

»Offen? Nein, die waren geschlossen.«

»Geschlossen?«, fragte Braig überrascht. Er erinnerte sich an den Moment, als er die Toilette betreten hatte, sah die halbgeöffneten Kabinen vor sich. Alle, eine wie die andere. Ob Söderhofer ...? Nein, das schien absurd.

»Ich glaube schon. Wieso fragen Sie?«

»Als ich vorhin in die Toilette kam, war keine einzige Kabine geschlossen. Alle Türen waren offen. Jedenfalls ein Stück weit.«

»Dann wird es bei mir wohl auch so gewesen sein«, lenkte Enssle ein. »So genau kann ich mich nicht daran erinnern.« Braig schüttelte den Kopf. »Aber Sie wissen doch noch, wie Sie auf den Toten stießen. Haben Sie ihn sofort gesehen, als Sie die Toilette betraten oder mussten Sie die Kabine erst öffnen?«

Sein Gegenüber schaute ihn fragend an, zögerte mit der Antwort. »Also, den Toten. Nein, ich ging zur Kabine, öffnete die Tür und da lag er plötzlich. Ich begriff zuerst überhaupt nicht richtig ...« Er hielt inne, schaute an Braig vorbei zur Seite.

»Sie öffneten die Tür«, wiederholte der Kommissar, » ja?«

»Ja, das habe ich Ihnen doch erklärt«, meinte Enssle mit brüchiger Stimme. »Wieso wollen Sie das so genau wissen?«

»Wie gesagt«, antwortete Braig. »Die Kabinen waren offen, als ich die Toilette betrat. Aber lassen wir das mal beiseite. Da gibt es noch einen zweiten Punkt: Wenn Sie nämlich glauben, dass zu dem Zeitpunkt, als Sie in den Raum kamen, die Türen geschlossen oder zumindest angelehnt waren, kann sich jemand in einer der Kabinen aufgehalten haben. Eine Person zum Beispiel, die von Ihnen nicht gesehen werden wollte.«

»Sie meinen, der ...« Enssle brach mitten im Satz ab, seine Vermutung für sich behaltend.

»Möglicherweise der Täter, ja.«

»Nein, da war niemand.«

»Da war niemand? Und weshalb sind Sie sich da so sicher, wenn ich fragen darf?«

Der Mann blickte ratlos zu ihm herüber. »Ich kann es nicht mehr genau sagen. Aber ich hatte den Eindruck, dass der Raum leer war. Außer dem Toten natürlich ...« Er wusste nicht weiter, stockte, setzte dann hastig »...das hört man doch. Es war ruhig, absolut ruhig« hinzu.

Braig betrachtete ihn schweigend, sah die bleiche Gesichtsfarbe Enssles. Der Mann wirkte immer noch sehr angegriffen, hatte den Schock noch längst nicht verwunden. Sitzt mitten in einem Vortrag über modernes Management, muss auf die Toilette, marschiert los und sieht sich plötzlich einem Toten gegenüber, überlegte er. Kein Wunder, dass er sich nicht mehr genau erinnert, ob die Türen offen oder geschlossen waren. Würde mir trotz aller beruflichen Routine wohl genauso ergehen. Er musterte dessen jedem direkten Blickkontakt ausweichenden Augen, merkte, dass der Mann krampfhaft zur Seite starrte. Irgendetwas an Enssle gefiel ihm nicht.

Und dann gab es noch einen Punkt, den er unbedingt klären wollte.

»Eine Sache interessiert mich noch genauer: Wo waren Sie, als Sie den Wunsch verspürten, auf die Toilette zu gehen?«, fragte er deshalb.

»Wo ich war?«

»Na ja, ich denke, bei der Eröffnungsveranstaltung des Kongresses, oder?«

Dr. Enssle schaute kurz zu ihm auf, nickte dann mit dem Kopf. »Ach, so meinen Sie das. Bei der Eröffnungsveranstaltung, ja.«

»Im Hegelsaal also«, erklärte Braig, fuhr dann, als er das zustimmende Kopfnicken des Mannes bemerkte, mit seiner Überlegung fort. »Der Hegelsaal liegt im Untergeschoss bzw. der Ebene eins des Kongresszentrums. Benutzerfreundlich wie das Haus hier konstruiert ist, befinden sich Toiletten auf derselben Ebene, nicht weit vom Zugang zum Hegelsaal. Wenn ich also kurz austreten will, während der Kongress läuft, geht das recht schnell. Niemand muss Angst haben, viel zu versäumen, nur weil er mal muss.«

Dr. Enssle starrte wieder neben Braig an die Wand, verfolgte seine Worte mit leerem Blick.

»Was mich jetzt aber wundert«, erklärte der Kommissar, »Sie haben nicht die Toiletten in Ebene eins aufgesucht, auch nicht die in Ebene zwei, nicht mal die in Ebene drei. Nein, Sie liefen die Treppen hoch oder fuhren per Aufzug ins oberste Stockwerk, die Ebene vier, obwohl weder in Ebene drei noch in Ebene vier irgendwelche Veranstaltungen des Kongresses stattfinden. Ist das nicht etwas, na, sagen wir mal, merkwürdig?«

Der Mann schien auf die Frage gewartet zu haben, schüttelte sofort, Braig hatte noch nicht zu Ende gesprochen, seinen Kopf. »Das ist überhaupt nicht merkwürdig. Die Toiletten in Ebene eins sind immer sehr gut besucht, da kommen und gehen ständig Leute. Ich bin oft bei Kongressen hier im Haus, ich weiß, wovon ich rede. Und, verzeihen Sie, dass ich in der Beziehung etwas anspruchsvoll bin, aber auf eine Toilette zu gehen, in der links und rechts von ihnen ... Na ja, Sie verstehen, was ich meine, oder? Das ist nichts für mich. Halten Sie mich für verwöhnt oder anspruchsvoll – oben in Ebene vier ist immer wenig Betrieb, deshalb benutze ich immer diese Toilette. Was soll daran merkwürdig sein?«

Braig sah, wie der Mann zu ihm her schaute, ihm dann direkt in die Augen blickte, musste zugeben, dass die Argumentation nachvollziehbar war. Eine Toilette aufzusuchen, in der viele Menschen bereits zugange waren, nein, das war kein besonders angenehmes Erlebnis. Dem auszuweichen, indem man ein höheres Stockwerk aufsuchte, ja, das schien logisch. »Gut«, sagte er deshalb, »ich verstehe, weshalb Sie die Toilette in Ebene vier aufsuchten. Wie kamen Sie hoch? Per Fahrstuhl?«

»Nein, ich benutzte die Treppe. Zu Aufzügen, na, sagen wir mal, wenn es nicht sein muss... Ich habe jedenfalls kein allzu großes Vertrauen in sie.«

»Über die Treppe also. Und Sie sahen niemand die Ebene vier verlassen oder dort laufen?«

»Nein, damit kann ich nicht dienen. Das hätte ich Ihnen sofort mitgeteilt.«

»Kein Mensch, nirgends?«

»Nein, wirklich. Das heißt ... später, als ich aus der Toilette herausrannte, als ich den Toten gefunden hatte, da kam die Dame die Treppe hoch, die vom Management der Liederhalle, eine Frau Kirsch. Sie war die Erste, der ich von meinem Fund erzählte.«

»Darüber bin ich informiert, danke. Frau Kirsch sah Sie völlig irritiert aus der Toilette kommen und weglaufen, ja. Sie hat uns informiert. Was mich aber noch interessiert, ist die genaue Beschreibung dessen, wie Sie den Toten in der Kabine vorfanden.«

»Wie ich ihn vorfand?«

»Genau.«

»Na, er lag über der Schüssel und ... Ich stand davor und da lag er eben ...«

»Und dann?«

»Und dann? Was soll ich sagen? Ich weiß es selbst nicht mehr genau. Ich denke, ich rannte sofort aus dem Raum und holte Hilfe.«

»Sie haben nichts angerührt?«

»An...« Enssle verstummte mitten im Wort, unfähig, den ungeheuerlich anmutenden Gedanken Braigs auszusprechen. »Sie fragen, ob ich den Toten ... Um Gottes Willen, wie kommen Sie auf die Idee? Glauben Sie, ich habe nichts Besseres zu tun als ...« Er schüttelte fassungslos den Kopf.

»Ich glaube überhaupt nichts«, erwiderte Braig. »Ich will nur wissen, ob Sie den Mann genau in der Lage vorfanden wie wir später auch: Über der Kloschüssel liegend?«

»Ja, natürlich. Ich wollte in die Kabine und da ...«

»Da ...?«

»... lag der Mann. Oder hing, wie soll ich es ausdrücken?

Mein Gott, ich schaute gar nicht lange hin, das war so grauenvoll ... Wie eine schlaffe Puppe. Sein Leib quer über der Schüssel, der Kopf samt Haaren und Armen links davon hinunterhängend und die Beine ... Grauenvoll. Ich kann nicht mehr sagen. Einfach grauenvoll. Ich habe das Bild die ganze Zeit vor Augen, kann seither an überhaupt nichts anderes mehr denken. Mein Gott, wer hat das getan?«

4. Kapitel

Zehn Minuten nach Sechs, der erste Dämmer des jungen Tages war gerade dabei, die Nacht zu verdrängen, hatte Kriminalhauptkommissarin Neundorf als federführende Ermittlerin die Aktion beendet. Jetzt noch länger zu warten, das wusste sie aus Erfahrung, hatte keinen Sinn. Gegen sechs Uhr in der Frühe setzte der Berufsverkehr in voller Stärke ein, machte Geschehnisse wie dieses, das sie für die vergangene Nacht wieder erwartet hatten, fast unmöglich, erschwerte zumindest die Bedingungen für einen erfolgreichen Ausgang in wohl kaum akzeptablem Maß.

Frustriert und nicht gerade in bester Laune hatte sie das Protokoll mit der Liste aller die Nacht über eingesetzten, in Wartestellung verharrenden Beamten und der genauen Lokalität der betreuten Objekte unterschrieben, hatte die Übersicht noch einmal überprüft und sich in die Überlegung vertieft, welche Konsequenzen die gerade beendete Aktion erforderte. Noch einmal dasselbe aufwändige Programm? Erneut so viele zur Überwachung eingeteilte Beamte? Nur mit Mühe war es ihr gelungen, sich zu konzentrieren und sich noch einmal alles durch den Kopf gehen zu lassen.

Seit mehr als sechs Monaten schon währte jetzt die Serie nächtlicher Überfälle auf Tankstellen im Herzen des Ländles, ausgeführt nach immer demselben Muster, von mehreren Überwachungskameras inzwischen bis ins Detail dokumentiert. Alle paar Nächte, meist im Abstand von sechs bis zehn Tagen, einmal auch unmittelbar hintereinander, tauchten irgendwann zwischen Mitternacht und vier Uhr in der Frühe zwei vermummte, mit dunklen Jacken, Jeans und dünnen, mit Sehschlitzen versehenen Wollmützen bekleidete Männer im Verkaufsraum einer Tankstelle auf, zwangen den anwesenden Verkäufer mit vorgehaltener Pistole, die Kasse zu öffnen und räumten diese dann innerhalb weniger Sekunden vollkommen aus. Außer Zigaretten, Schoko-Artikeln und Alkoholika hatten sie bisher nichts mitgenommen, auch diese Artikel freilich nur in geringen Mengen und nicht bei jedem Überfall. Wie die Videobilder eindeutig zeigten, handelte es sich immer um das selbe Paar, zwei relativ kleine, maximal 1,68 Meter große, vom Körperbau her kräftige, durchtrainierte Männer, den flinken Bewegungen nach kaum mehr als dreißig Jahre alt. Von ihrer Schusswaffe hatten sie bisher nur zweimal Gebrauch gemacht, dies aber jeweils so kaltblütig, dass sich alle ermittelnden Kräfte im Bereich des Landeskriminalamtes und der Staatsanwaltschaft darüber einig waren, dass es sich bei den Tätern um professionell vorgehende, vor nichts zurückschreckende Personen handelte. Bei einem der ersten Überfälle hatte sich der Hinkende, wie Neundorf und ihre Kollegen den einen Mann – seiner etwas den linken Fuß nachziehenden Bewegungsweise wegen – nannten, als so skrupellos erwiesen, dem Verkäufer in den rechten Arm zu schießen, weil der nicht sofort bereit gewesen war, die Kasse zu öffnen. Drei Wochen später hatte der andere Verbrecher bei der Flucht auf einen zufällig in diesem Moment an der Tankstelle vorgefahrenen Kunden gezielt, der die Geistesgegenwart und den Mut aufgebracht hatte, die beiden Männer mit seinem Wagen zu verfolgen. Den im rückwärtigen Teil seines Autos aufgefundenen Kugeln zufolge hatte der Täter mindestens zweimal auf ihn geschossen, ihn wie durch ein Wunder aber nicht getroffen. Weil er sich impulsiv nach unten weg geduckt hatte, war er am Rand der Tankstelle auf den dort postierten Müllcontainer geprallt, hatte sich zum Glück aber nur leicht verletzt. Immerhin war es ihm aber gelungen, das Fluchtfahrzeug der beiden Täter zu erspähen und es auf den Typ und die Farbe genau, einen dunkelblauen Opel Vectra nämlich, zu beschreiben.

Da diese Beobachtung mit der Aussage zweier Augenzeugen eines anderen Tankstellenüberfalls übereinstimmte, waren die Fahnder dazu übergegangen, Besitzer dieser Automarke zu überprüfen, bisher allerdings erfolglos. Sie hatten weder verdächtige Personen aufgespürt noch war es ihnen geglückt, die Befürchtung auszuräumen, dass es sich eventuell um ein gestohlenes Fahrzeug handelte.

Auch die Überprüfung der von den Tätern verwendeten Munition und ihrer Waffen hatte noch keine Fortschritte gebracht. Beide benutzten Pistolen der Marke Beretta, was die Vermutung einiger Ermittler, es handle sich um aus Osteuropa stammende Täter, weiter verstärkte. Ob die Männer aber wirklich zu einer von dort aus im Westen operierenden Verbrecherbande gehörten, war nicht einmal in Ansätzen geklärt.

Vier Nächte hintereinander hatten sie jetzt mit einem Massenaufgebot an überwachenden Beamten Tankstellen im gesamten Kernland Württembergs mit aller gebotenen Diskretion im Auge behalten, darauf hoffend, die Räuber auf frischer Tat zu ertappen und der Überfallserie ein für allemal ein Ende zu bereiten. Neundorf hatte die Karte vor sich ausgebreitet, auf der alle in den letzten Wochen attackierten Tankstellen verzeichnet waren. Wie weitermachen, mit welcher Taktik auf die, immer größere Unruhe in der Öffentlichkeit hervorrufenden Vorfälle, reagieren? War die aufwändige, finanziell mehr und mehr ausufernde Überwachungsaktion, die auf ihre und ihres Kollegen Ohmstedts Bemühungen zurückgingen, trotz ihrer offenkundigen Erfolglosigkeit noch länger zu rechtfertigen?

Sie hatte tief durchgeatmet, klare Gedanken zu fassen versucht. Weshalb hatten die Täter – ihrer bisherigen Gewohnheit zum Trotz – noch nicht wieder zugeschlagen? Wieso war

in den vergangenen Nächten kein neuer Überfall erfolgt? Hatten die Verbrecher oder ihnen zuarbeitende Verbündete die vorbereitenden Aktionen samt einigen der zur Überwachung eingeteilten Kollegen bemerkt? Oder gab es im Bereich des an den Tankstellen beschäftigten Personals Spitzel, die den Tätern – gegen entsprechendes Entgelt vielleicht – Hinweise auf die erhöhte Wachsamkeit der Polizei und ihre präventiven Maßnahmen hatten zukommen lassen? Natürlich waren sie im Verlauf der vergangenen Wochen auf die meisten Tankstellenpächter zugegangen, hatten versucht, die Leute, deren Nerven oft mehr als blank lagen, zu beruhigen und sie ihrer erhöhten Aufmerksamkeit zu versichern.
In einem dieser Punkte mussten wohl die Ursachen zu finden sein, die die Täter von neuen Überfällen hatten absehen lassen. Waren die Männer deshalb also abgetaucht, auf ruhigere Zeiten mit weniger nächtlicher Polizeipräsenz wartend? Falls sie zu logischen Gedankengängen imstande waren, konnte diese Überlegung zur Erklärung auch dieser aktionslosen Nacht wieder genügen. Basierte ihr kriminelles Tun auf vernunftgeprägten Überlegungen, war ihnen klar, dass die Polizei das aufwändige Überwachungssystem sowohl aus personellen als auch aus finanziellen Erwägungen nicht auf Dauer aufrecht erhalten konnte, so notwendig es auch schien. Sie mussten sich nur für ein paar Wochen zurückziehen, auf ihre gewalttätigen Aktionen verzichten, um dann, irgendwann später, wenn sich die Lage entspannt hatte, erneut wieder zuzuschlagen.

Neundorf war sich darüber im Klaren, dass die Konsequenzen ihrer Schlussfolgerungen zwiespältig ausfielen: Einerseits bedeuteten sie, sollten die Täter tatsächlich zu einer ähnlichen Einschätzung der Situation wie sie selbst gekommen sein, dass in den nächsten Nächten keine weiteren von ihnen verübten Überfälle zu erwarten waren, jede polizeiliche Aktivität der bisherigen präventiven Form also überflüssig war, es sich andererseits aber nur um eine vorübergehende scheinbare Ruhe handelte, die irgendwann durch das erneute Auftauchen der Verbrecher abrupt zu einem Ende kommen würde. Die Reaktion der Öffentlichkeit, die hämischen Kommentare der Boulevard-Medien für diesen Fall konnte sie sich jetzt schon ausmalen. Sie war gerade dabei, die mit ihrer Unterschrift versehene Übersicht in die dafür bereitgelegte Kladde zu schieben, als das Telefon läutete. Müde von den Strapazen der umsonst durchwachten Nacht hatte sie nach dem Hörer gegriffen, die aufgeregte Stimme des Kollegen Stöhr am Ohr.

»Mhm, jetzt ist es doch noch passiert.«

»Wie bitte? Von was ...?«

»Überfall auf eine Tankstelle. Gerade ging die Meldung ein.«

»Verdammter Mist! Waren wir noch vor Ort? Haben wir die Typen erwischt?«

»Mhm«, der Kollege am anderen Ende hatte Mühe, zu einer fundierten Antwort zu finden, »dazu ... ich fürchte ...«

»Ja, was denn jetzt?«, war Neundorf dem mit seiner Auskunft zögernden Beamten ins Wort gefallen. »Haben wir die Typen oder nicht?«

»Die Fahndung läuft, wurde ich unterrichtet.«

Sie hatte sofort begriffen, was diese Information bedeutete. Die Verbrecher waren entkommen, allen nächtlichen polizeilichen Maßnahmen zum Trotz. Weil sie zu früh die Anweisung gegeben hatte, die Überwachung abzubrechen?

Diese Möglichkeit war nicht auszuschließen, so sehr sie sich auch dagegen wehrte. Der Überfall war erfolgt, nachdem sie wenige Minuten zuvor die Aktion ...

Sie hatte den Gedanken daran von sich geschoben, sich auf die Ermittlungen konzentriert. »Wo ist es passiert?«

»In Ludwigsburg.« Stöhr hatte ihr die Lage der Tankstelle

überraschend genau beschrieben.

Sie hatte nicht lange darüber nachdenken müssen, wo das war, hatte die Gegend dort schon mehrfach aufgesucht. »Ich fahre hin«, hatte sie dem Kollegen erklärt. »Jetzt sofort. Sie informieren Ohmstedt?«

Keine Minute später war sie zu dem neuen Tatort aufgebrochen.

5. Kapitel

Der Mann, der ihm als Leiter des Kultur- und Kongresszentrums Liederhalle vorgestellt worden war, präsentierte sich ihm mit überraschend unaufgeregter Natürlichkeit. »Herrmann ist mein Name«, hatte er ihn mit kräftigem Händedruck begrüßt, »Andreas Herrmann.«

Braig war von einer Beamtin der Schutzpolizei zum Büro des Mannes eskortiert und dort von ihm und einer auffallende Eleganz ausstrahlenden jungen Frau empfangen worden. Es lag in der vierten Ebene des Kongresszentrums, nur durch eine Glastür vom Bereich der Toilette, in der sie den Toten gefunden hatten, getrennt.

»Meine Kollegin, Frau Kirsch und ich stehen Ihnen mitsamt all unseren Mitarbeitern jederzeit mit Rat und Tat zur Verfügung, wann immer Sie uns benötigen.« Er hatte auf die in einen schwarzen Hosenanzug und eine weiße Bluse gekleidete junge Frau neben sich gewiesen, ihn dann gebeten, auf die Anwesenheit Herrn Trimmers, des offiziellen Vertreters der Kongress-Veranstalter, vorerst zu verzichten. »Der Mann ist völlig durch den Wind. Ein Toter auf einer seiner Veranstaltungen. Das hatte er noch nie.«

Braig hatte sich einverstanden erklärt, die Frau an Herrmanns Seite begrüßt, dann gemeinsam mit diesen in einer kleinen Sitzecke Platz genommen. »Ich bin mir bewusst, welches Renommee Ihr Haus genießt«, begann er das Gespräch. »Sie können versichert sein, dass wir alles tun, dies nicht zu beeinträchtigen.«

»Davon gehen wir aus«, erklärte Herrmann, »und Sie dürfen sich von Anfang an unserer Hilfsbereitschaft sicher sein. Wir wissen, dass nicht immer alles so geradlinig verläuft, wie man sich das wünscht. Wo viele Menschen beisammen sind, lassen sich auf Dauer bestimmte Begleiterscheinungen nicht vermeiden, jede andere Erwartung wäre unrealistisch. Jetzt hat es einen unserer Besucher getroffen. Das lässt sich leider nicht verhindern. In seinem und unserem Interesse hoffen wir nur, dass es Ihnen gelingt, den Vorfall oder müssen wir sagen, das Verbrechen aufzuklären?«

Braig sah die fragenden Mienen seiner beiden Gegenüber, nickte kurz. »Das müssen wir wohl. Danach sieht es aus, ja.« Er wunderte sich über die natürliche, in keiner Weise Nervosität oder ungehaltene Verstimmung ausstrahlende Haltung der beiden Manager. Souverän in jeder Phase ihres Auftretens, abgeklärt in ihren Aussagen – ein wohltuender Gegensatz zu dem künstlich aufgeregten Getue Söderhofers, dessen unaufhörlich in pathetischen Gesten vorgetragenen hohlen Worthülsen ihn jetzt noch anwiderten, ein krasser Kontrast auch zu dem von seiner Entdeckung in der Toilette so deutlich schockierten Funktionär des Arbeitgeberverbandes wenige Minuten zuvor. Der Ablauf ihrer bisherigen Begegnung ließ Erfreuliches für die zukünftige Zusammenarbeit erwarten; Braig hoffte, dass seine Gesprächspartner in der Praxis dasselbe aufgeschlossene und souveräne Auftreten zeigten wie jetzt bei ihrem ersten Informationsaustausch. Er zog ein Foto des Toten aus der Tasche, das Rössle ihm ausgedruckt hatte, reichte es weiter. »Kennen Sie den Mann zufällig?«

Er verfolgte, wie seine Gegenüber das Bild ausgiebig studierten, wurde mit energischem Kopfschütteln bedacht.

»Das ist der Tote? Seine Identität ist Ihnen nicht bekannt?«, fragte Frau Kirsch.

»Nein«, antwortete Braig. »Er hatte keinerlei Papiere bei sich.«

»Tut mir leid. Ich glaube nicht, dass ich ihn schon einmal gesehen habe. Und vorhin auf der Toilette ...«

»Sie waren in der Kabine?«

»Nein, nur davor. Ich kam von unten und ging zu meinem Büro, als ich einen Mann aus der Toilette springen sah. Er war bleich, zitterte am ganzen Leib, wollte schnell an mir vorbei. Dem geht es schlecht, dachte ich unwillkürlich, vor wem oder was ist der auf der Flucht? Ich sprach ihn an, ob ich ihm helfen könne. Er rannte noch ein Stück weiter, blieb erst mehrere Meter von mir entfernt stehen. »Da drin liegt ein Toter«, stammelte er dann. Na ja, Sie können sich vielleicht vorstellen, wie perplex ich war. Als ich seine Worte endlich voll begriffen hatte, wollte ich mich selbst überzeugen, verstehen Sie, schließlich bin ich für dieses Haus mit verantwortlich. Außerdem wusste ich ja nicht, ob das wirklich stimmt, was der Mann da behauptete, vielleicht hatte er Bewusstseinsstörungen oder so.«

»Sie liefen in die Toilette und schauten in die Kabine?«, fragte Braig.

»Genau. Ich glaubte, nicht richtig zu sehen. Keine Angst, ich habe nichts angerührt. Ich sah den Mann da liegen, über der Schüssel, das war irgendwie unwirklich, wie in einem Film. Dann ging ich wieder raus, nahm mein Handy und verständigte den Notarzt. Das dauerte keine fünf Minuten, da kam der schon. Und der gab dann sofort die Nummer der Polizei ein ...«

»Sie haben völlig richtig gehandelt. Vielen Dank.«

»Mir geht es nicht anders.« Andreas Herrmann wies zur Tür. »Sie dürfen nicht vergessen: Mit den Menschen, die unser Haus besuchen, kommen wir normalerweise nicht in Berührung. Weder im Unterhaltungs- noch im Kongressbereich. Und für Herrn Trimmer, der diesen Kongress veranstaltet, gilt das im übrigen genauso. Wir sind sozusagen die Vertreter des Unternehmens, das die Räumlichkeiten und die entsprechende Technik zur Verfügung stellt, nicht mehr und nicht weniger. Herr Trimmer ist der Vertreter der Veranstalter; er mailt seine Angebote an Firmen, Behörden und Unternehmensberater, und die bieten ihren Angestellten eventuell die Teilnahme an. Wenn es sich bei dem Mann also um einen Kongressbesucher handelt, müssen Sie davon ausgehen, dass er uns nicht bekannt ist. Leider.«

»Er trug auch kein Namensschild?«, erkundigte sich die Frau.

Braig schüttelte den Kopf. »Ein Namensschild, das ihn als Kongressteilnehmer ausweist?«

»Und zugleich als Legitimation für den Eintritt ins Gebäude dient. Das erhält jeder Teilnehmer. Falls er mal nach draußen will«, antwortete Herrmann.

»Der Eingang ist bewacht?«

»Die ganze Zeit über. Viele Kongressveranstalter legen Wert darauf, dass nur geladene Gäste Zutritt finden. Die Teilnahme kostet schließlich eine Menge. Wer nicht zahlt, soll draußen bleiben.«

»Wer stellt das dafür zuständige Personal?«

»Im Normalfall wir. Das ist sinnvoll, weil es sich dabei quasi um Profis handelt. Leute also, die das schon oft getan haben und daher alle Tricks kennen, die notwendig sind, Fremden den Zugang unmöglich zu machen.«

»Sie halten es nicht für möglich, dass ein Fremder während des Kongresses dennoch ins Gebäude gelangt?«, fragte Braig. Herrmann überlegte, bedachte den Kommissar mit einem nachdenklichen Blick. »Was ist schon unmöglich?«, sagte er. »Ein Fremder.« Er wiegte seinen Kopf hin und her, musterte Braig aufmerksam. »Natürlich ist es im Prinzip möglich, unbemerkt ins Gebäude zu gelangen. Es gibt mehrere Eingänge, in der Hauptsache den Eingang zum Kongressgebäude am Platz der deutschen Einheit, hier oben bei uns den Durchgang zum Maritim-Hotel, unten in der Ebene 1 die Verbindung über die Treppe zum Haupteingang des Beethovensaals. Und dann die vielen Leute, überlegen Sie doch bitte, allein der Hegelsaal verfügt über 1869 Sitzplätze. Zudem sind wir juristisch verpflichtet, Passanten, die auf die Toilette müssen, ins Haus zu lassen, auch wenn sie bei uns keine Veranstaltung besuchen. Sie sehen, wir können nicht ausschließen, dass ein Fremder ins Gebäude kam, allen Kontrollen zum Trotz.«

»Was ist mit den Teilnehmern des Kongresses – handelt es sich nur um vorher angemeldete Personen?«

»Angemeldet schon«, antwortete Frau Kirsch, »aber nicht mit Namen. Jedenfalls nicht alle.«

»Wie das?«, fragte Braig.

»Na ja, viele Firmen buchen Plätze. Für fünf, manche auch für zehn, fünfzehn oder zwanzig Personen. Wen sie dann schicken, erfahren wir erst zu Beginn der Veranstaltung.«

»Dann liegt im Moment also eine Liste aller Teilnehmer an der Pforte. Der Teilnehmer jedenfalls, die heute wirklich gekommen sind.«

»Die Computer müssten alle erfasst haben, ja.«

»Sie meinen, wir sollten den Fund des Toten im ganzen Gebäude bekannt geben und danach fragen, wer vermisst wird?«, mischte sich Herrmann ins Gespräch.

Braig sah den besorgten Blick des Mannes, hatte sofort Söderhofers ablehnende Worte in Erinnerung. Schlagen Sie sich das aus dem Kopf. »Technisch wäre das machbar?«, fragte er.

Er bemerkte Herrmanns Zögern, hörte dessen mit gedämpfter Stimme gesprochenen Worte: »Wir haben Lautsprecher in allen Räumen, ja.«

Braig brauchte nicht lange zu überlegen, sich die Konsequenzen dieses Unterfangens auszumalen. Der Tod des bisher unbekannten Kongressbesuchers avancierte binnen weniger Sekunden nach seiner öffentlichen Bekanntgabe zum Ereignis des Tages. Nicht mehr die modernen Managementmethoden – oder wie immer der genaue Titel der Veranstaltung lautete – stünden wie vorgesehen im Mittelpunkt der Tagung, sondern das – noch dazu unfreiwillige – Hinscheiden eines ihrer Teilnehmer. Zumindest für die nächsten Stunden hätte die Konferenz ein neues Thema, Braig kannte die Mechanismen menschlicher Kommunikation aus langjähriger Erfahrung gut genug. Aus den Sälen eilende, zum Handy greifende, die sensationelle Botschaft im ganzen Land verbreitende Kongressteilnehmer – er hatte die durch die öffentliche Bekanntgabe ausgelösten Folgen plastisch vor Augen. Binnen kurzem wäre die Liederhalle von Scharen Neugieriger, auch unzähliger Journalisten umringt, der Tote in der Toilette in aller Munde. Sich in einem solchen Umfeld wieder auf die eigentlich geplante Problematik zu konzentrieren – alle Versuche der Veranstalter wären vorerst vergeblich. Und seine eigene Arbeit von einer unübersehbaren Menge Neugieriger, weitgehend sinnlose Kommentare abgebender Leute torpediert.

Nein, ohne staatsanwaltliche Rückendeckung wollte er diese Maßnahme nicht in Angriff nehmen; er musste sich auf andere Methoden, die Identität des Toten zu ermitteln, konzentrieren. Noch hatte er die Telefonnummer, die sie in dessen Hosentasche gefunden hatten, nicht überprüft.

»Ich fürchte, wir bringen den gesamten Ablauf des Kongresses durcheinander, wenn wir die Sache auf diese Weise bekannt geben«, lenkte er deswegen ein. »Es ist wohl auch in Ihrem Sinn, wenn ich vorerst auf anderem Weg versuche, den Namen des Mannes festzustellen.« Er sah, wie sich die Miene seines Gegenüber aufhellte, fügte noch schnell: »Aber wir sollten die Überlegung in der Hinterhand behalten, wenn es gar nicht anders geht«, hinzu.

Herrmann nickte zustimmend. Der Manager schien sichtbar erleichtert, stand auf, trat an seinen Schreibtisch.

»Ein ganz anderes Kapitel«, sagte Braig, »erschrecken Sie bitte nicht, ich muss die Frage stellen, rein pro forma.« Er sah, dass der Mann neben seinem Bürostuhl stehen blieb und aufmerksam zu ihm herschaute.

»Um was geht es?«, fragte Frau Kirsch.

Braig bemerkte ihren gespannten Gesichtsausdruck und beschloss, nicht lange um den Brei herum zu reden. »Gab es Drohungen gegen Ihr Haus, den Kongress im Besonderen, gegen eine bestimmte Person, Auseinandersetzungen, Streit irgendwelcher Art?«

»Sie meinen ...«

»Bitte denken Sie genau über diese Frage nach. Schon die kleinste Bemerkung kann mir vielleicht weiterhelfen.«

Die Managerin blickte ihm ohne alle Umschweife direkt ins Gesicht. »Ich verstehe. Sie wollen wissen, ob sich im Umfeld dieser Veranstaltung solch gravierende Unstimmigkeiten ergaben, die diese hätten eskalieren lassen können.« Sie schaute auf, fixierte ihren Kollegen, schüttelte langsam, aber stetig ihren Kopf. »Es tut mir leid, aber da kann ich Ihnen nur eine abschlägige Antwort geben. Mir ist nichts bekannt, was auch nur in irgendeiner Weise darauf hindeuten könnte, oder?« Die Frage war an ihren Kollegen gerichtet, rief auch bei ihm nur ein eindeutiges Kopfschütteln hervor. »Nicht, dass wir Ihnen eine Information vorenthalten wollten, wirklich nicht. Und mir ist auch klar, dass in einem Haus wie unserem mit derart vielen Gästen die Konflikte nicht außen vor bleiben können, das liegt nun einmal in der Struktur der Dinge. Kongresse sind auch dazu da, Meinungsverschiedenheiten abzuklären und sie auszudiskutieren. Aber Drohungen oder außergewöhnliche Auseinandersetzungen sind mir nicht bekannt. Wirklich nicht. Auch nicht im Zusammenhang mit dieser konkreten Veranstaltung.«

Herrmann kam von seinem Schreibtisch zurück, reichte Braig ein Bündel Papiere. »Ich kann mich Frau Kirsch nur anschließen«, erklärte er. »Mir ist nichts dergleichen zu Ohren gekommen. Ohne dass ich Ihnen irgendetwas verheimlichen wollte.«

»Dann bitte ich Sie, sich die Sache einfach noch einmal zu überlegen. Manchmal fällt einem erst nach längerem Nachdenken wieder etwas ein. Und seien es auch noch so absonderliche Kleinigkeiten.« Braig nahm die Papiere des Managers in die Hand, blätterte sie durch. Er sah, dass es sich um einen mehrseitigen Übersichtsplan der Liederhalle handelte mit der detaillierten Darstellung der verschiedenen Ebenen und ihrer Räume.

»Ich nehme an, die Struktur unseres Hauses interessiert Sie«, erklärte Herrmann.

Braig nickte, bedankte sich. »Die werde ich wohl genau studieren müssen. Wieso der Täter gerade in dieser Toilette auf sein Opfer traf. Ob es Zufall war oder Absicht. Ob er ihm folgte oder vielleicht sogar irgendwo auf ihn wartete. Ich darf mit Ihrer Hilfe rechnen?«

»Jederzeit.« Der Manager reichte Braig eine Visitenkarte, wies auf die ausgedruckten Handy-Verbindungen. »Wenn Sie Fragen haben, wählen Sie eine der beiden Nummern. Wir stehen rund um die Uhr zu Ihrer Verfügung.«

6. Kapitel

Hallo, mein Freund, hier ist Bianca. Du hast Lust auf uns Zwei?« Die Stimme der jungen Frau klang schmeichelnd und verspielt. »Bei Kerzenschein und einem Glas Prosecco ein gemütliches Tête-à-Tete mit viel Zeit für uns zwei ...«

Braig hatte nicht lange gebraucht, um zu verstehen, wen er in der Leitung hatte. Noch bevor das lustvolle Stöhnen der Frau am anderen Ende in ihre nächsten lockenden Worte übergegangen war, wusste er bereits, worum es sich bei dem Anschluss handelte: um die Rufnummer einer Prostituierten. Zuallererst die Identität des Getöteten feststellen, er war sich darüber im Klaren gewesen, dass dies die vordringlichste Aufgabe war. Er hatte sich von den Managern der Liederhalle verabschiedet, hatte sein Handy vorgezogen und die Telefonnummer eingegeben, auf die sie in der Hosentasche des Toten gestoßen waren. Wenn es eine Alternative zur Befragung der Kongressbesucher gab, dann diese. Er hatte die Liederhalle verlassen, war gerade ins Freie getreten, stand wenige Schritte vom Silcher-Denkmal entfernt, als ihm die Stimme ins Ohr schmeichelte.

»Hallo mein Freund, hier ist Bianca. Ich freue mich auf dich, deine zarten Hände, deinen kräftigen Körper. Dich spüren, deine Lust, dein Verlangen, ah ...« Erneut ein etwas bemüht klingendes, angeblich lustvolles Stöhnen.

Mein Gott, was denn noch alles, rumorte es in ihm, wann kommt endlich die Adresse? Er ließ eine weitere Runde geheuchelten Verlangens über sich ergehen, merkte dass das Band zum Ende kam.

»Wenn du mich also in meinem Liebesnest in der Olgastraße in Stuttgart besuchen willst, dann gib mir jetzt die Zeit an, in der es dir am besten passt. Vielleicht finden wir heute noch zueinander. Deine Bianca.«

Das werden wir in der Tat, überlegte Braig, allerdings auf eine andere Tour, als du es dir vorstellst, liebe Bianca. Er notierte sich die Hausnummer, brach die Verbindung ab. Die Olgastraße war eine der bekanntesten Nordost/Südwest-Achsen am östlichen Rand des Stuttgarter Zentrums, keine zwei Kilometer von der Liederhalle entfernt. Mit der Stadtbahn vom unmittelbar vor dem Kongresszentrum gelegenen Berliner Platz aus waren es nur wenige Minuten auf die andere Seite des Talkessels.

Er überquerte die Fahrbahn, betrat den Hochbahnsteig, sah an der elektronischen Abfahrtstafel, dass die nächste Bahn in wenigen Augenblicken zu erwarten war. Hatte der Typ also eine Nutte besucht, überlegte er, gestern Abend vielleicht, um sich zünftig auf den Kongress einzustimmen. Oder er plante den Lusttrip im Verlauf des heutigen Tages, um die langweiligen Vorträge etwas aufzulockern.

Braig grinste vor sich hin, warf der jungen Frau, die neben ihn getreten war und sich rhythmisch im Takt der Musik ihrer Kopfhörer hin und her bewegte, einen freundlichen Blick zu, registrierte ihr Kopfnicken. Handelte es sich bei dem Mann um einen Kongressbesucher aus einer anderen Stadt, der die Annehmlichkeiten Stuttgarts auf verschiedene Weise hatte nutzen wollen? Das Herz Europas, das Zentrum der Metropolregion des deutschen Südwestens, spottete er insgeheim, die großspurigen Parolen Söderhofers und der abgehobenen Politkaste nachahmend, nicht nur in der Vertikalen, sondern auch in der Horizontalen kennenzulernen?

Er hörte das Geräusch der sich schnell nähernden Bahn, stieg in den Zug. Braig suchte sich einen Platz in Fahrtrichtung, sah, dass sich die junge Frau mit den Kopfhörern eine Sitzgruppe weiter vorne niedergelassen hatte. Sie schien ganz in ihre Rhythmen versunken, bewegte ihren Kopf mit abwesendem Gesichtsausdruck nach rechts und links.

Die Bahn fuhr mit gemäßigtem Tempo in die Kurve, beschleunigte dann so stark, dass es ihn in seinen Sitz drückte, passierte das postmoderne Gebäude einer Bank. Unmittelbar vor den weit ausufernden Bauten der Max-Eyth-Gewerbeschule kam sie wieder zum Stehen. Die Türen öffneten sich, Menschen stiegen aus und ein. Braig betrachtete einen jungen, mit einem Anzug und Krawatte bekleideten Mann, der einen schmalen, silbern glänzenden Aluminiumroller in der Rechten zielstrebig auf das ihm gegenüberliegende Polster zusteuerte und sich dort niederließ. Hellgrauer Anzug, Krawatte und Tretroller. Wie schnell sich doch die Zeit und damit auch die in der Öffentlichkeit akzeptierten Verhaltensweisen der Menschen änderten, überlegte er. Einen Tretroller zu benutzen, Sideboardkicking oder wie auch immer Söderhofer dies wohl bezeichnet hätte – vor wenigen Jahren noch hätte sich kein Erwachsener, geschweige denn ein mit Anzug und Krawatte bekleideter auf die Straße gewagt, ein Spalier von skeptischen, ja ablehnenden und feindlichen Blicken hätte ihn auf seinem Weg begleitet. Heute dagegen galt dieses Auftreten als in, wirkte in bestimmten Kreisen wohl sogar imagefördernd.

Die Bahn tauchte in den Untergrund, kam am Rotebühlplatz zum Stehen. Eine Traube schwer mit Einkaufstaschen bepackter Fahrgäste strömte in den Zug. Braig rückte zur Seite, machte einer heftig atmenden Frau um die Sechzig Platz. »Danke, s langt«, keuchte die Frau, stapelte mehrere Tüten auf den Boden und auf ihrem Schoß, »so dick bin i no net.« Er schüttelte den Kopf, warf einen Blick auf die Taschen neben sich.

»Lauter Sonderangebote«, erklärte seine Nachbarin, »i han oifach net widerstehe könne.« Sie zog ein orangefarbenes Kleidungsstück aus einer der Taschen, streckte es ihm entgegen. »Do, gucket Se, des isch doch was für die wärmere Täg. Jetzt, wos uf de Frühling zugoht.«

Braig sah, dass es sich um eine kurze Freizeithose handelte, deren kräftige Farbe in der Tat von einer wärmeren Jahreszeit kündete, nickte anerkennend. »Für den Badestrand«, meinte er.

»Bade?« Seine Nachbarin ließ ein kräftiges Lachen hören. »Noi, zom Bade bin i zu alt, junger Mann. Die isch für de Garte. Mir hent a Stückle in Heslach, wisset se.« Sie forderte ihn auf, die Hose in die Hände zu nehmen und sorgfältig abzutasten, um sich von der Qualität des Stoffes zu überzeugen, zog den nächsten frisch erworbenen Artikel aus der Tüte. »So a feiner Stoff, und des für nur acht Euro zusamme, was saget Se jetzt?«

Ein königsblaues T-Shirt samt ihren erwartungsvollen Blick vor Augen sah er sich zu einer ausführlichen Lobeshymne auf ihr Einkaufsgeschick veranlasst. »Alle Achtung, Sie haben eine glückliche Hand. Beide Teile zusammen nur acht Euro? Das ist ja kaum zu glauben! Ihre Familie kann stolz auf Sie sein.«

»Ha, des isch no lang net älles«, erklärte die Frau. Von seinen Worten angespornt, zog sie eine weitere Tasche auf den Schoß, begann darin zu kramen. »Net dass Sie moinet, i hätt nur an mi denkt!« Sie warf ihm einen kurzen Blick zu, schüttelte den Kopf. »Mei Enkele han i nadierlich net vergesse! Die sollet au was kriege, wenn d`Oma in d`Stadt goht.«

Sie breitete ein weiteres T-Shirt vor Braig aus, tief schwarz, mit kräftig gelben Neonstreifen und mehreren abartig verformten Comicfiguren, die er irgendwann schon einmal gesehen hatte, zwang ihn zu einer verlogen bewundernden Bemerkung. »Oh, sehr schön.« Das Motiv war so potthässlich, dass er das Kleidungsstück nicht einmal seinen schlimmsten Feinden, geschweige denn irgendwelchen nahestehenden Personen hätte zukommen lassen wollen.

Er hörte die Ankündigung der nächsten Haltestelle Österreichischer Platz, ertappte sich bei der Überlegung, wie Söderhofer sich wohl zu dem Einkauf der Frau geäußert hätte. Optimales Styling etwa oder futuristisches Outfit?

Die Bahn bremste, erinnerte ihn daran, dass er aussteigen musste. Braig reichte seiner Nachbarin die Kleidungsstücke, erhob sich, hörte ihr Lamentieren.

»Hano, Sie ganget scho«, maulte sie, »und i han scho denkt, i hätt jemand gfunde zom Schwätze.« Sie ließ ein lautes Lachen hören, rückte ihre Taschen zur Seite, damit er passieren konnte, verabschiedete ihn mit einem herzlichen »An scheene Tag no!«

Braig bedankte sich für den Gruß, wünschte ihr einen guten Nachhauseweg, lief zur Tür. Sie winkte ihm noch, als er den Zug schon verlassen hatte. Er eilte mit großen Schritten die Treppe nach oben, um seinen Kreislauf in Schwung zu bringen, orientierte sich bergan zur Olgastraße.

Die Luft war immer noch überraschend frisch, hatte kaum die Fünf Grad-Marke überschritten, ließ ihn unwillkürlich frösteln. Er wandte den Blick in die Höhe, die Hausnummer überprüfend, merkte, dass er sich um mehrere Gebäude vertan hatte. Autos in unübersehbarer Anzahl lärmten die Olgastraße hinauf und hinab. Stuttgart – das Herz Europas, verkündeten dicke Lettern auf einem großen Plakat.

Er hörte das laute Hupen eines Autos unmittelbar neben sich, schrak zusammen. Ein Fahrzeug war ausgeschert, einem anderen in die Quere gekommen. Braig beeilte sich, die gesuchte Hausnummer zu finden.

Die Wohnung der Frau lag im zweiten Obergeschoss, über ein frisch geputztes, nach Zitrusfrüchten duftendes Treppenhaus zu erreichen. Er hatte an einem im Dachgeschoss gelegenen Appartement geläutet, sich als Postbote ausgegeben, dann oben die Glocke direkt an der Wohnungstür betätigt. Bianca W. verkündete ein kleines Namensschild. Die Frau hatte wohl noch geschlafen, war erst nach seinem zweiten, jetzt länger anhaltenden Klingelton aufgestanden und zur Tür gekommen. Braig nahm seinen Ausweis aus der Tasche, hielt ihn vor das winzige Guckloch in der Tür.

»Ach du Scheiße, die Bullerei«, hörte er ihre Stimme, »was gibt`s denn jetzt schon wieder?«

»Nichts Schlimmes«, antwortete er, »nur ein kurzes Gespräch.«

»Muss das sein?«

»Glauben Sie, ich wäre sonst hier?«

Er hörte ihr verärgertes Schimpfen, klopfte an die Tür.

»Ja, ja«, maulte sie. »Aber etwas überziehen darf ich mir schon noch, oder?«

Sie schlurfte in eines ihrer Zimmer, kam kurz darauf wieder zurück, machte sich an der Verriegelung ihrer Wohnungstür zur schaffen, schob sie dann einen Spalt breit zurück. »Und? Was gibt`s?«

Eine verschlafen wirkende, etwas füllige Blondine um die Dreißig stand vor ihm, in einen bunt geblümten Hausmantel gehüllt. Die Haare waren drei Spuren zu stark blondiert, der Lippenstift zu hastig und viel zu grell aufgetragen. Eine süßlich duftende Parfümwolke schlimmer als in jeder Drogerie quoll ihm entgegen.

»Darf ich kurz reinkommen?«

Sie verzog ihr Gesicht fast bis zur Unkenntlichkeit, schien zu allem bereit, nur nicht, sich auf einen Polizeibeamten einzulassen, zeigte deutlich ihren Unwillen. »Was hab ich denn jetzt schon wieder verbrochen?«

»Nichts«, antwortete er, »überhaupt nichts. Es geht nicht um Sie.«

»Sondern?« Die Skepsis prägte ihr Gesicht wie ihre Stimme.

»Jetzt lassen Sie mich doch endlich in die Wohnung.«
Sie seufzte laut, schob die Tür wieder zu, um sie zu entriegeln, winkte ihn dann in die Wohnung. Er nahm einen letzten Atemzug Treppenhausluft, trat ein, wartete, bis sie die Tür verschlossen hatte und ihn in ein kleines gemütliches Wohnzimmer bat. Ein helles Dreisitzer- Sofa, zwei schmale Sessel, ein rechteckiger Tisch und eine Vitrine. Mitten auf dem Sofa auf einem weichen Kissen eine schwarze, schlafende Katze.

»Von welcher Abteilung sind Sie?«, fragte sie. »Sitte? Ich kenne Sie nicht.«

Das Zimmer duftete fast genauso intensiv wie der Vorraum. Braig nahm auf dem Polster unmittelbar neben der Katze Platz, sah, wie das Tier unbeeindruckt alle Viere von sich streckte und wohlig gähnte.

»Mord«, antwortete er, »mit der Sitte habe ich nichts zu tun.«

»Mord? Und da kommen Sie zu mir?«

Er griff in seine Jacke, zog das Bild des Toten vor, das Rauleder ihm ausgedruckt hatte. »Um diesen Mann geht es«, erklärte er, schob das Foto über den Tisch.

Sie hatte in einem der Sessel Platz genommen, betrachtete neugierig Braigs Mitbringsel. »Und? Was ist mit ihm?«

»Sie kennen ihn?« Er musterte prüfend ihr Gesicht, versuchte, jede Regung zu erkennen.

»Irgendwas ist faul an der Sache, ja?« Sie hielt ihren Blick auf das Foto gerichtet, sah nicht zu ihm her.

»Was soll faul daran sein?«

»Na ja, wenn Sie sich eigens zu mir her bequemen.«

»Der Mann ist tot«, antwortete er.

»Also, das habe ich auch schon begriffen«, meinte sie.

»Sie kennen ihn?«, wiederholte er.

»Wieso kommen Sie damit zu mir?« Die Frau schien von Kopf bis Fuß von Misstrauen erfüllt. »Ich habe nichts damit zu tun.«

Braig schüttelte den Kopf. »Das behauptet kein Mensch. Er trug Ihre Telefonnummer bei sich.«

»Und deshalb versuchen Sie jetzt, mich da mit reinzuziehen?«

»Nein. Das versuche ich nicht.« Er betrachtete sie eingehend, als sie endlich den Blick von dem Bild zu ihm herwandte, überlegte, ob er es riskieren konnte, ihr zu offenbaren, dass er auf der Suche nach der Identität des Toten war und bisher überhaupt nichts über den Mann wusste. Was, wenn sie in irgendeiner Weise in das Verbrechen involviert war und ihm deshalb einen falschen Namen präsentierte, um ihn auf eine falsche Spur zu lenken?

»Also gut«, erklärte sie plötzlich. »Warum auch immer Sie damit zu mir kommen, ich habe mal kurz mit ihm gesprochen.«

»Gesprochen?«, fragte er. »Wann?«

Sie blickte fragend zu ihm her. »Vor vier Wochen vielleicht. Es kann auch schon sechs oder sieben Wochen her sein. So genau weiß ich das nicht mehr. Es war im *Mistral*. Sie kennen die Kneipe?«

Braig schüttelte den Kopf.

»Nicht weit von hier«, erklärte sie, »Sie sind wirklich nicht von der Sitte.«

»Nein. Ich habe es Ihnen doch erklärt. Was haben Sie mit ihm gesprochen? Geschäftliches?« Er benutzte für das letzte Wort einen anzüglichen Tonfall.

Die Frau runzelte die Stirn, warf ihm einen missbilligenden Blick zu. »Nein, nicht was Ihr bürgerliches Bullenhirn jetzt wieder denkt. Im Gegensatz zu seinem Begleiter hatte er daran kein Interesse.«

»Aber wieso hat er sich dann Ihre Telefonnummer notiert?«

»Er selbst? Keine Ahnung.« Sie schüttelte den Kopf. »Ich

weiß nur noch, dass sein Freund, oder nein, Freund ist das falsche Wort, es handelte sich wohl eher um einen Geschäftspartner oder etwas Ähnliches, der schon etwas angetrunken war. Der nahm jedenfalls einen Stift, fragte mich nach meiner Nummer und schrieb sie dann mit flapsigen Worten, also etwa: Falls du, lieber Marc, doch mal Lust auf die Bibi hast, hier kannst du sie erreichen auf den Rand einer Zeitung.«

»Auf den Rand einer Zeitung?«

»Ja, diesen schmalen Streifen am Rand neben den Artikeln.«

»Und dann?«

»Na, er riss den Streifen mit der Nummer ab und gab ihn ihm.«

»Und dieser Marc nahm ihn an sich?«

»Was weiß ich. Ich glaube schon, ja.«

Braig versuchte, sich das Fundstück aus der Hosentasche des Toten in Gedanken vor Augen zu holen, glaubte, dass es sich dabei tatsächlich um Zeitungspapier handeln konnte. Er musste es auf jeden Fall überprüfen. »Wie heißt er mit Nachnamen?«

»Marc?«

»Der Mann hier auf dem Foto«, sagte Braig.

»Schmidt.«

»Schmidt?« Er konnte seine Skepsis nicht verbergen, legte den Kopf schief, musterte sie aufmerksam. »Kann es sein, dass er Sie auf den Arm nehmen wollte? Oder haben Sie sich das jetzt selbst aus dem Ärmel gesogen?«

Die Frau schüttelte den Kopf. »Weder noch. Ich weiß, was Sie meinen: Die meisten Männer, die mich besuchen, verschweigen ihren richtigen Namen. Das passt schließlich nicht zu ihrem gutbürgerlichen Leben, was sie hier erledigen. Viele stellen sich einfach mit einem Vornamen vor, wobei ich oft sofort merke, dass es nicht ihrer ist. Zur vollständigen Tarnung, wie sie glauben. Obwohl es kurz darauf nicht mehr viel zu verbergen gibt. Was solls, das kann mir egal sein. Hauptsache, sie zahlen. Was aber diesen Marc, also den Mann hier betrifft«, sie zeigte auf das Bild auf dem Tisch, »da erinnere ich mich, dass er während unserer Unterhaltung einen Anruf erhielt und sich mit Schmidt meldete.«

»Daran können Sie sich jetzt noch erinnern?«, fragte Braig überrascht.

Ihr Gesicht bekam einen schelmischen Ausdruck. »Das ist wirklich ungewöhnlich, ja. Aber es handelte sich auch um ein besonders angenehmes Gespräch. Der Mann nannte sich Schmidt, ich weiß es genau.«

»Er scheint Sie ja mächtig beeindruckt zu haben.« Braig hatte seine Skepsis noch nicht vollständig abgelegt.

»Ein außergewöhnlicher Mann, ja«, erklärte sie voller Überzeugung. »Wenn ich nicht in festen Händen wäre ...«

Er schaute sie überrascht an, musste sich zwingen, nicht auf ihre Bemerkung einzugehen. Sie in festen Händen? Vielleicht waren es wirklich gutbürgerliche Vorurteile, die ihn diesen Sachverhalt nur schwer verstehen ließen.

»Aber das war es nicht allein«, unterbrach sie seine Gedanken. Sie erhob sich aus dem Polstersessel, ging zu der Vitrine, griff ins unterste Regal. Als sie sich ihm wieder zuwandte, hielt sie ein kleines Kissen in der Hand.

Braig wollte gerade fragen, was es mit dem Gegenstand auf sich habe, als neben ihm ein heftiges Miauen einsetzte. Er schaute zur Seite, sah, dass sich die Katze mit verschlafenen Augen aufgerichtet hatte, sich gähnend streckte und dann zu der Frau hinüberstarrte.

»Ja, Sissi, deine Maus«, sagte sie, warf das kleine Kissen auf das Sofa neben Braig.

Die Katze begann augenblicklich laut zu schnurren. Sie drückte ihre Stirn an das Kissen, schnupperte daran, ließ sich auf den Rücken fallen, streckte alle vier Beine von sich.

»Katzenminze«, erklärte die Frau, »die Füllung ist das Geheimnis.«

Braig betrachtete amüsiert das Schauspiel neben sich, sah, dass sich das Tier wie in Trance auf dem Polster wälzte.

»Es wirkt wie eine Droge«, sagte sie, »er hat es mir geschenkt.«

»Dieser angebliche Marc Schmidt?«

Die Frau nickte. »Wir kamen darauf zu sprechen, dass wir beide Katzenliebhaber sind. Er freute sich, erzählte vom Kater einer Bekannten in Ludwigsburg, obwohl sein Begleiter dauernd dazwischen maulte, wir sollten endlich aufhören, von dem Viehzeug zu reden und uns ernsthafteren Dingen zuwenden. Irgendwann stand er auf, ging zu seiner Jacke und brachte mir das Kissen. Es war verpackt, in einer luftdichten Folie. Er hatte es für den Kater seiner Ludwigsburger Bekannten gekauft, schenkte es mir. Ich weiß jetzt, wo ich es kaufen kann, meinte er, Rafael bekommt ein anderes.«

»Rafael?«

»So nannte er diesen Kater.«

»Wissen Sie, wo er lebte?«

»Lebte?« Die Frau hielt einen Moment inne. »Mein Gott, ja, Sie sagen, er sei tot. Scheiße, er war ein netter Mann. Sehr freundlich.« Sie sah zur Seite, wandte sich erst nach einer Weile wieder Braig zu. »Wo er lebt?« Sie schüttelte den Kopf. »Nein, tut mir leid.«

»Sie kamen nicht darauf zu sprechen? Er oder sein Begleiter?«

»Sein Begleiter? Um Gottes Willen, nein. Kein besonders angenehmer Mensch.«

»Kennen Sie dessen Namen?«

»In einer Firma in Esslingen«, stieß sie plötzlich hervor. »Richtig. Das sagte er. Er arbeitet in einer Firma in Esslingen.«

»Wer? Der Begleiter von ...?«

»Nein«, fiel sie ihm ins Wort. »Marc Schmidt. Von wem sprechen wir die ganze Zeit?«

»In einer Firma in Esslingen? Das wissen Sie genau?«

Sie nickte. »Das sagte er jedenfalls. Irgendwann an diesem Abend.«

»Der Name der Firma. Er erwähnte ihn?«

»Mein Gott, was wollen Sie noch alles aus mir herauspressen?« Sie warf ihm einen vorwurfsvollen Blick zu. »Nein, dazu kann ich Ihnen nichts sagen.«

»Und seit damals hatten Sie keinen Kontakt mehr zu Herrn Schmidt?«

Die Frau schüttelte nur noch den Kopf.

7. Kapitel

Es war schon kurz vor halb Acht, als Neundorf endlich an der Tankstelle in Ludwigsburg eintraf. Sie hatte ihr Büro gerade verlassen wollen, als Ohmstedt sich bei ihr meldete, um ihr mitzuteilen, dass er sich um die Sache kümmern und die Untersuchung des Tatorts übernehmen würde. Sie solle sich von den Strapazen der durchwachten Nacht erst einmal ausruhen und frische Kraft schöpfen. Neundorf hatte sich bei dem Kollegen für das Angebot bedankt, sich dennoch dafür entschieden, nach Ludwigsburg zu der überfallenen Tankstelle zu fahren. Sie war zu aufgewühlt, um jetzt Ruhe oder gar Schlaf finden zu können - außerdem wissbegierig, wollte erfahren, was genau geschehen war. Sie hatte Thomas Weiss, ihren Lebensgefährten, angerufen und ihn über den neusten Überfall informiert. Er hatte sofort begriffen, welche Bedeutung der Besuch des Tatortes für sie hatte und ihr ohne jedes Zögern versprochen, sich um ihren Sohn Johannes zu kümmern, ihn rechtzeitig zu wecken und für die Schule fertig zu machen, so wie sie es immer praktizierten, wenn sie nachts beruflich zu tun hatte.

Das Areal der Tankstelle war weiträumig abgesperrt und von mehreren uniformierten Beamtinnen und Beamten streng bewacht, als sie dort eintraf. Sie wies sich einer Kollegin der Schutzpolizei gegenüber aus, schlüpfte unter dem rotweißen Band hindurch, lief zum hell erleuchteten Verkaufsraum. Die Eingangstür stand einen Spalt breit offen. Neundorf blieb stehen, schaute durch das Glas ins Innere, sah die voll bestückten Regale des Ladens. Es handelte sich um eine außergewöhnlich große Verkaufsfläche, die Waren der unterschiedlichsten Sortimente präsentierte. In einer Ecke, wenige Meter von der Tür entfernt, standen Dr. Kai

Dolde und Markus Schöffler – von Kopf bis Fuß in hellgrüne Kunststoffoveralls verpackt – nebeneinander auf einer Leiter und schraubten, die Köpfe in die Höhe gereckt, an einem unmittelbar unterhalb der Decke angebrachten Gerät.

Neundorf griff in ihre Jackentasche, zog Plastiküberzüge heraus, stülpte sie sich über die Hände. Sie bewegte sich nicht von der Stelle, wusste sie doch, wie wichtig es war, für den Laien kaum sichtbare, möglicherweise aber dennoch vorhandene Spuren nicht zu beschädigen, um die Arbeit ihrer Kollegen nicht noch zusätzlich zu erschweren. Oft genug lag es am Fund winziger, fast mikroskopisch kleiner Partikel, die Anwesenheit eines Verdächtigen am Tatort beweisen zu können.

Sie wartete, bis die beiden Spurensicherer einen kleinen, schwarzen Gegenstand aus seiner Halterung geschraubt hatten und von der Leiter gestiegen waren, sah, dass es sich um eine Überwachungskamera handelte. Neundorf streckte den Kopf in den Türspalt, klopfte an die Scheibe. »Guten Morgen zusammen«, begrüßte sie die Kollegen, »seid ihr schon länger hier?«

Dr. Dolde blickte von der Kamera auf, überließ es Schöffler, sie genauer zu untersuchen. »Fünfzehn Minuten vielleicht«, antwortete er.

»Sonst ist noch niemand da?«

»Ohmstedt.« Der Spurensicherer zeigte nach draußen. »Er wollte mit dem zuständigen Arzt telefonieren.« Er bemerkte Neundorfs fragende Miene, erklärte seine Ausführungen. »Der Verkäufer, also der Mann, der überfallen wurde. Er liegt im Klinikum. Der Notarzt hat ihn sofort eingewiesen.«

»Ihr habt ihn noch gesehen?«

Dr. Dolde nickte. »Er lag aber schon auf der Bahre. Der Arzt verbot jedes Gespräch. Ich glaube, der arme Mann war ziemlich fertig.«

»Ich dachte, es wurde niemand verletzt?« Unterwegs auf dem Weg nach Ludwigsburg hatte sie sich telefonisch bei den am Tatort bereits eingetroffenen Kollegen der Schutzpolizei nach den ersten Erkenntnissen erkundigt. Ein Überfall ja, hatte sie gehört, aber keine Toten und keine Verletzten, wenigstens das nicht.

»Keine Ahnung«, antwortete der Spurensicherer. »Du musst Ohmstedt fragen. Wir kümmern uns um die Kameras«, er zeigte auf den kleinen Gegenstand in Schöfflers Hand. »Der Mist ist nämlich der, dass die Bänder nichts hergeben. Wir haben sie sofort untersucht, weil wir wissen, wie scharf ihr auf sie seid.«

»Was heißt, sie geben nichts her?«

»Flimmern. Nichts als flimmern. Kein einziges Bild.«

»Kein einziges Bild?« Neundorf setzte zu ihrer nächsten Frage an, wurde mitten im Satz vom heftigen Schimpfen Schöfflers unterbrochen.

»Verdammter Mist! Natürlich, kein Wunder. Das war rohe Gewalt«, zeterte der Kollege. »Macht euch keine Hoffnungen, da ist nichts zu machen.« Er hielt die Kamera in die Höhe, streckte sie Dolde entgegen. »So ein Schrott!«

»Was ist los?«, fragte sie. Sie sah die kritischen Blicke der beiden Männer, mit der sie den Gegenstand vor sich begutachteten, hörte Doldes lauten Seufzer.

»Die könnt ihr vergessen«, brummte er.

»Weshalb? Ist sie defekt?«

Schöffler kratzte sich verlegen wie ein Schüler, der aufgerufen wurde und bekennen muss, dass er nichts gelernt hat, am Kopf, nickte zustimmend. »Die Linse«, erklärte er, »sie ist winzig klein, man sieht es nicht sofort. Aber die gibt nichts mehr her.«

»Wie ist das passiert? Absichtlich?«

»Garantiert«, war sich Dolde sicher, »mit roher Gewalt voll

drauf. Das waren Profis, würde ich sagen. Zuerst die beiden Kameras, dann der Verkäufer.« Er schaute zu seinem Kollegen, sah Schöffler die Leiter zur anderen Seite des Verkaufsraumes schleppen. »Jetzt wissen wir wenigstens, weshalb die Bänder nichts hergeben. Das wird bei der anderen Kamera nicht anders sein.«

Schöffler stellte das Metallgestänge ab, rückte es auseinander. »Wenn du mir hilfst, wissen wir in wenigen Minuten Bescheid.«

Neundorf blieb stehen, beobachtete die beiden hellgrün vermummten Spurensicherer, wie sie die Sprossen hochkletterten. Sie streckten ihre batteriebetriebenen Schraubenzieher in die Höhe zu der kreisrunden Apparatur, die die Kamera nach allen Seiten drehte, schalteten das Gerät aus und lösten dann eine Schraube nach der anderen aus ihrer Halterung. Die Kommissarin musste nicht lange überlegen, um zu begreifen, was diese Tatsache bedeutete. Wenn die Kameras tatsächlich alle zerstört waren, gab es wohl kaum eine Chance, die Täter zu identifizieren. Zwar hatten sie inzwischen aufgrund der Vielzahl der Tankstellenüberfälle eine ganze Menge von Videoaufzeichnungen der vermummten Verbrecher gesammelt, doch reichte das Material bei weitem nicht aus, den Männern entscheidend näherzukommen. Mit jeder neuen Aufnahmesequenz jedoch stiegen Hoffnung und Wahrscheinlichkeit, das Bild, das sie von den bisher noch Unbekannten gewonnen hatten, zu vervollständigen. Und, wenn es schon nicht gelang, sie auf frischer Tat zu ertappen, ihnen wenigstens auf diese Weise auf die Schliche zu kommen. Wie es aussah, waren heute aber nicht einmal in dieser Beziehung irgendwelche Fortschritte zu erwarten.

Neundorf seufzte laut, sah, wie die Spurensicherer die Kamera aus der Apparatur unter der Decke schraubten. »Und?«, fragte sie ungeduldig. »Was ist mit ihr?«

Sie hörte Schritte hinter sich, drehte den Kopf zur Seite, sah Ohmstedt auf sich zukommen. »Moment«, rief sie, winkte dem Kollegen zu, einen Moment zu warten, beobachtete Dolde und Schöffler, wie sie noch oben auf der Leiter stehend das kleine schwarze Objekt untersuchten.

Sie benötigten nur wenige Sekunden, die Sachlage zu analysieren.

»Mutwillig zerstört«, rief Dolde. »Mit einem harten Gegenstand.«

»So ein Mist!«, schimpfte die Kommissarin. Sie wartete noch einen Moment, in der vagen Hoffnung, dass der Mann sein Urteil vielleicht doch noch revidieren würde, sah leider nur Kopfschütteln.

»Die Linse ist hinüber«, ergänzte Schöffler, »tut mir leid.«

Neundorf wandte sich zur Seite, nickte Ohmstedt zu. »Du hast es gehört?«

»Um was geht es? Die Videoaufzeichnungen?«

»Flimmern, nur Flimmern. Die Kameras wurden mutwillig zerstört.«

»Beide?«

Sie nickte, drückte ihren Kopf wieder in den Türspalt, sah Dolde und Schöffler von der Leiter steigen. »Es gibt nur zwei Kameras? Keine Dritte?«

»Nur zwei. Wir haben die Anlage überprüft.«

»Verfluchte Dreckbande!«, schimpfte Ohmstedt. »Das haben sie doch bisher nicht getan. Die gehen jetzt auf Nummer sicher.«

»Es gibt eine kleine Chance«, meinte Dolde. Er hatte den Boden erreicht, sah zur Tür. Sein Gesicht wirkte verschlafen, die linke Wange wie von einem kräftigen Stempel markiert.

»Was meinst du?«

»Die Bänder scheinen intakt«, erklärte der Spurensicherer. »Wenn wir viel Glück haben, sind die Täter trotz oder gerade wegen ihrer Attacken für einen Moment zu sehen.«

Neundorf verfolgte seinen Fingerzeig, mit dem er die beiden Standorte der Überwachungskameras im Laden markierte, begriff, worauf er hinaus wollte. »Ich verstehe«, sagte sie, »die Kameras sind zwar relativ weit voneinander postiert, um verschiedene Bereiche des Verkaufsraumes abzudecken, aber während sie sich drehen, erfassen sie für einige Sekunden auch den Standort der jeweils anderen Kamera. Das bedeutet ...« Sie schwieg einen Moment, sich die Konsequenzen der Überlegung genau vor Augen zu holen, hörte, wie Dolde ihren Satz vervollständigte.

»Wenn wir Glück haben, war die eine Kamera in dem Moment, in dem der Täter die andere zerstörte, genau in diese Ecke des Raumes ausgerichtet. Und selbst, wenn sie nicht dorthin zielte: Die Überwachungskameras erfassen ihre Umgebung normalerweise in einem weiten Winkel. Es ist also durchaus möglich, dass wir den Kerl wenigstens in diesem Moment zu sehen bekommen. Vielleicht! Wir werden sehen.«

»Ihr kümmert euch darum?«

»Sobald wir Zeit haben, ja. Vorher müssen wir uns aber noch um die Kasse kümmern. Der Mann behauptete angeblich, der eine habe direkt in die Kasse gegriffen, richtig?« Dolde richtete seinen Blick auf Ohmstedt, sah dessen zustimmendes Nicken.

»Einer der Schutzpolizeibeamten hat mit ihm gesprochen, ja.«

»Wir kümmern uns jedenfalls um die Abdrücke, auch wenn die dort wahrscheinlich zahlreicher sind als Ameisen in einem Ameisenhaufen, okay?«

Ohmstedt nickte ihm zu, bemerkte Neundorfs fragenden Blick.

»Du hast nicht persönlich mit dem überfallenen Mann sprechen können?«

»Er wurde gerade abtransportiert, als ich kam«, antwortete er. »Der Notarzt wehrte jeden Versuch ab. Der Mann stand sichtbar unter Schock. Aber Peter Frei, einer der uniformierten Kollegen, konnte ihm vorher ein paar Worte entlocken. Ich kenne ihn von anderen Einsätzen. Er war mit seiner Kollegin als Erster hier.« Ohmstedt zog einen kleinen Block aus seiner Tasche, las den Namen des Opfers ab. »Herbert Wössner, so heißt der Verkäufer. Frei schätzt ihn auf 60 bis 65. Er wohnt in Marbach, sie haben seine Frau bereits informiert. Verletzt wurde er zum Glück nicht, also jedenfalls nicht körperlich. Über seine psychischen Wunden kann man jetzt noch nichts sagen, aber das wird wohl eine Weile dauern, so wie der arme Kerl getroffen schien. Wössner soll von zwei Tätern gesprochen haben, beide angeblich vermummt. Sie sollen gemeinsam in den Laden gekommen sein, der eine nur bis zur Tür, der andere an die Kasse. Dann hätte der an der Kasse eine Waffe gezückt. Genauer kann ich es nicht sagen. Frei meint, Wössner habe wie in Trance den Hergang des Überfalls immer wieder vor sich hin gestammelt. Ob er wirklich so stattgefunden habe, müssten wir selbst ermitteln.«

»Das ist mir schon klar«, meinte Neundorf. »Aber der Überfallene muss wirklich traumatisiert gewesen sein, als er das vor sich hinbrabbelte. So kann es nicht abgelaufen sein. Die haben zuerst die Kameras zerstört, bevor sie zur Kasse kamen.«

»Das ist richtig, ja.« Ohmstedt hüllte sich fester in seine Jacke, rieb sich die Arme. Die kalten Morgentemperaturen ließ ihn frösteln. »Aber das genau zu eruieren, wird noch eine Weile dauern. Ich habe gerade mit dem zuständigen Arzt im Ludwigsburger Klinikum telefoniert. Wössner ist frühestens heute Nachmittag ansprechbar, erklärte der. Der Mann stand unter Schock, er bekam ein Sedativum. Kein Gespräch vor 14 Uhr, besser noch etwas später, der Mediziner bestand darauf.

Du kannst nach Hause gehen, eine Runde schlafen. Ich denke, du hast es nötig, nach der durchwachten Nacht, oder?«

Neundorf hatte dem Argument ihres Kollegen nichts entgegenzusetzen.

8. Kapitel

Noch auf den letzten Stufen der Treppe, kurz vor dem Verlassen des Gebäudes, hörte Braig sein Handy. Er lief hinab ins Erdgeschoss, nahm das Gespräch an. Rauleder war in der Leitung.

»Du hast einen Moment Zeit?«, fragte er. »Wir wissen jetzt, wo es passiert ist.«

»Ja, bitte!«, antwortete Braig. Er postierte sich unweit der Eingangstür, konzentrierte sich auf das Gespräch. »Ihr seid noch in der Liederhalle?«

»In der Toilette, ja. Die Spuren sind eindeutig. Wir haben keinen Zweifel mehr, wie es ablief. Nach ausführlicher Rücksprache mit Dr. Schäffler.«

»Der Gerichtsmediziner ist noch bei euch?«

»Nein, der ist schon lange weg. Wir haben uns telefonisch mit ihm unterhalten.«

»Zu welchem Ergebnis seid ihr gekommen?«, fragte Braig. Er hatte den intensiven Zitrusduft eines Reinigungsmittels in der Nase, mit dem das Treppenhaus vor nicht allzu langer Zeit bearbeitet worden sein musste, wedelte sich mit der freien Hand frische Luft ins Gesicht.

»Der Mann stand am Waschbecken. Wahrscheinlich war er dabei, seine Hände zu waschen, als er von der Seite her mit einem harten Gegenstand attackiert wurde. Vielleicht eine Flasche oder so etwas ähnliches, wir haben leider nichts gefunden, was dafür in Frage kommt.«

»Das heißt, der Täter muss die Tatwaffe wieder mitgenommen haben.«

»Wir vermuten das, ja. Wir werden jetzt das ganze Haus nach verdächtigen Gegenständen untersuchen. Abfallkörbe, die anderen Toiletten, mal sehen, ob sich etwas ergibt.«

»Hoffentlich«, überlegte Braig. »Der Täter wird es wohl kaum den ganzen Tag mit sich führen. So unverfroren kann niemand sein.«

»Wer weiß, so sicher wäre ich mir da nicht«, entgegnete Rauleder. »Vielleicht ist er so abgebrüht und baut darauf, dass wir einen Staatsanwalt erwischen, der uns keine Leibesvisitation der Kongressbesucher erlaubt.«

Braig spürte, wie er innerlich verkrampfte. Allein schon der Gedanke an Söderhofers Auftreten am Morgen bereitete ihm Unbehagen. »Ich will nicht daran denken, was passiert, wenn ihr nichts findet«, meinte er. »Vielleicht sollte ich Söderhofer trotzdem noch einmal um eine Überprüfung aller Leute angehen. Obwohl es jetzt wohl ohnehin zu spät ist. Spätestens in der Mittagspause wird der Täter den entsprechenden Gegenstand außer Haus schaffen. Die Gelegenheit wird er sich nicht entgehen lassen.«

»Das ist zu vermuten, ja. Du weißt, wie spät es ist?«
Braig schaute auf seine Uhr. Zwanzig vor Zwölf. Er seufzte laut. »Die ersten Kongressbesucher werden schon gegangen sein.«

»So ist es«, bestätigte Rauleder. »Ich würde es erst gar nicht mehr versuchen. So wie ich den Kerl heute Morgen erlebt habe, das reicht. Ich muss dir wohl kaum Rössles Kommentare nach eurem Verschwinden zitieren, oder?«

»Danke, ich kann es mir vorstellen. Die sind wohl kaum druckreif. Er scheint ihn bereits gekannt zu haben.«

»Allerdings. Genau so wie er sich heute wieder aufgeführt hat.« Der Spurensicherer machte eine kurze Pause, ließ ein kräftiges Husten hören. »Aber vielleicht haben wir ja doch noch Glück und finden einen verdächtigen Gegenstand, warte mal ab. Er wurde auf jeden Fall damit attackiert, laut Dr. Schäffler mit mindestens drei Schlägen. Dann knallte er mit dem Kopf unglücklich auf den Wasserhahn – wir haben dort

Spuren von Blut entdeckt – und erhielt wohl noch einen letzten, sozusagen finalen Schlag. Direkt vor dem Waschbecken. Wir fanden weitere winzige Blutspritzer und Hautpartikel dort und an der Wand. Anschließend schleifte ihn der Täter in die Kabine und warf ihn über die Kloschüssel, so wie du ihn gesehen hast, die Spuren sind fast lückenlos nachzuvollziehen. Bis auf zwei kurze Unterbrechungen. Die stammen aber eindeutig von irgendwelchen Elefanten, die in der Toilette umherstampften. Zum Glück mit Schutzüberzügen über den Schuhen.«

»Tut mir leid, ich habe versucht ...«

»Du brauchst dich nicht entschuldigen«, fiel Rauleder ihm ins Wort, »der andere Elefant hat das auch nicht nötig. Außerdem habe ich noch etwas für dich.«

»Ja?«

»Das allerdings nur teilweise vorhandene Profil eines Schuhs.«

»Der nicht vom Opfer stammt?«

»Natürlich nicht. Das haben wir sofort überprüft. Wir fanden es in der Kabine des Toten. Vielleicht ein Relikt des Täters.« Er schwieg für den Moment einer Sekunde, fügte dann schnell: »Mit viel Glück, versteht sich«, hinzu.

»Welche Größe?«

»Wir müssen es noch detaillierter untersuchen. Etwa zweiundvierzig oder dreiundvierzig. Genaueres später.«

»Der Abdruck kann aber auch älter sein.«

»Natürlich. Vielleicht, nein wahrscheinlich waren heute Morgen bereits andere Leute auf der Toilette. Bevor der Täter zuschlug, meine ich. Die können den Abdruck hinterlassen haben. Oder er ist noch älter. Die Toiletten werden jeden Abend nass geputzt, wir haben uns erkundigt. Die war wirklich sauber, wir haben kaum fremde Spuren. Aber trotzdem kann niemand ausschließen, dass genau die Stelle, wo wir den Abdruck fanden, gestern Abend beim Wischen übersehen wurde. Bei aller Sauberkeit, vielleicht ist dem Reinigungspersonal dort eine Lücke unterlaufen, wie der Zufall so spielt.«

Braig hörte das Geräusch eines Schlüssels, sah, wie eine junge Frau das Gebäude betrat. Sie schaute überrascht zu ihm hin, beeilte sich, die Treppe hochzulaufen.

»So viel zu uns«, hörte er die Stimme des Spurensicherers.

»Und wie klappte es bei dir? Hat die Telefonnummer etwas gebracht?«

»Die Telefonnummer?« Braig sah die Frau im Treppenhaus verschwinden, wartete ein paar Sekunden mit seiner Antwort. »Ja, allerdings. Sie gehört einer ...«, er stockte, dämpfte seine Stimme, »einer Prostituierten.«

»Was?«, rief sein Gesprächspartner. »Eine Nutte? Na ja, dann hat sich der Typ vor seinem Ableben wenigstens noch etwas gegönnt.« Rauleder ließ ein lautes Lachen vernehmen.

»Also das angeblich gerade nicht«, erwiderte der Kommissar. »Die Frau legt jedenfalls Wert darauf, dass auf dieser Ebene nichts gelaufen sei.«

»Auf dieser Ebene. Menschenskind, wie du dich ausdrückst! Hast du das von Söderhofer gelernt?«

Braig lachte. »Ich hoffe nicht.«

»Dann hat sie den Mann auch nicht gekannt, vermute ich mal.«

»Du täuschst dich. Sie erinnerte sich sofort an ihn.«

»Du hast seinen Namen?« Rauleders Überraschung war nicht zu überhören.

»Marc Schmidt. Ich hoffe, dass sie richtig liegt.«

»Marc Schmidt. Ein Kongressbesucher, nehme ich an.«

»Das muss ich noch überprüfen.«

»Gut, dann will ich dich nicht länger stören. Ich muss an die Abfallkörbe, Rössle ist schon längst damit beschäftigt.«

Braig bedankte sich für die Information, suchte nach der Nummer der Manager der Liederhalle, ließ sich verbinden. Er öffnete die Tür, trat auf den Gehweg, folgte der Olgastraße, hatte Andreas Herrmann am Ohr.

»Braig vom LKA«, meldete er sich, »wir haben vorhin miteinander ...«

»Ja, ja, alles klar. Machen Sie Fortschritte?«

»Das ist zu früh. Unsere Ermittlungen stehen noch am Anfang. Aber ich benötige Ihre Hilfe.«

Ein lärmender Pulk von Fahrzeugen dröhnte an ihm vorbei, machte jede Unterhaltung unmöglich.

»Sind Sie noch dran?«, fragte sein Gesprächspartner.

»Ja«, erklärte Braig, »ich möchte Sie bitten, einen Namen zu überprüfen. Ob sich diese Person unter den Kongressbesuchern befindet.«

»Wie heißt die Person?«

Braig hatte die Wilhelmstraße erreicht, überquerte sie, bog dann in die schmale Grünanlage ab, blieb dort nach wenigen Metern stehen.

»Die Person«, wiederholte sein Gesprächspartner. »Wie lautet der Name?«

»Marc Schmidt.«

»Schmidt mit d-t?«

»Ich denke, ja.«

Es dauerte überraschend lange, bis der Mann endlich zu einer Antwort fand. »Marc Schmidt, Marc Schmidt. Nein, ich finde keinen Marc Schmidt. Jedenfalls nicht mit d-t. Es sei denn ...«

Er verstummte erneut, vervollständigte dann doch noch seinen Satz. »Es sei denn, er schreibt sich nicht mit d-t, sondern mit t-t.«

»Na ja, die Buchstaben sind wohl nicht das Entscheidende. Gibt es einen Marc Schmitt, mit t-t, meine ich, unter den

Kongressbesuchern?«

»Einen Marc Schmitt nicht. Aber einen Markus Schmitt, Markus Schmitt ja.«

Dann haben wir ihn also, überlegte Braig. Hat sich der Umweg über die Telefonnummer doch gelohnt.

»Weshalb fragen Sie nach ihm? Um Gottes Willen, Sie glauben doch nicht etwa ...«

Dem Kommissar schien es noch zu früh, Markus Schmitt offen als das in der Toilette der Liederhalle aufgefundene Verbrechensopfer auszugeben, versuchte, seinen Gesprächspartner von voreiligen Schnellschüssen abzuhalten. »Ich bitte Sie, den Namen vorerst nicht zu erwähnen. Noch bin ich mir nicht sicher. Ich muss die Sache erst überprüfen. Haben Sie einen Hinweis auf den Wohnort des Mannes?«

Diesmal musste er nicht lange auf eine Antwort warten. »Doch, den kann ich Ihnen nennen. Samt Straße und Telefonnummer. So jedenfalls, wie er sich bei uns angemeldet hat. Herr Schmitt stammt aus Esslingen.«

Braig notierte sich die Adresse und die Rufnummer des Mannes, bedankte sich bei dem Manager, bat nochmals um strengste Diskretion. »Noch habe ich keine Bestätigung, dass es sich wirklich um ihn handelt. Sobald ich mir sicher bin, gebe ich Ihnen Bescheid.«

Er brach die Verbindung ab, beschloss, sich sofort an die Angehörigen Markus Schmitts zu wenden, um Gewissheit über die Identität des Toten zu erlangen. Eine Gruppe mit Schulranzen bepackter Mädchen und Jungen eilte an ihm vorbei, auf die stadteinwärts führende Treppe zu. Sie riefen sich gegenseitig nur schwer verständliche zotige Bemerkungen zu, brachen in lautes Gelächter aus, als einer der Jungs auf der obersten Stufe ausrutschte und auf seinem Hinterteil landete. Braig wartete, bis sich die Gruppe etwas entfernt hatte, gab die Nummer dann ein. Er ließ es mehrfach läuten, wartete auf eine Reaktion. Vergeblich, niemand nahm ab.

Er schaute auf die Uhr: Zehn vor Zwölf. Zeit für eine kurze Mittagspause, überlegte er, zumal er Ann-Katrin versprochen hatte, diese in den letzten Wochen ihrer Schwangerschaft so oft wie möglich gemeinsam mit ihr in der neuen Wohnung zu verbringen.

9. Kapitel

Dr. Otto Genkinger bettete gerade einen kleinen rötlichbraunen Hund vorsichtig in den mit bunten Decken gepolsterten Fahrradanhänger einer jungen Frau und strich dem Tier sanft übers Fell, als Braig vor dem Haus anlangte. »Das wird schon wieder« sagte der in einen weißen Arztkittel gekleidete knapp über sechzigjährige Mann, »in den nächsten Tagen springt Paprika quicklebendig wieder neben Ihrem Fahrrad her.«

Die Frau bedankte sich per Handschlag, nahm auf ihrem mit einem tiefen Einstieg ausgestatteten bequemen Sportrad Platz, fuhr langsam davon.

»Paprika?«, fragte Braig. »Habe ich das richtig verstanden?«

Dr. Genkinger lachte laut, ein kräftiges herzliches Lachen, was Braig wieder einmal veranlasste, darüber nachzudenken, dass eine solch emotionale Gefühlsregung nur aus der Kehle eines Menschen stammen konnte, der mit seinem Leben rundum zufrieden war. Oder täuschte er sich bei dieser Überlegung? Er hatte den Mann jedenfalls auf Anhieb gemocht – eine für einen jetzt schon seit Jahrzehnten beruflich unablässig im Morast der Gesellschaft wühlenden und ständig mit den übelsten Schattenexistenzen beschäftigten Kriminalbeamten zugegebenermaßen nicht allzu oft auftretende Empfindung. Eine originelle, seine individuellen Charaktereigenschaften niemals verleugnende, meist freundlich, oft aber auch kantig, ja knorrig auftretende Persönlichkeit, wie es sie heute, in einer zunehmend von Massenmedien dominierten und gleichgeschalteten Welt immer seltener zu geben schien.

Dr. Otto Genkinger praktizierte seit über zwanzig Jahren als selbstständiger Tierarzt in einem alten, auf allen Seiten von einem dichten Grüngürtel eingefassten drei Stockwerke hohen Haus unweit des Cannstatter Kurparks. Kräftige, meist immergrüne, selbst jetzt Anfang März wild wuchernde Pflanzen und Büsche ließen das Gebäude wie hinter einem grünen Vorhang verschwinden. Seine Lage am Ende einer tatsächlich, wie Braig jetzt, acht Tage nach ihrem endgültigen Umzug hierher, aus eigener Erfahrung bestätigen konnte, nur wenig befahrenen Straße verliehen dem Haus einen besonderen Reiz. Was dem Anwesen aber den Rang eines einzigartigen Juwels vermittelte, war die wenige Meter hinter dem Grundstück verlaufende Bahnlinie. Die beiden in einen tiefen Einschnitt gebetteten, die Stuttgarter Innenstadt umfahrenden Gleise bildeten zum Glück aller Anwohner eine unüberwindbare Barriere für jeden Durchgangsverkehr. Jenseits der Bahnlinie erstreckte sich auf einer kleinen Anhöhe das aufgelockerte, von unzähligen Büschen und Bäumen gesäumte grüne Paradies des Cannstatter Kurparks, über eine schmale nur Fußgängern und Radfahrern zugängliche Brücke in wenigen Minuten zu erreichen.

Helmut Rössle hatte Braig auf die Wohnung im Haus seines Onkels aufmerksam gemacht.

»Ann-Katrin hat nur noch einen großen Wunsch«, hatte er ihm während ihrer Ermittlungen anlässlich der Ermordung zweier junger Frauen in der Nähe der Comburg und der Burg Teck im Januar erzählt, »sie will raus aus der Stadt, bevor das Kind geboren ist.«

Seit eine hochschwangere Bekannte in unmittelbarer Nachbarschaft ihrer Wohnung in der Hermannstraße in der Stuttgarter Innenstadt von einem Auto angefahren worden war und infolgedessen ihr Kind verloren hatte, fürchtete sich seine Lebensgefährtin vor einem ähnlichen Schicksal.

»Und selbst wenn dir diese Angst übertrieben scheint«, hatte sie ihm erklärt, »ich möchte nicht, dass mein Kind zwischen Bergen von Blech aufwächst und keinen Schritt tun kann, ohne in Gefahr zu geraten, überfahren zu werden.«

Ann-Katrins Befürchtungen spiegelten voll und ganz die reale Situation, dessen war er sich bewusst. Die Lebensqualität in Stuttgart verschlechterte sich von Jahr zu Jahr – das hatte er selbst in den vergangenen eineinhalb Jahrzehnten am eigenen Leib erlebt. Immer mehr Straßenzüge dieses eigentlich idyllisch am Hang, auf den Höhen und in den Senken zwischen unzähligen Hügeln und Bergen errichteten Stutengartens versanken in den Fluten von Blech, Lärm und Abgasen. Parks, grüne Einsprengsel, winzige von Büschen und Bäumen bewachsene Oasen wurden Parkplätzen und zusätzlichen Fahrspuren geopfert, neue Einfallstraßen geplant und verwirklicht. Nicht einmal mehr nachts war es ihnen möglich, die Fenster offen zu halten, um frische Luft in die Wohnung zu lassen – heulender Motorenlärm, schrill quietschende Bremsen und nervtötendes Gehupe verhinderten jeden ruhigen Schlaf – und das mitten in einem als verkehrsberuhigte Zone deklarierten Areal. Hier, in dieser lebensfeindlichen Umgebung sollte ihr Kind aufwachsen?

»I ka dei Weib verstande«, hatte Rössle erklärt, »zum Glück hent mir des Haus am Rand von Böblinge, sonscht würd i verrückt! Der wahnsinnige Verkehr – des kannsch doch deim Kind net a do!«

Fünf Tage später, sie waren dem Mörder der beiden jungen Frauen gerade durch einen Zufall auf die Schliche gekommen, hatte der Spurensicherer von der freiwerdenden Wohnung im Haus seines Onkels erzählt. »Es wär en Versuch wert!«

Die ältere Witwe, die die drei Zimmer lange über den Tod ihres Mannes hinaus bewohnt hatte, war gezwungen gewesen, in ein Altenheim umzuziehen.

»Sie hats bitter bereut, i han selbscht mir ihr gschwätzt.

Aber es isch nimmer anders gange.«

Ann-Katrins Zögern zum Trotz hatten sie gemeinsam mit Rössle dessen Onkel besucht. Das Haus lag nicht einmal einen Kilometer vom Landeskriminalamt entfernt. Dr. Otto Genkinger lebte gemeinsam mit mehreren Katzen, Schildkröten und einem Hund im ersten Obergeschoss unmittelbar über seiner Praxis. Seine Wohnung, zumindest die beiden üppig mit Teppichen, Sofas und Sesseln ausstaffierten Wohnräume, die sie zu sehen bekamen, kündete an allen Ecken und Enden von den vierbeinigen Hausgenossen: Flauschige, in mehreren Lagen übereinander gebreitete Decken auf fast allen Sitzgelegenheiten, mit Nahrung verschiedenster Art gefüllte Näpfe und kleine Wasserschüsseln in verschiedenen Ecken der Zimmer.

»Mein Neffe hat Sie mir ausführlich beschrieben«, hatte Genkinger sie empfangen, »ich weiß also über all Ihre Macken bis ins Detail Bescheid.« Er hatte ihre verdutzten Gesichter bemerkt, dann aus voller Kehle gelacht, schließlich ein verschmitztes: »Jetzt haben Sie aber Angst bekommen, was?«, hinzu gefügt.

Dass der Tierarzt selbst seine Macken hatte, ja sie geradezu kultivierte, war ihnen nach diversen Ankündigungen Rössles schon beim ersten Besuch in seinem Haus nicht verborgen geblieben. Wo immer er sich aufhielt, strich eine der Katzen um seine Beine. Kaum hatte er sich irgendwo niedergelassen, lag eines der Tiere, manchmal auch der Husky, auf seinem Schoß.

»Mei Onkel Otto hat halt nix als seine Tiere im Sinn«, hatte der Spurensicherer erklärt, »man könnt grad glaube, es gäb koi Tierheime in dem Land.«

Dr. Genkinger war sofort bereit, ihnen die Wohnung zu vermieten. »Gleich zwei Polizeibeamte im Haus, noch dazu einen Kriminalkommissar – wann kann ich ruhiger schlafen?«

Ann-Katrins zuerst zögernd, dann jedoch offen ausgesprochenen Bedenken, ihr Kind der unmittelbaren Nähe so vieler Tiere und damit besonders intensiver Belastung durch Bakterien und Keime auszusetzen, war der Veterinär mit sachkundigen Argumenten entgegengetreten.

»Liebe werdende Mama«, hatte er ihr erklärt, »soweit meine bescheidenen medizinischen Kenntnisse reichen, sind sich fast alle Ärzte darin einig, dass wir der Gesundheit eines Kindes nichts besseres tun können, als es im Umfeld von möglichst vielen Tieren aufwachsen zu lassen. Nur in dieser Umgebung fängt der Körper bereits in jungen Jahren an, Antikörper gegen alle herkömmlichen Erreger auszubilden. Mit Tieren aufzuwachsen ist nach gegenwärtigem medizinischen Wissen die beste Therapie für die Stärkung des Immunsystems ihres Kindes. Hier«, er hatte ihr zwei dicke farbige Broschüren in die Hand gedrückt, »wenn Sie mir altem Quacksalber nicht vertrauen, informieren Sie sich selbst. Das sind die Ausführungen von Kinderärzten zu diesem Thema. Studieren Sie sie in Ruhe.«

Sie hatten nur drei Tage gebraucht, sich für den Umzug zu entscheiden. Die relativ ruhige Lage, die Möglichkeit, direkt von der Gartenpforte auf den allein Fußgängern und Radfahrern vorbehaltenen Weg zur unmittelbar benachbarten Grünanlage und zum Cannstatter Kurpark zu gelangen, ohne von Autos belästigt zu werden, waren schlagkräftige Argumente genug. Die Nähe zum Amt – Braig hatte gerade acht Minuten gebraucht, es vom Haus des Tierarztes aus zu Fuß zu erreichen – der Lebensmittelladen, die Stadtbahn- und S-Bahn-Stationen Augsburger Platz und Nürnberger Straße um die Ecke, hatten sie vollends überzeugt. Dass auch der Weg zur weithin gerühmten Kinderklinik keine 500 Meter betrug, hatte Ann-Katrin Räuber erst auf dem Rückweg nach ihrem ersten Besuch bemerkt.

»Paprika«, erklärte Dr. Genkinger. »Haben Sie die roten Flecken in seinem Fell gesehen?«

Er zeigte auf den Anhänger der mit dem Fahrrad auf den nahen Park zusteuernden jungen Frau. »Als Welpe waren sie noch wesentlich ausgeprägter. Fast so wie bei rotem Paprika. Ein perfekter Name. Drei kräftige Vokale. Der hört aufs Wort.«

»Sie kannten ihn schon als Welpen?«

Der Tierarzt lachte. »Ich habe ihnen das Tier vermittelt. Es stammt aus dem Wurf eines anderen Patienten. Drei Brüder und eine Schwester. Wir haben sie alle untergebracht.«

»Aber im Notfall hätten Sie sie selbst behalten?«, frotzelte Braig.

Sein Gesprächspartner wiegte den Kopf hin und her. »Ich weiß ja nicht, was mein Neffe alles über mich erzählt hat.« Er schaute hinter der Frau her, die ihm noch einmal winkte, bevor sie endgültig um die Ecke verschwand. »Gut, im Notfall, ja. Bevor die Tiere im Heim landen.« Dr. Genkinger hob seine Hand, streckte mahnend seinen Zeigefinger in die Luft. »Nichts gegen Tierheime. Die meisten werden engagiert und kompetent geführt, jedenfalls die in unserer Umgebung. Aber für die meisten Tiere ist das Leben dort trotzdem ein Graus. Unzählige Artgenossen auf engstem Raum. Das ist gerade so, als wenn Sie hundert Leute zwingen, gemeinsam in einer Turnhalle zu vegetieren. Essen, trinken, schlafen, alles auf engstem Raum. Da hilft auch ein kurzer Auslauf am Mittag nicht viel. Hunde und Katzen sind individuelle Charaktere, genau wie wir und die anderen höheren Säugetiere. Unsere nächsten Verwandten sozusagen. Aber das will ja niemand hören. Besonders, wenn sie noch andere Tiere wie Kühe und Schweine mit ins Spiel bringen. Wir Menschen sind was Besseres, stehen eine, nein, was sage ich denn, zehn, fünfzehn, zwanzig Stufen höher als die Tiere. Wir sind die

Krone der Schöpfung.« Er hatte den letzten Satz in solch abfälligem Ton von sich gegeben, dass Braig überrascht aufsah.

»Na ja, aber mit diesen Kronen der Schöpfung haben Sie ja Tag für Tag zu tun, das können Sie wohl am besten beurteilen«, fügte der Tierarzt dann hinzu.

»Mit ganz speziellen Exemplaren«, bestätigte Braig. »Aber Kühe und Schweine bilden hier in Cannstatt nicht gerade ihre größte Klientel, nehme ich mal an.« Er betrachtete sein Gegenüber mit schnippisch-grinsender Miene, sah den Mann laut auflachen.

»Hier direkt in Cannstatt nicht, da haben Sie recht«, erklärte Dr. Genkinger. »Aber wenn Sie glauben, ich hätte deswegen keine Ahnung von anderem als nur Hunden und Katzen, täuschen sie sich. Meine Haustierpraxis ist nicht alles. Ich arbeite seit über fünfzehn Jahren auch für die Wilhelma und war auch eine Zeit lang im Ausland tätig. Als junger Mann in Südafrika, um es genau zu sagen. Das hat Ihnen mein Neffe nicht erzählt, was?«

»Nein, das hat er mir nicht erzählt«, bestätigte Braig. »Dann verfügen Sie wirklich über reichhaltige Erfahrung, was Säugetiere anbelangt.«

»Auf jeden Fall genug, um ihre enge Verwandtschaft zu uns nicht aus den Augen zu verlieren. Dass das Verhalten der Tiere nicht nur von Instinkten, sondern in starkem Maß von Emotionen wie Eifersucht, Neid, Liebe, dem Bedürfnis nach Zuwendung bestimmt wird – ähnlich wie unser eigenes. Dass sie sich in der Gruppe anders verhalten als als Einzelwesen, dass die meisten, gleich welcher Art oder Rasse, Gesellschaft benötigen, nicht nur ihresgleichen, sondern durchaus auch die von Menschen, sie andererseits aber auch das Bedürfnis verspüren, sich zeitweise zurückziehen und für sich allein sein zu können. Ich könnte Ihnen unzählige

Beispiele erzählen, wo das ganz deutlich wird. Selbst erlebt, versteht sich. Paprika, der kleine Kerl, den Sie gerade gesehen haben, zum Beispiel. Er kann nicht allein sein, verträgt es nicht, wenn seine Menschen den ganzen Tag außer Haus sind.

Wir können ihn nicht länger behalten, beschwerte sich Frau Zehetmaier – Sie haben sie auf ihrem Fahrrad gesehen – sechs, sieben Wochen, nachdem sie ihn zu sich genommen hatten, bei mir. Kaum sind wir aus der Wohnung, fängt er an zu kläffen und zu heulen und unsere Polster und Kissen zu zerbeißen. Ich muss aber zwei Tage in der Woche auswärts zur Arbeit, erklärte sie mir, und ihn mitnehmen, das geht nicht.

Die Nachbarn waren die Lösung. Sie wohnen ein paar Häuser weiter, haben einen Berner Sennenhund, Rudi, ein Koloss von einem Tier. Paprika mal zehn. Sie haben sich beim Gassigehen kennengelernt, freundeten sich richtig an. Der große gutmütige Fleischberg und der kleine quirlige Winzling. Zwei Tage in der Woche verbringt Paprika jetzt mit Rudi im Haus der Nachbarn, ohne jedes Problem, voller Begeisterung. Die mögen sich wirklich. Wissen Sie, wobei ich die beiden vor wenigen Tagen dort hinten in unserer Grünanlage beobachtet habe?« Dr. Genkinger zeigte auf die Büsche hinter den Häusern. »Eine beliebte Gegend für Vierbeiner, wie Sie vielleicht schon bemerkt haben. Paprika, mit seiner Herrin allein unterwegs, ein ruhiges, eher ängstliches Tier, raste wie ein junger pubertierender Heranwachsender auf alles los, was nach großem Hund aussah, je größer das Vieh, desto besser, bellte, fletschte die Zähne, markierte den starken Max, solange, bis die anderen der Provokation nicht mehr standhalten konnten und entnervt auf ihn losgingen. Und was war dann? Paprika drehte sich auf der Stelle um, raste zurück und suchte Schutz – Sie können sich denken, wo? Richtig, unmittelbar an der Seite seines großen Freundes. Der baute sich vor dem befreundeten Winzling auf, fletschte die Zähne – und alle preschten sofort wieder davon. Das können Sie genau so auf jedem Schulhof beobachten, wahrscheinlich in jeder Pause, wollen wir wetten?«

Braig hob abwehrend seine Hand. »Die Wette können wir uns ersparen. Die Situation kenne ich.«

»Willst du das Verhalten der Menschen ergründen, studiere die Tiere. Sie sind unser Spiegel. Originalzitat. Mein verehrter Professor Thalheimer damals in meinem ersten Semester. Da könnte vielleicht sogar ein gestandener Kriminalbeamter noch einiges lernen.« Dr. Genkinger warf Braig ein spitzbübisches Grinsen zu. »Kein Widerspruch?«

»Weshalb? Ich will nicht bestreiten, dass es viele Gemeinsamkeiten zwischen Tieren und Menschen gibt. Und wenn ich überlege, wozu manche Menschen fähig sind und auf welche Ursachen das oft zurückgeht ... Hass, Neid, Eifersucht, verschmähte Liebe, in den meisten Fällen die gleichen Auslöser. Da unterscheidet sich der Menschenzoo sicher kaum von dem der Tiere.« Braig wurde vom Läuten seines Handys unterbrochen.

»Sie arbeiten an einem neuen Fall?«, fragte der Veterinär.

»Seit heute Morgen, ja.« Er zog das Mobiltelefon vor, sah auf dem Display, dass es sich um einen Anruf aus der Staatsanwaltschaft handelte. »Ein Toter in der Liederhalle«, erklärte er.

»In der Liederhalle?« Der Tierarzt pfiff laut durch die Zähne. »Au weh. Im Tempel der schönen Künste. Da habe ich schon manche schöne Stunde verbracht. Ohne Tiere.« Er bemerkte Braigs wachsende Nervosität, wies zum Haus. »Ich will Sie nicht länger aufhalten. Viel Erfolg.« Er winkte noch einmal, lief zur Tür.

Braig nahm das Gespräch an.

»Hier ist das Büro von Herrn Staatsanwalt Söderhofer. Ich spreche mit Herrn Hauptkommissar Braig?«, fragte eine weibliche Stimme.

Er sah überrascht auf, lief hinter dem Tierarzt her auf die Haustür zu. »Der ist am Apparat, ja«, antwortete er.

»Ich verbinde Sie mit dem Herrn Staatsanwalt«, erklärte die Frau.

Mein Gott, was wollte der schon wieder? Braig kam nicht weiter zum Nachdenken. »Söderhofer. Seit Punkt 12 Uhr warte ich auf Ihr Briefing. Kein optimales Beginning für unsere Investigations. Von erfolgreichem Teamwork kann da kaum die Rede sein. Steht es mit Ihrer Disziplin generell so indiskutabel, Herr Hauptkommissar?«

Braig verdrehte die Augen, schnappte nach Luft. Er überlegte, wie er eine Antwort formulieren konnte, die dem Mann Paroli bieten würde.

»Ihnen hat es wohl die Sprache verschlagen«, tönte es aus dem Lautsprecher.

»Gründlich recherchierte Informationen lassen sich nicht auf die Sekunde genau erstellen, das dürfte Ihnen bekannt sein. Außerdem ...«

»Beabsichtigen Sie jetzt ein Brainstorming an billigen Ausreden?«, fiel Söderhofer ihm mitten ins Wort. »Oder könnten Sie sich dazu herablassen, mich an Ihrem inzwischen erworbenen Know-how bezüglich unserer Investigations teilhaben zu lassen?«

Braig spürte die Aggression in sich wachsen, kickte mit aller Kraft einen Stein zur Seite, der vor ihm aus einem Beet ragte. Der Stein donnerte an die Hauswand, prallte von dort zurück ins Gebüsch. Er versuchte, seinen Ärger zu unterdrücken und zu einer sachlichen Antwort zu finden. »Die Identität des Toten ist geklärt«, sagte er. »Es handelt sich wohl um einen Besucher des in der Liederhalle gerade stattfindenden

Kongresses.«

»Nun, das hatte ich auch kaum anders erwartet. Sein Name?«

»Markus Schmitt.«

»Wie kommen Sie zu dieser Information?«

»Die Telefonnummer, die wir in der Tasche des Toten fanden. Die Frau, der sie gehört, hat ihn erkannt.«

»Sie haben persönlich mit ihr gesprochen?«

»Ich war bei ihr und habe ihr sein Bild gezeigt, ja«, antwortete Braig.

»Wer ist die Frau? In welcher Beziehung steht sie zu diesem Markus Schmitt?«

»Sie hat ihn in einer Kneipe kennengelernt.«

»In einer ...« Der Staatsanwalt verstummte. »Wie soll ich das verstehen? Jetzt lassen Sie sich doch nicht alles aus der Nase ziehen!«

»Es handelt sich um eine Zufallsbekanntschaft. Die Frau war wohl auf der Suche nach Kunden und kam dabei mit ihm ins Gespräch.«

»Wie bitte? Würden Sie mir das bitte genauer erläutern? Von welchen Kunden sprechen Sie?«

Braig spürte den kalten Wind, der hier im Schatten um die Hauswand strich, drückte die Tür auf, die Dr. Genkinger aus Rücksicht auf ihn nicht ins Schloss hatte fallen lassen, trat ins Treppenhaus. »Die Frau ist eine Prostituierte«, erklärte er.

»Was sagen Sie da?« Söderhofer schien es die Sprache verschlagen zu haben. Er rang hörbar um Luft, kämpfte um Fassung. Vier, fünf Sekunden herrschte Ruhe, dann presste er ein mühsames: »So oane?«, hervor.

»Schmitt war aber kein Kunde von ihr«, fuhr Braig fort, »das betonte sie extra.«

»So oane«, wiederholte Söderhofer, »und die Telefonnummer in seiner Tasche, die war von der?« Er hatte Schwierigkeiten, sich von seinem Dialekt zu lösen, legte deutlich Abscheu in die Aussprache des letzten Wortes.

»Das habe ich Ihnen gerade erkärt, ja. Ich habe bei der Kongressleitung nachgefragt und erfahren ...«

»Aber so oane, die lügt doch! Sie werden der doch net glauben wollen. Die Telefonnummer, die war garantiert eine Verwechslung. Den Mann ham mir in der Liederhalle gfunden, hams des vergessen?«

Braig hatte Mühe, die Logik der Argumentation seines Gesprächspartners zu begreifen. »Wie soll ich das verstehen?«

»Na, jetzt tuns doch net so! Wenn des so oane is ... Die lügt, des ist doch klar. Oder glauben Sie etwa, ein Besucher von einem Kongress in unserer Liederhalle ...« Der Staatsanwalt brach mitten im Satz ab, war nahe daran zu ersticken. Die moralische Ungeheuerlichkeit, die Braig angedeutet hatte, verschlug ihm den Atem.

»Auf jeden Fall«, erklärte der Kommissar, »ist dieser Markus Schmitt als Kongressbesucher eingetragen. Angehörige, die ihn identifizieren könnten, habe ich bis jetzt allerdings noch nicht erreicht. Ich bemühe mich aber darum.«

»Na, des tuns net!«

»Wie bitte?«

»Sie können doch net die Leut ... Wenn so oane des sagt. Die lügt doch!«

»Woher wollen Sie das wissen?«

Er hörte keine Reaktion, glaubte schon Söderhofer hätte das Telefonat beendet, als sich der Mann nach mehreren Sekunden wieder meldete.

»Wo ist die? Haben Sie die festgenommen?« Langsam, aber stetig fand er wieder zur schriftdeutschen Ausdrucksweise zurück.

»Festgenommen? Wieso?«

»Na! So oane!«

Braig spürte ein heftiges Ziehen in seinem Magen, versuchte, das Gespräch auf den Punkt zu bringen. »Ich versuche jetzt also, den Mann so schnell wie möglich identifizieren zu lassen und dann zu überprüfen, ob es andere Kongressbesucher gibt, mit denen er in Kontakt stand. In diesem Umfeld werden wir uns wohl zuerst umsehen müssen.«

»I woaß net, i woaß net.« Söderhofers Seufzen schien aus tiefstem Herzen zu kommen. »Die lügt, sage ich Ihnen, so oane, die lügt.«

»Markus Schmitt ist als Kongressbesucher verzeichnet. Ich werde den Angehörigen sein Bild zeigen, dann wissen wir es.«

Braig wartete mehrere Sekunden auf eine Antwort, hörte nur noch ein energisches: »Nächstes Briefing 15 Uhr. Sie rufen an!«, dann war die Leitung unterbrochen.

15 Uhr, schüttelte er den Kopf, 15 Uhr. Er steckte das Mobiltelefon in seine Tasche, lief die Treppe hoch. Die Tür der Wohnung Dr. Genkingers im ersten Obergeschoss stand sperrangelweit offen, der Tierarzt, das Telefon am Ohr, nur zwei Schritte davon entfernt.

»Aber sicher, er ist bei der Polizei«, hörte Braig seinen Vermieter mit lauter Stimme erklären, »ein ganz hohes Tier. Abteilungspräsident beim Landeskriminalamt, ja. Und seine Frau Gemahlin ist schwanger, sie erwartet Drillinge. Drillinge, jawohl, Sie haben richtig gehört.« Er beeilte sich, die Wohnung zu passieren, sah das heftige Winken Dr. Genkingers. Es gab keinen Zweifel, er meinte ihn. Eine der Katzen, er kannte sie noch nicht mit Namen, lehnte am Bein des Mannes, sah erwartungsvoll zu ihm auf. Braig blieb stehen, hörte, wie sich der Veterinär von seiner Gesprächspartnerin verabschiedete.

»Aber garantiert kommen wir am Samstag, aber garantiert,

liebe Frau Bopfinger. Ich freue mich jetzt schon. Und den Abteilungspräsidenten des Landeskriminalamtes bringe ich mit, samt seiner Frau Gemahlin, aber sicher. Herzlichen Dank für die Einladung, herzlichen Dank.«

Gebückt die Katze streichelnd unterbrach Dr. Genkinger die Verbindung, legte die Stirn in Falten, verzog sein Gesicht. »Sie haben es gehört?«

»Sie sind eingeladen am Samstag.«

»Wir«, berichtigte sein Gegenüber, »wir. Sie, Ihre Partnerin und ich. Ich habe es Ihnen diese Woche schon erzählt, wissen Sie es nicht mehr?«

Braig erinnerte sich nur noch vage an eine Bemerkung des Mannes von einem Fest in der Nachbarschaft, hatte sie bisher aber nicht auf sich und Ann-Katrin bezogen. »Sie meinen wirklich uns beide?«, vergewisserte er sich, zu seiner Wohnung in die Höhe deutend. »Sie haben irgendetwas von einem Abteilungspräsidenten des Landeskriminalamtes erwähnt.«

»Sie alle drei«, bestätigte Dr. Genkinger mit feinsinnigem Grinsen. »Ich hoffe, Frau Räuber fühlt sich dazu im Stande.«

Braig wiegte den Kopf hin und her, hob seine Hand. »Das ist schwer vorauszusagen. Im Moment geht es ihr aber recht gut. Behauptet sie jedenfalls.« Er sah das zustimmende Nicken des Veterinärs, erkundigte sich nach den genauen Umständen der Einladung. »Am Samstagabend hier in der Nachbarschaft?«

»So ab 21 Uhr etwa«, bestätigte sein Gegenüber. »Ein paar Straßen weiter, jenseits der Waiblinger Bahnlinie. Es handelt sich um ...« Er verstummte, legte seine Stirn wieder in Falten. »Na ja, wie soll ich sagen, es handelt sich um eine Einweihungsparty für den neuen Wintergarten samt Swimmingpool. Da will Familie Protz den Nachbarn und allen Bekannten zeigen, was man hat. Schließlich ist unser Mineralbad ja fünf schrecklich weite Minuten entfernt.«

»Wintergarten samt Swimmingpool. Begüterte Leute, ja?«

»An Geld wohl, weniger an Verstand.«

Er sah Dr. Genkingers leises Lächeln. »Ein Pflichtbesuch unter Nachbarn, wie?«

»Nicht nur unter Nachbarn. Patienten kommt noch dazu. Langjährige Patienten. Caruso, ein weißer Pudel.«

Braig musste unwillkürlich grinsen, als er den Namen des Tieres hörte. »Caruso?«

Der Tierarzt nickte. »Er hat mir schon eine ganze Stange Geld gebracht, das muss ich fairerweise zugeben. Frau Bopfinger ist sehr besorgt um ihren Schatz.«

»Dann müssen Sie die Einladung wirklich annehmen.«

»Und Sie kommen mit. Samt Ihrer Partnerin. Ich habe fest zugesagt.«

»Ich hoffe, dass es mir möglich ist. Beruflich, meine ich.« Braig wunderte sich, dass sein neuer Vermieter so viel Wert auf seine und Ann-Katrins Begleitung legte, empfand es andererseits als Ehre, von ihm persönlich der Nachbarschaft vorgestellt zu werden. »Ich bedanke mich auf jeden Fall für die freundliche Einladung. Dass Sie überhaupt an uns gedacht haben«, sagte er deshalb, endgültig den Rest der Treppe erklimmend.

»Sie müssen sich nicht bedanken«, rief ihm Dr. Genkinger hinterher, »interpretieren Sie meine Einladung ruhig als die einer eigennützig denkenden Person: Ich möchte am Samstagabend wenigstens zwei normale Menschen in meiner Nähe wissen.«

Braig hörte das kräftige Lachen des Mannes immer noch, als er die Tür längst aufgeschlossen und seine Wohnung betreten hatte.

10. Kapitel

Wenige Minuten nach dem Mittagessen, Ann-Katrin hatte Grünkern-Bratlinge und gemischten Salat vorbereitet, war es Braig gelungen, die Ehefrau Markus Schmitts zu erreichen. Er hatte die Taste der Wahlwiederholung gedrückt, die Frau nach kurzem Läuten in der Leitung gehabt.

»Polizei?«, hatte sie sich halb überrascht halb besorgt seiner Auskunft vergewissert, »und Sie wollen wirklich zu uns?«

»Es geht um Ihren Mann.«

»Der ist im Moment leider nicht zu sprechen. Markus besucht einen Kongress. In Stuttgart. In der Liederhalle.«

Braig war zusammengezuckt wie bei einem Schlag in den Leib. Er besucht einen Kongress. In Stuttgart. In der Liederhalle. Also, überlegte er, da haben wir es. Die Aussagen der Frau in der Olgastraße waren korrekt. Sie hatte ihn tatsächlich auf dem Foto erkannt. Und Söderhofer mit seinem dämlichen Geschwätz? So oane. Also, die lügt doch. So oane. Der Mann hatte sich selbst disqualifiziert. Errare humanum est. Es war das einzige lateinische Zitat, das Braig im Moment einfiel. Kannte er überhaupt ein anderes? Er wusste es nicht. Das war sowieso ohne jeden Belang. Er sollte es sich aber einprägen, um es Söderhofer bei ihrer nächsten Begegnung ins Gesicht zu schleudern. Wenn es darum ging, Markus Schmitt als den Toten in der Liederhalle zu identifizieren. So oane, die lügt doch. Errare humanum est. Irren ist Söderhofer.

Noch vor dem Mittagessen hatte er sich mit Ann-Katrin über den Mann unterhalten.

»Du hast dich wieder geärgert.« Sie hatte es seinem Gesicht angesehen.

»Söderhofer, ein neuer Staatsanwalt«, hatte er ihr erklärt.

»Söderhofer? Habe ich noch nie gehört.«

»Ich habe zum ersten Mal mit ihm zu tun. Die Gerüchteküche brodelt aber schon eine Weile. Wahre Horrorstories.«

»Na ja, das tut sie oft. Und nicht immer zu recht, wenn du ehrlich bist.«

»Nicht immer, nein. Aber in diesem Fall ...«

»Er ist für den Toten in der Liederhalle zuständig?«

»Und wie. Er war am Tatort. Vor mir. Empfing mich und die Techniker mit Vorwürfen, weshalb wir so spät dran seien. Dabei bin ich sofort hin.«

»Er war in der Toilette in der Liederhalle?«

»Genau dort. Und gerade eben hat er mich schon wieder angerufen. Unser Briefing. Das nächste um 15 Uhr.«

»Briefing?«

»Der Typ wirft mit Fremdworten um sich. Ich habe den Eindruck, dass er sich für etwas Besseres hält und mit seinem Geschwafel imponieren will. Ziemlich arrogantes Auftreten.«

»Du hältst ihn nicht für kompetent?«

»Was weiß ich. Das kann ich noch nicht beurteilen. Ich kenne bisher nur einige seiner Macken. Eine davon ist, dass er von Prostituierten nicht viel hält. Jedenfalls nicht als Zeugen. Von ihren anderen Qualitäten dafür vielleicht um so mehr.«

»Wie soll ich das verstehen?«

»Ich habe versucht, den Toten zu identifizieren. Dabei stieß ich auf eine solche Dame. Sie glaubt, ihn erkannt zu haben.« Braig hatte mit kurzen Worten von seiner Arbeit berichtet.

»Und dieser Söderhofer meint, die Frau halte mit der Wahrheit hinterm Berg?«

»Er ist überzeugt, dass sie lügt. So oane. Warum auch immer.«

»Wahrscheinlich hat er mit Prostituierten schlechte Erfahrungen gemacht.«

»Als Kunde oder was?«, hatte Braig übellaunig gefragt.

Ann-Katrin hatte versucht, ihn zu beruhigen. »Mein Gott, jetzt sei doch nicht so aggressiv. Der Mann ist ja wohl kein Anfänger, der hat sicher berufliche Praxis. Er wird wissen, warum er so skeptisch reagiert. Vielleicht hatte er in einem Prozess eine Prostituierte als Hauptbelastungszeugin, und als sie ihre Aussage machen sollte, sprang sie ab. Oder er hatte sich voll und ganz auf sie verlassen und nicht bemerkt, dass alles Lüge war, was sie ihm auftischte. Menschenskind, du bist doch vom Fach, du weißt doch selbst, wie oft so etwas passiert. Jetzt ist er traumatisiert, was solche Frauen anbelangt, ist das nicht nachvollziehbar?«

»So wie du das erklärst schon, ja. Aber wenn es von ihm kommt, klingt es völlig anders.«

»Dann warte erst mal ab. Noch hast du nicht viel Erfahrung mit ihm, das sagst du doch selbst. Konzentriere dich besser auf euren Toten. Er lag in der Toilette auf dem Boden?«

Braig hatte keine Sekunde nachdenken müssen, die Frage seiner Partnerin zu verneinen. Der seltsame Anblick des Morgens stand ihm augenblicklich wieder vor Augen. »Auf dem Boden? Nein. Der hing quer über der Schüssel.«

»Wie bitte?« Sie hatte ihn überrascht gemustert, sich die Lage des Toten, so wie er auf ihn gestoßen war, dann genau beschreiben lassen. »Mein Gott, wer macht denn so was?«

»Makaber, ja?«

Sie hatte nur mit dem Kopf genickt.

»Rauleder meinte, die Eröffnungsszene eines skurrilen Films vor sich zu sehen. Eines Streifens, der garantiert zum Zuschauermagnet avanciert.«

»Das ist möglich, ja. Wurde der Mann an Ort und Stelle getötet?«

»Nicht ganz. Am anderen Ende der Toilette, vor dem Waschbecken. Mit einem harten Gegenstand von der Seite her niedergeschlagen, dann quer durch den Raum geschleift und auf die Schüssel gelegt. Rössle und Rauleder sind sich sicher, sie haben die Spuren detailliert überprüft.«

»Hass«, hatte Ann-Katrin erklärt, »da war persönlicher Hass im Spiel.«

»Das ist bei Gewaltverbrechen meistens der Fall. Hass oder Neid. Irgendeine oder gleich mehrere entartete, aus dem Gleis gelaufene Emotionen.«

»Aber hier doch besonders ausgeprägt. Einen Menschen, ob tot oder lebendig auf einer Toilettenschüssel zu drapieren, zeugt doch von tiefgehendem Hass.«

»Das bedeutet, Täter und Opfer müssen sich gut gekannt haben«, hatte Braig erklärt. »Eine innerfamiliäre Auseinandersetzung scheidet aber wohl aus.«

»Wieso? Der Zugang zum Kongresszentrum ist überwacht?«

»Den Aussagen der Veranstalter zufolge, ja. Wobei sie selbst darauf hinweisen, dass man den Zutritt von Fremden nicht ausschließen kann.«

»Wie lautet das Thema des Kongresses?«

»Moderne Managementmethoden. Was auch immer damit gemeint ist, ich muss mich noch genau informieren.«

»Vielleicht ging es um eine geschäftliche oder berufliche Sache. Zwei Konkurrenten um eine gut dotierte Stelle zum Beispiel.«

»Die sich dermaßen in die Haare geraten, dass der eine den anderen im wahrsten Sinne des Wortes totschlägt?«

»Das kannst du dir nicht vorstellen?« Ann-Katrin Räuber hatte ihn mit konsterniertem Gesichtsausdruck betrachtet. »Zwei Konkurrenten, die beide seit langem auf die Traumposition hin arbeiten und sich immer erbitterter gegenüberstehen? Irgendwann wird einem der beiden klar, dass der Job nur zu erlangen ist, wenn der andere vorher ausgeschaltet wird. Wie auch immer. Er hat seit Jahren nur noch ein Thema im Leben: Die gut dotierte Stelle. Nur noch der andere steht im Weg. Und dann, wie der Zufall es will, begegnen sie sich auf dem Kongress in der Liederhalle.«

»Und der eine sieht den anderen den Raum verlassen und folgt ihm auf die Toilette, weil er endlich die Gelegenheit wittert, den Konkurrenten zu beseitigen?«

»Wer weiß? Kannst du es ausschließen?«

»Zuerst muss ich die Identität des Mannes ermitteln. Dann kann ich mich um seine genaueren Lebensumstände kümmern.«

Er hatte lange über Ann-Katrins spontan geäußerte Bemerkung »Da war persönlicher Hass im Spiel« nachgedacht, sich dann gemeinsam mit ihr die Grünkern-Bratlinge und den gemischten Salat schmecken lassen. Beim anschließenden Kaffeetrinken war es Braig gelungen, die Ehefrau Markus Schmitts telefonisch zu erreichen.

»Ich muss persönlich mit Ihnen sprechen«, sagte er, nachdem er sich ausführlich vorgestellt hatte, »sobald wie möglich. Wo kann ich Sie treffen?«

»Mit mir?« Sie konnte den Grund seines Anliegens offensichtlich nicht nachvollziehen.

»Mit Ihnen, ja. Wo sind Sie jetzt?«

»In Esslingen. In der Maille. Bei den Beeten unterhalb der Inneren Brücke.«

»Bei den Beeten?« Braig kannte die im Zentrum der Stadt gelegene Innere Brücke, einen Teil der romantischen Fußgängerzone sehr gut, wusste nicht, was die Frau bei irgendwelchen Beeten wollte.

»Ja, ich arbeite beim Gartenbauamt in Esslingen.«

»Ach so. Wie lange sind Sie heute dort noch tätig?«

»Oh, den ganzen Nachmittag. Da ist Arbeit genug.«

»Dann schaue ich innerhalb der nächsten Stunde vorbei.«

»Wenn Sie unbedingt wollen. Finden Sie den Weg?«

»Kein Problem«, antwortete er. »Tragen Sie Arbeitskleidung?«

»Grüne Latzhosen und schwarze Stiefel«, verabschiedete sich die Frau.

11. Kapitel

Die zwischen den Anhöhen des Schurwaldes und dem heutigen Flusslauf des Neckars gelegene Altstadt Esslingens bietet mit einer traumhaft schönen Kombination aus schmalen Gassen, frisch restaurierten Hausfassaden und romantischen Winkeln und Plätzen die weitläufigste mittelalterliche Szenerie des gesamten Großraums Stuttgart dar. Weitgehend vom motorisierten Verkehr befreit, fasziniert das Siedlungsensemble mit einer einzigartig stimmungsvollen Atmosphäre. Unzählige historische Gebäude, darunter die ältesten Fachwerkhäuser Deutschlands – bis ins 13. Jahrhundert zurück – konnten erhalten werden, ebenso viele Relikte der alten Befestigungsanlagen wie das Schelztor, das Wolfstor und der Pliensauturm. Auch die im Volksmund als Burg bezeichnete mächtige Anlage auf dem Berg über der Stadt diente nie als Niederlassung eines Rittergeschlechts, sondern wurde als Festung zur Sicherheit Esslingens errichtet.

Die günstige Lage an einer ausgeprägten Furt des alten Neckarlaufs bewirkte, dass sich hier schon früh Menschen niederließen. Archäologen stießen in den letzten Jahrzehnten auf prähistorische Funde wie auf römische Grundmauern. Die doppeltürmige, das Stadtbild prägende Kirche St. Dionys ragt heute dort in die Höhe, wo Alemannen im 8. Jahrhundert das erste Gotteshaus errichteten. 300 Jahre später wurden die Staufer die Besitzer Esslingens, 1212 erhob der spätere Kaiser Friedrich II. die Siedlung zur Reichsstadt.

Die unmittelbare Nachbarschaft zu den Niederlassungen der Württemberger – Beutelsbach, Urach, Stutengarten – provozierte ständig Auseinandersetzungen. Seit Ulrich I., dem ersten Grafen Württembergs, wurde Esslingen mehrfach angegriffen, weshalb die Stadt gezwungen war, sich rundum mit den heute noch teilweise sichtbaren wuchtigen Befestigungsanlagen zu schützen. Innerhalb kurzer Zeit gewann sie dermaßen an Bedeutung, dass man jenseits des damaligen Flusslaufs des Neckars, der heutigen Maille, eine zusätzliche Siedlung, die heutige Pliensauvorstadt errichtete. Um den Stadtkern mit ihr zu verbinden, wurde die fast 150 Meter lange Innere Brücke erbaut. Die häufigen Hochwasser des vom Schwarzwaldrand her strömenden Flusses versetzten die Vorstadtbewohner so oft in große Not, dass schließlich mit großer Mühe ein neues Flussbett in Angriff genommen wurde. In jahrelanger Arbeit wurde es ausgegraben und mit der Äußeren Brücke überspannt. Drei Türme schützten das Bauwerk vor Angriffen. Seither überquert die heute vorbildlich restaurierte, von prächtigen Hausfassaden gesäumte Innere Brücke nur noch die schmalen Kanäle des Roßneckar und des Wehrneckar, zudem die weitläufigen, mitten in die Altstadt ragenden Rasenflächen der Maille. Dieser in den warmen Monaten von unzähligen spielenden Kindern, miteinander schäkernden und flirtenden Jugendlichen sowie vielen Spaziergängern bevölkerte Park hat seinen Namen vom alten Zeitvertreib des Paille Maille, bei dem Holzstücke mit Stöcken um die Wette zu einem bestimmten Ziel geschlagen wurden – Braig war die Geschichte Esslingens von vielen Besuchen der Stadt gut bekannt.

Aus dem Bahnhof in die schmalen Gassen der Fußgängerzone eintauchend, glaubte er sich auch heute wieder in eine längst vergangene, weniger lärmende und hektische Zeit versetzt. Ein einzigartiger Zauber schien von all den vielen verträumten Winkeln, lauschigen Plätzen und von anmutig herausgeputzten Hausfassaden gesäumten Gassen auszugehen. Wie so oft spürte er die Faszination, die dieses von unzähligen Passanten bevölkerte Siedlungsensemble ausstrahlte. Ein wahres städtebauliches Juwel, das weit und breit seinesgleichen suchte.

Braig steuerte die Innere Brücke an, folgte den Treppen hinter der Nikolaus-Kapelle hinunter zu den Wiesen. Auf den kreisrunden Blumeninseln inmitten der weiten Rasenflächen breiteten Hunderte kleiner Stiefmütterchen als erste Vorboten des zu ahnenden Frühlings ihre Blüten aus. Er hatte den zarten Hauch ihres süßlich-herben Duftes in der Nase, sah die beiden in dunkelgrüne Latzhosen gekleideten Gestalten an einem der Beete arbeiten. Am Rand des Blumenmeeres kniend waren sie damit beschäftigt, die Erde mit kleinen Hacken aufzulockern und einzelne Pflanzen herauszuzupfen.

Braig passierte mehrere, Kinderwagen vor sich herschiebende Frauen, wich einer Gruppe lärmender, hintereinander her springender Jugendlicher aus, lief auf die beiden mit den Blumen beschäftigten Arbeiter zu. »Fick dich ins Knie«, schrie eine schrille Stimme neben ihm, als er das Beet gerade erreicht hatte, »du Wichser, du elender.«

Erstaunt drehte er sich um, sah ein junges, vielleicht dreizehn- oder vierzehnjähriges Mädchen vor sich, das den ausgestreckten Mittelfinger hinter einem davonspurtenden Jungen her reckte und mit patzigem Gesichtsausdruck und lautem Schmatzen ein Kaugummi zwischen ihren Zähnen hin und her bewegte. »Halts Maul, du verfickte Nutte«, schallte postwendend die Antwort zurück.

Braig drückte sich ohne Kommentar an dem jungen Ding vorbei, hatte die beiden mit Gärtnerarbeiten befassten Gestalten erreicht. Er sah, dass es sich um eine Frau und einen Mann handelte, postierte sich vor der allein in Frage kommenden Person.

»Galt das jetzt dir oder mir?«, hörte er die Frau fragen. Sie hatte ein breites, von kräftigen roten Wangen gezeichnetes Gesicht, trug kurze dunkle Haare, schien Mitte Vierzig.

Der Mann versuchte sich an einer nur schwer verständlichen Antwort, verfiel in ein schweres, kräftig rasselndes Husten.

Raucherlunge, überlegte Braig, im fortgeschrittenen Stadium. Er wartete, bis sich der Arbeiter wieder beruhigt hatte, nickte der Frau, die fragend zu ihm aufsah, freundlich zu. »Frau Schmitt?«

Sie nickte zögernd, drückte sich mit der Rechten vom Boden hoch, ließ ihm Zeit, sich vorzustellen.

»Mein Name ist Braig. Wir haben miteinander telefoniert. Ich bin von der Polizei.«

Die Frau betrachtete ihn ausgiebig von Kopf bis Fuß, erhob sich vollends, zog ihre Gummihandschuhe aus, klopfte sie an ihren Beinen ab. »Dann stimmt das wirklich?«, presste sie schließlich hervor. »Ich dachte vorhin, da macht sich irgendein Scherzbold einen Ulk mit mir.«

»Tut mir leid, das war unbeabsichtigt. Ich dachte, ich hätte mich klar genug ausgedrückt.«

»Und Sie sind wirklich von der Polizei?«

»Lass dir seinen Ausweis zeigen«, rief der Mann neben ihr vom Boden her, bevor seine Stimme wieder in heftigem Husten erstarb, »ohne Ausweis würde ich mich erst gar nicht ...«

»Hier, bitte«, erklärte Braig. Er zog seine Kennkarte aus der Tasche, reichte sie ihr. »Es geht um Ihren Mann.«

Die Frau starrte auf den Ausweis, musterte ihn ausgiebig, gab ihn ihm dann zurück. »Solche Sachen kann man bestimmt auch fälschen«, meinte sie.

»Welche Sachen?«

»Na, diesen angeblichen Ausweis.«

Braig wusste nicht, weshalb sie so skeptisch war, versuchte, sich nicht aus dem Konzept bringen zu lassen. »Weshalb sollte ich Ihnen einen gefälschten Ausweis zeigen? Glauben Sie, deswegen fahre ich extra von Stuttgart hier her?«

»Was weiß ich«, erwiderte die Frau, »warum kommen Sie überhaupt zu mir, wenn Sie meinen Mann sprechen wollen?«

»Das ist ganz einfach«, sagte Braig, »weil er ...« Er brach mitten im Satz ab, weil ihn der aufdringliche Blick des Arbeiters störte, mit dem dieser jede seiner Äußerungen verfolgte, zog das Foto des Toten aus der Tasche. »Ihr Mann Markus ist heute in der Liederhalle, richtig?«

»Das habe ich Ihnen doch am Telefon erklärt«, antwortete die Frau. »Irgend so eine dämliche Tagung im Auftrag seiner Firma. Er schimpfte gestern den ganzen Abend lang.«

»Er schimpfte? Weshalb?«

»Weil ihm der Schwachsinn nichts bringt und mit seiner Arbeit überhaupt nichts zu tun hat. Das sagte er jedenfalls. Eigentlich war sein Vorgesetzter für den Kram gemeldet, aber der wurde überraschend krank. Nur weil sonst niemand abkömmlich war, verfielen die auf die Idee, ihn in die Liederhalle zu schicken. Er hätte lieber gearbeitet, anstatt sich den Blödsinn anzuhören.«

»Was ist Ihr Mann von Beruf?«

»Elektriker«, erklärte sie, »aber in der letzten Zeit muss er sich nur noch damit beschäftigen, wie die Arbeit in seiner Abteilung schneller erledigt werden kann, damit sie freiwerdende Stellen nicht mehr besetzen müssen.«

»Und für den Kongress in der Liederhalle war er gar nicht vorgesehen?«

»Das sage ich Ihnen doch. Erst gestern Mittag wurde entschieden, dass er da teilnehmen soll. Er war stocksauer. Das sei alles wieder nur theoretischer Quatsch, was er sich da anhören müsse, meinte er.«

Braig überlegte, was diese Information für das geschehene Verbrechen bedeutete. Wenn Markus Schmitt ursprünglich gar nicht als Teilnehmer der Veranstaltung gemeldet, sondern quasi in letzter Sekunde erst nachträglich und dazu noch als Ersatz für seinen Vorgesetzten in die Liederhalle beordert worden war ...

Eine emotionale Kurzschlusshandlung, eine wohl kaum seit längerem geplante Tat ...

»Und? Was wollen Sie jetzt von Markus?«

Die Worte der Frau schreckten ihn aus seinen Gedanken. Er hob das Foto hoch, reichte es ihr. »Ich kann es leider nicht länger hinauszögern, tut mir leid. Bevor wir weitersprechen, muss ich mich erst vergewissern, dass wir beide ...« Er brach mitten im Satz ab, zeigte auf das Bild. »Sie erkennen ihn?«

Die Frau wischte sich mit der Hand übers Gesicht, schaute kurz auf das Foto, nahm dann wieder Braig ins Visier.

»Er ist es, ja?«, fragte er zögernd. Er sah ihren skeptischen Blick, hörte verwundert ihre Worte.

»Wer soll das sein?«

»Wie bitte?«

»Was wollen Sie mit dem Bild?«

Braig streckte ihr das Foto direkt unter die Augen, versuchte, ihre Reaktion genau zu beobachten. »Der Mann hier ...«

»Was soll ich mit ihm? Ich kenne ihn nicht.«

»Sie ...«

»Was ist mit dem Kerl?«, fragte ihr Kollege. Er hatte sich erhoben, war neben sie getreten, schaute mit vor Neugier geweiteten Augen auf das Bild. »Er ist tot, was?«

Braig nickte zögernd, versuchte die Reaktion der Frau zu verarbeiten. »Sie kennen den Mann also nicht?«

»Nein«, erklärte sie mit fester Stimme, »den habe ich noch nie ...« Sie stockte mitten im Satz, musterte Braig mit scharfem Blick. »Sie haben doch nicht etwa gedacht, bei dem hier«, sie deutete, die Arbeitshandschuhe in der Rechten, auf das Foto, »handle es sich um meinen Mann?«

Braig gab keine Antwort, holte tief Luft. Das feine Aroma unzähliger Stiefmütterchen strich ihm um die Nase.

»Haben Sie das gedacht?«, wiederholte die Frau.

»Wenn das dein Markus ist, fresse ich fünfzehn Besen auf einmal«, erklärte ihr Kollege, »der Typ hier besteht ja nur aus Haut und Knochen, was man von deinem Markus weiß Gott nicht behaupten kann.« Er lachte laut.

Braig benötigte keine weiteren Anhaltspunkte, den Stand seiner Ermittlung endgültig zu begreifen. Ich habe mich getäuscht, war er sich bewusst. Der Tote in der Liederhalle ... Zwei Jugendliche rannten schreiend hintereinander her, ohne auf ihre Umgebung zu achten, prallten ungestüm auf die Frau vor ihm. Sie schrie laut auf, ließ ihre Handschuhe fallen, bedachte die beiden Jungen mit einer Kaskade unflätiger Ausdrücke. »Saubande, elende!«

Braig sah, wie sie sich gemeinsam mit ihrem Kollegen nach den Handschuhen bückte, nutzte die Gelegenheit, sich zu verabschieden. Es gab keinen Grund, Frau Schmitt noch länger mit seiner Anwesenheit von der Arbeit abzuhalten. Er murmelte einen kurzen Gruß, ließ die beiden Arbeiter stehen, folgte dem Weg durch den Park zur Inneren Brücke. Der Tote in der Liederhalle, um Markus Schmitt handelte es sich nicht, das war klar. Er hörte die Frau hinter sich etwas von verrückten Polizeibeamten rufen, die völlig sinnlos Steuergelder verschwendeten und die Leute schikanierten, versuchte krampfhaft, darüber nachzudenken, wo der Fehler zu finden sei. Lag er wirklich richtig in der Annahme, dass er sich getäuscht hatte, oder musste er vielleicht der Tatsache ins Auge sehen, dass er getäuscht worden war?

So oane, pochte es in ihm, so oane, die lügt doch. War es wirklich so einfach? So oane, die lügt doch. Aber wieso nur, aus welchem Grund?

Er stieg die Treppe zur Inneren Brücke hoch, hatte den Strom bummelnder Passanten erreicht, der der Gasse in beide Richtungen folgte. Zwei junge Frauen wenige Schritte vor ihm unterhielten sich laut lachend über einen Kerl, der vor wenigen Minuten mit ihnen anzubandeln versucht hatte.

»Mit dem, nie!«, bekundete die Dunkelhaarige, mit knallengen Jeans und einem grellroten Sweatshirt bekleidet, »der probierts doch bei jeder!«

Braig wartete auf die Antwort ihrer Freundin, wurde vom Signalton seines Handy überrascht.

»So schlimm find i den Kerl net«, erwiderte die Blonde, nicht weniger modisch ausstaffiert, »uf en Drink dät i mit dem scho mol mitgange.«

Er zog das Mobiltelefon aus der Tasche, warf einen Blick aufs Display. Staatsanwaltschaft Stuttgart.

Auch das noch, überlegte er, Söderhofer, der hatte jetzt gerade noch gefehlt. Er sah auf seiner Uhr, dass es zwölf Minuten nach Drei war, erinnerte sich an die Aufforderung des Staatsanwalts am Ende ihres letzten Telefonats. Nächstes Briefing 15 Uhr.

Braig seufzte laut. Der hatte ihm jetzt wirklich gerade noch gefehlt.

»Hier ist das Büro von Herrn Staatsanwalt Söderhofer«, hörte er eine ihm inzwischen bekannte weibliche Stimme, »ich spreche mit Herrn Hauptkommissar Braig?«

12. Kapitel

Herbert Wössner war der am frühen Morgen erlittene Schock noch deutlich anzumerken. Bleich und mit ausdruckslosen Augen lag er in seinem Bett im fünften Obergeschoss des Ludwigsburger Klinikums, die Fragen Neundorfs mit kraftlos dahingehauchten Worten nur bruchstückhaft beantwortend. Sie hatte sich von der behandelnden Ärztin die Erlaubnis zu einem kurzen Gespräch geben lassen, war dann nach Ludwigsburg gefahren, um den Mann im Krankenhaus aufzusuchen. Ein junger Krankenpfleger hatte ihr das Zimmer gezeigt, einen kleinen Raum mit zwei Betten, von denen nur eines belegt war, und sie dann mit dem Patienten alleingelassen. Sie war vor das mit offenen Augen vor sich hinträumende Überfall-Opfer getreten, hatte sich vorgestellt.

»Katrin Neundorf vom Landeskriminalamt. Herr Wössner, können Sie mich verstehen?«

Der Mann gab nur für den kurzen Moment weniger Sekunden zu erkennen, dass er sie wahrnahm. Seine Augen streiften ihr Gesicht, wandten sich unmittelbar danach wieder von ihr ab.

»Ich weiß, dass es Ihnen schlecht geht. Das ist kein Wunder, nach dem Schock, den Sie erlitten haben. Ich will Sie auch nicht lange belästigen. Aber ein paar Fragen würde ich Ihnen trotzdem gerne stellen, wenn Sie einverstanden sind.« Wössners einzige Reaktion bestand darin, dass er seine Augen zu schmalen Schlitzen verengte und den Kopf zur Seite drehte.

»Sie können mich aber verstehen, ja?«

Sein Brummen war kaum zu hören.

Er ist ansprechbar, ja, hatte die Ärztin erklärt, für ein

Gespräch von fünf, maximal zehn Minuten dürfte es reichen. Neundorf wusste nicht, ob sich der Zustand des Mannes seit dieser Diagnose wieder verschlechtert hatte oder ob die Ärztin einem Fehlschluss unterlegen war. Die Tatsache war nicht zu übersehen, dass der Mann immer noch schwer traumatisiert war. Noch hatten sie keine detaillierten Informationen darüber, was sich am frühen Morgen im Verkaufsraum der Tankstelle ereignet hatte. War er in einem weit stärkeren Ausmaß traktiert worden, als sie es bisher vermuteten? Hatte er sich vielleicht – zumindest anfangs – geweigert, die Kasse zu öffnen und Geld herauszugeben und somit eine Eskalation der Gewaltbereitschaft der Täter provoziert?

Sie konnte nichts dazu sagen, war voll und ganz auf die Aussagen Wössners angewiesen, um den Hergang des Überfalls rekonstruieren zu können. Die Spurensicherer hatten neben der mutwilligen Zerstörung der beiden Überwachungskameras keine Hinweise auf außergewöhnliche Gewaltakte innerhalb der Ladenfläche entdeckt. Wie Ohmstedt ihr vor wenigen Minuten erst mitgeteilt hatte, mussten sie auch die Hoffnung begraben, die Attacke auf einer der Kameras durch das in diesem Moment noch funktionstüchtige zweite Objektiv verfolgen zu können: Wie er sich selbst am Bildschirm überzeugt hatte, waren beide Überwachungsobjekte genau gleichzeitig zerstört worden – von ihrer jeweiligen Rückseite her und genau in einem Moment, als keine zum Aufnahmeort der anderen ausgerichtet war.

»Das waren Fachleute«, hatte Ohmstedt hörbar beeindruckt geäußert, »die wussten auf die Sekunde genau, wann sie zuschlagen mussten.«

War Wössner den Verbrechern in die Quere gekommen und deshalb entsprechend in die Mangel genommen worden?

Körperliche Verletzungen liegen nicht vor, hatte die Ärztin

diagnostiziert, aber das heißt nicht viel. In bestimmten Situationen geäußerte, durch symbolische Gesten verdeutlichte Drohungen können psychische Traumata verursachen, die den Folgen schlimmster physischer Folterungen gleichkommen, hatte sie hinzugefügt. Wössners immer noch von dem Überfall gezeichnetes Verhalten deutete darauf hin, dass er zum Opfer derartigen Vorgehens geworden war.

Neundorf musterte die bleiche Gestalt vor sich eingehend, wagte einen letzten Versuch. »Vielleicht können Sie mir sagen, wie viele Täter es waren«, fragte sie. »Gehe ich richtig in der Annahme, dass es sich um zwei Männer handelte?«

Wössner hatte seine Augen inzwischen vollends geschlossen, zeigte keine Reaktion. Die dünnen Haare klebten in Strähnen über der rechten Schläfe, gaben den Blick auf seine Kopfhaut frei. Kleine braune Altersflecken waren zu sehen.

Er ist achtundfünfzig Jahre alt, hatte Ohmstedt erklärt, seit mehreren Jahren in diesem Shop als Verkäufer beschäftigt. Mehr kann ich noch nicht sagen, ich bin gerade auf dem Weg zu seiner Frau nach Marbach. Sie war den ganzen Morgen bei ihm im Klinikum. Vielleicht hat er ihr erzählt, wie es ablief, dann haben wir die Chance, es auf diesem Weg zu erfahren.

Neundorf warf einen letzten Blick auf den Mann, gab sich keiner Illusion mehr hin, hier im Moment noch etwas ausrichten zu können. Hoffentlich ist Ohmstedt mehr Erfolg beschieden, überlegte sie, die Stirn in Falten gelegt, sonst sind wir heute Abend keinen Schritt weiter als am Morgen. Sie stampfte vor ohnmächtiger Wut auf den Boden, lief aus dem Raum. Was war das nur wieder für ein sinnloser Tag!

13. Kapitel

Selten zuvor hatte Braig so ausgiebig Gelegenheit gefunden, Esslingens stimmungsvolle Altstadtgassen samt dem darin unaufhörlich fließenden Strom bummelnder Passanten zu beobachten, wie während des Telefonats mit Söderhofer. Junge, alte, miteinander scherzende, sich laut unterhaltende Menschen passierten die Innere Brücke in beide Richtungen. Frauen schleppten Einkaufstaschen, schoben Kinderwagen, zerrten ihren plärrenden, widerstrebenden Nachwuchs hinter sich her. Ältere Männer vertraten sich gelangweilt umherschauend die Füße, trafen sich mit Freunden, palaverten lauthals miteinander. Jugendliche beiderlei Geschlechts flanierten in kleinen und größeren Gruppen durch die Gassen, neugierig die Köpfe reckend und nach Gleichaltrigen spähend. Kinder schleckten Eis, von Hormonschüben vorübergehend aus der Bahn geworfene Pubertierende versuchten mit lautstark verkündeten unflätigen Ausdrücken auf sich aufmerksam zu machen, Girlies stöckelten in hochhackigen Schuhen über das Pflaster, alte Männer sogen an Zigaretten. Mitten drin hechelnde, um freizügigeren Auslauf bemühte, an ihren Leinen zerrende Hunde, durch die Luft flatternde Tauben, laut schreiende, sich über zwanzig, dreißig Leute hinweg Neuigkeiten mitteilende Passanten.

»Die Nicole isch in Mallorca.«

»Die Jenny treibts mit dem Ronny.«

»Der Albert hats an der Prostata.«

Ein frisches, kaum als frühlingshaft zu bezeichnendes Lüftchen strich durch die Gasse, trug verheißungsvolle Düfte von frisch gebrühtem Kaffee und vom Spieß gesäbelten Döner mit sich. Braig hatte sich in eine Nische zwischen einem jungen, sich in inniger Umarmung liebkosenden Pärchen und einer älteren, eine Currywurst mit Pommes verzehrenden Frau zurückgezogen, hatte nicht gewusst, wem er mehr Aufmerksamkeit schenken sollte: Dem lebendigen Treiben vor sich oder den von Fremdworten gespickten Ausführungen an seinem Ohr. Um Kontroversen zu vermeiden und Streit möglichst aus dem Weg zu gehen, war er fast die ganze Zeit über ruhig geblieben, hatte den Staatsanwalt reden lassen und nur kurze, weitgehend nichtssagende Antworten gegeben. Von einem versäumten, aber für 15 Uhr abgesprochenen Briefing war die Rede, von dringend erforderlichem Brainstorming und Mindmapping, unaufschiebbarer Effizienzoptimierung und momentan leider dysfunktionaler Kommunikationsstruktur zwischen der die Ermittlungen leitenden Staatsanwaltschaft und der ihre Anweisungen ausführenden Polizeibehörde.

Söderhofers Redefluss hatte erst in dem Moment ein Ende gefunden, als Braig auf seinen Misserfolg bei der Identifizierung des Ermordeten zu sprechen gekommen war.

»Do hams es jetzat, net woar«, waren die einzigen Worte, die er nach kurzem, Sekunden währendem Schweigen geäußert hatte, gefolgt von mehreren angestrengt klingenden Versuchen, wieder frischen Sauerstoff in seine Lungen zu pressen. Erst das anschließende: »So oane. Die müassns sofort festnehmen. Irreführung des Investigationteams. Die kriagt ordentlich was aufbrummt«, hatte angedeutet, dass er wieder zu normaler Betriebstemperatur gefunden hatte.

Mit dem Verweis auf einen Anruf, der von seinem Handy genau in diesem Moment angezeigt wurde, war es Braig gelungen, die Besprechung zu beenden, nicht ohne nachhaltig und mit Vehemenz noch auf das um 18 Uhr zu erfolgende Briefing, das in diesem Falle als Evaluation der Ermittlungen des gesamten Tages auszufallen habe, hingewiesen worden zu sein. Er hatte sich von dem Staatsanwalt verabschiedet, war einen Schritt zur Seite getreten, hatte das neue Gespräch angenommen.

»Hier ist Barbara Kirsch von der Liederhalle. Das ist gut, dass ich Sie persönlich erreiche, Herr Kommissar.« Die Stimme der Frau klang aufgeregt, soviel konnte Braig trotz des Lärms, der von der Straße her schallte, ausmachen. »Ich dachte, bevor ich bei Ihren Kollegen anrufe, versuche ich es unter der Nummer, die Sie mir heute morgen gegeben haben.«

»Ja, das ist richtig so. Gibt es Neuigkeiten?« Zwei junge Männer sprangen an ihm vorbei, ließen ihn unwillkürlich einen Schritt zurücktreten. Er presste das Handy an sein Ohr, um seine Gesprächspartnerin besser zu verstehen.

»Das kann man so sagen, ja. Wir, das heißt die Leitung des Kongresses, haben ein Problem. Einer der Dozenten ist nicht erschienen.«

»Einer der Dozenten?« Braig begriff im Augenblick einer Sekunde, was das bedeuten konnte.

»Ja wie soll ich es formulieren, nicht einfach einer der Dozenten, nein, der Star der gesamten Veranstaltung, das drückt es vielleicht am deutlichsten aus. Seinetwegen haben sich viele Teilnehmer angemeldet, hat man mir versichert. Er hätte um 15 Uhr seinen Vortrag beginnen sollen. Das ist jetzt also fast eine halbe Stunde her. Er hat nichts von sich hören lassen, keine Nachricht von einer Verspätung, einem Stau oder so.«

»Wie heißt der Mann?«

»Schmiedle.«

»Schmiedle?« Braig wiederholte den Namen in einer solchen Lautstärke, dass mehrere Passanten aufsahen und ihm überraschte Blicke zuwarfen.

»Schmiedle, ja. Markus mit Vornamen.«

Die Ähnlichkeit war verblüffend. Das war kein Zufall, er

spürte es sofort. »Markus Schmiedle. Wo kommt er her?«

»Aus Esslingen«, antwortete Barbara Kirsch. »Von der Firma Göttler.«

»Haben Sie dort angerufen?«

»Ja, natürlich. Seine Sekretärin kann es sich nicht erklären. Herr Schmiedle war heute überhaupt nicht in der Firma, sagte sie, aber das war so geplant. Er sei absolut zuverlässig, erklärte die Frau, es könne nicht sein, dass er sich nicht melde, wenn er zu spät dran sei, das sei einfach unvorstellbar. Sie hörte sich ziemlich nervös an, muss ich sagen, als wir ihr das mitteilten und wir ...« Sie brach ab, schwieg.

»Ja?«, fragte er.

»Na ja, wir sind auch besorgt. Ich meine, es könnte doch sein ...«

Sie musste nicht weitersprechen, um Braig auf den Gedanken zu bringen, er wusste es längst: Markus Schmiedle, es gab wohl kaum einen Zweifel mehr. »Sie haben überprüft, ob dieser Herr Schmiedle die Liederhalle heute betreten hat? Oder werden nur Kongressbesucher registriert, Dozenten aber nicht?«

Er hörte keine Antwort, wartete vergeblich auf eine Reaktion. »Frau Kirsch?«

»Oh nein.« Sie schien außer Atem. »Das muss ich sofort nachprüfen. Einen Moment.«

Braig wartete wenige Sekunden, hörte die Frau im Hintergrund mit einem Mann sprechen, war noch einen Moment mit seinen eigenen Gedanken beschäftigt, hatte dann plötzlich ihren Seufzer am Ohr.

»8.32 Uhr hat er unser Haus betreten. Heute am frühen Morgen.«

»Ja«, sagte er laut. »Dann deutet wirklich vieles darauf hin ...«

»Er ist es«, fiel Barbara Kirsch ihm ins Wort, »ja?«

Er ging nicht auf ihre Frage ein, erkundigte sich stattdessen nach der genauen Anschrift und der Telefonnummer der Firma des Vermissten. »Sonst haben Sie keine Informationen über den Mann? Ich meine, seine private Adresse oder Ähnliches?«

»Tut mir leid, nein. Unter seiner Nummer meldet er sich nicht. Sie haben es versucht. Sein Handy ist abgeschaltet.«

Das war kein Wunder, überlegte er, dafür hat sein Mörder gesorgt. Er gab die Nummer der Firma ein, bedankte sich bei Frau Kirsch für die Information, versprach, sich sofort zu melden, wenn er Genaueres erfahren habe.

Markus Schmiedle. Dann hatte Bianca Wehler ihm doch die Wahrheit gesagt. Sie hatte ihn nicht irreführen, täuschen, aus welchem Grund auch immer betrügen wollen, wie er im Fahrwasser Söderhofers schon fast zu glauben geneigt gewesen war; sie hatte nur den Namen des Mannes nicht ganz korrekt verstanden. Marc Schmidt, hatte sie erklärt, habe er sich am Telefon gemeldet – die beiden letzten Buchstaben waren ihr in der wohl von zahlreichen Hintergrundgeräuschen verlärmten Kneipe entgangen. Ein nachvollziehbarer Irrtum, war er sich bewusst, nicht im Geringsten ein Grund dafür, der Frau mit Vorurteilen wie so oane zu begegnen.

Er gab die Firmennummer des Vermissten ein, hatte eine aufgeregte, völlig aufgelöst klingende Frauenstimme in der Leitung.

»Firma Göttler, Chefsekretariat, mein Name ist Britta Vollmers.«

»Hier ist Braig vom Landeskriminalamt«, stellte er sich vor. Ein mit einer dunklen Strickweste bekleideter Mann blieb vor ihm stehen, musterte ihn mit neugieriger Miene. »Das ist ein Witz, oder?«, sagte er.

Braig gab keine Antwort, wandte den Kopf zur Seite. Er lief mehrere Meter weiter, sah, dass der Mann ihm nachstarrte, hörte die aufgeregten Worte der Frau.

»Das Landeskriminalamt ruft jetzt auch schon an?«

»Braig, ja. Es geht um Herrn Markus Schmiedle.«

»Ja, mein Gott, ich weiß. Er hat einen Vortrag in der Liederhalle und ist nicht erschienen. Fragen Sie mich nicht, wieso. Ich weiß es nicht und ich kann es auch nicht verstehen. Herr Schmiedle ist ein absolut zuverlässiger Mensch, das kann nicht sein, dass er einfach einen Termin sausen lässt. Da muss, ich weiß nicht, da muss ...« Die Frau wusste vor lauter Aufregung nicht weiter, verstummte mitten im Satz.

Braig gab ihr ein paar Sekunden, sich zu beruhigen, versuchte, sich auf die zentralen Fragen zu konzentrieren. »Welche Position bekleidet Herr Schmiedle in Ihrer Firma?«

»Welche Position? Ach so, Sie meinen ... Er ist der Stellvertreter des Chefs, zuständig für das Personal.«

»Wie viele Beschäftigte haben Sie?«

»Ungefähr 1200. Wenn Sie es genauer wissen wollen ...«

»Nein, vielen Dank, das reicht.« Braig trat zur Seite, weil eine tief verschleierte Frau mit einem breiten Kinderwagen direkt auf ihn zusteuerte und keinerlei Anstalten machte, ihm aus dem Weg zu gehen. 1200 Beschäftigte, überlegte er, so viele Leute und er ist der stellvertretende Chef. Keine kleine Nummer, alles, nur das nicht. »Was produziert Ihre Firma?«

»Präzisionselemente und High-Tech-Komponenten im Mikro-Bereich«, antwortete Britta Vollmers umgehend. Es klang wie auswendig gelernt und jeden Tag mehrfach abgespult.

»Dann sind Sie ein Zulieferbetrieb für den Maschinenbau«, ergänzte er.

»Zulieferer? Sie sollten uns nicht unterschätzen. Wir sind der Marktführer. Weltweit.« Der Stolz auf ihren Arbeitgeber sprach aus ihrer Stimme. Sie schien mit Leib und Seele in ihrem Beruf aufzugehen, hatte im Eifer ihrer Aufzählungen anscheinend auch die Sorge um das Verschwinden ihres

Vize-Chefs vergessen. »Unsere Produkte sind zwar winzig klein«, Braig konnte sich in Gedanken vorstellen, wie sie mit einer begleitenden Handbewegung ihre Aussage verdeutlichte, »aber ohne sie würde fast keines der modernen Geräte funktionieren, an die wir uns alle gewöhnt haben. Hochleistungstechnologie, Roboter, Maschinen, die modernsten Waffensysteme ...«

»Waffen?«, warf er ein.

»Präzisionszielsysteme«, erklärte die Frau, »fürs Militär.« Braig schluckte. »Fürs Militär?«

»Ja«, bestätigte Britta Vollmers. »Für die modernsten Raketen und Gewehre, damit sie ihre Ziele auch wirklich treffen. Das sind mit Abstand unsere wichtigsten Abnehmer.«

Er spürte förmlich, wie ihn die Aussage seiner Gesprächspartnerin elektrisierte. Der stellvertretende Chef einer Firma für militärische Präzisionszielsysteme wird ermordet, überlegte er, in Gedanken bereits von der Tatsache ausgehend, dass es sich bei dem Toten in der Liederhalle um Markus Schmiedle handelte. Sollte sich diese Vermutung bestätigen, mussten sie von einer weit komplizierteren Sachlage ausgehen, als sie es bisher getan hatten. Dann handelte es sich nicht mehr nur um den Tod irgendeines Mannes, sondern um den des führenden Managers einer hochmoderne Militärtechnologie produzierenden Firma, deren Produkte weltweit wohl sehr begehrt waren – wahrscheinlich auch in Kreisen, denen jedes Mittel recht war, an diese Erzeugnisse zu gelangen.

»Aber das ist völlig unproblematisch«, sagte Britta Vollmers, »nicht, dass Sie glauben ...«

Er hielt ihre Worte für auswendig gelerntes, reichlich naives Geplapper, fiel ihr mitten ins Wort. »Der Vortrag in der Liederhalle. Herr Schmiedle hält ihn im Auftrag Ihrer Firma?«

Die Antwort kam zögernd, nach einigem Überlegen. »Also, das kann ich Ihnen nicht sagen. Darüber müssen Sie mit dem Chef sprechen.«

»Wie heißt er?«

»Unser Chef? Herr Ralf Kober. Er ist momentan aber nicht im Haus.«

»Ist er telefonisch zu erreichen?«

Beate Vollmers benötigte ein paar Sekunden zu überlegen, meinte dann: »Nur im Notfall. Aber das ist ja wohl einer, oder?«

Er ließ sich die Handy-Nummer des Mannes geben, erfuhr, dass er sich – wie jeden Dienstag ab 15 Uhr – im Seniorenheim bei seiner Tante im Kloster Lorch aufhalte, ein Privileg, das er seit Jahren pflege und eisern durchhalte.

»Im Kloster Lorch?«, vergewisserte sich Braig.

»Im Remstal«, bestätigte sie.

Braig beschloss, den Mann anzurufen, fragte nach der Privatadresse Markus Schmiedles. »Er ist verheiratet?«

»Nein. Er ist solo. Er wohnt in Metzingen in der ... , Moment«, sie suchte nach der Straße, nannte sie ihm.

Er notierte sich die genaue Anschrift, überlegte. »Familie hat er keine?«

»Soweit ich informiert bin, nicht. Aber ...«

»Ein Foto von ihm. Sie haben nicht zufällig eines zur Verfügung?«

»Von Herrn Schmiedle? Aber sicher. Ich sagte Ihnen doch, er ist unser stellvertretender Chef.«

»Dann bitte ich Sie, es mir zu senden.« Er gab ihr seine Nummer, verabschiedete sich, wartete auf das Foto.

Eine mit zwei großen Taschen schwer bepackte Frau keuchte an ihm vorbei, leise vor sich hin schimpfend. Braig hörte ein ganzes Sammelsurium unflätiger Worte: »So ein Schmarotzer, so ein windiger. Hätt i dem Sausack doch oine neigschlage«, dann hatte er das Gesicht Markus Schmiedles vor sich auf seinem Handy. Der Mann, den er auf der Toilette der Liederhalle bereits gesehen hatte. Er war es, ohne jeden Zweifel.

14. Kapitel

Der schlanke runde Turm auf dem grünen Hügel über dem Remstal war mit seiner hellen Fassade schon von weitem zu erkennen. Die ihm unmittelbar angeschlossenen Gebäude der Abtei ließen mitsamt der dreischiffigen Basilika sowohl im äußeren Erscheinungsbild als auch in ihren Innenräumen jenen unangenehmen Protz vermissen, der sonst so vielen ihren mittelalterlichen Reichtum zur Schau stellenden Klöstern zu eigen war. Schlicht und bescheiden ragte das von einer hellen Mauer gesäumte Ensemble – den filigranen Miniaturkunstwerken einer Modelleisenbahn gleich – in die Höhe, nicht einmal einen Hauch jener monströsen Monumentalität ausstrahlend, die plump und unübersehbar die Macht autoritärer Herrscher spiegelte. War es wirklich möglich, dass es sich bei dieser in allen Fasern ihrer Konstruktion Understatement atmenden, rundum sympathischen Anlage um das Hauskloster und die zeitweilige Grablege eines der einst mächtigsten deutschen Herrschergeschlechter, dem der Staufer nämlich, handelte?

Braig erinnerte sich noch gut an den Tag im vergangenen Sommer, als er Lorch gemeinsam mit Ann-Katrin und ihrer Schwester Theresa besucht hatte. Vom Bahnhof unten im Tal waren sie den Hügel bergan gestiegen, das zu Beginn des 12. Jahrhunderts gegründete ehemalige Kloster in wenigen Minuten erreichend. Uraltes Siedlungsgebiet lag ihnen zu Füßen, hatten doch schon die Römer in Lorch ein Kastell zum Schutz des hier verlaufenden Limes, des östlichen Grenzwalls ihres Großreiches erbaut. Fast 1000 Jahre später, in der zweiten Hälfte des 11. Jahrhunderts, war die auf dem nur wenige Kilometer entfernt gelegenen Hohenstaufen residierende Herrscherfamilie der Staufer auf die Idee gekommen, zuerst unten im Tal der Rems in den Überresten des alten Römerkastells, wenige Jahrzehnte später dann auf der Anhöhe über Lorch ein Hauskloster zu errichten, das nicht nur den Aufstieg des eigenen Geschlechts präsentieren, sondern auch als dessen Grablege dienen sollte.

Braig erinnerte sich an die Erklärungen Theresa Räubers, mit denen sie die Entstehung der Anlage geschildert hatte. Im Verlauf des Mittelalters waren Klöster zu den bevorzugten Bestattungsorten reicher Familien geworden. Die ausgeprägte Angst vor grauenvollen Höllenstrafen und unendlich lang währender Folter im Fegefeuer, von katholischen Priestern, Bischöfen, Kardinälen und Päpsten zur Legitimation und Steigerung ihrer eigenen Macht erfunden, verbreitet und in immer neuen Variationen aufgebauscht, hatte die Normalsterblichen dazu verleitet, Maßnahmen zu ergreifen, die, wenn nicht schon zur Verhinderung dieser schrecklichen Erlebnisse, so doch wenigstens zu ihrer Reduzierung und Milderung dienen sollten. Familien mit Einfluss und Geld hatten deshalb die Errichtung von Klöstern in die Wege geleitet, in denen ihre Angehörigen begraben und durch alljährliche Totengedenkfeiern geehrt wurden. Zugunsten dieser Totengedächtnisse stifteten sie hohe Summen, die unter anderem den Mahlzeiten der Nonnen und Mönche an diesen Tagen zugute kamen: Sie hofften, der Name ihrer Familie werde durch diese Großzügigkeit im Bewusstsein aller im Kloster lebenden Frommen als der einer Spezies besonders freundlicher Menschen verankert und veranlasse möglichst viele Nonnen und Mönche dazu, für das Seelenheil dieser Familie zu beten. Besonders beliebte Begräbnisstätten waren die Kirche und der Kreuzgang, glaubte man doch, der Segen der dort zum Himmel geschickten Gebete strahle hier der räumlichen Nähe wegen intensiver auf die Verstorbenen aus als in abgelegeneren Teilen.

In Lorch finden sich heute deshalb sowohl die Staufer-Grablege mit den Überresten der 1208 verstorbenen byzantinischen Kaisertochter Irene, der Gemahlin König Philipps von Schwaben, auf deren Gedenkplatte im südlichen Querschiff der Kirche Walter von der Vogelweides sie verherrlichende Verse eingemeißelt wurden, als auch die Gräber der Adelsfamilien von Woellwarth und von Schechingen.

Das Ende des Klosters Lorch war 1535 mit der Einführung der Reformation in Württemberg erfolgt: Statt wie bisher unter der Fessel des Katholizismus das normale Volk von jedem Ansatz von Information und Bildung fernzuhalten, um es besser als verdummte Arbeitssklaven missbrauchen und an der langen Leine führen zu können, sorgte das protestantische Ideal der Aufklärung und Selbstbestimmung des einzelnen Menschen jetzt dafür, allen möglichst umfangreiche Bildung zukommen zu lassen, um sich selbst ohne fremde Hilfe Gottes Wort und seine Schöpfung erschließen zu können. So wurde das Kloster Lorch wie die anderen Klöster in den evangelischen Ländern auch in eine Schule für die Bevölkerung der Umgebung verwandelt.

Dass sich heute in der ehemaligen Abtei des Klosters ein von der Diakonie getragenes Seniorenheim befand, war Braig freilich erst wieder eingefallen, als Britta Vollmers diesen Sachverhalt erwähnt hatte. Er war nach dem Telefonat die kurze Strecke zum Esslinger Bahnhof gelaufen, hatte die Nummer Ralf Kobers eingegeben und ihn über das Verschwinden seines Stellvertreters informiert.

»Herr Schmiedle ist verschwunden?«, hatte Kober gefragt. »Wie soll ich das verstehen?«

Braig war nicht bereit gewesen, dies zu präzisieren, hatte stattdessen auf einer sofortigen Unterredung bestanden. Um die Hintergründe des Todes Schmiedles genau ausloten zu können, benötigte er Informationen aus erster Hand über den

Mann, auch und gerade was dessen berufliche Aktivitäten anbelangte.

»Dann müssen Sie aber nach Lorch kommen«, war Kobers unnachgiebige Forderung. »Den Dienstagnachmittag und -abend verbringe ich bei meiner Tante. Da lasse ich nicht dran rütteln. Das ist Tradition. Dafür finden Sie mich am Samstag und oft auch am Sonntag in der Firma.«

Braig hatte zugesagt und den nächsten Zug nach Lorch genommen, dann seine Kollegin Stefanie Riedinger informiert und sie darum gebeten, das persönliche Umfeld Markus Schmiedles zu eruieren. Vierzig Minuten später hatte er das Kloster der in der Nähe von Schwäbisch Gmünd gelegenen Stadt erreicht.

Das Seniorenheim befand sich in einem prächtigen, frisch restaurierten Fachwerkgebäude mitten in der von einem langgestreckten Kräutergarten, einem Teich mit vielen Goldfischen, einem Tiergehege mit Esel und Ziegen und einem sorgsam gepflegten Park ausgestatteten Klosteranlage. Der Ausblick aufs über und über von bewaldeten Bergen gesäumte Remstal, den mit seiner Burgruine 708 Meter in die Höhe ragenden Hohenrechberg sowie die in bläulichen Dunst gehüllte Steilkante des Albtraufs bot ein überwältigendes Panorama. Hier in dieser fast unwirklich anmutenden Idylle gerade mal fünf Gehminuten vom Lorcher Bahnhof entfernt seinen Lebensabend verbringen zu dürfen, musste ein besonderes Geschenk des Schicksals sein.

Braig hatte Mühe, sich vom Anblick des nahen Klostergebäudes mit seinem schlanken, von einem spitzen Dach gekrönten Rundturm sowie der traumhaften Umgebung zu lösen, lief zum Haupteingang des Pflegeheims. Ein auffallend gut aussehender junger, groß gewachsener Mann mit einem langen blonden Pferdeschwanz kam, eine alte Frau in einem Rollstuhl vor sich her schiebend, geradewegs auf ihn zu.

»Ich suche einen Herrn Kober.« Braig sah wie der junge Mann stutzte, fügte schnell: »Es handelt sich um einen Besucher, nicht um einen Bewohner«, hinzu.

Die Antwort kam prompt. »Ach so, ja. Heute ist Dienstag. Herr Kober besucht seine Tante, Frau Gärtner. Zimmer ...« Er überlegte kurz, nannte ihm dann die Nummer.

Braig bedankte sich bei dem jungen Mann, vermutete, dass es sich wohl um einen Zivildienstleistenden und sicher bei den meisten Seniorinnen äußerst beliebten Mitarbeiter des Heims, so eine Art Traumschwiegersohn handelte, machte sich auf die Suche nach dem angegebenen Raum. Zwei ältere, leicht nach vorne gebeugte Frauen schoben sich, jede auf einen Rollator gestützt, an ihm vorbei, sein freundliches Grüßen nicht wahrnehmend. Er wartete, bis sie ihn vollends passiert hatten, bog um die Ecke, sah den gesuchten Raum vor sich. Die Tür stand weit offen.

Braig blieb auf der Schwelle stehen, klopfte, hörte die von einer männlichen Stimme gesprochene Aufforderung »Herein«, folgte ihr ins Zimmer. Es handelte sich um einen etwa vier auf fünf Meter großen, mit einem Bett, einem Sofa, einem Tisch und einem Schrank ausgestatteten Raum, dessen Wände mit unzähligen gerahmten Fotografien geschmückt waren. Die Frau und der Mann auf dem Sofa musterten ihn mit erwartungsvollen Augen. Hätte er von Frau Vollmers vorhin am Telefon nicht anders lautende Informationen erhalten, er hätte die beiden der verblüffenden Ähnlichkeit ihrer Gesichtszüge wegen für Mutter und Sohn gehalten. Dicke rote Backen, verschmitzt lächelnde Augen, breite Gesichter ...

»Sie wollen zu uns?«, fragte der Mann, bevor Braig noch dazu kam, sie genauer zu betrachten.

»Mein Name ist Braig, ich komme von der Polizei«, stellte er sich mit gedämpfter Stimme vor, um die ältere Frau nicht zu sehr zu beunruhigen, sah, wie der Mann bestätigend nickte.

»Wir haben miteinander telefoniert?«

»Es geht um Herrn Schmiedle, genau.«

»Kober«, sagte sein Gegenüber, »das ist meine Tante Ingrid.« Er löste sich vorsichtig aus der Umarmung der Frau, erhob sich, reichte dem Besucher die Hand. »Es tut mir leid, wenn Sie sich extra nach Lorch bemühen mussten«, fuhr er fort, »aber das ist mein ehernes Gesetz: Dienstags ab 15 Uhr bin ich in der Firma prinzipiell nicht mehr zu erreichen. Seit vier Jahren jetzt schon, seit Tante Ingrid ihren Schlaganfall hatte. Jeden Tag, von Montag bis Samstag sowieso und oft auch noch sonntags, nicht aber am Dienstag. Da gibt es in der Verwandtschaft nämlich niemanden, der sich um die Tante kümmern kann. Samstag und Sonntag haben viele Zeit, da sitzen hier manchmal mehrere Besucher. Aber unter der Woche ... Dienstagnachmittag und -abend sind meine Stunden, das habe ich versprochen. Und das halte ich eisern durch. Wenn Sie nämlich ein einziges Mal nachgeben, einem einzigen beruflichen Termin den Vortritt lassen, ist es vorbei, dann sind sofort alle anderen Dienstag Nachmittage genauso belegt. Zusätzlich zu allen anderen Tagen. Der Job frisst einen auf, es sei denn, Sie schieben einen Riegel vor und halten unbeirrbar an ihm fest. Tante Ingrid hat das verdient.«

»Sie haben sie sehr gern.« Braig betrachtete den Mann mit unverhohlener Bewunderung.

»Nehmen Sie bitte Platz.« Kober deutete auf den Stuhl am Tisch, setzte sich wieder aufs Sofa.

Braig folgte seiner Aufforderung, zog sich den Stuhl her, ließ sich darauf nieder.

»Ja, ich habe sie gern«, erklärte Kober, der sprachlosen, freundlich lächelnden Frau neben sich zärtlich über den Arm streichelnd, »aber das beruht auf Gegenseitigkeit. Tante Ingrid war meiner Schwester und mir eine liebevolle Ersatzmutter, als unsere richtige Mutter starb. Was heißt Ersatz – sie ist kein Ersatz, das klingt so billig.« Er sah Braigs interessierte Miene, kam dessen Frage zuvor. »Ich war zehn, meine Schwester elf, als das geschah. Von einem Auto überfahren, mitten in Heilbronn. Mein Vater im Ausland, beruflich unterwegs, Tante Ingrid war sofort da.« Der Mann drückte die Hand seiner Tante, hielt sie fest. »Und dann, vor vier Jahren, dieser Schlaganfall. Nichts mehr mit Sprechen, wir haben alles versucht, eine Therapie nach der anderen. Das Sprachzentrum ist völlig zerstört. Irreversibel.«

»Aber sie kann uns verstehen«, warf Braig ein.

»Nur die allereinfachsten Dinge«, erwiderte Kober, »Freundlichkeit, Berührung, Streicheln, bekannte Gesichter und Stimmen, nicht wahr, Tante Ingrid?« Er fuhr ihr langsam mit seiner Rechten über die Stirn, verwandelte ihre Miene in ein begeistertes Strahlen.

Die Frau hatte offenkundig ein tragisches Schicksal erlitten, schien den Aussagen seines Gesprächspartners zufolge ihre kognitiven, ja ihre gesamten intellektuellen Fähigkeiten von einem Tag auf den anderen verloren zu haben. Wenn er es richtig verstanden hatte, gab es keine Möglichkeiten mehr, mit ihr zu kommunizieren, jedenfalls nicht in einem tiefergehenden Ausmaß. Sie reagierte auf bekannte Gesichter, vertraute Stimmen, war darüber hinaus aber chancenlos in sich selbst gefangen – ein Schicksal, das Braig unwillkürlich und voller Besorgnis an seine eigene, inzwischen 79jährige Mutter denken ließ. Schlaganfälle sind in unserer Familie verbreitet, hatte sie ihm mehrfach erklärt, du musst damit rechnen, dass es auch mich bald trifft, das liegt, wie sagen sie heute, in den Genen; du verstehst, was ich meine?

Allzu oft hatte er ihre Warnungen beiseitegeschoben, sie als das betrachtet, was sie zumindest ein Stück weit auch waren: Verzweifelte Versuche, den einzigen Sohn näher an sich zu binden, ihn zu häufigeren Besuchen, vermehrten Telefonaten zu bewegen, eine Art Erpressung, wie Ann-Katrin in bestimmten Situationen, in denen die Thematik von seiner Mutter in besonders eindringlicher Form präsentiert worden war, formuliert hatte. Ob Erpressung oder nicht, wann immer Braig mit Menschen, die ein solches Schicksal erlitten hatten, konfrontiert wurde, sein schlechtes Gewissen meldete sich mahnend zu Wort, sich mehr um seine Mutter zu kümmern.

Er hatte Mühe, sich auf sein eigentliches Anliegen zu besinnen, betrachtete die beiden Menschen vor sich. Das Bild hatte mit seiner Erwartung wenig zu tun, jedenfalls, was den Mann anbetraf. Kober, eine kleine, fast dicklich zu charakterisierende Gestalt, wirkte mit den kräftigen roten Backen und den verschmitzt lächelnden Augen völlig anders als er sich den Chef eines Unternehmens mit über 1200 Beschäftigten vorgestellt hatte. Keine Spur von Machtbesessenheit, übersteigertem Selbstbewusstsein oder Gier nach Erfolg – wie auch immer diese Wesenszüge sich in der Physiognomie eines Menschen manifestieren sollten. Wie er so dasaß, freundlich lächelnd und zärtlich den Arm um die recht korpulente Dame gelegt, bot er eher den Anblick eines altersmilden Pfarrers als den eines machtbewussten Managers. War dieses Urteil nur der Umgebung zu verdanken oder beruhte es auf Berechnung? Braig wusste es nicht, fand den Mann aber auf Anhieb sympathisch. Respekt und Sympathie, überlegte er, zumindest was sein Verhalten seiner Tante gegenüber anbetraf.

»Was ist mit Herrn Schmiedle?«, fragte Kober. Er hatte sich von der Frau gelöst, blickte erwartungsvoll auf.

Der Kommissar versuchte, endgültig auf seine Ermittlungen umzuschalten, zog das Foto des Toten aus seiner Tasche, reichte es seinem Gegenüber. Er sah die Augen der Frau auf das Bild gerichtet, hatte Skrupel, das Gespräch zu eröffnen.

»Wir können über alles reden«, sagte der Mann, »wie unter vier Augen.« Er hatte Braigs Bedenken offensichtlich bemerkt, studierte das Foto. »Schmiedle«, erklärte er, »was ist mit ihm?«

»Sie erkennen ihn?«

»Natürlich. Er wirkt nur so ... Hatte er einen Unfall?«

»So könnte man das vornehm umschreiben. Herr Schmiedle ist tot.«

»Oh Gott, nein. Was ist passiert?«

»Er wurde ermordet.«

»Ermordet?« Kober sprang von dem Sofa auf, beugte sich über den Tisch. »Von wem?«

»Das wissen wir noch nicht.«

»Aber er ist heute doch in der Liederhalle. Er hält ein Referat.«

»Im Auftrag Ihrer Firma?«

»Unserer Firma? Nein, mit unserer Firma hat das nichts zu tun.« Kober zog sich wieder auf seinen Platz zurück, schüttelte heftig den Kopf.

»Mit was dann?«, fragte Braig.

»Ermordet«, murmelte sein Gegenüber vor sich hin, »Markus ermordet.«

»Sie waren per Du?«

»Per Du? Ach ja, wenn man so intensiv zusammenarbeitet. Markus ist seit über drei Jahren bei uns.«

»Mit was hat sein Vortrag in der Liederhalle zu tun? Ich dachte, er sei im Auftrag Ihrer Firma ...«

»Nein, nicht von der Firma. Markus ist bei uns zwar für das Personal zuständig, aber er arbeitet nebenbei auch noch als Wissenschaftler.«

»Wie darf ich das verstehen?«, fragte Braig. Der Ermordete schien ein wahrer Tausendsassa gewesen zu sein. Leiter des elementaren Bereichs einer 1200-Leute-Firma, dazu noch einen Job als Wissenschaftler, was immer das heißen mochte.

»Na ja, nebenbei ist eigentlich das falsche Wort. Seine Tätigkeit als Wissenschaftler ist der Grund, weshalb er zu uns kam. Vor drei Jahren, wir hatten immense wirtschaftliche Probleme.«

»Die Firma Göttler?«

»Ja, genau.« Kober drehte sich zur Seite, nahm die Hand der Frau, die damit begonnen hatte, mit ihren Fingern nervös auf den Tisch zu klopfen, in seine Linke, schwenkte sie sachte auf und ab, bis ihre Augen sanft lächelten. »Also, ehrlich gesagt, wir standen vor der Insolvenz. Ein großer Kunde war quasi über Nacht ausgefallen – eine Firma in den USA, und außer Gerüchten hatte es keinerlei Hinweise gegeben, dass das passieren könnte. Wir waren völlig unvorbereitet, Gerüchte gibt es schließlich ständig und überall und wenn man allen glauben wollte ... Jedenfalls, es war knapp, sehr knapp. Ohne Markus, ich denke, ich kann es so formulieren, auch wenn es ziemlich übertrieben klingt, ohne ihn hätten wir es kaum geschafft.«

»Das hört sich irgendwie an wie im Märchen«, kommentierte Braig, interessiert die Ausführungen seines Gesprächspartners erwartend.

»Na ja, mit Märchen hat das nichts, aber auch gar nichts zu tun. Das war knallharte Realität. Einer unserer größten Kunden weg, wir produzieren, grob gesagt, miniaturisierte Sensoren zur Steuerung von Antrieben, wenn Sie darunter etwas verstehen können, wovon sollten wir jetzt unsere Leute bezahlen? Alternative Abnehmer finden sich in diesem hochspezialisierten Bereich nicht auf die Schnelle, es sei denn, Sie sind bereit, Ihre Produkte für nichts zu verscherbeln, aber dann können Sie gleich den Bankrott erklären, das kommt aufs Gleiche raus. Der Irak-Krieg war vorbei, Afghanistan wurde entgegen allen Erwartungen auch nicht ausgeweitet ... Kurz: Es sah nicht gut aus. Da wurden wir auf Markus aufmerksam.«

»Sie sind Zulieferer hochwertiger Waffensysteme?«
Kober wandte seinen Blick vom Tisch weg, richtete ihn auf Braig. Ein Anflug von Ärger überzog sein Gesicht. »Was wollen Sie jetzt damit?«

»Trifft meine Aussage zu? Ja oder nein?«
Die Stirn seines Gegenüber legte sich vollends in Falten, seine Augen verengten sich zu einem stieren Blick. »Ja, und?« Die Fokussierung seiner Fragen auf dieses Thema schien ihm alles andere als angenehm, ein heikler Punkt offenbar, dem der Kommissar noch genauer nachgehen musste. Später, sagte er sich, hör dir zuerst an, was er über den Toten weiß. »Wie wurden Sie auf Herrn Schmiedle aufmerksam?«, fragte er. Kobers Miene entspannte sich zusehends. Seine Stirn verlor ihre Falten, die Augen weiteten sich. »Er hatte gerade eine aufsehenerregende Doktorarbeit veröffentlicht und arbeitete seit zwei Jahren als Dozent an der Universität in Reutlingen. Als wir ins Gespräch kamen, bot er uns seine Dienste als Unternehmensberater an. Daraus wurde dann der feste Job. Er wagte den Sprung von der Theorie in die Praxis, zu unserem Glück.«

»Er fand einen neuen Kunden für Ihre Produkte?«

»Nein, wie stellen Sie sich das vor?« Der Mann ließ ein seltsam gequältes Lachen hören. »Der Irak-Krieg war vorbei, neue jedenfalls größere Konflikte, nicht in Sicht. Das können Sie ja nicht aus dem Hut zaubern. Wir standen vor dem Problem: Zu wenig Arbeit für zu viele Leute. Und genau da setzt Markus Modell an.«

»Nämlich?«
»Normalerweise hätten wir mehr als ein Drittel der Belegschaft entlassen müssen. Ohne Verzug. Leute in der Produk-

tion, der Verwaltung, ja, einen Teil des Werkes aufzugeben war im Gespräch. Da schlug Markus dem Betriebsrat, der Geschäftsführung und den Besitzern vor, das geringere Arbeitsvolumen gleichmäßig auf die Gesamtbelegschaft zu verteilen.«

»Jeder arbeitet weniger, verdient aber entsprechend auch nicht mehr so viel?«

»Im Prinzip, ja«, bestätigte Kober, Braigs Vermutung mit einem Kopfnicken bejahend.

»So neu ist das aber nicht. Wurde das nicht zeitweise auch schon bei anderen Firmen praktiziert?«

»Im Prinzip, ja«, wiederholte sich der Mann. »Aber meist nur mit großem Widerstand. Schließlich verdienen die Leute wesentlich weniger als vorher. Markus Modell bietet aber zwei Komponenten an, die diese Einkommensverluste deutlich abmildern und den Betriebsrat deshalb nach anfänglichem Zögern fast begeistert zustimmen ließen.

Zum einen: Wir schlossen einen eigenen Tarifvertrag mit allen Mitarbeitern ab, der Lohnerhöhungen nicht mehr prozentual, sondern nur noch in absolut gleich großen Summen für alle Beschäftigen vorsieht. Das klingt nicht gerade berauschend, ich weiß, entlastet aber die Geringverdiener, also die, die das Geld am meisten benötigen. Ich erkläre Ihnen das an einem Beispiel: Eine Lohnerhöhung von, sagen wir 5 Prozent bedeutet für den, der 10 000 Euro verdient, satte 500 Euro mehr. Diejenigen, die nur 500 Euro nach Hause bringen, erhalten dagegen ganze 25 Euro zusätzlich. So läuft das überall in sämtlichen Betrieben. Die Großen kassieren immer mehr, die Kleinen ... Vergessen Sie`s, das reicht kaum zum Leben.

In unserer Firma dagegen erhalten alle eine feste Summe, sagen wir mal 80 Euro als Erhöhung. Umgerechnet auf alle Beschäftigten muss sie den 5 Prozent entsprechen, die sonst gezahlt werden. Das ist für die besser Verdienenden schlechter, für die kleinen Gehälter aber weit mehr als sonst. Nach ein paar Jahren machen sich diese Bedingungen deutlich bemerkbar, verstehen Sie?«

»Natürlich«, antwortete Braig. »Der Vertrag gilt auch für Sie?«

»Selbstverständlich«, erklärte Kober voller Überzeugung. »Das war einer der Gründe, warum sich der Betriebsrat überzeugen ließ. Und Markus' Modell hat noch eine zweite Komponente.« Er wurde vom nervösen Klopfen der Frau unterbrochen, strich ihr zärtlich über die Hand. Sie lächelte dankbar, beruhigte sich wieder. »Die Löhne, die in unserer Firma gezahlt werden, dürfen nicht zu weit auseinanderliegen. Maximale Differenz zwischen dem Durchschnitts- und dem Spitzenverdienst ist der Faktor 3.«

»Das steht in Ihrem Tarifvertrag?«, fragte Braig überrascht. Kober nickte. »Der Geschäftsführer der Firma, also ich, verdient genau das Dreifache dessen, was wir als Durchschnittslohn zahlen. Mehr ist nicht drin.«

»Da mussten Sie aber deutliche Einbußen hinnehmen.« Kober nickte. »Alle anderen Führungsgehälter sind aber ebenfalls deutlich eingeschränkt. Schmiedle auf Faktor 2 und die Abteilungsleiter auf Faktor 1,5. Das setzt Gelder frei, die den niedrigsten Löhnen zugute kommen. Obwohl alle Mitarbeiter 30 Prozent weniger arbeiten als in anderen Firmen, erhalten die unteren Gehaltsstufen nur 10 Prozent weniger Lohn. Das ist immer noch problematisch, aber durch unsere auf absolute Zahlungen umgestellten Gehaltserhöhungen reduziert sich die Differenz von Jahr zu Jahr. Obwohl die Leute auch dann noch 30 Prozent weniger arbeiten müssen.«

»Und Sie und die übrigen Spitzenkräfte waren einverstanden?«

»Fast alle«, bestätigte Kober. »Zwei Abteilungsleiter haben gekündigt. Aber die anderen machen mit. So konnten wir den Abbau von etwa 400 Arbeitsplätzen vermeiden.«

Braig glaubte, nicht richtig zu hören. »Das klingt revolutionär. Gerade jetzt in der globalen Wirtschaftskrise. Wo ist der Haken an der Sache?«

»Es gibt keinen Haken. Die höheren Gehälter sind alle eingefroren, ihre Zuwächse wesentlich geringer als sonst. So werden soziale Härten für die kleineren Einkommen aufgefangen. Der Betriebsrat muss die neue Struktur absegnen und den Vertrag unterschreiben, das ist alles.«

»Wieso ist dieses Modell nicht bekannter? Jetzt, in der Wirtschaftskrise, wenn auf Dauer wesentlich weniger Autos und Maschinen produziert werden – und es ist doch absehbar, dass es dabei bleibt – so könnten Massenentlassungen doch vermieden werden. Warum macht Schmiedles Idee nicht mehr Furore?«

»Ganz einfach.« Kober hatte die Antwort sofort parat. »Markus wollte erst abwarten, ob sich sein Modell in der Realität wirklich bewährt. In seiner Doktorarbeit hat er die theoretischen Grundlagen zwar detailliert ausgearbeitet, aber wie das dann in der Praxis aussieht? Deshalb war er auch bereit, bei uns einzusteigen, traf er bei uns doch genau die Probleme an, die sein Modell zu lösen verspricht. Und es hat die Erwartungen voll erfüllt, das lässt sich eindeutig feststellen. Heute in der Liederhalle will er es präsentieren, das theoretische Fundament und die Umsetzung in die Praxis am Beispiel unserer Firma. Sein Vortrag wurde mit großer Spannung erwartet – die Creme de la Creme der Betriebswirtschaft und der Unternehmensberater hat sich angekündigt, mein Gott und jetzt ist er ...« Kober verstummte, schüttelte den Kopf.

Die alte Frau neben ihm setzte ihre Finger in Bewegung, trommelte auf den Tisch.

»Tot, wirklich tot?«

Braig schaute an ihm vorbei, wusste nicht, was er sagen sollte.

»Das darf nicht wahr sein.« Kober fuhr seiner Tante zärtlich über den Arm, ließ ihr Klopfen verstummen. »Das hat mit seinem Vortrag zu tun«, sagte er, »irgendjemand hat das nicht gepasst und wollte verhindern, dass die Ergebnisse bekannt werden. Sie müssen nach Reutlingen in die Hochschule. Sprechen Sie mit seinem Kollegen. Der kann Ihnen garantiert erklären, wem sein Modell total in die Quere kommt.«

15. Kapitel

Die Koordination der Wachdienste in dieser Nacht hatte Ohmstedt übernommen. Fast eine Stunde lang hatten sie im Beisein der Staatsanwältin darüber diskutiert, was dafür und was dagegen sprach, die ganze Maschinerie erneut in Gang zu werfen, unzählige Beamtinnen und Beamte der Schutzpolizei dazu zu zwingen, auf ihre Nachtruhe zu verzichten. War der gigantische Aufwand, gerade angesichts des Misserfolgs der vergangenen vierundzwanzig Stunden wirklich noch zu rechtfertigen?

Sie hatten sich nach langem Hin und Her und mit ausdrücklicher Unterstützung von Thekla Kliss dafür entschieden, hatten ihren – zumindest der Planung nach – unsichtbaren Schutzschild für einen Großteil der Tankstellen im Ländle wieder aufgebaut – wie sich am nächsten Morgen zeigte, zumindest in dem Sinn vergeblich, als niemand bei dem Versuch eines Überfalls hatte überrascht und überwältigt werden können. Vom Geschehen des Vortags gewarnt, hatten sie die Überwachung bis 8 Uhr durchgehalten, erst bei längst wieder ins Land gekehrtem Tageslicht die Beamten abgezogen.

»Keine verdächtige Beobachtung, nirgends?« Neundorf war beim Betreten des Büros auf einen lädierten, unübersehbar übernächtigten Kollegen gestoßen.

»Null«, hatte Ohmstedt das enttäuschende Resümee gezogen, »absolut null.«

Sie hatten sich über die dringendsten Aufgaben ihrer Ermittlungen verständigt, die Durchsicht der beiden Videobänder der Ludwigsburger Tankstelle bis zur Zerstörung der Kameras, das Gespräch mit Wössner sowie die Erkundung der geraubten Summe bei der Regionalverwaltung des Tankstellenshops, waren dann bis zu einem am späten Nachmittag vereinbarten Treffen ihrer Wege gegangen.

Die Aufzeichnungen der Videokameras zu verfolgen, war ein ermüdendes Unterfangen, Neundorf wusste es von unzähligen früheren Aktionen. Kunden kamen und gingen, holten sich verschiedene Artikel aus den Regalen, bezahlten, von beiden Kameras aus verschiedenen Positionen aufgenommen. Von vorne, von der Seite, von hinten, aus der Ferne. Es war ermüdend, ohne Abwechslung, immer dasselbe. Zwanzig, dreißig Minuten lang volle Konzentration, dann begannen die Schwierigkeiten. War es normal, dass der Kunde sich so auffällig überall im Laden umsah? Hatte sie dasselbe Gesicht nicht schon einmal – vor zehn oder fünfzehn Minuten etwa – gesehen? Zurückspulen, im Schnelldurchlauf, nach dem Mann suchen, Stopp, nein, das war er nicht, weiter zurück, wie weit eigentlich noch, Stopp, nein, wieder nicht.

Sie hatte die Techniker gebeten, ihr zwei Großbildschirme zur Verfügung zu stellen, war von Dr. Dolde mit zwei parallel nebeneinander projizierenden Beamern überrascht worden. Die zeitgleich aufgenommenen Bilder im Kinoformat vor Augen, den Blick mal eher nach rechts, dann wieder nach links gerichtet, hatte sie sich die Nacht vor dem Überfall vor Augen geholt. Zwei, dann, nach kurzer Unterbrechung, nochmals eineinhalb Stunden lang, zuerst im Originaltempo, dann mehr und mehr im Schnelldurchlauf. Auffällige Verhaltensweisen?

Sie hatte drei Tassen Kaffee getrunken, die beiden Filme im Maximaltempo bis zum plötzlich und unverhofft eintreffenden Ende an die Wand projiziert, war stutzig geworden. Die letzte Kundin, unmittelbar vor dem großen Flimmern, wie viele Minuten vor der Zerstörung der Kameras hatte sie den Verkaufsraum verlassen? War es nicht möglich, dass sie draußen die vielleicht bereits auf ihre Gelegenheit wartenden

Täter wahrgenommen hatte – und sei es auch nur flüchtig, ohne dieser Beobachtung bisher eine Bedeutung beizumessen?

Neundorf spulte beide Filme zurück, bis zu der Stelle, da die Frau den Laden betrat. Sie blieb am Eingang stehen, schaute sich suchend um, lief dann, nach kurzem Zögern auf ein Regal am äußeren Rand der Verkaufsfläche zu, wurde dabei von einer Kamera für einen Moment voll erfasst. Die Kommissarin stoppte das Band, versuchte, das Gesicht der frühen Kundin zu beobachten. 6.46 Uhr zeigte die im linken unteren Bildrand eingeblendete Uhr, das musste wenige Minuten vor dem Überfall aufgenommen worden sein. Trotz der riesigen Bildfläche war das Gesicht der Frau nur ansatzweise zu erkennen, der Schatten des die nächste Lampe verdeckenden Regals tauchte es in Dunkelheit, die Augenpartie blieb zudem von einer überdimensional großen, mit dunklen Gläsern bestückten Brille verborgen. Eine Sonnenbrille, überlegte Neundorf? Morgens, wo weit und breit keine Sonne zu sehen ist. Weshalb?

Sie setzte den Film wieder in Bewegung. Die Frau ging vollends zu dem Regal, griff nach verschiedenen Gegenständen, nahm sie in Augenschein, entschied sich nach einer Weile für eine Tube und eine kleine runde Dose – Neundorf glaubte, Cremes oder Salben zu erkennen – ging mit ihnen zur Kasse. Sie wurde von Wössner mit einem Kopfnicken und wohl auch einem – seiner Lippenbewegung nach – kurzen Satz begrüßt. Anschließend registrierte der Mann die beiden Gegenstände mit seinem Scanner, nahm einen 20-Euro-Schein entgegen, öffnete die Kasse und gab der Frau zwei Münzen zurück. Zwei außergewöhnlich teure Artikel, überlegte sie.

Die Frau nahm das Geld entgegen, steckte es in ihre Geldbörse, verstaute diese mitsamt den beiden Cremes in ihrer

Handtasche. Sie nickte Wössner kurz zu, marschierte dann auf kürzestem Weg schnurstracks aus dem Laden. 6.51 Uhr und 12 Sekunden, sah Neundorf eingeblendet.

Sie ließ den Film weiterlaufen, wartete auf das Flimmern. Wössner war mit irgendwelchen Dingen unterhalb der Kasse beschäftigt, schaute kurz zur Tür, verschwand dann nach links aus dem Bild. Drei Sekunden später tauchte er wieder auf, voll in die Richtung der linken Kamera blickend, bückte sich auf den Boden und lief dann nach rechts aus dem Bild. Fast im gleichen Moment – im Abstand von zwei Sekunden vielleicht – plötzlich Flimmern, erst links, dann rechts. 6.52 Uhr und 8 Sekunden. Die Frau war nicht einmal eine Minute aus dem Laden verschwunden. Sechsundfünfzig Sekunden, um es genau zu sagen. Sechsundfünfzig Sekunden, überlegte Neundorf. Sie hatte den Verkaufsraum verlassen, war zu ihrem Auto gegangen und weggefahren. Und die Täter? Wann waren sie an der Tankstelle angelangt?

Sie musste nicht lange überlegen, fand nur zu einer Antwort. Die Täter mussten zu dem Zeitpunkt längst in der Nähe gewesen sein, hatten nur auf den Moment gewartet, bis die frühe Kundin endlich verschwunden war. Nicht weit vom Laden. In ihrem Fluchtwagen?

Neundorf griff zum Telefon, gab Doldes Nummer ein. Der Techniker meldete sich umgehend.

»Ich habe hier eine unbekannte Frau auf dem Bild, die unmittelbar vor dem Überfall in dem Laden einkaufen war. Wenn wir Glück haben, hat sie die Männer beobachtet oder ihr Auto gesehen. Wir müssen die Frau finden. Kannst du mir bitte ihr Gesicht vergrößern?«

Dolde sagte zu, sich umgehend um das Foto zu kümmern.

16. Kapitel

Das schwäbische Harvardle, wie ein als besonders clever apostrophierter Ministerpräsident die ESB Reutlingen in Anerkennung ihrer vielen wissenschaftlichen Auszeichnungen betitelt hatte, lag auf einer Anhöhe am westlichen Rand Reutlingens. Der aus einem weitläufigen Komplex moderner mehrstöckiger Gebäude bestehende Universitäts-Campus bot, wie Braig sich an diesem Morgen selbst überzeugen konnte, eine prächtige Rundumsicht auf verschiedene Reutlinger Stadtteile, den sich im Halbrund südlich und östlich der alten, traditionsreichen Stadt jäh erhebenden Albtrauf mit seinem markantesten Punkt, der Achalm wie auf mehrere der Stadt benachbart liegende Ortschaften.

Die ESB Business School Reutlingen University, wie sich die staatliche Hochschule nannte, zählte seit mehreren Jahren zu den renommiertesten betriebswirtschaftlichen Ausbildungsstätten Deutschlands und belegte – wie es dem Kommissar zu Beginn seiner Unterredung in mehreren Grafiken verdeutlicht wurde – in sämtlichen Hochschulrankings der letzten Zeit regelmäßig Spitzenpositionen, die hohe Qualität ihrer Arbeit damit illustrierend. Gelebte Internationalität mit Hochschulpartnern in Frankreich, England, Spanien, Irland, Italien, Mexiko, den USA und anderen Ländern und eine praxisfundierte Orientierung ihrer Ausbildung galten von Anbeginn ihrer Gründung an als Leitbilder der vom Land Baden-Württemberg getragenen Hochschule. Jahr für Jahr schlossen sich neue international tätige Firmen der Ausbildungs-Kooperation mit der so hoch geschätzten Lernfabrik an, ein wahres Who is Who der renommiertesten deutschen Unternehmen, wie sich Braig auf einer scheinbar nicht endenwollenden Aufzählung selbst überzeugen konnte. Dass es sich auch bei der von der Hochschul-Leitung betonten multinationalen Herkunft ihrer Studentinnen und Studenten nicht um eine inhaltsleere Floskel, sondern um die korrekte Beschreibung der realen Hochschulsituation handelte, hatte Braig schon beim Betreten des Campus bemerkt: Junge Frauen und Männer verschiedenster Nationalitäten waren in und um die Universitätsgebäude unterwegs. Ein Flair von vorurteilsloser Weltläufigkeit schien die Atmosphäre des gesamten Areals auf der Anhöhe über Reutlingen zu prägen – ein Geist von Toleranz den Erwerb international gültiger Kenntnisse betriebswirtschaftlicher Gesetzmäßigkeiten zu fördern. Und genau hier sollten die Hintergründe des Mordes an Markus Schmiedle verborgen liegen?

Noch auf der Rückfahrt von Lorch nach Stuttgart am Vorabend hatte Braig im Sekretariat der Hochschulverwaltung angerufen und sich einen Termin für den nächsten Morgen bei Professor Peter Maurer, dem – wie Kober ihm berichtet hatte – wissenschaftlichen Betreuer Schmiedles geben lassen. »Herr Schmiedle ist uns bekannt, selbstverständlich«, hatte die Frau auf seine Frage sofort geantwortet, »er war mehrere Jahre bei uns als Dozent tätig.«

Unmittelbar nach dem Gespräch hatte er sich mit Stefanie Riedinger unterhalten und von ihr erfahren, dass Schmiedle seit eineinhalb Jahren geschieden war und seither – ihrer Kenntnis nach – allein in Metzingen lebte. Seine Eltern waren beide erst vor kurzem gestorben, seine Schwester, eine inzwischen in Dortmund verheiratete Frau Jäger mit Ehemann und zwei kleinen Kindern seit Jahren nicht nur räumlich, sondern, wie sie ihr wortwörtlich mitgeteilt hatte, auch gefühlsmäßig weit von ihrem Bruder entfernt. Seine ständigen Beziehungswechsel, hatte Michaela Jäger formuliert, seien weder nachvollziehbar noch nervlich zu ertragen gewesen, jedenfalls nicht für einen ihm ursprünglich nahestehenden Menschen wie sie. Weihnachten habe man in den letzten Jahren noch miteinander gefeiert, sich sonst ab und zu mal per E-Mail oder Telefon verständigt, aber selten, höchstens einmal im Monat. Freunde oder eine gegenwärtige Lebenspartnerin seien ihr nicht bekannt.

Riedinger hatte Braig versprochen, die private Seite Schmiedles zu übernehmen, heute am frühen Morgen seine Wohnung auf allgemeine Hinweise bzw. befreundete Personen hin zu untersuchen und die Nachbarn zu befragen.

Die Liste seiner Telefonate hatte er kurz nach 18 Uhr mit Söderhofers Evaluations-Briefing beendet, dessen forciertes Brainstorming dann nach Auffassung des Staatsanwalts in einer expliziten Effizienzoptimierung ihrer Ermittlungen resultierte. Er war ruhig geblieben, hatte die Fragen des Mannes mit der gebotenen Zurückhaltung und bemühter Höflichkeit beantwortet und ihm versprochen, das nächste Briefing am folgenden Mittag Punkt 12 Uhr durchzuführen.

Das Gespräch mit Professor Maurer in den Räumen der Reutlinger Hochschule schien dagegen weit mehr neue Informationen zu vermitteln als die Worthülsenklauberei des Staatsanwalts.

»Na ja«, erklärte der Wissenschaftler in seinem hellen, mit breiten Fensterfronten ausgestatteten Büro im ersten Obergeschoss des Verwaltungsgebäudes auf Braigs Frage nach Personen und Institutionen, denen das Modell Schmiedles sagen wir mal nicht gerade besonders gelegen kommt oder gar überhaupt nicht in den Kram passt, »zuerst ist das nicht nachvollziehbar, dass irgendjemand etwas dagegen haben könnte.«

»Mir fällt es jedenfalls schwer, solche Personen zu finden«, gestand Braig. »Sofern ich den Sinn und die Struktur des Modells richtig verstanden habe.«

»Sie haben sich damit beschäftigt?«

»Beschäftigt ist zu viel gesagt. Herr Kober, der Geschäftsführer der Firma Göttler, bei der es verwirklicht wurde, hat es mir in Kurzform erklärt.«

»Die Firma Göttler, ja«, bestätigte Maurer, »das ist Schmiedles Meisterstück. Dort hat er gezeigt, dass das Modell in der Realität funktioniert, genau wie in der Theorie berechnet. Die Firma geriet vor einigen Jahren in Schwierigkeiten, weil ein großer Kunde von einem Tag auf den anderen ausfiel. Unvorhersehbar, wie es halt oft läuft im Leben. Das hätte sie beinahe in die Insolvenz getrieben.«

»Wenn Herr Schmiedle sich nicht um die Firma bemüht hätte.«

»So können Sie das sagen, genau. Auf unnachgiebiges Betreiben einiger Betriebsräte hin, die von seinen Berechnungen gehört hatten. Innerhalb weniger Wochen brachten sie die Besitzer und die Geschäftsführung an einen Tisch und handelten die Verwirklichung seines Modells aus. Es sorgt im Prinzip dafür, dem geringeren Arbeitsvolumen nicht wie bisher allgemein üblich durch Entlassungen Rechnung zu tragen, sondern durch die Verminderung der Arbeitszeit aller bei der Firma Beschäftigten. Der daraus resultierende niedrigere Verdienst wird für die unteren und mittleren Gehaltsstufen deutlich abgemildert indem die Spitzenlöhne gekappt und Lohnerhöhungen nicht mehr prozentual, sondern im genau gleich großen Umfang für alle Angestellten erfolgen. Damit werden soziale Härten trotz der reduzierten Arbeitszeit weitgehend vermieden.«

»Dann habe ich das Modell richtig verstanden. Umso schwerer fällt es mir, nachzuvollziehen, dass sich Herr Schmiedle damit solche Feindschaften zugezogen haben soll, dass man ihm deswegen nach dem Leben trachtete.«

»Das ist auf den ersten Blick in der Tat nicht nachvollziehbar.« Maurer fuhr sich mit der Rechten durch sein schütteres hellblondes Haar, griff dann nach seiner Krawatte, zog sie gerade. Er trug einen fein glänzenden, silbergrauen Anzug, ein hellgrünes Hemd, dazu die mit kleinen weißen Punkten bestückte braune Krawatte. Braig schätzte ihn auf Mitte, Ende Vierzig, hatte sich von ihm berichten lassen, dass er seit fast acht Jahren an der Hochschule tätig war. »Wenn Sie jetzt Namen von Leuten erwarten, denen ich es zutraue, dass sie Herrn Schmiedle seines Modells wegen getötet haben könnten, muss ich Sie enttäuschen.«

»Nein, das erwarte ich nicht«, erwiderte Braig, »ich bin schon zu lange in meinem Beruf tätig, um zu wissen, dass das Leben nicht so einfach funktioniert: Hier die Guten, dort die Bösen. Aber es muss doch möglich sein, darüber nachzudenken, ob es Personen gibt, denen sein Modell nicht in den Kram passt. Herr Kober deutete das jedenfalls an.«

Maurer hatte Braigs letzte Worte mit zustimmendem Kopfnicken verfolgt. »Nachdenken können wir, selbstverständlich. Und natürlich gibt es bestimmte Kreise, die Schmiedles Modell sofort als indiskutabel erklärten, als sie auch nur schon von den ersten Andeutungen hörten.«

Der Kommissar sah erstaunt auf. »Von wem sprechen Sie?« Sein Gegenüber erhob sich von seinem Stuhl, trat ans Fenster, schaute nach draußen. »Na ja, zuerst mal natürlich die Vertreter der Leute, die von ihm nicht profitieren, sondern die Nachteile zu spüren bekommen.«

»Wer soll das sein?«, fragte Braig. Er folgte den Blicken des Mannes, sah den Albtrauf wie eine mit dem Lineal von Nordosten nach Südwesten gezogene Linie steil in die Höhe ragen. Das Hügelland davor im ersten zarten Frühlingsgrün, die Berge in einen Hauch von dunkelblauem Dämmer gehüllt. Die blaue Mauer, wie der Steilanstieg der Schwäbischen Alb seit der Zeit der Romantik bezeichnet wurde, hier liegt sie wieder vor dir, kam es ihm unwillkürlich in den Sinn, ähnlich wie gestern im weit entfernten Lorch.

»Sämtliche leitenden Positionen«, erklärte Maurer, »vom Chef einer kleinen Arbeitseinheit bis zum Geschäftsführer. Deren Verdienst wurde mit dem neuen Tarifvertrag zum Teil drastisch gekappt.«

»Die konnten kündigen und zu einer anderen Firma gehen. Soweit ich informiert bin, haben das bei Göttler aber nur wenige getan.«

»Die konnten kündigen, ja. Aber glauben Sie wirklich, dass das so einfach ist? Versuchen Sie mal, mit Mitte Vierzig oder Fünfzig oder gar noch älter in einer anderen Firma unterzukommen – vor allem mit der Erwartung auf einen Spitzenverdienst. Das gab viel böses Blut, Schmiedle hat sich in diesen Kreisen wirklich nicht beliebt gemacht.«

»Sie wissen von konkreten Auseinandersetzungen?«

Maurer ging zu seinem Besucher zurück, schüttelte den Kopf. »Nein, Namen kann ich Ihnen keine nennen. Mit der Praxis bei der Firma Göttler habe ich mich nicht befasst. Das ist allein Schmiedles Sache. Ich weiß aber, dass er zeitweise dermaßen bedroht wurde, dass er seinen Job hinwerfen wollte.«

Braig bedachte den Mann mit einem erstaunten Blick. »Wann war das?«

»Wann?« Sein Gesprächspartner setzte sich wieder auf seinen Stuhl. »Das dürfen Sie mich nicht fragen. Eigentlich ging das die ganze Zeit so. Da gab es ständig Leute, die eine Revision des Tarifvertrags verlangten. Die fühlten sich überfahren, hatten wohl gedacht, Schmiedles Modell halte nur wenige Monate und sobald es der Firma wieder besser gehe, kämen die alten Modalitäten automatisch wieder zur Geltung. Dem war aber nicht so.«

»Sie kennen wirklich keine Namen?«

»Tut mir leid. Fragen Sie in der Firma nach. Falls Sie dort

Gesprächspartner finden.«

»Das werde ich tun«, sagte Braig. »Auf jeden Fall.«

»Obwohl etliche Widersacher auch außerhalb der Firma Göttler zu finden sein werden.«

»Außerhalb der Firma? Von wem sprechen Sie?«

Maurer griff nach dem Wasser, das er seinem Gesprächspartner und sich am Anfang ihrer Unterhaltung ausgeschenkt hatte, trank davon. »Die üblichen Verdächtigen«, sagte er dann, nachdem er das Glas auf den Tisch gestellt hatte.

»Geht es etwas konkreter?«

»Allerdings«, erklärte der Wissenschaftler, »haben Sie schon einmal überlegt, wie viel politische Sprengkraft Schmiedles Modell hat? Da geht einer hin, gibt denen, die wenig haben, mehr und denen, die sehr viel haben, wesentlich weniger. Gleichmacherei – kennen Sie diesen polemischen Kampfbegriff? Und das nicht nur einmal, sondern durch die Umwandlung der Gehaltserhöhungen in absolute Summen für immer. Er zementiert diese Gleichmacherei also auch noch. So lange sein Modell bloße Theorie war, irgendwelche Thesen auf weißem Papier oder im Inneren eines Computers verborgen, taugte es höchstens zu versponnenen Disputen abgehobener Intellektueller. Aber in dem Moment, wo es in die Praxis umgesetzt wurde und sich von Monat zu Monat bewährte und immer deutlicher zeigte, dass es wirklich zu realisieren ist – was bringt es unübersehbar zum Ausdruck?«

Braig sah die fragende Miene seines Gegenüber, brauchte nicht lange, eine Antwort zu formulieren. »Dass Leitungspositionen auch ohne abartig hohe Spitzenverdienste sehr gut bewältigt werden können.«

»So lässt sich das durchaus formulieren, ja. Und damit sind wir beim Thema.«

Maurer zupfte einen kurzen hellen Faden von seinem Anzug, spitzte die Lippen. »Sie wissen, in welchen Höhen sich die Gehälter führender Manager in unserem Land bewegen? Inklusive Aktienoptionen, zusätzlichen Provisionen, gewinnbezogenen Tantiemen, individuellen Leistungsprämien?«

Braig rollte mit den Augen, blies die Luft von sich. »Das dürfen Sie mich nicht fragen. Ich bewege mich normalerweise in anderen Kreisen. Was das anbelangt, kann ich nur grob schätzen. In Millionenhöhe, auf jeden Fall. Konkrete Zahlen sind mir nicht bekannt.«

»Dann will ich Ihnen doch einmal ein paar konkrete Beispiele präsentieren.« Maurer zog ein Notebook, das am linken Rand des Schreibtisches lag, zu sich her, klappte es auf, beschäftigte sich kurz damit, schob es dann so zur Seite, dass sein Besucher den Monitor gut im Blick hatte. »Diesen Artikel habe ich letzte Woche zufällig in der Wochenzeitung Die Zeit entdeckt. Ein seriöses Blatt, ich nehme an, Sie kennen es?«

Braig nickte zustimmend, warf einen Blick auf den Text und die Grafiken vor ihm.

»Sie listen die Einkommen der Spitzenmanager auf, inklusive aller Boni. Interessant, oder?«, fuhr Maurer fort.

Braig las die Namen, sah die dazu abgedruckten Zahlen, verfolgte die Erklärungen. Fast alle großen Konzerne waren aufgeführt, dazu die führenden Manager, die Höhe ihrer Jahreseinkommen. Siemens, RWE, BASF, Daimler-Benz, Volkswagen, Linde ... Der niedrigste Verdienst bei 4.300.000 Euro, die meisten um die 7.000.000 Euro bis 8.500.000 Euro, die absolute Spitze mit 12.700.000 Euro. »Gerhard Bruckermann«, las er, »der ehemalige Chef der Pfandbriefanstalt Depfa erhielt im Jahr 2004 insgesamt 7,4 Millionen Euro. Drei Jahre später wurde die Depfa von der Hypo Real Estate übernommen und Bruckermann konnte Aktien, die er als Teil seiner Bezüge bekommen hatte, für geschätzte 100 Millionen Euro veräußern. Zwei weitere Jahre später musste die Hypo

Real Estate vom Steuerzahler mit Abermilliarden gestützt werden. Ursache waren genau jene Geschäftsmethoden, mit denen Bruckermann die Depfa einst so begehrenswert gemacht hatte. Und er? Ist längst weitergezogen. Und nicht erreichbar.«

»Das sind die Spitzenverdiener, wohlgemerkt«, betonte Maurer, »aber die Abteilungsleiter in den nächstfolgenden Etagen müssen auch nicht gerade Hunger leiden.«

Braig löste seinen Blick vom Monitor, dachte an sein eigenes Gehalt, versuchte, es mit den hier aufgeführten Zahlen zu vergleichen. Die unterste Einkommensstufe übertraf seinen eigenen Verdienst um mehr als das 100fache. Was er in etwa 110 Jahren verdiente, bei 110 Jahren ununterbrochen ausgeübter Berufstätigkeit, entsprach in etwa dem, was einer dieser als Spitzenmanager apostrophierten Herren in einem einzigen Jahr erhielt, per Gesetz, völlig legal. Oder, anders ausgedrückt ...

»Darf ich fragen, womit Sie sich gerade beschäftigen?«, unterbrach der Wissenschaftler seinen Gedankenfluss.

Braig schaute auf, gab bereitwillig Auskunft. »Ich war dabei auszurechnen, in welchem Verhältnis die Einkommen dieser Manager zu denen etwa eines Kriminalkommissars stehen.«

»Und? Zu welchem Ergebnis sind Sie gekommen?«

»Na ja, das niedrigste Niveau ihrer Verdienste entspricht etwa dem 110fachen meines Gehalts. Was 110 Kommissare zusammen erhalten, kassiert einer dieser Herren, sofern er sich im unteren Randbereich dieser Einkommensklasse bewegt. Schaue ich mir dagegen die hier als Durchschnitt bezeichnete Verdienstmenge an oder gar die Spitze ...« Er schwieg, schüttelte den Kopf. »Das 200fache oder 300fache eines Kommissars oder einer Krankenschwester oder eines Facharbeiters«, fuhr er dann fort. »Wie haben die das verdient? Arbeiten die 100mal oder 200mal oder 300mal soviel wie ich? 800 oder 1600 oder 2400 Stunden am Tag und das das ganze Jahr über?« Braig fuhr sich durch die Haare. »Es hat keinen Sinn, darüber nachzudenken, es führt zu nichts. Selbst wenn ich berücksichtige, dass die Gehälter von Managern, die etwa als Abteilungsleiter tätig sind, nur dem zehn- oder zwanzigfachen meines Einkommens entsprechen, wird mir klar, welche Brisanz gerade jetzt in der Zeit wirtschaftlicher Schwierigkeiten in Herrn Schmiedles Modell steckt.« Er ließ seinen Blick aus dem Fenster schweifen, folgte der dunkelblauen Kante des Albtraufs. »Die können gar nicht so viel und so intensiv arbeiten und ihren Firmen neue Werte verschaffen wie sie selbst verdienen. Nicht einmal in Ansätzen.«

Maurer betrachtete ihn lange, gab seine Zustimmung dann mit einem bedächtigen Kopfnicken zu erkennen. »Ich denke, es fällt nicht schwer, nachzuvollziehen, dass diese Schlussfolgerung bestimmten Interessengruppen überhaupt nicht gefällt. Mächtigen Interessengruppen.«

»Unternehmerverbänden zum Beispiel.«

»Unternehmerverbänden, Banken, Industrie- und Handelskammern, Arbeitgebervereinigungen, all denen, die an wichtige Funktionen einer gesellschaftlichen Elite glauben, nicht zuletzt natürlich deren politischen Vertretern. Einer ganzen Menge Leute mit viel Geld und noch mehr Einfluss, die an Schmiedles Modell nur ein einziges Interesse haben: dass es in der Versenkung bleibt und auf gar keinen Fall ans Licht der Öffentlichkeit kommt.«

»Haben Sie konkrete Namen?«

Der Wissenschaftler lachte leise. »Sie wollen wohl sofort losziehen und ein paar Leute verhaften, wie?« Er hob seine Hände abwehrend in die Höhe. »Das sind alles Persönlichkeiten und Organisationen, die ihre Konflikte auf andere Weise lösen als das in der Liederhalle geschehen ist.«

»Ein etwas vorschnelles Urteil, fürchte ich. Leute, für die es um viel geht, gleich ob Macht, Gewinn, Besitz oder den drohenden Verlust eines nahestehenden Menschen, sind schneller bereit, Grenzen zu überschreiten, als wir das wahrhaben wollen. Das zeigt mir meine alltägliche berufliche Erfahrung zur Genüge«, erwiderte Braig.

»Das bezweifle ich nicht. Dennoch glaube ich, dass die Personen und Organisationen, von denen wir hier sprechen, über andere, für sie wesentlich einfacher zu handhabende Möglichkeiten verfügen, ihre Ziele zu erreichen als einen Widersacher zu ermorden. Das läuft in diesen Kreisen auf einer anderen Ebene: Politische Kungeleien, großzügige finanzielle Angebote, juristische Winkelzüge, die Vermittlung alternativer Karrieresprünge – Sie würden es wohl als Bestechung oder Korruption, vielleicht auch als Parteienkungelei oder so ähnlich bezeichnen, aber so läuft es nun einmal. Auf diese Weise lassen sich die meisten Probleme in Wirtschaft und Politik weit effektiver lösen als durch so plumpe Methoden wie Mord, glauben Sie mir, es ist nur eine Frage der Zeit, bis die richtigen Leute in die richtige Richtung gedreht worden sind. Spielereien dieser Art sind bei uns gang und gäbe – ein alltägliches Ritual, da bedarf es keiner Killer, die erwünschten Ziele zu verwirklichen.«

»Am Einsatz dieser Methoden hege ich keinerlei Zweifel«, bekannte Braig, »vielleicht haben sie in diesem Fall aber nicht oder zumindest nicht schnell genug funktioniert und deshalb war man gezwungen, die Notbremse zu ziehen.«

»Die Notbremse?« Maurer wog seinen Kopf bedächtig hin und her. »Ich weiß nicht, ob Leute in diesen Positionen das wirklich nötig haben. Denken Sie doch einmal daran, mit welcher Vehemenz gesellschaftliche Bestrebungen, die elitären Kreisen widerstreben, bekämpft und am Ende wieder in die richtigen Bahnen gelenkt werden. Nehmen wir – nur mal als Beispiel – den Bildungsbereich. Was wurde in den letzten Jahrzehnten darum gekämpft, Kindern aus benachteiligten Schichten und dem Arbeitermilieu höhere Abschlüsse zu ermöglichen. Das dreigliedrige Schulsystem mit seiner scharfen Trennung in Hauptschule für die da unten, die Realschule für die Normalen und das Gymnasium für die da oben zu egalisieren. Gleiche Chancen für alle zu schaffen, bemühten sich unzählige Bildungspolitiker. Wie lange brauchte es, bis sie als böse systemverändernde Gleichmacher gebrandmarkt waren? Dabei gelang es den bösen Gleichmachern nicht einmal, gemeinsame Schulen für alle einzuführen. Immerhin aber schafften sie es, mehr Jugendliche auf die Gymnasien zu schleusen und mit Abitursweihen zu versehen. Und was war die Konsequenz? Die Schulzeit wurde um ein Jahr reduziert, die Menge des zu vermittelnden Stoffes dagegen blieb weitgehend gleich. Drastische Erhöhung der Anforderungen also, die von der Mehrheit normal begabter Jugendlicher nur unter der ständigen Anleitung von privat bezahlten Nachhilfelehrern zu erlangen ist. Und wer kann das finanzieren? Richtig, die da oben. In Zukunft fallen also wieder viele durchs Sieb und die höchsten Bildungsabschlüsse werden, was sie waren: Für die Kinder aus dem Arbeitermilieu genau so schwer zu erwerben wie früher. Die Lobby, die die Interessen der Mächtigen bedient, benötigt keine Killer, sage ich Ihnen, die haben viel effektivere Methoden, ihre Ziele zu realisieren.«

»Sie glauben wirklich, dass das so läuft?« Braig betrachtete nachdenklich seinen Gesprächspartner, spürte das Pochen hinter seinen Schläfen. Er atmete tief durch, massierte die Stelle über dem rechten Ohr. »So habe ich das noch nicht gesehen. Bildung und Schulpolitik sind nicht mein Metier. Aber, was meine Ermittlung betrifft: Sie haben also keinen Hinweises parat, wo ich mich genauer umsehen sollte?«

Maurer nahm die Hand von seiner Krawatte, die er geradegezogen hatte, wehrte mit der erhobenen Rechten ab. »Das ist nicht richtig«, korrigierte er Braigs Aussage, »einen Hinweis hätte ich schon. Ich fürchte nur, dass Sie ihm keine große Bedeutung beimessen werden.«

Der Kommissar schaute auf, versuchte sich zu konzentrieren. »Darauf sollten Sie es ankommen lassen. Woran denken Sie?«

»Die Firma Göttler«, erklärte der Wissenschaftler, »Sie sind informiert, was dort produziert wird?«

»Na ja«, Braig rang um die korrekte Formulierung, »Sensoren zur Steuerung von Antriebssystemen, wenn ich mich richtig erinnere.«

»Da erinnern Sie sich richtig, ja. Sensoren in Miniatur- und Mikroausführung zur Steuerung von Antriebssystemen. Nach allem, was ich von Schmiedle erfahren habe, ist die Firma technologisch absolut führend, weltweit. Die liefern die ausgefeiltesten Produkte, die Sie sich vorstellen können. Und wissen Sie, wen sie in großem Umfang damit beliefern?«

Der Kommissar musste nicht lange überlegen, zu verstehen, worauf sein Gesprächspartner abzielte. »Sie sprechen von Firmen der Waffenindustrie?«

Maurer nickte, trommelte mit seinem rechten Zeigefinger auf den Schreibtisch. »Alles, was Rang und Namen hat. Die sind ganz heiß auf Göttlers Sensoren. Und das Know-how, das dahintersteckt. Äußerst heiß sogar, wenn ich das richtig mitbekommen habe. Das Zeug ist hochbrisant. Die Firma und mehrere ihrer führenden Mitarbeiter wurden schon des öfteren unter Druck gesetzt.«

»Unter Druck gesetzt? Was wollen Sie damit sagen?«

»Sie wurden bedroht und erpresst.«

»Erpresst?« Braig warf seinem Gegenüber einen überraschten Blick zu. Wovon sprach der Mann? Wollte er sich wichtig machen? »Wer wurde erpresst?«

»Wer? Das kann ich Ihnen nicht genau sagen. Da sind Sie bei mir an der falschen Adresse. Sie müssen schon in der Firma selbst vorsprechen. Ich kann Ihnen nur das wiedergeben, was ich von Schmiedle selbst hörte: Da sind wieder irgendwelche Erpresser am Drücker, erklärte er mir vor ein paar Wochen. Damals habe ich dem keine Bedeutung geschenkt. Jetzt sieht das aber ganz anders aus, meinen Sie nicht?«

17. Kapitel

Mario Aupperle war erst vor zwei Monaten zum Landeskriminalamt gewechselt. Der kleine, drahtige, von seinen jahrelangen Besuchen in verschiedenen Fitnessstudios und daheim im Keller betriebenen privaten Krafttraining unübersehbar gestählte Mann hatte nach seinem mit etwas Mühe errungenen Abitur in Rottenburg am Neckar und den darauf folgenden Monaten bei der Bundeswehr die vier Jahre in Anspruch nehmende Ausbildung des gehobenen Dienstes bei der Landespolizei Baden-Württembergs durchlaufen, die ersten eineinhalb Jahre als Einführung in sämtliche Polizeidienste in Rottweil und Tuttlingen, die restlichen zweieinhalb Jahre als Student an der Fachhochschule in Villingen-Schwenningen. Danach hatte es ihn als Kommissarsanwärter an die Dienststelle in Trossingen verschlagen, nicht allzu weit von seinem Elternhaus in Rottenburg entfernt.

Trossingen, das alte Musikstädtchen am südlichen Rand des Landes, atmete Ruhe und Gemütlichkeit in allen Winkeln. Hier zu leben war der Traum eines jeden Pensionärs und Rentners, die den Anblick des Türmles wie des nahen Albtraufs schätzten und mit einem weitgehend stressfreien und beschaulichen Dasein zufrieden waren. Für einen lebenslustigen jungen Mann von gerade einmal neunundzwanzig Jahren wirkte diese Gemütlichkeit und Behäbigkeit auf Dauer aber einschläfernd und ermüdend. Zwar hatte sich Aupperle privat wie beruflich auffallend oft in der Nähe der vor allem von weiblichen Studenten besuchten Musikhochschule aufgehalten und die attraktivsten Bekanntschaften dann ins *Canapee* oder ins *Ben Venuto* ausgeführt, war in der wärmeren Jahreszeit auch mit einigen der Damen ins doch recht frische Wasser des Naturfreibads getaucht, insgesamt jedoch hatte sich sein Eindruck nicht verflüchtigt, an Lebensjahren noch nicht weit genug fortgeschritten für diese provinzielle Idylle zu sein.

Irgendwann jedenfalls hatte er die meisten jungen Frauen Trossingens, auch einen Teil der heranwachsenden Weiblichkeit Rottweils, Tuttlingens und Villingen-Schwenningens kennengelernt, in der ein oder anderen Weise kontaktiert und etliche von ihnen – wie er das persönlich einschätzte – mit seiner individuellen Zuwendung beglückt, die sich bei etwas zögerlicher Reserviertheit der jeweiligen Frau auf psychischer Ebene, in sehr vielen Fällen aber durchaus in intensiven physischen Aktivitäten realisiert hatte. Trotz aller genussvollen Momente und faszinierenden Begegnungen hatte er jedoch keinen inneren Drang verspürt, sich auf eine einzige all der vielen wohlduftenden Blüten zu konzentrieren, war stattdessen der Verlockung verfallen, in anderen Regionen nach ähnlichen Schätzen zu suchen.

Die Chance, einen wenn auch vorerst auf zwei Jahre begrenzten Dienst in Stuttgart, noch dazu beim polizeiintern fast schon sagenumwobenen Landeskriminalamt antreten zu können, war ihm da wie ein Volltreffer im Lotto erschienen: Nicht nur, dass der Job in der Landeshauptstadt eine wenn auch bescheidene Gehaltserhöhung, noch dazu – zumindest langfristig – bessere berufliche Aufstiegschancen mit sich brachte, verhieß er auch – und das durchaus im wortwörtlichen Sinn – eine Erweiterung seiner privaten Erkundungstätigkeit. Mehr junge Frauen in unmittelbarer Umgebung als im etwa drei Millionen Einwohner zählenden Großraum Stuttgart gab es nirgendwo sonst im Ländle. Das Gerücht, in und um die schwäbische Metropole stehe ein großer Teil der Weiblichkeit unverbindlichen, aber nichtsdestotrotz physisch äußerst intensiven Begegnungen mit naschsüchtigen männlichen Existenzen noch aufgeschlossener gegenüber als in der Provinz tat ein übriges, sein Interesse am Wechsel zum LKA zu steigern. Die Chancen, dieses Gerücht auf seine realen Hintergründe zu überprüfen, durfte Mann sich nicht entgehen lassen, der beruflichen Perspektive kam da fast nur noch sekundäre Bedeutung zu. Ohne langes Überlegen war Aupperle deshalb auf den Zug, der ihn nach Stuttgart, genauer in das auf der anderen Seite des Neckars gelegene Bad Cannstatt, führte, aufgesprungen und hatte sich ins vermeintlich aufregende Großstadtleben gestürzt.

In den ersten neun Wochen waren die aufregenden Momente in der neuen Umgebung allerdings vollkommen auf den beruflichen Bereich beschränkt geblieben. Im Stress von der Politik vorgegebener, innerhalb kürzester Zeit mit allen Mitteln zu erzielender Ermittlungserfolge hatte die Leitung des Amtes angeordnet, alle verfügbaren Kräfte auf die Durchforstung des Internets zur Identifizierung kinderpornographischer Hintermänner anzusetzen. Hunderte, wenn nicht Tausende solcher menschenverachtender Anbieter wie Konsumenten tummelten sich zwar schon seit unzähligen Jahren im virtuellen Netz, doch war das Thema erst jetzt, wenige Wochen vor wichtigen Wahlen von um die Steigerung der eigenen Auflagenzahlen bemühten einflussreichen Medien hochgekocht und ins Rampenlicht gehievt worden. Die etablierten Parteien sahen sich zu – wenn auch weitgehend völlig sinnlosen – hektischen Aktivitäten veranlasst, die Mitarbeiter unzähliger Polizeibehörden zu Wochen-währender Mattscheibenbeobachtung gezwungen.

Sich der so zahlreich in der nahen Umgebung umherflanierenden jungen Weiblichkeit zu widmen, war Aupperle deshalb, von wenigen Ausnahmen abgesehen, weder im Januar noch im Februar gelungen. Die ewig langen Wochen im Amt, viele Samstage, ja sogar Sonntage inbegriffen, Stunde um Stunde vor unablässig flimmernden Monitoren und unappetitlichen, teilweise widerlich abschreckenden Bildern verbringend, hatten seinen Drang nach verlockend duftenden Blüten spürbar gemindert. Das Leben in der größeren Stadt hatte sich somit vorerst nur durch drastisch erhöhte Arbeitsleistung vom vorherigen Dasein unterschieden – der potenziell vorhandenen Karrierechancen wegen sogar mit dem Verzicht auf jedweden Ausgleich der Überstunden.

Um so erfreuter hatte Aupperle am frühen Mittag das Angebot seines unmittelbaren Vorgesetzten angenommen, jetzt, nach der erfolgreichen Identifizierung mehrerer Kinderpornographie-Anbieter und dem darauf folgenden nachlassenden Druck von Seiten der Politik in die Abteilung Gewaltkriminalität zu wechseln, um die händeringend nach Mitarbeitern suchende Kommissarin Stefanie Riedinger darin zu unterstützen, das persönliche Umfeld des am Tag zuvor in der Stuttgarter Liederhalle ermordeten Personalchefs der Firma Göttler, Mark Schmiedle, auf potenzielle Täter hin zu überprüfen. Voller Freude hatte er sich der, wie er von seiner ersten Begegnung im Januar und der darauf erfolgten intensiven Erkundung ihrer Person her wusste, leider sechs Jahre älteren bildhübschen Kriminalkommissarin vorgestellt und sich in den aktuellen Ermittlungsstand einweisen lassen. Seine Begeisterung war in galaktische Höhen geschnellt, als sie ihm seine konkreten Aufgaben dargelegt hatte.

»Herr Schmiedle scheint in den letzten Jahren viele Beziehungen zu verschiedenen Frauen gepflegt zu haben. Selten längere, meist nur kürzere Affären. Hier, diesen kleinen, ich würde sagen, Kalender, habe ich in seiner Wohnung entdeckt.«

Sie hatte Aupperle ein schmales Buch in die Hand gedrückt, das sich als eine Art Album entpuppte und von ihm sofort mit voller Konzentration in Augenschein genommen wurde. Es handelte sich um die Auflistung verschiedener Frauen mit Namen, Adresse, meist auch Foto, versehen mit Zahlen, die wohl die Zeit der Liaison Schmiedles mit der jeweiligen Dame darstellen sollten.

Sofia Scheuerle, Blumenstraße, Leutenbach-Nellmersbach, 11.–18.6.08, las Aupperle, betrachtete das Bild einer bezaubernd in die Kamera lächelnden, blonden jungen Frau, Mitte Zwanzig. Nicht schlecht, überlegte er, der Mann hat Geschmack. Hatte, berichtigte er sich, dieser Schmiedle war gestern einem Mord zum Opfer gefallen. Von einer der hier aufgeführten Frauen? Schwer vorstellbar. So sehr er sich bemühte, es wollte ihm nicht gelingen, die strahlenden Gesichter mit einem Verbrechen in Verbindung zu bringen. Weder das von Sofia Scheuerle noch das der jungen Frau auf der nächsten Seite.

Stefanie Kliss, Bempflinger Straße, Großbettlingen, 22.-23.6.08. Eine attraktive Dunkelhaarige um die Dreißig, in einer frivolen Geste mit der gebogenen Zungenspitze über die Oberlippe fahrend.

Schmiedle schien kein Kind von Traurigkeit gewesen zu sein, fuhr es Aupperle durch den Sinn, der Mann hatte wahrlich nichts anbrennen lassen. Eine Woche lang, vom 11. bis zum 18. Juni des Vorjahrs, hatte er sich, sofern er die Ausführungen hier richtig interpretierte, mit der bezaubernden Blondine beschäftigt, wenige Tage später, am 22. und 23. Juni dann die rassige Dunkelhaarige aus Großbettlingen vernascht. Oder besser in der Nacht vom 22. auf den 23.?

Aupperle kam nicht dazu, sich in diese Fragestellung zu vertiefen, hatte er doch, ganz in Gedanken, die Seite umgeblättert und damit den Blick auf die nächste, unübersehbar weibliche Eroberung Schmiedles freigegeben. Mei liabs Rotteburg am Neckar, hoffentlich kriagt des der Bischof net vor d´Auge, so was geits em ganze Städtle net!

Der junge Kommissar spürte, wie es ihn siedend heiß überlief. Kitty ... Er vermochte es nicht, mehr als den Vornamen der jungen Frau zu lesen, starrte gebannt auf das große, fast die ganze Seite einnehmende farbige Foto, das die etwa Fünfundzwanzigjährige von Kopf bis Fuß präsentierte – im Originalzustand, ohne jede Verhüllung, gerade so, wie Gott sie geschaffen hatte.

Aupperle schluckte, spürte den Schweiß aus den Achseln schießen. Er spitzte den Mund, blies die Luft von sich. »Pffffffffff.« Da war alles an der richtigen Stelle, in genau der optimalen Größe, korrekt den erträumten Proportionen.

Mei liabs Rotteburg am Neckar, wie hatte es der Kerl nur geschafft, alle diese Prachtweiber aufzureißen? Sofia, Stefanie, Kitty. Eine schärfer als die andere. Besonders diese Kitty ...

»Oh, ich sehe, du bist mitten in der Arbeit.«

Aupperle schrak auf, riss seinen Blick von der nackten Frau los, sah Stefanie Riedingers grinsende Miene vor sich. »Ich, ja, also dieses Album, äh ...« Er verhedderte sich hoffnungslos, versuchte es mit einem neuen Anlauf. »Du meinst, wenn ich das richtig verstehe, ich soll herausfinden, welche der Frauen ...«

»Ob eine in Frage kommt, mit seinem Tod in Verbindung zu stehen, genau. Das ist eine Menge Arbeit, ich weiß. Siebzehn verschiedene Frauen, wenn ich korrekt gezählt habe. Am besten, du gehst eine nach der anderen durch. Wir sollten sie uns alle persönlich vornehmen, noch ist der Tathintergrund völlig offen. Vielleicht hat sein Tod etwas mit seinen ständigen Beziehungswechseln zu tun, fühlte sich eine der Frauen von ihm betrogen oder war mit seinem Verhalten ihr gegenüber nicht einverstanden, ausschließen können wir es nicht, so unwahrscheinlich es klingen mag. Ich bin noch dabei, die übrigen Unterlagen, die wir in seiner Wohnung fanden, durchzusehen. Sobald ich das erledigt habe, werde ich dir helfen. Vielleicht übernimmst du zuerst die Frauen, die du beim ersten Anruf persönlich erreichst. Die anderen gehen wir dann gemeinsam an.«

Aupperle erklärte sich einverstanden, sah seine Kollegin mit schnippisch grinsender Miene aus dem Raum gehen. Im Nachhinein ärgerte er sich darüber, dass er ihr Kommen nicht bemerkt hatte. Sie war selbst bildhübsch, stand dem, was ihm hier geboten wurde, garantiert in keiner Weise nach. Es käme auf einen Versuch an, das zu überprüfen ...

Er hörte Riedinger draußen lachen, riss sich von seinen Gedanken los. In welche absurden Überlegungen steigerte er sich da hinein? Die Frau hatte sich seinen Beobachtungen nach zwar gut, um es genauer zu sagen, extrem gut gehalten, war aber, wie er aus den Akten wusste, ein halbes Dutzend Jahre älter als er, somit auf jeden Fall außerhalb seines Zielgebiets. Er stand nicht auf Ältere, hatte ausnahmslos Jüngere im Visier. Frauen also, die weniger Jahre zählten als er selbst, die von der Schwelle, an der sie sich unbedingt an einen Partner binden wollten, noch ein gutes Stück entfernt waren. Er konnte es ja schon irgendwie nachvollziehen, dass viele weibliche Wesen ihre biologische Uhr laut ticken hörten, jene unüberwindbare Hürde, die ihnen signalisierte, dass dem heimlichen Wunsch nach eigenen Kindern sehr bald Beachtung geschenkt werden musste, wollte frau nicht ohne eigenen Nachwuchs von diesem Planeten scheiden. Er aber hatte – jedenfalls im Moment – an solchen Überlegungen kein Interesse. Eigene Kinder? Mei liabs Rotteburg am Neckar, er hatte doch wirklich Besseres zu tun, als jetzt schon an seine eigene Beerdigung zu denken!

Aupperle spürte seinen trockenen Hals, schob den Stuhl zurück, nahm seine Sporttasche, holte die Eineinhalb-Liter-Cola-Flasche vor. Er öffnete den Verschluss, ließ es kräftig zischen, trank einen großen Schluck. Das Zeug schmeckte, obwohl es einen Deut zu warm war, teuflisch gut, wie immer.

Hundertmal besser jedenfalls als diese angeblich so gesunde Light-Version.

Vanessa, überlegte er, Vanessa. Zweieinhalb, fast drei Monate war er mit ihr liiert, eine hyperschlanke, sehr auf ihre Figur bedachte Brünette aus Schwenningen - und die Zeit mit ihr hatte viel Spaß gebracht, ohne Zweifel, aber ihr Gesundheitsbewusstsein oder wie immer man diesen Wahn bezeichnen sollte ... Cola war nur in der Light-Version erlaubt, Fleisch nur in der Form magerer Steaks. Keine Pommes, keine Curry-Wurst, keine Hamburger, die Frau hatte ihn fast um den Verstand gebracht. So scharf sie sich in der Horizontalen erwiesen hatte, ihre Diät hatte zu viele Nerven gekostet. Cola-Light, ihm wurde jetzt noch schlecht, wenn er nur daran dachte ...

Aupperle nahm noch einen kräftigen Schluck, steckte die Flasche dann in seine Sporttasche zurück, wandte sich wieder dem Album des Ermordeten zu. Die nackte Frau hatte nichts, aber auch gar nichts von ihrer Faszination verloren. Ein bildhübsches Gesicht, ein makelloser Körper. Er las den handschriftlich unter das Foto gekrakelten Namen, versuchte die Adresse, die E-Mail-Anschrift und die Telefonnummer zu entziffern. Kitty Link, Römerstraße, Leonberg.

Und Kitty sollte etwas mit dem Tod dieses Schmiedle zu tun haben? Es fiel ihm schwer, das zu glauben, wenn er das Foto betrachtete. Wer so viel zu bieten hatte, so intensiv Lebensfreude ausstrahlte, buchstäblich mit jeder Zelle des Körpers, trachtete doch nicht danach, anderen gewaltsam das Leben zu nehmen! Ein absurder Gedanke. Vollkommen unmöglich. Oder doch nicht?

Aupperle wusste nicht, was er glauben sollte, beschloss, die Frau auf jeden Fall persönlich zu überprüfen. Rein aus Neugier. Beruflicher Art, verstand sich. Persönlich anzuschauen und auf ihr Verhältnis zu dem Ermordeten hin zu überprüfen.

Er griff nach dem Telefon, wählte die Nummer Kitty Links, stellte sich in Gedanken auf die Begegnung mit der jungen Frau ein. Ob sie sich im normalen Umgang des Alltags genau so locker gab wie hier auf dem Foto? Was sie wohl trug, eher sportlich-legere Kleidung oder körperbetonte, ihre Reize zur Geltung bringende Klamotten?

Er überlegte, welchen Beruf sie wohl ausübte, musterte erneut das Bild. Der tollen Figur nach irgendetwas Sportliches. Oder sie trainierte regelmäßig in einem Club oder einem Fitness-Studio, um ihren Body in Form zu halten. Eher wohl in einem Sportverein, entschied er sich nach weiterer intensiver Betrachtung bestimmter Körperregionen. Was sie dann aber beruflich trieb?

Er hatte plötzlich die abgehackt sprechende, ständig die falschen Silben betonende Computerstimme eines Anrufbeantworters im Ohr, wurde von ihr aufgefordert, dem von ihm gewählten Telefonteilnehmer nach dem Piepton eine Nachricht zu hinterlassen, sah sich aus allen Träumen gerissen. Kitty Link schien nicht zu Hause. Na ja, kein Wunder um diese Uhrzeit. Wann, wenn nicht jetzt sollte sie ihrem Beruf nachgehen, sofern sie einen hatte? Musste er es eben später noch einmal bei ihr versuchen.

Aupperle legte den Telefonhörer zurück, wandte sich wieder dem Album zu. Er gönnte sich letzte Blicke auf das atemberaubende Foto, konzentrierte sich auf die reizvollsten Partien des abgelichteten Körpers. Mei liabs Rotteburg, wenn des der Bischof wüsst! Kitty Link, den Namen und die dazu passende Telefonnummer musste er sich merken. Vielleicht war die Frau gerade solo, jetzt nach dem Tod Schmiedles ...

Er hörte die Stimme Stefanie Riedingers draußen auf dem Flur, blätterte schnell weiter. Nicht, dass er sich immer noch mit demselben Foto beschäftigte, falls die Kollegin erneut ins Zimmer kam ...

Leonie Meier stand in dicken handschriftlich aufgezeichneten Druckbuchstaben unter dem Passbild einer hübschen Blondine. Er schätzte sie auf Ende Zwanzig, Anfang Dreißig, sah, dass sie in der Liebenaustrasse in Waldenbuch wohnte, überlegte anhand des beigefügten Datums 27./28.6.08, dass es sich wohl nur um eine kurze Beziehung zwischen Schmiedle und ihr gehandelt haben musste. Ein One-Night-Stand vielleicht? Der musste für beide aber außergewöhnlich aufregend abgelaufen sein, weshalb sonst hätte die Tussi dem Typ ihr Passfoto anvertraut und er das Bild auch noch in seiner Sammlung aufbewahrt?

Aupperle jedenfalls erinnerte sich nicht, nach einer solch flüchtigen Begegnung um ein Bild nachgesucht zu haben, schlug das Blatt um. Er hatte eine hinreißend rassige junge Frau mit ultralangen Haaren vor sich, in der Form einer Bleistiftzeichnung festgehalten, mit Lydia 08 unterzeichnet. Lydia Pfisterer war zu lesen, Oberjesinger Straße, Nufringen. Offensichtlich handelte es sich um das sehr gut gelungene Selbstporträt einer etwa Dreißigjährigen, die dem angegebenen Datum nach immerhin vom 2. Juli bis zum 21. desselben Monats mit Schmiedle zusammen gewesen war. Fast drei Wochen lang Tisch und Bett geteilt, überlegte er, das ist ein neuer Rekord, jedenfalls was die Aufzeichnungen dieses Albums anbelangte. Sollte er bei ihr als Nächster anläuten, um Details über ihre Beziehung zu dem Ermordeten zu erfahren?

Ohne bewusst darüber nachzudenken, blätterte er weiter, sah sich von der nicht ganz scharf geratenen Nacktaufnahme einer anderen jungen Frau in Beschlag genommen: Lange schwarze Haare, üppige, wohlgeformte Brüste, schlanke, leicht angewinkelte Beine – das war alles deutlich zu erkennen. Hatte Schmiedle das Bild selbst aufgenommen, das Objekt seines Interesses dabei entfernungsmäßig nicht korrekt fixiert oder das Foto, wie man im Volksmund sagte, einfach verwackelt? Nina Jaissle, las Aupperle, Rotenackerstrasse, Esslingen. 1.8. – 15.9.08.

Er blieb mit seinem Blick am wohlgeformten Körper der Frau hängen, erkannte anhand der aufgeführten Daten, dass es sich Schmiedles Beziehungszeiträumen nach regelrecht um eine Dauerliaison gehandelt haben musste. Eineinhalb Monate, das war ein neuer Rekord. Kein Wunder, bei dem Aussehen.

Aupperle fuhr sich mit der Zunge über die Lippen, nickte anerkennend. Mei liabs Rotteburg, hat der ein Glück mit seine Weiber! Kitty, Leonie, Lydia, Nina – die anderen Namen hatte er angesichts des übergroßen Angebots bereits vergessen – und alle in dem doch relativ kurzen Zeitraum des letzten Sommers. Was hatte dieser Schmiedle nur an sich, dass er die rassigsten Exemplare des anderen Geschlechts anzog wie die prächtigsten Blüten die Bienen? Famoses Auftreten, blendendes Aussehen, charmanter Umgang oder einfach nur Geld, irrsinnig viel Geld? Er dachte an die letzten beiden Monate zurück, die er großenteils im Büro auf der Suche nach perversen Kinderpornografiekonsumenten und -aktivisten und ohne jeden näheren körperlichen Kontakt zu interessanten Frauen zugebracht hatte. Das Schicksal hatte das Glück offenkundig ungleichmäßig und völlig ungerecht verteilt, überlegte er, die einen genossen paradiesische Vergnügungen ungeahnten Ausmaßes, die anderen ...

Mitten in seinen Gedanken wurde ihm bewusst, was mit Schmiedle geschehen war, was das Schicksal oder wer oder was auch immer gestern für ihn ausersehen hatte. Nein, ganz so einfach war es vielleicht doch nicht, das Verhalten des Schicksals zu beurteilen ...

Er versuchte, seinen Blick von der jungen Frau zu lösen, nahm den Telefonhörer zur Hand, gab die aufgeführte Nummer ein. Schon nach dem zweiten Läuten hatte er eine junge, etwas verschlafen wirkende Stimme in der Leitung.

»Wer ist dran?«

»Aupperle, Mario«, stellte er sich vor, »die Nina suche ich. Nina Jaissle, meine ich.«

»Ja, um was geht es?«

»Der, wie heißt er noch, der ...«, er schob das Album zur Seite, stöberte in seinen Unterlagen, benötigte mehrere Sekunden, bis er den vollen Namen endlich gefunden hatte, setzte dann, von seiner Gesprächspartnerin zweimal mit einem anfangs in normalem Tonfall, später dann deutlich kräftiger vorgetragenen: »Ja, wer denn?« unterbrochen, seine Antwort: »Markus Schmiedle«, hinzu.

»Die Drecksau!«

»Wie bitte?«

»Was wollen Sie von mir?« Die Stimme der Frau hatte jede Müdigkeit verloren, klang plötzlich zunehmend aggressiv.

»Ich bin Polizeibeamter, Mario Aupperle und möchte Sie nach Ihrem Verhältnis zu Markus Schmiedle befragen.«

»Warum?«

»Weil Sie mit ihm zusammen waren.«

»Waren«, kam es scharf zurück, »waren, wie Sie selbst sagen. Das ist mehrere Monate her. Was soll das jetzt noch?« Aupperle zog das Album zu sich her, warf einen konzentrierten Blick auf das etwas unscharf geratene Foto. Die entscheidenden Stellen waren dennoch deutlich zu erkennen. »Darüber möchte ich persönlich mit Ihnen sprechen«, betonte er.

»Über dieses Arschloch?«

»Markus Schmiedle.«

»Sage ich doch. Der ist nicht eine Sekunde wert.«

»Sie scheinen ihn näher zu kennen.«

»Die Drecksau? Leider.«

»Wann kann ich bei Ihnen vorbeikommen?«

»Oh nein, muss das wirklich sein?«, stöhnte die Frau.

Aupperle betrachtete ausgiebig das Foto, antwortete kurz und knapp. »Ja. So schnell es geht.«

»Na gut. Ich weiß zwar nicht, wieso sich die Polizei für diesen Dreckskerl interessiert«, erklärte sie seufzend. »aber meine Schicht beginnt um 19 Uhr. Ab Sechs können wir miteinander sprechen. Vorher muss ich mich noch aufs Ohr legen. Ich gebe Ihnen dreißig Minuten, mehr nicht. Um 18.30 Uhr gehe ich aus dem Haus, klar?«

Der junge Kommissar versprach, pünktlich zu sein.

18. Kapitel

Herbert Wössner war am frühen Morgen aus dem Ludwigsburger Klinikum entlassen worden. »Wir können für den Mann medizinisch nichts Entscheidendes mehr tun«, hatte Neundorf von der behandelnden Ärztin erfahren, »physiologisch ist alles – den Umständen entsprechend – in Ordnung. Jetzt müssen sich Psychologen oder Psychotherapeuten um ihn kümmern. Der Schock sitzt tief, sehr tief, schätze ich, zumal er das ja schon zum zweiten Mal erlebt hat.«

»Zum zweiten Mal?«, hatte sie gefragt.

»Er wurde vor fünf oder sechs Monaten schon einmal überfallen, wissen Sie das nicht?«, war die Ärztin deutlich geworden, um dann, nach einer kurzen Pause hinzuzufügen: »Das hat mir jedenfalls seine Frau erzählt.«

Neundorf hatte das Gespräch beendet, sich dann sofort über die Unterlagen hergemacht, die in den vergangenen Monaten über die Tankstellenüberfälle zusammengetragen worden waren und inzwischen mehrere Dateien füllten. Sie gab die Liste der von den Verbrechen betroffenen Opfer ein, sah Herbert Wössners Namen vor sich. Ludwigsburg, am 4. Oktober morgens um 3.45 Uhr. In der Nacht nach dem Nationalfeiertag.

Wieso hatten sie das noch nicht bemerkt?

Sie loggte sich am Ende der Überfallserie ein, sah, dass sich noch niemand darum gekümmert hatte, die bisher vorhandenen Erkenntnisse über den neuesten Vorfall einzugeben. Neundorf stampfte vor Wut mit dem Fuß auf, holte sich an der Kaffeemaschine eine Tasse und machte sich dann an die Arbeit. Sie suchte alle Informationen zusammen, die sie über das Geschehen in Ludwigsburg am gestrigen Morgen eruiert hatten, gab sie in den Computer ein. Ort und Uhrzeit des Verbrechens, Name und Anschrift des Opfers, die Zerstörung der Überwachungskameras unmittelbar vor dem Überfall, das Foto der wenige Sekunden zuvor aus dem Laden getretenen Kundin, das sie gestern Abend noch an die regionalen Medien mit der Bitte um Veröffentlichung weitergereicht hatte. Die Zeitungen der Umgebung hatten sofort reagiert: Heute morgen schon war das Bild in den meisten Blättern erschienen, begleitet von dem Hinweis, die bisher noch unbekannte Frau möge sich als potenzielle Zeugin eines Verbrechens bei der Polizei melden.

»Die hat eine Verletzung auf der linken Wange. Und das linke Auge hat wohl auch etwas abbekommen«, war Dolde vorstellig geworden, als er ihr die Vergrößerung des Videoausschnitts übergeben hatte. »Du siehst jedenfalls einen Schatten unter ihrer Brille. Das erklärt vielleicht auch, weshalb sie so früh am Morgen, wo weit und breit noch keine Sonne zu sehen ist, dunkle Gläser trägt. In der Dämmerung und beim Einkaufen in diesem Shop. Die wollte ihre Verletzung, so gut es ging, verstecken, würde ich mal sagen.«

Neundorf hatte das Bild aufmerksam gemustert, das Gesicht minutiös studiert. Eine Frau um die Vierzig, mit schulterlangen dunklen Haaren, zwei dünnen Zöpfchen links und rechts über den Ohren, einem schmalen, auf der linken Seite von dunklen Flecken übersäten Gesicht, die Augen hinter einer großen Brille mit dunklen Gläsern verborgen. »Du glaubst wirklich, die Brille dient nur dazu, ihre Verletzungen zu verbergen?«

»Zumindest die dunklen Gläser. Wahrscheinlich war es ihr peinlich, die Wunden offen zu zeigen«, hatte Dolde spekuliert, »obwohl sie auch so zu erkennen sind.«

»Woher können diese Verletzungen rühren? Von einem Sturz?«

»Möglich, ja. Vielleicht wurde sie aber auch von jemand verprügelt. Irgendwann in der Nacht. Wenn ich das richtig beobachtet habe, war sie ja in dem Shop, um sich irgendwelche Salben oder Cremes zu besorgen.«

»Wegen ihrer Verletzung?«

»Um die Wunden abzudecken oder die Heilung zu fördern, schätze ich mal. Vielleicht auch, um die Schmerzen zu mildern. Demnach ist es nicht allzu lange vorher passiert.«

»Ob das mit dem Überfall in Verbindung steht?«

»Das scheint mir jetzt doch etwas zu weit her geholt«, hatte Dolde geantwortet, »die Frau war vor dem Geschehen im Laden, vergiss das nicht. Selbst wenn sie beim Verlassen des Shops die Täter irgendwo gesehen hat – ihr Gesicht war zu diesem Zeitpunkt von den Wunden längst gezeichnet, woher auch immer.« Er hatte Neundorf die Vergrößerungen übergeben, sich dann freundlich in den, wie er es formuliert hatte, wohlverdienten Feierabend verabschiedet.

Unmittelbar nach dem Anruf im Ludwigsburger Klinikum war sie dann bei Christa Wössner in Marbach vorstellig geworden. »Ich muss mit Ihrem Mann sprechen«, hatte sie ihr am Telefon erklärt. »Nach der Entlassung aus dem Krankenhaus müsste das doch jetzt möglich sein.«

»Es geht ihm nicht gut«, hatte die Frau geantwortet, »er liegt im Bett und schläft.«

»Wir benötigen seine Hilfe. Jeder noch so unscheinbare Hinweis auf den oder die Täter kann uns entscheidend weiterhelfen. Wir müssen alles wissen, was er beobachtet hat, sonst kommen wir nicht weiter. Ich möchte Ihrem Mann nur ein paar Fragen nach dem genauen Tathergang stellen, sonst nichts. Sie dürfen gerne dabei sein, das wäre mir sogar recht. Vielleicht können Sie selbst auch zur Aufklärung beitragen, falls er mit Ihnen schon über den Vorfall gesprochen hat.«

»Mit mir? Ich muss Sie enttäuschen. Er liegt nur im Bett

und schläft. Das habe ich Ihrem Kollegen doch schon klargemacht, dass ich nichts weiß.«

Neundorf hatte dennoch auf einem Besuch in Marbach bestanden, sich für 14 Uhr am frühen Nachmittag verabredet. Die Wohnung der Familie Wössner lag im Obergeschoss eines alten Hauses am Rand der berühmten Altstadt, keine 300 Meter vom Geburtshaus Friedrich Schillers entfernt. Neundorf hatte das stimmungsvolle Gassenensemble auf dem Steilhang hoch über dem Neckar schon mehrfach besucht, meist der Unteren Holdergasse bis zum Haspelturm folgend, dann am Heinlinschen Hof vorbei zur beidseits von sehenswerten Hausfassaden gesäumten Marktstraße hoch laufend. Viele Aufenthalte in der romantischen Altstadt hatte sie gemeinsam mit ihrem Sohn Johannes und ihrem Partner Thomas Weiss dazu benutzt, in den Büchern der beiden in der Marktstraße beheimateten Buchhandlungen zu stöbern, oft waren sie dort auch im gemütlichen Café Winkler eingekehrt. Höhepunkt einer jeden Marbach-Tour war der grandiose Ausblick von der Schillerhöhe aufs Neckartal. Der in die Grünanlagen vor dem Schiller-Nationalmuseum und dem Literaturmuseum der Moderne gebettete Lenauweg bot eine herrliche Rundumsicht auf das unmittelbar am Fuß des Hangs fließende Gewässer, die das Tal überquerende Eisenbahnbrücke und die Weinberge jenseits der Flussbiegung. Die roten Dächer von Murr und Benningen, dazu die der alten Ortschaften Beihingen, Geisingen und Heutingsheim, die heute unter dem gemeinsamen Namen Freiberg firmierten, ragten, durch ein Wirrwarr von Straßen miteinander verbunden, aus dem dicht besiedelten Landstrich westlich des Neckars auf. Mit bloßem Auge ließen sich die nördlichen Ausläufer Ludwigsburgs, Tamms, Bietigheim-Bissingens und Gross-Ingersheims, dazu das Gedränge auf der den Fluss bei Pleidelsheim überquerenden Autobahn wie die den

Horizont dominierende Erhebung des Hohenaspergs mit seiner über die Jahrhunderte hinweg als Gefängnis genutzten massiven Festung erkennen. Bei fast jedem ihrer Besuche waren sie alle paar Meter stehen geblieben, den Ausblick in immer neuen Variationen genießend, hatten das besondere Vergnügen abgewartet, einen der langen roten S-Bahn-Züge über das nahe eingleisige, das Neckartal überspannende Viadukt fahren zu sehen.

Heute jedoch fand Neundorf keine Zeit, die stimmungsvolle Atmosphäre der alten Stadt und ihrer Umgebung auf sich wirken zu lassen. Sie war voll und ganz auf ihre Ermittlungen konzentriert, erhoffte sich von dem Besuch in Friedrich Schillers Geburtsort Details über den Tathergang, das Verhalten der Verbrecher, Hinweise jedweder Art auf deren Identität.

Christa Wössner stand mit mürrischer Miene am oberen Ende der knarzenden Treppe, gab sich keine Mühe, ihre mangelnde Begeisterung über Neundorfs Erscheinen zu verbergen. Nach kurzer Begrüßung lief sie vor der Kommissarin her ins von einer Dachschräge geprägte Wohnzimmer, blieb abwartend an einem der unter den dunklen Tisch geschobenen Stühle stehen.

Neundorf schaute sich um, nahm die ungewohnt altmodisch, ja teilweise ärmlich wirkende, den Mief vergangener Jahrzehnte ausstrahlende Einrichtung wahr: Die klobige, mahagoni-farbene, an mehreren Stellen von Kratzern und Dellen beschädigte Schrankwand, der – ähnlich wie die teilweise ausgebleichte, von großen Rosenblüten überzogene Tapete – mit roten Blumen bedruckte Stoff des von der Decke baumelnden Lampenschirms, der abgetretene, an mehreren Stellen fast durchgescheuerte Teppich, unübersehbar ein billiges Orient-Imitat. Die Kommissarin hatte Mühe, ihre Verwunderung über das altbackene abgenutzte Interieur zu verbergen, bemerkte das verkniffene Gesicht der Frau.

Christa Wössner sah keinen Anlass, ihrer Besucherin einen Stuhl anzubieten. »Herbert schläft tief und fest«, presste sie stattdessen abweisend hervor, »er braucht seine Ruhe.«

Neundorf war nicht gewillt, sich einfach so abspeisen zu lassen. »Dann können Sie mir ja solange, bis er wieder wach ist, berichten, was er Ihnen erzählt hat. Den Überfall betreffend, meine ich«, fügte sie erklärend hinzu.

»Nichts. Er hat mir nichts erzählt«, antwortete die Frau, an Neundorf vorbei zur Seite blickend.

»Nichts, überhaupt nichts?«

»Er leidet an einem Trau...« Christa Wössner bemühte sich um den richtigen Ausdruck, schaute sich Hilfe suchend nach ihrer Besucherin um. »Die Ärzte sagen es.«

»An einem Trauma«, ergänzte Neundorf, »einem Schock infolge des Überfalls. So geht es fast allen Opfern, ja. Aber genau deswegen benötige ich Ihre Hilfe. Ihre und die Ihres Mannes. Damit wir die Täter endlich erwischen, bevor sie noch mehr Opfer finden, verstehen Sie?«

Die Frau nickte zögernd, starrte auf den Tisch. Eine alte, fein gehäkelte, aber längst vergilbte Decke erstreckte sich der Länge nach in seiner Mitte.

»Er wurde schon einmal überfallen«, versuchte es die Kommissarin mit einem neuen Anlauf.

Christa Wössners Augen verengten sich im Augenblick einer Sekunde zu schmalen Schlitzen, ihr ganzer Körper verkrampfte. »Und?«

»Na ja, um so schlimmer setzt ihm jetzt dieses neue Verbrechen zu, nehme ich an.«

Es dauerte mehrere Sekunden, bis die Frau die Aussage ihrer Gesprächspartnerin begriffen hatte. Sie entspannte sichtbar, verlor ihre stocksteife Körperhaltung. »Dann verstehen Sie ja, warum er nur im Bett liegt und schläft.«

»Letzten Herbst, frühmorgens am 4. Oktober. In der Nacht nach dem Nationalfeiertag. Zwei Männer, seiner Aussage zufolge.«

»Sie wissen ja schon alles.«

»Er wurde verletzt.« Neundorf ließ sich nicht unterbrechen, sprach einfach weiter. »Weshalb?«

Christa Wössner betrachtete sie missmutig aus den Augenwinkeln. »Sie wissen es doch.«

»Er hat sich gewehrt. So hat er es jedenfalls dargestellt.«

»Was soll das heißen? Wollen Sie das jetzt auch noch abstreiten?« Die Frau hatte ihre Stirn in Falten gelegt, starrte wütend zu ihr hinüber. Frust und Verbitterung standen ihr ins Gesicht geschrieben, gepaart mit purer Ablehnung, sich auf ein ernsthaftes Gespräch einzulassen.

Neundorf war nicht länger bereit, ihr ungelenk an den Tisch lehnend ein paar Worte zu entlocken, zog einen Stuhl heran, ließ sich darauf nieder. Das alte Mobiliar ächzte und knarzte, schwankte bedrohlich hin und her.

Christa Wössner schien das unhöfliche Verhalten ihrer Besucherin nicht bemerkt zu haben. »Die Überwachungskameras haben es aufgenommen. Sie zeigen, dass Herbert sich dagegen gewehrt hat, die Kasse zu öffnen. Daraufhin hat ihn der eine Kerl niedergeschlagen. Mit einer Flasche aus dem Regal. Die Kameras haben es aufgenommen, ich habe es selbst gesehen.«

Neundorf nickte zustimmend, wollte ihr Gegenüber nicht unnötig reizen. Sie hatte den Bericht des Kollegen, der Wössners ablehnendes Verhalten bestätigte, heute morgen gelesen. Die Überwachungskameras zeigten in der Tat, wie der Verkäufer von der Kasse zurückwich und mit seinen Händen deutlich gestikulierte, dass er nicht bereit war, sie zu öffnen, obwohl der Vermummte eine Waffe auf ihn gerichtet hielt. Erst nachdem einer der Verbrecher über die Theke geklettert war und mit einer Flasche auf ihn eingeschlagen hatte, war es den Tätern gelungen, sich über die Kasse und das Geld her zu machen.

Ein heldenhaftes Verhalten des Mannes, überlegte sie, oder sollte man es eher leichtsinnig nennen? Was, wenn der Täter nicht mit der Flasche losgeprügelt, sondern – und sei es auch nur im Affekt – geschossen hätte? Neundorf war skeptisch, was solche Verhaltensweisen anbetraf, handelte es sich doch um Situationen, in denen rationale Überlegungen fast vollkommen ausgeblendet waren und Stress und unberechenbare Emotionen die Sinne dominierten. Sie sah die nach wie vor verbitterte Miene der Frau, nötigte sich ein: »Ihr Mann hat sich sehr tapfer verhalten, damals«, ab.

Christa Wössner ließ ein verächtliches Zischen hören. »Als ob ihm das was genutzt hätte.«

»Er hat keine Belohnung von seiner Firma erhalten?«

»Belohnung?« Die Stimme der Frau drohte sich zu überschlagen. »Leben Sie auf dem Mond?«

Wieso auch, überlegte sie, sein anfänglicher Widerstand hatte nichts gebracht, der Laden war dennoch beraubt worden, ob mit oder ohne Gegenwehr.

»Wir sind ja schon froh, dass er den Job nicht verloren hat, so wie die ihre Angestellten behandeln. Zum Glück haben die keine Ahnung, welche Angst es ihm heute noch macht, zur Nachtschicht zu gehen.«

»Weshalb sucht er nicht nach einem anderen ...« Neundorf brach mitten im Satz ab, ärgerte sich über sich selbst. Was für ein dämliches Gelaber! Wo lebte sie, vielleicht doch auf dem Mond? Sie sah Christa Wössners rot angelaufene, verkniffene Grimasse, fügte schnell: »Er könnte wenigstens tagsüber arbeiten anstatt nachts«, hinzu.

»Sie glauben wirklich, das ist so einfach?« Ihre Gesprächspartnerin gab sich keine Mühe, ihre Verachtung angesichts solch realitätsferner Bemerkungen zu verbergen. Sie schüttelte ihren Kopf, wandte ihr Gesicht zur Seite. »Mit Achtundfünfzig müssen Sie froh sein, wenn Sie überhaupt noch etwas bekommen. Und das ist eben das, was andere nicht wollen. Von irgendwas müssen wir schließlich leben, oder glauben Sie, wir machen auf Hartz IV? 7,10 Euro die Stunde inklusive Nachtzuschlag, von abends um Acht bis morgens um Acht sind das immerhin 71 Euro. Sauer verdientes Geld.«

»85,20 Euro«, berichtigte Neundorf, nachdem sie die angegebenen Zahlen im Kopf blitzschnell überschlagen hatte, »zwölf Stunden, wenn ich Sie richtig verstanden habe. Von abends 20 Uhr bis morgens 8 Uhr.«

»71 Euro«, beharrte Christa Wössner mit strengem Kopfschütteln, »ich weiß, was Herbert verdient. Brutto. Die letzten beiden Stunden gelten als Servicezeit, sie werden nicht bezahlt. Den Boden nass putzen, die Regale auffüllen, das Geld überprüfen. Der Laden muss sich in Topform präsentieren, wenn der Kollege um Acht seine Tagschicht beginnt.«

»Zwei unbezahlte Stunden – jeden Tag?«

»Zwei für die Nachtschicht und zwei für die Tagschicht. So kommen sie mit zwei Schichten und möglichst wenig Personal über die Runden.«

»Und die Verkäufer müssen den Laden auch noch selbst reinigen, nass?«

»Die Firmenleitung schickt Kontrolleure, die überprüfen, ob sich irgendwo verschmutzte Ecken finden. Verschmutzte Ecken und nicht bis oben hin aufgefüllte Regale. Alle paar Tage tauchen diese Typen auf, sehen sich im Laden um und fotografieren. Das wird dann dokumentiert und sorgsam in der Personalakte aufbewahrt, damit sie den Leuten keine Abfindung zahlen müssen, wenn sie sie auf die Straße werfen. Das kommt schließlich oft genug vor.«

»Wie steht es mit dem Betriebsrat? Versucht der sich nicht

gegen diese offenkundigen Gesetzesverstöße zu wehren?«

Christa Wössners Miene drohte erneut rot anzulaufen. »Betriebsrat?« Sie gab ein verächtliches Zischen von sich. »Das sind Marionetten der Geschäftsführung, keine Interessenvertreter der ...« Sie brach mitten im Satz ab, schaute zur offenstehenden Tür, durch die lautes Stöhnen zu vernehmen war. »Oh Gott, er hat wieder seine Träume.« Sie wandte sich von ihrer Besucherin ab, lief aus dem Zimmer, verschwand im Flur.

Neundorf hatte keine Zweifel, was den Wahrheitsgehalt der Aussagen ihrer Gesprächspartnerin anbetraf. Zu oft schon hatte sie im Zusammenhang mit ihren Ermittlungen mit den nur noch ausbeuterisch zu nennenden Maßnahmen vieler Firmen, dem rücksichtslosen Umgang mit deren Angestellten, dem Kampf gegen gewerkschaftliche Aktivitäten jeder Art gehört. Unmittelbar mit den Auswirkungen dieser menschenverachtenden Praktiken konfrontiert zu werden, erschütterte sie jedoch jedes Mal aufs Neue. Sie hörte das schrille Quietschen einer Tür, dann die besänftigende Stimme der Frau.

»Nein, du brauchst keine Angst zu haben. Es ist alles in Ordnung. Du hast nur schlecht geträumt. Mein Gott, bist du wieder nass geschwitzt.«

Neundorf erhob sich, ging aus dem Raum, sah Christa Wössner wenige Meter entfernt aus einem Zimmer treten.

»Hier, schauen Sie ihn sich an, damit Sie zufrieden sind. Vielleicht begreifen Sie dann endlich, warum er seine Ruhe braucht«, maulte die Frau.

Die Kommissarin trat näher, warf einen Blick in einen mit Schränken, Kommoden und einem massiven Doppelbett fast bis auf den letzten Quadratzentimeter vollgestellten, zusätzlich von einer Dachschräge begrenzten Raum. Sie sah das hochrote Gesicht eines älteren, angespannt wirkenden Mannes aus der rechten Betthälfte auf sich gerichtet, merkte, dass er heftig nach Luft rang. Graue, ungepflegte Haarsträhnen klebten an seinem Kopf, Schweißperlen tropften ihm von den Wangen. Er glich nur entfernt der Person, die sie von den Bildern der Überwachungskameras des Tankstellenshops her kannte. Sein aus dem Bett ragender Arm zitterte, die gesamte Bettdecke vibrierte bei den Versuchen, Sauerstoff in seine Lungen zu pumpen. Neundorf roch das unappetitliche Gemisch aus Schweiß und abgestandener Luft, das ihr aus dem Zimmer entgegenquoll, verzichtete darauf, ein Gespräch mit dem Mann zu beginnen. Einen ungünstigeren Moment für ein solches Unterfangen hätte sie sich kaum aussuchen können, das war nicht zu übersehen.

19. Kapitel

Nina Jaissle. Mario Aupperle war nicht auf das unscharfe Foto aus dem Album angewiesen, sich das Aussehen der Frau vor Augen zu holen. Er hatte ihren Anblick gespeichert, wie ein Computer, dem der Befehl eingegeben worden war, E-Mail-Informationen auf die Festplatte zu bannen.

Nina Jaissle. Auch wenn er sie noch nie lebendig erlebt hatte, war sie ihm dennoch keine Fremde mehr. Er kannte sie in- und auswendig, konnte sie jederzeit in Gedanken vor sich erstehen lassen. Von Kopf bis Fuß. Ohne jede Verhüllung. Wie Gott sie erschaffen hatte.

Ob sie mit einem Mann zusammenlebte oder mit einem neuen Freund – nach der Trennung von Schmiedle – durchs Leben ging? Er hatte vergessen, sie danach zu fragen, musste versuchen, es jetzt bei seinem Besuch herauszufinden.

Aupperle hatte sich nach weiterer gründlicher Durchsicht der übrigen Fotos gegen 17.30 Uhr auf den Weg zu seinem Wagen gemacht, hatte das Album aufgeschlagen mit dem Bild der jungen Frau, die er aufzusuchen gedachte, auf den Beifahrersitz seines BMW gelegt, dennoch nur während einer roten Ampelphase einen Blick darauf geworfen. Wozu auch, der Anblick war ihm längst in Fleisch und Blut übergegangen. Mei liabs Rotteburg am Neckar, zum Glück saß der Bischof nicht mit im Auto. Diese Kurven hätten auch den Papst persönlich ins Schwitzen gebracht.

Aupperle heizte nach Esslingen, so schnell er konnte, kämpfte sich durch das Verkehrsgewirr rund um das Hochschulzentrum, fand nach einigem Hin und Her die Hausnummer und einen Parkplatz in der parallel verlaufenden Leuschner Straße. Er griff nach dem Album, steckte es in seine Ledermappe, die er, bestückt mit Notebook, Papier und mehreren Kugelschreibern, bei jeder Ermittlung gewohnheitsmäßig mit sich führte, marschierte dann schnurstracks zu dem Wohnblock, der die Gesuchte der Hausnummer nach beherbergte. Das Namensschild wies auf eine Wohnung im ersten Obergeschoss.

Aupperle drückte kräftig auf die Klingel, hörte kurz darauf die vom Telefon her bekannte Stimme etwas verzerrt aus dem Lautsprecher. Sie klang ziemlich erbost.

»Welcher Elefant ruiniert da mein Trommelfell?«

»Aupperle«, meldete er sich, »Sie wissen schon.«

Sie ließ ihn ein paar Sekunden warten, betätigte dann den Türöffner. Er sah die breite Treppe, schaute sich erst gar nicht nach einem Fahrstuhl um, nahm jeweils zwei Stufen auf einmal. Leicht außer Atem kam er vor der Wohnung an, als die Frau gerade die Tür öffnete.

Er blieb auf der Stelle stehen, starrte sie überrascht an. Das sollte die Tussi von dem geilen Foto sein? Unmöglich. Kurze, fast stoppelige schwarze Haare, ein weites beigefarbenes Sweatshirt, blaue Schlabberjeans.

»Was gaffen Sie mich so an? Sehe ich aus, als stamme ich vom Mars?«

Er riss sich aus seiner Überraschungs-Starre, streckte ihr die Hand hin. »Aupperle, Mario. Ich bin Polizeibeamter.«

Sie machte keine Anstalten, auf seine Geste einzugehen, musterte ihn mit strengem Blick. »Das haben Sie mir schon am Telefon erzählt. Warum schauen Sie mich so an?«

»Sie sehen so anders aus«, erklärte er ohne Zögern.

»Anders? Kennen wir uns denn?«

»Kennen?« Er spürte, wie ihm siedend heiß wurde, suchte händeringend nach einer Antwort. Ob sie sich kannten? Allerdings kannte er sie – und wie! Aber das konnte er ihr hier nicht auf die Nase binden. Oder doch?

Er hörte die Musik, die in der Wohnung lief, irgendein

seichtes Pop-Gedudel, richtete seine Augen in die Diele. »Könnten wir nicht ...« Er nahm seine Hand zu Hilfe, deutete nach innen. »Ich meine, hier im Treppenhaus macht sich ein Gespräch nicht so gut.«

»Dann weisen Sie sich doch zuerst einmal aus. Bisher habe ich noch nichts gesehen, was Sie als Polizisten legitimiert. Woher weiß ich, dass Sie das wirklich sind?«

Aupperle kramte nach seinem Ausweis, hielt ihn ihr vor die Nase. Sie nahm ihn ihm aus der Hand, studierte ihn ausführlich, brachte ihre Verwunderung zum Ausdruck. »Landeskriminalamt. Und Sie interessieren sich für meine Beziehung zu diesem Dreckschwein. Wären Sie so freundlich, mir mitzuteilen, weshalb?«

Er wartete, bis sie ihm den Ausweis wieder zurückgab, steckte ihn wieder ein. Die Frau war anstrengend, sehr anstrengend sogar. Sie schien alles zu kontrollieren, jedes Wort genau hinterfragen zu wollen. Wahrscheinlich wurde jeder Furz, der irgendwo in ihrer weiteren Umgebung gelassen wurde, registriert, analysiert und dann auf seine Notwendigkeit hin interpretiert. Zehn, zwanzig, dreißig Minuten lang. Aus einer Mücke einen Elefanten machen, nur um endlos über eine vernachlässigenswerte Nichtigkeit palavern zu können. Mehrstündige Diskussionen über Gott und die Welt, er kannte diesen Typ Frau, war oft genug auf sie hereingefallen. Viel zu oft. Vom Äußeren her ansprechend aufgemacht, einer Beziehung auch nicht abgeneigt, aber dann, wenn es zur Sache kommen sollte, in endloses Gelaber verfallend. Myriaden von Überlegungen zum Thema Gefühle, Stimmungen, Befindlichkeiten. Nutzloses, sinnloses Geplapper ohne Ende, ohne Ziel. Halbe Nächte waren dabei draufgegangen, sich das alles anzuhören. Wieso wollte der auf einmal mit der, wo er doch bisher eher mit jener anderen? Warum kapierte der nicht, dass jene im Moment mit sich selbst nicht im Reinen war und deshalb noch Zeit benötigte, um diesen inneren Prozess zu bewältigen? Mei liabs Rotteburg am Neckar, man, oder besser: frau konnte sich das Leben mit Gewalt schwer machen. Ohne jeden Grund, einfach so.

»Ja, was ist jetzt? Wollen wir in die Wohnung oder nicht?«

Die mit aggressivem Unterton vorgetragenen Worte der Frau rissen ihn aus seinen Gedanken. Er sah, dass sie zurückgetreten war und ihn ins Innere winkte, folgte der Einladung, trat durch die Diele in ihr Wohnzimmer. Eine bunte Welt voller kräftiger Farben erwartete ihn. Luftige ockergelbe, orange und rote Volants, dazu ähnlich farbige Tücher hingen an den Wänden, poppig-bunte Verfremdungen verschiedener Gesichter im Warhol-Stil dazwischen. Zwei große Sofas links und rechts, in der Mitte ein niedriger Glastisch auf einem schmalen, einem Schiff ähnlichen Sockel. Unterhalb des breiten Fensters eine schmale Truhe – mehr hatte der Raum nicht zu bieten.

»So, was wollen Sie wissen?«

Er nahm auf einem der Sofas Platz, wartete, bis sie sich auf dem anderen Polster niedergelassen hatte, erwähnte den Namen des Ermordeten. »Markus Schmiedle. Sie sprechen nicht sehr freundlich über den Mann.«

»Muss ich das?«

»Sie waren mit ihm liiert.«

»Leider. Wenn ich es könnte, würde ich es rückgängig machen. Das Schwein hat mir ein Stück meines Lebens gestohlen.«

Er sah ihre vor Wut blitzenden Augen, hielt sie ohne jede weitere Überlegung für fähig, den Mann getötet zu haben. Impulsiv, nicht mit Absicht. Wer so schnell in Rage geriet, war zu allem fähig. Wahrscheinlich hatte sie die Tat nicht geplant, sondern im Affekt zugeschlagen. Sie war ihm zufällig wieder begegnet, seinem Charme aufs Neue erlegen, zum wiederholten Mal von ihm übel behandelt worden. Jetzt hatte sie ihre Aggressionen nicht länger im Zaum halten können.

»Darf ich fragen, was Sie gestern Morgen getan haben?«, erkundigte er sich.

»Gestern Morgen?« Sie wischte sich über ihre Haare, schaute ihn überrascht an.

»Gestern Morgen«, wiederholte er, warf einen Blick auf die schwarzen Stoppeln auf ihrem Kopf. Besonders erotisch wirkte das nicht, überlegte er, holte sich zum Vergleich das Foto aus Schmiedles Album vor Augen. Er brauchte nicht lange nachzudenken, sah es sofort vor sich. Warum hatte sie sich das angetan? Es mochte Männer geben, die darauf standen, das wollte er nicht abstreiten, er gehörte auf jeden Fall nicht dazu. Kurze Haare, kaum vier oder fünf Zentimeter lang, das passte nicht zu ihrer rassigen Figur. Denn sonst stimmte alles, das sah er in Gedanken vor sich ...

»... das wissen?«

»Wie bitte?« Er hatte den Anfang ihrer Frage verpennt, hörte den scharfen Ton ihrer Stimme, mit dem sie ihn in die Realität zurückgeholt hatte.

»Wie bitte?«, wiederholte sie spöttisch zischend, den Oberkörper leicht nach vorne gebeugt. »Ich will endlich wissen, weshalb Sie sich dafür interessieren, was ich gestern Morgen getan habe.«

Aupperle spürte ihre zunehmende Gereiztheit, überlegte, dass er die Sache anders angehen müsse. Wenn er eines nicht ausstehen konnte, dann gereizte oder schlecht gelaunte Weiber. In diesem Zustand waren sie zu nichts zu gebrauchen. Nicht zum Flirten, nicht zum Knutschen und nicht für die Horizontale. Gereizte oder schlecht gelaunte Frauen – das führte unweigerlich zur Konfrontation. Das brachte nichts, aber auch gar nichts. Normalerweise machte er sich sofort aus dem Staub, wenn er eine Frau in diesem Zustand antraf, ersparte sich die ungute Situation, die unweigerlich daraus resultierte. Jetzt aber, beruflich mit genau diesem Befund konfrontiert, blieb ihm nichts anderes übrig, als sich der Auseinandersetzung zu stellen. »Lesen Sie keine Zeitung?«, fragte er etwas unwirsch.

»Zeitung? Was wollen Sie jetzt damit?«

»Oder die Nachrichten im Fernsehen oder im Radio. Interessieren Sie sich nicht dafür?«

»Ich weiß wirklich nicht, was Sie das angeht.«

»Markus Schmiedle wurde gestern ermordet. Haben Sie das nicht mitbekommen?«

Jetzt hatte er sie wirklich kalt erwischt, das war nicht zu übersehen. Kalt und ohne jede Vorbereitung. Mit einem Ruck, der ihren ohnehin schon nach vorne gebeugten Körper noch weiter in seine Richtung warf, so stark, dass es sie beinahe vom Sofa katapultierte, hatte sie sich ihm zugewandt. Ihre Augen waren vor Schreck oder Überraschung oder was auch immer, er vermochte die ursächlichen Gefühle nicht zu interpretieren, weit aufgerissen, starrten losgelöst von all der Aggression und Gereiztheit, zu ihm hin. Da schaust du jetzt aber, frohlockte es in ihm, habe ich dich doch etwas um deine Ruhe gebracht, was?

»Schmiedle ist tot?« Ihre Lippen formten die Worte so deutlich, dass er es von ihnen hätte ablesen können, wäre er taub gewesen.

Wie im Fernsehen, überlegte er, wenn man den Ton leiser stellte, um ungestört zu telefonieren und man den Schauspielern ihre Aussagen von den Lippen ablesen konnte. So klar und deutlich gesprochen, dass es bildlich zu erkennen war. Ob sie ihm ihre Überraschung nur demonstrativ vorgegaukelt hatte, mit der Technik und der Begabung einer Schauspielerin? »Sie wussten es nicht?«

Nina Jaissle schüttelte den Kopf. »Woher?«

»Wann hatten Sie zuletzt Kontakt mit ihm?«

»Wann? Das kann ich Ihnen genau sagen.« Die Antwort kam wie aus der Pistole geschossen, ohne jedes Nachdenken. »Am 15. September des letzten Jahres. Da hat das Dreckschwein mich aus seiner Wohnung geworfen. Und gestern Morgen, um das klarzustellen, war ich auf Frühschicht im Krankenhaus. Ich arbeite als Krankenschwester im Esslinger Klinikum. Sie können meine Kollegen fragen, die werden Ihnen bestätigen, dass ich von 6 Uhr in der Frühe bis um 14 Uhr auf der Station war.«

Während der nächsten Minuten offenbarte sie ihm sämtliche Höhen und Tiefen ihrer recht abwechslungsreichen Beziehung. Nina Jaissle hatte Schmiedle in Stuttgart in der Liederhalle kennengelernt.

»In der Liederhalle?« Jetzt war es Aupperle, den die Überraschung beinahe vom Sofa fallen ließ.

»Ja, wieso denn nicht? Bei einem Konzert im Beethoven-Saal. In der Pause kamen wir miteinander ins Gespräch.« Sie hatten sich nach dieser ersten Begegnung aus den Augen verloren, waren dann aber nach einem Anruf Schmiedles wieder zusammengekommen.

»Und da hat es dann bei mir ganz schön gefunkt.«

»Und?«

»Na ja, wir trafen uns, so oft wir konnten.«

»Und weshalb ging Ihre Beziehung so schnell zu Ende?«

»Weshalb?« Nina Jaissle schnaubte verächtlich. »Weil ich ihn mit einer anderen im Bett erwischte. Im wortwörtlichen Sinn.«

Sie war ohne Vorankündigung zu ihm nach Metzingen gefahren, hatte ihre Schicht im Klinikum kurzfristig mit einer Kollegin getauscht, um ihn zu überraschen und mit ihm einen schönen Abend zu verbringen, war erst nach mehrmaligem Läuten von ihm empfangen worden.

»Und da sah ich sie gerade noch ins Bad huschen, die Kleidungsstücke in der Hand.«

Sie war vor Wut ausgerastet, hatte Zeter und Mordio geschrien, war von Schmiedle aus der Wohnung geworfen worden.

»Und dann habe ich sie zufällig auf dem Weihnachtsmarkt wieder getroffen. Hier in Esslingen, mitten in all dem Trubel.«

»Wen haben Sie getroffen?«

»Von wem habe ich Ihnen gerade erzählt? Melanie heißt sie, Schunter oder Schuster oder so ähnlich mit Nachnamen, ich weiß es nicht genau. Mitten im Gedränge standen wir uns plötzlich gegenüber, jede von uns mit einer Clique unterwegs, und wir erkannten uns sofort wieder. Du brauchst nicht wieder zu schreien, meinte sie, bevor ich reagieren konnte, inzwischen ist es mir genauso ergangen wir dir. Aber eines sage ich dir: Den Kerl bringe ich um. Mit mir macht er das nicht.«

»Wie bitte?«, fragte Aupperle. »Sie behaupten ...«

»Ich behaupte überhaupt nichts. Melanie Schunter, meiner Nachfolgerin bei Schmiedle, ist es genauso ergangen wir mir. Zwei oder drei Monate später, unmittelbar, bevor wir uns auf dem Weihnachtsmarkt getroffen hatten, wenn ich sie richtig verstanden habe.«

»Und sie drohte damit, ihn umzubringen?«

»Das war noch die harmlose Variante«, antwortete Nina Jaissle, »die Frau war außer sich. Sie drohte ihn zu vierteilen, eigenhändig totzuschlagen, ihn zu kastrieren, was weiß ich noch alles. Wir standen kaum länger als vielleicht eine halbe Stunde beieinander, jede einen heißen Glühwein in der Hand, aber in der kurzen Zeit zählte sie mir bald hundert oder was weiß ich wie viele Methoden auf, wie sie ihn um die Ecke bringen würde. Ich glaube, der Frau war es in dem Moment ernst. Sie hatte in Schmiedle die große Liebe ihres

Lebens gesehen und extra wegen ihm eine langjährige Beziehung aufgegeben. Sie redete sich dermaßen in Rage, dass ich sie mehrfach beruhigen musste. Die Leute um uns herum starrten dauernd zu uns her, wenn sie ihre Verwünschungen von sich gab.«

»Das war jetzt kurz vor Weihnachten?«

»Irgendwann im Dezember, ja. Sie wollte sich noch einmal mit mir treffen, wir tauschten unsere Nummern aus, aber daraus ist bis jetzt nichts geworden.«

»Sie haben ihre Telefonnummer?«

»Das habe ich Ihnen eben doch gerade erklärt. Wollen Sie sie haben?«

»Und ob. Die Frau muss ich mir genauer ansehen«, erklärte er.

20. Kapitel

Die Wohnung Markus Schmiedles in Metzingen kündete an allen Ecken und Enden vom Wohlstand ihres Besitzers. Überall, selbst in der Diele, gepflegte weiße Teppichböden, wertvolle Designermöbel im ausnahmslos postmodernen Stil, dazu von Künstlern handsignierte Gemälde an mehreren Wänden.

Stefanie Riedinger hatte sämtliche Räume bis ins Detail durchgesehen, den Inhalt der wenigen Schränke geprüft, nach Stunden gründlicher Arbeit dann Schmiedles Notebook sowie alle Papiere mit persönlichem oder beruflichem Bezug gesammelt und zur genauen Kontrolle ins Büro mitgenommen. Die Nachbarn des ruhig gelegenen Appartmenthauses hatten über ihren verstorbenen Mitbewohner nur wenig zu sagen; ab und an mal eine Frau, meist aber nicht mehr dieselbe wie Tage zuvor, an seiner Seite; ein ruhiger, zurückhaltender Typ, keiner, der den Kontakt zu seiner Umgebung suchte. Um ihn genauer kennenzulernen, hatte die Zeit, in der er hier lebte – fünf Jahre zwar, aber wann war er schon anwesend? – nicht gereicht, Einladungen zu gegenseitigen Besuchen hatte es keine gegeben. Nein, über Markus Schmiedle, eventuelle Freundinnen und Freunde, Bekannte oder ihm allgemein näherstehende Personen, seine Angewohnheiten, typischen Verhaltensweisen oder auch Marotten hatte niemand etwas beitragen können.

»Vielleicht die Witwe Griesinger«, hatte eine der viel versprechendsten Auskünfte angedeutet, »die steht den ganzen Tag am Fenster und gafft auf die Straße und in die gegenüber liegenden Wohnungen, sofern die Vorhänge so wie beim Herrn Schmiedle zur Seite gezogen sind. Die wüsste garantiert einiges zu berichten, mehr als manchem lieb wäre. Wer mit wem, wann und wie oft, Sie verstehen?«

Stefanie Riedinger hatte verstanden, in der Tat, war sich zudem der oft überraschend reichhaltigen und scharfen Beobachtungskunst solcher Nachbarschaftsspione bewusst, in diesem Fall aber trotzdem enttäuscht worden. »Wo finde ich die Frau Griesinger?«, hatte sie gefragt. »Gleich in einem der Häuser auf der anderen Straßenseite?«

»Nein, damit können wir nicht dienen, die Zeiten sind leider – oder für manchen von uns, zum Glück – vorbei. Die Witwe Griesinger finden Sie seit gut zwei Wochen nämlich jetzt in Grafenberg auf dem Friedhof. Aus dem Ort stammt sie und dort wollte sie auf ihrem letzten Weg, wie ich gehört habe, unbedingt auch wieder hin.«

So hatte auch die Aufmerksamste von Schmiedles Nachbarinnen der jungen Kommissarin nichts über das ganz normale Leben des Ermordeten mitteilen können und sie war voll und ganz auf die in dessen Wohnung vorgefundenen Papiere und sein Notebook angewiesen, um ihrer Visite in Metzingen doch noch verwertbare Konsequenzen zu entlocken.

Wie die gesamte Einrichtung der Wohnung erwies sich auch Schmiedles wohl meist benutztes Arbeitsgerät von erlesener Qualität. Auf dem neuesten Stand der Technik – Riedinger schätzte das Alter des Notebooks auf maximal drei, vier Monate – mit großer Festplatte, ultraschnellem Prozessor, sämtlichen Schikanen. Schmiedle hatte mindestens zwei, eher an die drei Tausender dafür hingeblättert, war sie sich sicher, es neben unzähligen beruflichen Daten auch mit einer Unmenge an Spielen und Filmen gefüttert. Er hatte das Gerät wohl auf vielen Reisen dabei gehabt, es zum Zeitvertreib oder auch zum Training seiner Fremdsprachenkenntnisse benutzt, wie sie aufgrund mehrerer englischsprachiger Filme vermutete. Zweieinhalb Stunden hatte sie damit verbracht, sich einen Überblick über das gespeicherte Material zu verschaffen und es zugleich auf potenzielle Zusammenhänge mit seinem unfreiwilligen Tod zu überprüfen – ohne am Ende auch nur über einen einzigen verwertbaren Befund zu verfügen.

Nicht viel besser war es ihr nach einer kurzen Kaffeepause am Nachmittag mit der Durchsicht der in der Wohnung gefundenen Papiere ergangen. Persönliche Unterlagen wie Einkommensbescheide, Versicherungspolicen, Arztrechnungen, Rentenbeitragsbelege in drei verschiedenen Ordnern, dazu unzählige Kladden, seine wissenschaftliche Arbeit, auch sein neues Beschäftigungsmodell betreffend. Von Braig über Schmiedles geplanten Auftritt vor einem Großteil der deutschen, teilweise gar mitteleuropäischen Wirtschaftselite in der Liederhalle detailliert in Kenntnis gesetzt, war sie diese Papiere mit erhöhter Aufmerksamkeit angegangen, den größten Teil der in betriebswirtschaftlichem Fachchinesisch ausgeführten Texte nur in Ansätzen begreifend. So revolutionär das neue Beschäftigungs- und Entlohnungsmodell des Mannes auch sein mochte, diesen Darstellungen war nicht einmal ein Anhaltspunkt dafür zu entnehmen, was sie mit seiner Ermordung zu tun haben sollten.

Riedinger spürte ihre aufkommende Erschöpfung, sah, dass es kurz nach 16 Uhr war, griff nach der letzten Kladde, blätterte sie auf. Ein einzelnes, mit Computer beschriebenes Blatt, der handschriftlich hinzugefügten Unterschrift nach ein Brief, darunter ein Kuvert mit Fotos, wie sie auf den ersten Blick zu erkennen glaubte. Sie nahm sich das Schreiben vor, konzentrierte sich auf den Text. Dr. Ulrich Enssle, Arbeitgeberverband, war als Absender angegeben.

Dr. Enssle, überlegte sie. Der Name kam ihr bekannt vor. Sie holte sich den vorläufigen Ermittlungsbericht auf den Bildschirm, fand den Namen ohne langes Suchen. Die Leiche Schmiedles wurde von Dr. Ulrich Enssle, Teilnehmer des

Kongresses als Vertreter des Arbeitgeberverbandes, gefunden.

Es folgten die Aussagen des Mannes, die Braig notiert hatte, dann eine kursiv ausgeführte Anmerkung des Kommissars. Wieso sucht Enssle diese abgelegene Toilette im obersten Stockwerk des Kongresszentrums auf – im Gegensatz zum Staatsanwalt scheint mir das recht dubios.

Riedinger nahm sich das Schreiben des Mannes vor, das auf den 25. Februar, also genau eine Woche vor dem Tod Schmiedles datiert war, überflog den Text, spürte plötzlich ihre aufkommende Anspannung. »Ich möchte Sie noch einmal – zum wiederholten Mal! – eindringlich darum bitten, die Vorstellung Ihres Modells der neuen Beschäftigungs- und Entlohnungsstruktur anlässlich des Kongresses in der Liederhalle oder auch zu einem anderen Zeitpunkt zu unterlassen. Ich fordere Sie dazu nicht nur als Vertreter des Arbeitgeberverbandes, sondern auch in Absprache mit den Führungsspitzen des Regierungspräsidiums, der Industrie- und Handelskammer und der Landesregierung wie beider in ihr vertretener Parteien auf. Ihr Modell ist nicht geeignet, die wirtschaftlichen Probleme unserer Gesellschaft zu lösen. Den völlig verschiedenartig ausgeprägten Anforderungen der verschiedenen Berufe werden wir nur mit differenzierter Bezahlung gerecht. Jede Egalisierung im Sinne plumper Gleichmacherei ist nicht akzeptabel. Deshalb darf es auch keine Veränderung unserer bisherigen Entlohnungsstruktur geben. Sie würde nur zu mangelnder Motivation der Mitarbeiter und heftigen Störungen des jeweiligen Betriebsfriedens führen. Berufe mit außergewöhnlichen Anforderungen und Belastungen erfordern nun einmal die Möglichkeit außergewöhnlicher Entlohnung – wie sonst wären Menschen bereit, diese Leistungen zu erbringen? In diesem Sinne müssen auch die Privilegien einer Elite, zu der die Führungspersönlichkeiten dieser Gesellschaft zählen, erhalten bleiben. Sollten Sie das nicht einsehen und auf ihrem Vortrag beharren, hätte dies katastrophale Auswirkungen für Sie persönlich, die Sie im Moment noch nicht einschätzen können.«

Riedinger benötigte nicht lange, die Brisanz dieser Zeilen zu begreifen. Ihr war klar, dass sie sofort Braig davon informieren musste. War es möglich, dass die Mühen des Tages doch nicht vergeblich gewesen waren?

Sie griff nach dem Telefonhörer, streifte das Kuvert, das in der Kladde lag, sah, wie es auf den Boden klatschte und seinen Inhalt entleerte. Fotos, fast ein Dutzend Fotos. Sie überflog die Bilder, eins nach dem anderen, ließ vor Schreck den Telefonhörer fallen. Das Kunststoffgehäuse prallte mit einem dumpfen Schlag auf den Schreibtisch, rutschte zur Seite.
Die junge Kommissarin beachtete das Teil nicht weiter, sah nur die Fotos und das Motiv, das allen, wenn auch in verschiedenen Variationen, gemein war: Ein Mann und eine Frau, beide vollkommen unbekleidet und in eindeutiger Weise miteinander beschäftigt. Und sie erkannte den Mann auf der Stelle, obwohl sie ihn noch nie lebend zu Gesicht bekommen hatte und ihr dies auch nach Lage der Dinge nie mehr möglich sein würde: Markus Schmiedle, das Mordopfer der Liederhalle im Liebesspiel mit einer ihr unbekannten Frau.

21. Kapitel

Der Anruf der Frau war am späten Abend eingegangen. Neundorf hatte gerade ihren Sohn Johannes zu Bett gebracht und sich zu ihrem Partner aufs Sofa gesetzt, um sich von ihm seine neusten journalistischen Recherchen über Gustav Werner, den er in seiner Serie Außergewöhnliche Schwaben als nächste Persönlichkeit vorstellen wollte, anzuhören, als die Information der Kollegen eintraf.

»Die Frau behauptet, bei der von uns gesuchten Kundin des Tankstellenshops in Ludwigsburg handle es sich um ihre Nachbarin, eine Nathalie Binninger.«

»Klingt es nicht wieder nach einer der üblichen haltlosen Verdächtigungen oder Denunziationen, die wir jetzt schon mehrfach vorliegen haben?«

»Entscheiden Sie selbst. Sie können bei der Frau anrufen, das hat sie extra angeboten. Vor elf Uhr gehe sie nie ins Bett, hat sie erklärt. Notieren Sie sich die Nummer?«

Neundorf hatte bejaht, die Ziffern aufgeschrieben und sie dann sofort eingegeben. Eine Annette Maiwald hatte sich gemeldet.

»Hier ist Neundorf vom Landeskriminalamt. Sie haben meinen Kollegen informiert ...«

Annette Maiwald war ihr mitten ins Wort gefallen. »Die Frau, die Sie suchen, die von der Tankstelle. Es ist unsere Nachbarin, Nathalie Binninger.«

»Sie haben sie erkannt?«

»Ich bin jetzt erst dazu gekommen, einen Blick in die Zeitung zu werfen, sonst hätte ich früher angerufen. Zuerst habe ich Frau Binninger auch nicht erkannt. Das Foto ist etwas unscharf, irgendwie verschwommen, aber jetzt bin ich mir sicher.«

»Sie haben sie zuerst nicht erkannt?«

»Am Anfang nicht, nein. Das Bild ist nicht ganz scharf, ich habe darauf hingewiesen. Außerdem war ich zu müde. Aber als ich dann genauer hinschaute und ihre Verletzungen entdeckte, war jeder Zweifel verflogen.«

»Diese Frau Binninger hat eine markante Verletzung?«

»Ach was«, hatte ihre Gesprächspartnerin erwidert, »das war ihr Mann. Sie gibt es zwar nicht zu, und wir haben ja auch nicht viel Kontakt, aber der hat sie doch schon mehrfach verprügelt. Der muss verrückt sein vor Eifersucht.«

»Der hat seine Frau schon oft geschlagen?«

»Also, sie gibt es nicht zu, und wir reden auch kaum miteinander. Die leben in besseren Kreisen, verstehen Sie, haben mit uns und den anderen Nachbarn nicht viel Kontakt. Aber zweimal, im Sommer, als die Fenster offen waren, haben wir sie miteinander schreien hören. Mein Mann und ich. Und ein paar Tage später saß sie total bandagiert am Steuer ihres Autos. Wo sollen diese Macken denn herkommen, wenn er es nicht ist?«

Neundorf hatte sich bedankt, Frau Maiwald gebeten, nichts weiter in der Sache zu unternehmen, sondern alles der Polizei zu überlassen, war dann dazu übergegangen, sich die Adresse Nathalie Binningers in Ludwigsburg-Hoheneck zu notieren.

»Du willst heute noch hin?«, hatte Thomas Weiss, ihr Lebensgefährte, besorgt gefragt.

»Morgen früh«, hatte sie ihn beruhigt, »falls heute Nacht nicht wieder eine Tankstelle überfallen wird.«

Sie hatten die aufwendige Überwachungsaktion vorerst, zumindest für diese und, falls nicht neue, bisher unbekannte Verdachtsmomente auftauchen sollten, auch für die nächste Nacht abgesagt, darauf hoffend, den Tätern doch noch auf die Spur zu kommen, bevor sie das nächste Mal zuschlugen.

»So vermessen werden die Typen nicht sein, schon wieder einen Überfall zu riskieren. Die denken garantiert, ihr überwacht jetzt Nacht für Nacht sämtliche Tankstellen.«

»Ich hoffe, dass du richtig liegst.«

Sie hatte sich den Wecker auf 6.30 Uhr am frühen Morgen gestellt, ein kurzes Frühstück zu sich genommen, hatte das Haus, in dem Nathalie Binninger lebte, genau eine Stunde später erreicht. Es handelte sich um ein großes, im Bungalow-Stil errichtetes, der Hangneigung angepasst zur Hälfte ein-, zur anderen Hälfte zweistöckiges Gebäude mit auffallend weiten Fensterflächen. Umgeben von einer großen Rasen- und Ziergartenfläche stand es mehrere Meter von der nur wenig befahrenen Straße entfernt, vom Gehweg durch einen auf einem niedrigen Steinsockel ruhenden Metallgitterzaun abgetrennt.

Neundorf las die beiden Namen auf dem kleinen Schild, *Nathalie und Matthias Binninger*, drückte auf die Klingel. Ein Auto fuhr vorbei, dann, in Gegenrichtung, zwei sie neugierig musternde jugendliche Radfahrer, kurz darauf sprintete ein in Sportkleidung vermummter Jogger den Gehweg entlang geradewegs auf sie zu. Der Mann keuchte und schwitzte, schien am Ende seiner Kraft. Er bemerkte sie erst, als er fast bei ihr angelangt war, blieb dann überrascht vor ihr stehen, musterte sie neugierig. Er atmete heftig, hatte Mühe, einen geordneten Satz zu formulieren.

»Was wollen Sie hier?« Er griff nach der Gartentür, schob sie auf, behielt Neundorf im Blick.

»Sie sind Herr Binninger?« Sie deutete auf das Namensschild.

Er nickte wortlos, wischte sich mit einem Tuch den Schweiß von der Stirn.

Sie schätzte ihn auf Mitte Vierzig, sah, wie abgekämpft er von seinem Morgentraining war, wartete, bis er sich etwas beruhigt hatte. »Neundorf ist mein Name, ich will zu Ihrer Frau.« Sie hatte den Satz gerade vollendet, als die Haustür geöffnet wurde. Eine verschleierte, in einem hellbraunen Hausmantel mit übergezogener Kapuze steckende Frau lugte vorsichtig zur Straße.

»Was wollen Sie von ihr?«, fragte Binninger.

Neundorf drückte sich an ihm vorbei und wandte sich dann an die Frau. »Frau Binninger, mein Name ist Neundorf, ich muss mit Ihnen sprechen.«

Im gleichen Moment fühlte sie sich von hinten an der Schulter gepackt und zur Seite geschoben, hörte die Stimme des Mannes.

»Wer sind Sie und was wollen Sie? Sie können doch nicht einfach unser Grundstück betreten.«

Sie starrte Binninger aus nächster Nähe ins Gesicht, sah seine zu schmalen Schlitzen zusammengepressten Augen, spürte die Aggression, die von dem Mann ausstrahlte. Dir traue ich es zu, dass du deine Frau schlägst, dachte sie, auch wenn ich dich noch nicht richtig kenne. »Kriminalhauptkommissarin Neundorf vom Landeskriminalamt«, erklärte sie mit kräftiger Stimme, »ich möchte zu Ihnen, Frau Binninger.«

»Landeskriminalamt?« Er schien von der Auskunft überrascht, zog augenblicklich seine Hand zurück und erstarrte. Sie hatte am vergangenen Abend noch überprüft, ob sie irgendwelche Informationen über Annette Maiwald oder Nathalie und Matthias Binninger gespeichert hatten, einen Nachbarschaftskrieg etwa, bereits in der Vergangenheit erfolgte Denunziationen oder auch zur polizeilichen Kenntnis gebrachte Hinweise auf häusliche Gewalt – vergeblich. Es lagen weder Anzeigen noch Spekulationen über solche Geschehnisse vor. Dann muss ich die Frau also erst selbst in Augenschein nehmen und ihr, sollte sich die Vermutung der Nachbarin bestätigen, Hilfe anbieten, hatte sie sich überlegt.

»Was wollen Sie von meiner Frau?«, fragte der Mann.

»Ich denke, sie ist erwachsen. Das möchte ich ihr schon selbst mitteilen.«

»Wir haben keine Geheimnisse voreinander.«

»Das ist sehr gut. Dann können Sie sie ja nach meinem Gespräch mit ihr fragen.«

Binninger bemerkte ihre unnachgiebige Haltung, schien zu resignieren. »Bitte«, sagte er, wies zum Haus, »tun Sie, was Sie offensichtlich nicht lassen können.«

Neundorf wandte sich von ihm ab, ging zur Haustür, wiederholte ihre Vorstellung, reichte der Frau die Hand. »Ich komme so früh, weil ich nicht wusste, ob ich Sie später noch antreffe.«

Nathalie Binninger ließ sie eintreten, führte sie durch die mit hellen Fliesen ausgelegte Diele in einen großen Wohnraum, der mit einem breiten Ecksofa, mehreren Sesseln, einem breiten rechteckigen Tisch und zwei mit Gläsern und Porzellan bestückten Vitrinen ausgestattet war, bat sie, Platz zu nehmen. Obwohl es längst hell war, schaltete sie die Deckenbeleuchtung ein, mehrere Strahler, die die Seite, auf der Neundorf sich niedergelassen hatte, in grelles Licht tauchten. Die Kommissarin sah sich geblendet, bat die Hausherrin, das Licht zu löschen.

»Es ist hell genug«, sagte sie, »das möchte ich meinen Augen nicht zumuten.«

Sie hatte den Plan der Frau sofort durchschaut. Nathalie Binninger war, von ihrem frühen Läuten überrascht, nicht mehr genug Zeit geblieben, ihre Gesichtsverletzungen sorgsam unter Make-up zu verstecken, wollte deshalb jetzt in den Schatten abtauchen.

»Bitte, ohne Licht«, insistierte Neundorf.

Die Frau blieb zögernd stehen, erfüllte dann, immer noch hin- und hergerissen, wie sie sich verhalten solle, stocksteif den Wunsch ihrer Besucherin.

»Was wollen Sie von mir?«, fragte sie dann.

Sie bot ihr keinen Kaffee, keinen Tee, kein Wasser, überhaupt nichts an, wollte das Gespräch offensichtlich so kurz wie möglich gestalten. Die Beine eng zusammengepresst, setzte sie sich auf die Kante eines der Sessel.

»Sie waren vor zwei Tagen sehr früh, fast um diese Zeit wie jetzt, in einer Tankstelle und haben dort eingekauft. Eine Creme und eine Salbe.«

Nathalie Binninger starrte verblüfft zu ihr her. »Ja, und?«

Neundorf kostete die Überraschung ihres Gegenübers aus, musterte aufmerksam ihr Gesicht. Die Frau war wohl Ende Dreißig, Anfang Vierzig, hatte sich gut gehalten. Glatte, weitgehend faltenfreie Haut, blaugraue Augen, dunkle, mit einem Lidstrich nachgezogene Lider. Auf der linken Wange ein nur notdürftig übermalter Bluterguss, am Kinn rechts ebenfalls die Spuren eines Schlags. Ihre Ohren und die Haare waren unter der Kapuze des Hausanzugs verborgen, vielleicht weil sie weitere Merkmale ihrer Erniedrigung verstecken wollte.

»Deshalb kommen Sie hierher?«

»Die Tankstelle wurde überfallen«, versuchte Neundorf, die Bedeutung ihres Besuchs zu erklären.

»Diese Tankstelle?«

»Genau die. Haben Sie das nicht mitbekommen?«

»Ich habe in der Zeitung von einem Überfall gelesen. Aber ich wusste nicht, dass es sich um diese Tankstelle handelt.«

»Aber Sie müssen die Täter doch gesehen haben. Oder ein Auto mit zwei Männern, das in dem Moment vorfuhr, als Sie den Verkaufsraum gerade verlassen hatten.«

»Wie bitte? In dem Moment, als ich den Verkaufsraum verlassen hatte?« Sie schaute Neundorf mit verständnisloser Miene an, schüttelte dann ihren Kopf. »Ich habe niemand gesehen.«

»Vielleicht kamen die Täter auch zu Fuß. Oder sie versteckten sich irgendwo in der Nähe.«

»Na ja, das mag ja sein. Aber zu der Zeit war ich längst wieder weg.«

»Nein, eben nicht. Der Überfall erfolgte nur wenige Sekunden, nachdem Sie den Verkaufsraum verlassen hatten.«

»Wie bitte?« Nathalie Binninger sprang von der Sesselkante hoch, raffte den Hausmantel zusammen. »Das kann nicht sein.«

»Was heißt, das kann nicht sein? Wir haben Videoaufnahmen der Überwachungskameras.«

Die Frau lehnte sich an die Rückseite des Sessels, schüttelte den Kopf. »Das war eine andere Tankstelle.«

Neundorf lachte laut, fuhr sich mit der Rechten über ihre Haare. »Sie sind gut. Was wollen Sie denn immer mit einer anderen Tankstelle? Ich sagte Ihnen doch, wir haben Videoaufzeichnungen von verschiedenen Kameras. Darauf sind erst Sie zu sehen, wie Sie den Laden betreten, sich umschauen, dann die Creme und die Salbe aus dem Regal nehmen und die Artikel bezahlen. Und dann, Sie haben den Raum gerade verlassen, der Überfall. Nur wenige Sekunden später.«

Nathalie Binninger schnappte nach Luft, warf ihren Kopf zurück. »Das ist unmöglich.«

Neundorf verstand nicht, weshalb sich ihr Gegenüber so halsstarrig verhielt. »Was soll unmöglich sein?«

»Dass die Tankstelle, in der ich die Salbe und die Creme holte, überfallen wurde. Gleich, nachdem ich den Verkaufsraum verlassen hatte.«

»Ich verstehe nicht, was Sie meinen. Sie müssen die Täter doch gesehen haben. Die stürmten den Verkaufsraum wenige Sekunden, nachdem Sie rausgegangen waren. Warum haben Sie sich nicht bei uns gemeldet?«

Die Antwort lag auf der Hand, sie wusste es selbst. Nathalie Binninger scheute sich, mit diesen Verletzungen im Gesicht ins Licht der Öffentlichkeit zu treten. Sie schämte sich und hatte Angst vor der Reaktion der Leute. Und sie fürchtete sich davor, zur Polizei zu gehen und ihre Beobachtungen zu schildern, weil sie ahnte, dass die Beamten erfahren genug waren, zu begreifen, dass die Verletzungen von ihrem eigenen Mann stammten, einem brutalen Schläger, der für sein Verhalten unbedingt zur Rechenschaft gezogen werden musste. Sie lebte in ständiger Angst vor dem Kerl, weil er ihr drohte, sie sofort wieder zu schlagen, wenn sie zu irgendwem darüber sprechen würde. Weil er es schon oft getan hatte und ohnehin fast regelmäßig alle paar Wochen ausrastete – vielleicht im Suff oder wenn sie nur ein Wort zu viel mit einem anderen Mann gewechselt hatte. Wahrscheinlich steckte er allein dahinter, dass sie ihre Beobachtungen für sich behielt. Weil er ihr verboten hatte, zur Polizei zu gehen, damit die ja ihre Verletzungen nicht entdeckte. Ich sollte aufstehen und den Kerl in Grund und Boden schlagen, überlegte Neundorf. Bis er selbst so entstellt aussieht wie seine Frau. Sie konzentrierte sich wieder auf ihr Gegenüber, sah den ängstlichen Blick Nathalie Binningers. »Wie viele Männer haben Sie gesehen?«, fragte sie.

Die Frau schüttelte den Kopf. »Ich kann es nur wiederholen: Ich habe niemand gesehen. Sie täuschen sich. Wenn es wirklich dieselbe Tankstelle war, muss es später passiert sein, mindestens zehn, zwölf Minuten.«

Was hat die für eine Angst, in die Öffentlichkeit gezerrt zu werden und anderen ihre Verletzungen zu offenbaren. Offen zu legen, wie sie von ihrem eigenen Mann behandelt wird. Ich sollte wirklich aufstehen und den Dreckskerl verprügeln. Neundorf zwang sich, ruhig zu bleiben, legte eines der Fotos der Überwachungskameras vor sich auf den Tisch, schob es der Frau zu. »Hier, erkennen Sie sich?«

Nathalie Binninger warf einen Blick auf das Bild, zuckte mit der Schulter. »Na, und?«

»Der Zeitpunkt der Aufnahme ist aufgedruckt, unten rechts. Das macht die Kamera automatisch. Sehen Sie – 6.47 Uhr, Sie greifen nach der Creme. Und hier«, sie schob ein weiteres Foto hinterher, »6.51 Uhr und 12 Sekunden – Sie verlassen den Laden. Der Überfall erfolgte um 6.52 Uhr und 8 Sekunden. In diesem Moment zerstörten die Täter die beiden Kameras. 56 Sekunden, nachdem Sie den Verkaufsraum verlassen hatten. Und Sie haben wirklich niemanden gesehen? Im Laden selbst oder draußen, in dem Moment, als Sie ihn verließen?« Sie musterte das Gesicht ihrer Gesprächspartnerin, sah das heftige Kopfschütteln der Frau.

»Sie können das noch hundertmal wiederholen«, beharrte Nathalie Binninger, »das kann nicht sein. Da war niemand im Laden, außer dem Mann an der Kasse, und es kam auch niemand, als ich ging.« Sie schob sich von einer Seite der Sessellehne zur anderen, betrachtete die beiden Fotos auf dem Tisch. »Verstehen Sie doch endlich, das kann nicht sein.«

Neundorf spürte Wut in sich, musste sich in Zaum halten, nicht loszuschreien. »Ich weiß nicht, ob Sie die Nachrichten verfolgt haben«, sagte sie, »aber das war nicht der erste Überfall auf eine Tankstelle in letzter Zeit hier in unserer Region, sondern der achtundzwanzigste. Innerhalb von etwas mehr als einem halben Jahr achtundzwanzig Überfälle. Wir haben deutliche Hinweise darauf, dass es sich um dieselben Täter handelt. Ziemlich brutale Typen, die sofort zuschlagen oder auch schießen, sobald sich ihnen jemand in den Weg stellt. Uns geht es nicht um das Geld, das sie erbeuten oder jedenfalls nicht in erster Linie. Uns geht es um den Schock und die Angst ihrer Opfer. Achtundzwanzig Überfälle, das sind achtundzwanzig Opfer. Achtundzwanzig Menschen, die manchmal wochen- oder sogar monatelang nicht mehr ruhig schlafen können, sich nicht mehr aus dem Haus trauen geschweige denn ihren Arbeitsplatz aufzusuchen wagen. Die haben Angst, sobald sie morgens aufwachen, können nicht mehr richtig essen, haben jede Lebensfreude verloren. Deswegen waren wir so froh, Sie zu finden, weil wir auf den Filmen der Überwachungskameras festgestellt haben, dass Sie den Laden erst unmittelbar vor dem Überfall verließen. Jede Beobachtung, die Sie in diesem Moment gemacht haben, jede Person, die Ihnen dabei auffiel, ist für uns wichtig, sehr wichtig sogar. Damit wir die Überfallserie beenden können, verstehen Sie?« Sie ließ ihr Gegenüber nicht aus den Augen, musterte sie mit eindringlichem Blick. »Uns geht es nicht um das Geld, das die Täter erbeuten, lassen Sie mich das noch einmal wiederholen, es geht um die Opfer, die oft bleibende psychische Schäden erleiden. Wir sind auf Ihre Hilfe angewiesen, bitte.«

Über 28.000 Euro hatten die Täter beim neuesten Überfall in die Hände bekommen, hatte sie gestern am Nachmittag von einem Beauftragten des Konzerns, der den Tankstellenshop betrieb, erfahren, weit mehr als bei den vorherigen Verbrechen. Wegen einer Reifenpanne hatte der Kurier der mit der Bargeldverwahrung beauftragten Sicherheitsfirma am Montag die übers Wochenende erzielten Einnahmen nicht abholen können, er hätte deshalb am Dienstagmorgen vorfahren sollen. Weil es sich um die ersten Tage des Monats handelte – die meisten Leute hatten ihre Löhne ausgezahlt bekommen – waren zudem sehr hohe Umsätze erzielt worden, häufiger als in den späteren Tagen des Monats war deshalb auch bar und nicht mit Karte bezahlt worden. Eine satte Beute also, weit mehr als die Täter bisher erzielen konnten.

»Ich kann Ihnen nicht helfen«, erklärte Nathalie Binninger, »wirklich nicht.«

Was war mit der Frau? Wirklich nur die Furcht vor der

Bloßstellung als Opfer des eigenen Ehemannes? Oder lagen die Gründe tiefer, als Neundorf vermutete, gab es weiterreichende Ursachen, die ihr im Moment nicht ersichtlich waren?

Hatte sie etwa, schoss es ihr in den Sinn, hatte Nathalie Binninger die Täter vielleicht gesehen und war von ihnen bedroht worden? Bedroht, den Mund zu halten oder mit den schlimmsten Konsequenzen rechnen zu müssen?

Sie schnappte nach Luft, als sie die Folgen dieser Überlegung erkannte, erhob sich abrupt von dem Sofa. »Sie haben die Männer gesehen, als Sie den Laden verließen, richtig?«, sagte sie, das Gesicht ihres Gegenüber im Visier. »Aber die haben gedroht, Sie umzubringen, wenn Sie uns gegenüber auch nur ein Wort verlieren. So ist es, ja?«

Nathalie Binninger reagierte anders, als sie es erwartet hatte. Sie hielt ihren Blick nicht länger auf die Fotos gerichtet, schaute ihr stattdessen geradewegs in die Augen. Ihr Körper straffte sich, sie trat hinter dem Sessel vor, stellte sich aufrecht daneben. »Ich fürchte, ich muss Sie bitter enttäuschen, aber mich hat niemand bedroht. Da kamen keine Männer, da kam überhaupt niemand. Jedenfalls in der Zeit, in der ich in meinem Auto direkt vor dem Eingang des Ladens saß. Ich weiß nicht, wie lange das war. Ob fünf oder zehn oder zwölf Minuten. Aber es waren mehrere Minuten. Mindestens fünf, wahrscheinlich eher mehr. Ich kam aus dem Tankstellenshop, ging langsam zu meinem Auto, blieb eine Weile davor stehen, öffnete dann die Tür, setzte mich. Und dann hockte ich noch fünf oder zehn oder was weiß ich wie viele Minuten da und rührte mich nicht von der Stelle. Und in all der Zeit kam niemand, nicht eine Seele, das weiß ich genau, sonst wäre ich doch losgefahren und hätte Platz gemacht. Das ist alles, mehr kann ich nicht sagen, aber es entspricht der Wahrheit. Irgendetwas von dem, was Sie erzählen, stimmt nicht. Tut mir leid.« Sie starrte Neundorf in die Augen, blickte nicht für den Bruchteil einer Sekunde zur Seite.

22. Kapitel

Braig hatte sofort begriffen, welche Brisanz die Entdeckung Stefanie Riedingers beinhaltete. Den gesamten Nachmittag des Tages hatte er, unterstützt von den Kollegen der Abteilung Wirtschaftkriminalität damit verbracht, Hinweise auf die Hintermänner einer eventuellen Erpressung der hochsensible Waffenteile produzierenden Firma Göttler zu finden, vergeblich. Mit Hilfe krimineller Methoden Zugang zu neuen Technologien zu erhalten, war gerade im militärischen Sektor kein unbekanntes Unterfangen und im Moment wurden einige dieser illegalen Unternehmungen gegen im Land ansässige Konzerne beobachtet, wussten die versierten Ermittler des LKA, was allerdings die von Braig benannte Firma betraf, hatte man keinerlei Informationen über solche Vorgänge.

Mitten in seinen Bemühungen war Stefanie Riedinger in seinem Büro aufgekreuzt, hatte ihm das Schreiben Enssles und die Fotos mit dem unbekleideten Schmiedle und der nackten Frau vorgelegt.

»Das ist eine unverblümte Drohung«, hatte sie erklärt, »eine Woche vor dem Tod Schmiedles datiert. Selbst wenn wir davon absehen, dass es sich bei dem Unterzeichneten seltsamerweise genau um den Mann handelt, der den Bedrohten dann tot auf der Toilette auffindet, der Text ist auf jeden Fall strafrechtlich relevant. Dies hätte katastrophale Auswirkungen für Sie persönlich. Deutlicher kann man es nicht formulieren. Schmiedle wurden die schlimmsten Konsequenzen angedroht, wenn er es wagen sollte, sein Beschäftigungs- und Entlohnungsmodell auf dem Kongress darzustellen. Nicht von irgendjemandem, sondern von der geballten Wirtschaftsmacht dieses Landes. Die hofften darauf, ihn mit diesem Schreiben doch noch von seinem Vortrag abzuhalten. So läuft es wohl immer. Wer die gegen sich hat, weiß, dass ihm keine Chance bleibt. Schmiedle aber reagierte anders. Er blieb stur. Ließ sich nicht einschüchtern. Erschien trotzdem auf dem Kongress. Schon am frühen Morgen. Damit hatten sie nicht gerechnet. Das hatte es bisher nicht gegeben. Deshalb blieb nur noch eine Lösung. Nach einer letzten vergeblichen Aussprache. Oben, in der Toilette in der vierten Ebene. Dort, wo sonst kein Mensch hingeht. Der einzige Ort in einem mit annähernd 2000 Menschen voll belegten Haus, wo man sich in Ruhe unterhalten kann. Dem bösen Buben ins Gewissen reden, ihn in letzter Sekunde von seiner frevelhaften Tat abbringen. Oder aber ihn bestrafen, wenn er partout nicht folgen will.«

»Du traust es diesem Dr. Enssle wirklich zu?«

»Du meinst, einem Mann mit dieser Machtfülle?«

»Ein einflussreicher Funktionär des Arbeitgeberverbandes. Im ständigen Schulterschluss mit dem Regierungspräsidium und anderen politischen Entscheidern. Der bringt eigenhändig einen anderen um?«

Stefanie Riedinger hatte Braigs Bedenken sofort ernst genommen. »Du meinst, der hat das doch gar nicht nötig. Solche Leute machen sich wirklich nicht selbst die Finger schmutzig. Die erledigen das auf andere Tour?«

»So in etwa würde ich das formulieren, ja. Diese Typen haben das wirklich nicht nötig. Andere fertig zu machen ist deren tägliches Brot, sonst hätten sie diese Führungspositionen erst gar nicht erreicht. Aber ihre Methoden sind viel subtiler. Die machen sich die Hände nicht selbst schmutzig.«

»Da stimme ich dir zu. Voll und ganz. Aber auch ein Herr Dr. Enssle ist nur ein Mensch. Ein Mensch aus Fleisch und Blut, mit ganz normalen Trieben und Emotionen, um es etwas pathetisch zu formulieren. Ich will nicht behaupten, dass er vor hatte, Schmiedle umzubringen. Nein, das haben wir erwähnt, das erledigen diese Herren auf andere Tour. Ich nehme an, er wollte dem Mann oben, in der Toilette der vierten Ebene nur noch einmal in Ruhe ins Gewissen reden, ihn endgültig davon überzeugen, dass er auf die Vorstellung seines Modells verzichten müsse. Der Arbeitgeberverband, das Regierungspräsidium, die Industrie- und Handelskammer, die beiden Regierungsparteien, kurz, unsere Herrgötter sind dagegen, also hat es zu unterbleiben. Jeder Mensch mit einem Rest von Überlebenswillen, das war Enssle klar, würde das verstehen und seiner Anordnung Folge leisten. So war es immer, so würde es auch bleiben. Und dann geschah etwas, womit er nicht gerechnet hatte: Schmiedle wollte nicht gehorchen, er wagte es, zu widersprechen. Ihm, dem Vertreter des Allmächtigen. Das war zu viel für den feinen Herrn Dr. Enssle. Zum ersten Mal in seiner Karriere als Herrgott kam Widerspruch. Da platzte ihm plötzlich der Kragen, oben in der Toilette der vierten Ebene. Und er schlug zu, unbeherrscht, im Affekt. So wie das eben so läuft im Leben. Ein Machtmensch, gewohnt, sich bedingungslos durchzusetzen, stößt auf unverhofften Widerstand. Da überkommt es ihn. Er greift zu einem harten Gegenstand, schlägt zu, ohne jede Überlegung. Hast du nicht selbst erzählt, der Typ sei völlig verunsichert in seinen Stuhl versunken bei deiner Vernehmung kurz nach dem Geschehen?«

»Ohne jedes Selbstbewusstsein«, hatte sich Braig erinnert, »verschüchtert, sogar verängstigt kam er mir vor.«

»Das bringt dich nicht zum Nachdenken? Ein Mensch dieser Machtfülle, verängstigt wie ein bei einem Vergehen ertappter Pubertierender?« Sie hatte geschwiegen, ihm Zeit gegeben, zu überlegen, hatte dann ein weiteres Argument ins Spiel gebracht. »Und hat dir Frau Kirsch, die Managerin der Liederhalle, nicht erzählt, sie hatte den Eindruck, er wollte sich auf dem schnellsten Weg davonmachen und sei nur durch sie aufgehalten worden? Weil sie beinahe mit ihm zusammengestoßen und darüber erschrocken sei, wie bleich er war?«

»Das ist richtig«, hatte Braig zugegeben. »Aber das ist kein Beleg dafür, dass er Schmiedle wirklich getötet hat. Auch wenn er den Mann, wie er behauptet, nur tot auffand, erscheint mir sein Verhalten nachvollziehbar. Er musste schließlich damit rechnen, dass wir auf seinen Drohbrief stoßen würden. Und wenn dann ausgerechnet er den Toten entdeckt, in dieser abgelegenen Toilette ... Auch wenn er nichts mit dem Mord zu tun hat, es würde nur Unannehmlichkeiten bringen.«

»Dann glaubst du tatsächlich, es war purer Zufall: Schmiedle und er zur gleichen Zeit auf dieser abgelegenen Toilette? Fast 2000 Leute im Haus, aber nur diese beiden Männer genau zum selben Zeitpunkt dort oben in der vierten Ebene? Der eine bedroht den anderen Tage zuvor, und dann treffen sie sich völlig zufällig an einem Ort, wo man in Ruhe ... Wie hat dieser Dr. Enssle es dir erklärt? Er verabscheue viel besuchte Toiletten?«

»So in etwa, ja«, hatte Braig erklärt. »Mehrere Kabinen nebeneinander und fast alle besetzt. Keine besonders angenehme Situation, oder?«

»Ja ja ja, aber weshalb dann gleich in die vierte Ebene, wieso nicht in die zweite oder dritte?« Sie hatte den Kopf geschüttelt, auf das Schreiben und die Fotos gedeutet. »Du kannst es drehen und wenden, wie du es willst, wir müssen uns den Mann vornehmen. Mit ihm reden, wenn dir diese Formulierung besser gefällt. Er ist uns zumindest eine Erklärung für diese Fotos schuldig. Und wenn du glaubst, dieser bescheuerte Söderhofer verweigere uns seine Zustimmung zu diesem Treffen, dann informierst du ihn eben erst anschließend. Wichtig ist, zu sehen, wie dieser Enssle reagiert, wenn wir ihm sein Schreiben und seine Fotos präsentieren. Eines müssen wir dem Kerl klar machen: Wenn wir seinen Drohbrief gemeinsam mit den Fotos an die Presse geben, ist er erledigt, gleich, ob wir ihn als Mörder überführen oder nicht. Einen solchen Skandal können sich selbst diese Herrgötter nicht leisten.«

»Du meinst, wir sollen ihn damit erpressen?«

»Warum nicht? Oder glaubst du, der Herr ist sich zu fein für solche Methoden?«

»Nein, das glaube ich nicht.«

Dr. Ulrich Enssle zu sprechen, war erst am Donnerstagmorgen um 9.30 Uhr möglich.

»Es tut mir leid, aber ich war gestern auf Geschäftsreise. Bis spät in der Nacht. In Paris. Ich kam mit dem letzten TGV.«

Er hatte Braig und Riedinger in seinem großzügig dimensionierten Büro mitten in der Stuttgarter Innenstadt empfangen, sie nach ihren Wünschen, ein Getränk betreffend, fragen lassen und sie gebeten, sich in seiner Sitzecke, einem separaten, durch ein Spalier von Zimmerpflanzen vom übrigen Büro abgetrennten Bereich mit mehreren bequemen Stühlen und einem quadratischen Tisch niederzulassen. Braig nahm erstaunt seine aufgeräumte Stimmung wahr, verfolgte die heitere gelassene Aktivität des Mannes mit großer Verwunderung. Dr. Enssle schien nicht mehr wiederzuerkennen. Aus der verunsicherten, jedes Selbstbewusstsein vermissen lassenden Gestalt, die er vor zwei Tagen in der Liederhalle nach den genauen Umständen des Leichenfundes befragt hatte, war ein völlig anderer Mensch geworden. Freundlich, lässig, als hätte die ganze Woche nur sonnige Momente gebracht, nahm er selbst in einem der Stühle Platz.

»Ja, die Sache mit Schmiedle«, eröffnete Dr. Enssle das

Gespräch, bevor noch einer der beiden Kommissare zu Wort kommen konnte, »ich habe mich heute Morgen schon ausführlich mit Herrn Staatsanwalt Söderhofer darüber unterhalten.« Er lächelte seinen Besuchern freundlich zu, nahm stillschweigend die Veränderung wahr, die deren Gesichter erfasste.

»Wir kennen uns«, fuhr er in jovialem Ton fort, »gut. Gemeinsame Studientage, Sie verstehen?«

Braig hatte heftig daran zu arbeiten, den Kloß, der in seinem Hals steckte, zu schlucken, bekam keine Luft mehr. »Akademiker«, würgte er bemüht lässig hervor.

Dr. Enssle warf ihm einen amüsierten Blick zu, ließ ein kurzes Lachen hören. »Akademiker. Ja, das verbindet.« Er drehte sich zur Seite, ließ seine junge Sekretärin passieren, die ein Tablett mit zwei Tassen Kaffee, einem Kännchen Milch und einer Dose Würfelzucker sowie einem Glas Wasser brachte und die einzelnen Teile dann auf dem Tisch abstellte, bedankte sich bei ihr und wartete, bis die Frau den Raum verlassen hatte. »Milch oder Zucker?«, fragte der Mann, griff nach seiner Tasse, empfahl seinen Besuchern mit einer jovialen Geste, es ihm gleich zu tun, trank einen Schluck.

Braig nahm seinen Kaffee, gab Milch dazu, hörte die nächsten Worte ihres Gastgebers.

»Herr Söderhofer wusste über Ihren Besuch bei mir offenbar nicht Bescheid.«

Er will uns drohen, spürte Braig, der Kerl will uns zeigen, dass er noch lange nicht am Boden liegt. Natürlich hatte er Söderhofer in Absprache mit Riedinger gestern Abend nichts über den geplanten Besuch bei Enssle erzählt, ihn nicht einmal über den Drohbrief und die Fotos informiert, das Evaluations-Briefing vielmehr mit seinen bisher vergeblichen Nachforschungen, eine eventuelle Erpressung der Firma Göttler betreffend, ausgefüllt, hatte er sich doch weitgehend sinnlose Abhandlungen über die göttergleiche Stellung eines solchen Managers ersparen wollen. Enssles Cleverness, von sich aus Verbindung zu der Staatsanwaltschaft aufzunehmen, hatte er unterschätzt. Der alte Klüngel, überlegte er, die üblichen Seilschaften. Ihr da oben, wir da unten. Er sah das kurze Aufblitzen in Riedingers etwas bleicher Miene, spürte impulsiv die Wut, die auch seine Kollegin gepackt hatte.

»Ja, die Staatsanwälte«, versuchte er, Fassung zu bewahren, »die sind oft so überarbeitet, dass sie sich nicht um alles kümmern können.« Er griff in seine Tasche, zog das Kuvert mit den Kopien des Drohschreibens und der Fotos vor, klatschte alles auf den Tisch unmittelbar zwischen die Tassen und das Glas. »Aber das hier wird auch Herr Söderhofer bald zu Gesicht bekommen.«

Dr. Enssle reagierte weit gelassener, als er es erwartet hatte. Er warf einen Blick auf die Kopie seines Briefes, griff demonstrativ nach seiner Tasse, trank genüsslich von dem Kaffee. »Ich habe Herrn Söderhofer heute morgen über dieses Schreiben in Kenntnis gesetzt. Nicht, dass irgendjemand auf falsche Gedanken kommt. Er zeigte vollstes Verständnis. Ja, im Leben geht es manchmal eben etwas, wie soll ich sagen, hemdsärmeliger zu.«

»Hemdsärmeliger nennen Sie das?«, konterte Riedinger, zitierte aus dem Brief. »Dies hätte katastrophale Auswirkungen für Sie persönlich. Es hatte katastrophale Auswirkungen. Herr Schmiedle ist tot.«

»Eine unglückliche zeitliche Nähe«, gab Dr. Enssle zu, ein weiteres Mal an seinem Kaffee nippend, »wer konnte ahnen, was da passiert?«

»Sie hatten sich mit ihm verabredet«, erklärte Braig, angesichts der unverfrorenen Süffisanz des Mannes jeden diplomatischen Anflug beiseite schiebend, »am Dienstagmorgen um 9.30 Uhr auf der Herrentoilette in der Ebene vier der Liederhalle. Deshalb wussten Sie so genau, wieviel Uhr es war, als Sie zur Toilette kamen.«

Sein Gegenüber blickte ihm offen in die Augen. Seine Miene hatte nichts, aber auch gar nichts von seinem jovialen Lächeln verloren. »Genau das habe ich Herrn Staatsanwalt Söderhofer vorhin bei unserem Gespräch mitgeteilt. Herr Schmiedle und ich wollten uns treffen, noch einmal miteinander sprechen. Am Dienstagmorgen, der Kongress hatte gerade begonnen, um 9.30 Uhr vor der Toilette auf der Ebene vier. Wir wollten uns noch einmal austauschen, sein Mittagsreferat betreffend. Zu Kongressbeginn laufen keine entscheidenden Vorträge. Nur Begrüßungen, Einführungsworte und ähnliches Palaver. Da versäumen Sie nichts, wenn Sie kurz aus dem Saal verschwinden. Und oben in Ebene vier ist es immer ruhig. Fast immer.« Dr. Enssle setzte seine Tasse ab, lächelte ihnen freundlich zu.

»Sie geben das also zu?«, fragte Braig. Er hatte Mühe, Worte zu finden, konnte seine Überraschung nicht verbergen.

»Was heißt zugeben? Es war so. Solche Treffen auf Kongressen sind allgemein üblich. Nicht vor oder in Toiletten versteht sich, eher in einer Bar, einer stillen Ecke oder draußen vor dem Kongresszentrum, das ist oft eine gute Gelegenheit, Leute zu kontaktieren, die beruflich ebenfalls viel Stress und wenig Zeit haben. Wir wollten uns vor dieser Toilette treffen. In Ebene vier ist es meistens sehr ruhig, das weiß ich aus Erfahrung, vor allem, wenn die beiden Tagungsräume dort oben nicht benutzt werden. Ich bin oft bei Kongressen in der Liederhalle zu Gast, das ist ein wunderbarer Ort mitten in der Stadt, von überall her optimal zu erreichen, hervorragende Ausstattung im ganzen Haus und der Hegelsaal – einfach ein Juwel. Mehrere ausgezeichnete Restaurants und Bars in unmittelbarer Nähe, das Hotel Maritim durch einen überdachten Zugang direkt angebunden – besser können Sie nicht tagen. Manchmal, in der Mittagspause oder einfach auch so zwischendurch, habe ich direkt nebenan auf dem Hoppenlau-Friedhof die interessantesten Gespräche geführt, Geschäftspartner getroffen und sie mit den illustren Verstorbenen dieses Ortes bekannt gemacht – Sie wissen, wer dort begraben liegt? Wilhelm Hauff zum Beispiel, dieser von mir hoch verehrte, gerade einmal 25 Jahre alt gewordene Dichter, nach dessen Roman Lichtenstein jenes traumhafte Schlösschen hoch über dem Steilabfall der Alb gebaut wurde – Sie kennen es bestimmt.

Ja, die Liederhalle, ich sage Ihnen, das ist nicht ein einfaches Tagungszentrum, nein, ein ganz besonderer Kongresstempel. Dieses Haus sucht weit und breit seinesgleichen.« Dr. Enssle unterbrach seine Ausführungen, schaute zum Tisch, bat seine Gäste, sich zu bedienen. »Ihr Kaffee und das Wasser, verzeihen Sie, ich will Sie nicht drängen, aber zumindest der Kaffee – kalt schmeckt er nicht so gut.«

Braig wusste nicht, was er mehr bewundern sollte: die Verwandlung des Mannes von einem zutiefst getroffenen, jeden Selbstbewusstseins beraubten Menschen, der ihm vor zwei Tagen in der Liederhalle begegnet war, hin zu einem mit der üblichen Aura des Erfolgreichen auftretenden Managers, der mit gelassener Souveränität seine Show abzieht, um den Kern ihres Anliegens zu entschärfen oder die eiskalte Gerissenheit, mit der er allein durch einen gezielten Anruf beim zuständigen Staatsanwalt ihre Ermittlungstätigkeit ins Leere laufen ließ. Dieser Enssle hatte seine an Machtfülle kaum zu überbietende Position nicht umsonst erreicht, war offensichtlich auch nicht bereit, auch nur einen Bruchteil davon in Frage stellen zu lassen. Aber war das nicht von Anfang an so zu erwarten gewesen?

Er griff nach der Tasse, trank von dem Kaffee, der genau richtig temperiert war, um seinen Geschmack optimal zur

Entfaltung zu bringen.

»Sie fragen sich sicher, was ich in der Toilette zu suchen hatte, wo ich mich doch mit Herrn Schmiedle treffen wollte, außen, vor dem Eingang?« Dr. Enssle schenkte seinen beiden Besuchern ein freundliches Lächeln.

»Das fragen wir uns, ja«, bestätigte Riedinger.

»Ich denke, Sie werden es verstehen«, fuhr der Mann fort. »Ganz einfach: Ich musste mal. Und da mein Gesprächspartner noch nicht an Ort und Stelle war, wollte ich sozusagen das Angenehme mit dem Nützlichen verbinden.« Er behielt sein freundliches Lächeln bei, schaute der Kommissarin offen in die Augen.

»Das Urinal genügte Ihnen nicht?«, warf Braig ein. »Sie wollten bewusst in eine der Kabinen am Ende der Toilette?«

Dr. Enssles Antwort kam ohne jedes Zögern. »Das habe ich mir so angewöhnt, ja. Auf besonderen Wunsch meiner Frau. Sie wissen, die Kräfte der Physik ... Ein Strahl, der auf einen harten Gegenstand trifft, wird zumindest teilweise reflektiert ...« Sein Lächeln war einem sanften Grinsen gewichen.

»Und weil Sie das zu Hause so praktizieren ... ?«, sagte Braig.

»Genau. Das ist mir inzwischen in Fleisch und Blut übergegangen. Gewohnheiten ...«

»Was ist mit den Türen der Kabinen, sie waren alle offen?«

Dr. Enssle musterte Braigs Gesicht, schaute dann zur Seite, überlegte. »Das haben Sie mich vorgestern schon gefragt, richtig?« Er sah das zustimmende Nicken seines Gegenüber, schob seine Unterlippe vor. »Ich war vollkommen durcheinander, nachdem ich den Mann so über der Schüssel hängen sah ... Ich weiß nicht mehr genau, wie ich zu der Kabine kam, mein Gott, ich habe mit allem gerechnet, nur nicht damit. Sie spüren ein Bedürfnis, gehen in die Toilette und dann ...« Er schwieg, schüttelte, zur Seite blickend, seinen Kopf.

Braig erinnerte sich der Niedergeschlagenheit des Mannes

zwei Tage zuvor. Völlig verunsichert! Das war nicht gespielt, nicht inszeniert gewesen. Diese unverblümte Offenbarung menschlicher Schwäche war weit unter seiner Würde – erklärbar nur aus einem völlig unerwarteten Erlebnis heraus, das ihm den Boden unter den Füßen entzogen und ihn völlig aus der Bahn geworfen haben musste. Was konnte das anderes gewesen sein als das unverhoffte Zusammentreffen mit den Überresten des Mannes, mit dem er sich zu diesem Zeitpunkt und an diesem Ort hatte unterhalten wollen?

»Ob Sie mir es glauben oder nicht: Das war einer der schlimmsten Momente meines Lebens. Der Mann auf der Schüssel dieser Kabine ...« Dr. Enssle sah auf, blickte zuerst Braig, dann Riedinger in die Augen. »Schmiedle, ich weiß nicht, wann ich es begriffen habe, dass es sich um ihn handelte. Ich kannte ihn nicht näher, nur als überaus erfolgreichen Manager, Tag und Nacht tätig, besessen von seinem neuen Entlohnungsmodell, privat von einer Affäre in die nächste schlitternd, was man eben so hört. Aber dann dieser Anblick ... Ich war am Boden, Sie müssen mich entschuldigen. Ich war Ihnen vorgestern keine große Hilfe und kann Ihnen auch jetzt nicht sagen, ob die Kabinentüren offen waren oder nicht.« Er schwieg einen Moment, fuhr dann, bevor einer der beiden Kommissare etwas sagen konnte, fort: »Ich glaube aber, dass die Türen alle angelehnt, das heißt, zwar nicht ins Schloss gefallen, optisch aber scheinbar geschlossen waren. Man konnte von außen nicht sehen, ob sich jemand in ihnen befindet oder nicht. Ich habe es mir angewöhnt, beim Besuch einer öffentlichen Toilette möglichst eine Kabine zu benutzen, deren Nachbarräume ebenfalls unbesetzt sind. Ich finde die ganze Atmosphäre nicht besonders angenehm ... Deshalb gehe ich beim Betreten einer Toilette an den Kabinen vorbei und prüfe zuerst, welche Kabine frei ist. Ich meine, ich habe es auch am Dienstagmorgen so getan. Ich lief an den Türen vorbei, schob sie nach innen und plötzlich, hinter der zweiten oder dritten, sehe ich einen Körper liegen ...«

»Sie haben sofort erkannt, dass es sich um Schmiedle handelt?«

»Erkannt?« Dr. Enssle schüttelte seinen Kopf. »Nein, ich habe ihn nicht erkannt. Ich lief sogar noch weiter, drückte alle anderen Türen auf, sowohl die links als auch die rechts, fragen Sie mich nicht, warum, alles in alter Gewohnheit und näherte mich dann langsam wieder der Kabine, wo der Körper lag. Ich glaube, ich wollte es zuerst nicht wahrhaben, was ich da sah: dass es sich um einen Menschen, einen toten Menschen handelte und nicht etwa um eine Puppe. Dass der Tote aber Schmiedle war ... Ich glaube, das kam mir erst in dem Moment, als ich aus der Toilette rannte. Nicht, dass er es wirklich war, nein, aber dass die Möglichkeit bestand, dass er es sein könnte, schließlich waren wir dort zu der Zeit verabredet gewesen. In dem Moment wollte ich weg, nur noch weg. Ich rannte aus der Toilette und plötzlich stand da diese Frau von der Liederhalle vor mir und sprach mich an.«

»Warum haben Sie mir nicht sofort erzählt, dass es sich möglicherweise um Schmiedle handeln könnte?«

Dr. Enssle richtete sich auf, sah Braig offen ins Gesicht. »Sie haben mich nicht danach gefragt, ganz einfach, ob ich glaube, den Toten zu kennen. Und ich war zu erschöpft, darüber zu spekulieren, ob es sich um Schmiedle handelt oder nicht.«

Braig fühlte sich ertappt wie ein Schüler, der vom Lehrer abgehört wird und zugeben muss, dass er seine Hausaufgaben nicht gemacht hat. Sie haben mich nicht danach gefragt. Vollkommen korrekt war diese Aussage nicht. Er hatte von Enssle mehrfach wissen wollen, weshalb er gerade diese abgelegene Toilette aufgesucht hatte und darauf nur eine ausweichende Auskunft erhalten, ärgerte sich dennoch darüber, den Mann nicht schlicht und einfach mit der Frage konfrontiert zu haben, die sich in einem solchen Fall natürlich stellte: Kennen Sie den Toten oder haben Sie Hinweise auf seine Identität? Stattdessen war er den halben Tag unterwegs gewesen, die Identität Schmiedles zu ermitteln. Dummheit, unverzeihliche Dummheit. Er hörte das Räuspern seiner Kollegin, schaute zur Seite.

»Die Fotos«, erklärte Riedinger, »weshalb haben Sie sie ihm geschickt, und wo haben Sie sie her?«

Dr. Enssle wandte seinen Blick zum Tisch, hob beide Hände in die Höhe. »Tut mir leid. Das ist jetzt doch unter meinem Niveau. Ich weiß nicht, was das mit mir zu tun haben soll. Diese Fotos habe ich noch nie gesehen.«

»Wie bitte?« Riedinger brachte ihre Überraschung offen zum Ausdruck. »Sie wollen sagen ...«

»Ich verbitte mir solche Anschuldigungen. Was sollte ich mit solchen Fotos?« Er setzte seine Brille ab, trat an seinen Schreibtisch, holte eine andere, ließ sich wieder auf seinem Stuhl nieder, beugte sich, die neue Brille auf der Nase, über die Bilder. »Schmiedle. Und das wird wohl eine seiner vielen Bekannten sein, ja?«

»Sie kennen die Frau nicht?«

»Meine sehr geehrte Frau ...«

»Riedinger«, ergänzte die Kommissarin.

»Ich wiederhole noch einmal: Ich sehe die Fotos hier zum ersten Mal. Ich weiß nicht, wofür Sie mich halten. Aber mit solchen Mitteln arbeite ich und arbeiten auch meine Kollegen nicht. Das haben wir nicht nötig. Glauben Sie mir: Wir haben effektivere Methoden, unsere Ziele zu erreichen. Und wir sind fast immer erfolgreich, das dürfen Sie wirklich mit nach Hause nehmen.«

Braig hatte keinerlei Zweifel, was die Aussage des Mannes anbetraf.

23. Kapitel

Noch bevor er sein Auto erreicht hatte, war Aupperle mitten auf dem Gehweg der Leuschnerstraße in Esslingen stehen geblieben und hatte das Album aus seiner Ledermappe gezogen. Von brennender Neugier getrieben, hatte er die Mappe zwischen seine Beine geklemmt, das mit hochinteressanten Bildern bestückte Buch aufgeschlagen und darin herum geblättert. Kitty Link, Leonie Maier, Lydia Pfisterer. Ob ein Besuch bei ihnen genauso enttäuschend verlaufen würde wie der bei Nina Jaissle? Die Frau hatte sich eindeutig zu ihrem Nachteil verändert, weiß Gott. Kurze Stoppelhaare statt der ursprünglichen langen schwarzen Mähne – ein Abstieg um mehrere Klassen. Wie von der Bundesliga in die Bezirksklasse, um im Fußballjargon zu sprechen. Dazu das zickige, dauergereizte Verhalten bei seinem kurzen Besuch. Kein Wunder, dass Schmiedle sich anderweitig umgesehen hatte. Bei dieser Melanie Schunter oder Schuster oder so ähnlich. Hätte er an dessen Stelle auch getan. Wozu sich diesem Psychoterror aussetzen, wenn es die Freuden einer Beziehung auch auf wesentlich angenehmere Weise zu erleben gab?

Er hatte weitergeblättert, ihr Bild tatsächlich entdeckt. Hatte diese Jaissle also nicht gelogen, sofern man den hier eingetragenen Bemerkungen vertrauen konnte. Melanie Schunter, Tübingen, 15.9. – 27.11.08, hatte er gelesen. Die Straße fehlte, dafür war ihre Handynummer aufgeführt.

Dann hatte der Ermordete es tatsächlich bis zur Zeit des Weihnachtsmarktes mit dieser Melanie ausgehalten. Zweieinhalb Monate, ein Rekord, wenn er die bisher aufgelisteten Zeiträume bedachte.

Aupperle hatte das Bild Melanie Schunters studiert, das leider kaum größer als ein Passfoto war und nur ihr Gesicht zeigte. Glatte blonde Haare bis zur Schulter, stark geschminkte, verlockend in die Kamera blinzelnde Augen, kleine Nase, voller, üppig mit tiefrotem Lippenstift geschmückter Mund. Lebensfreude pur, die hatten bestimmt viel Vergnügen miteinander gehabt. Bis die Liaison plötzlich beendet war, mit einem großen Knall und heftigen Emotionen, falls das zutraf, was Nina Jaissle ihm erzählt hatte.

Er hatte das Album zugeklappt, seine Ledermappe wieder aufgenommen. Schade, dass von der Frau nicht mehr zu sehen war. Wie von ihrer Vorgängerin oder von Kitty Link. Ob sie eine ähnlich gute Figur zu bieten hatte?

Aupperle war zu seinem BMW marschiert, hatte die Mappe und das Buch auf den Beifahrersitz gelegt und sich hinters Steuer geklemmt. Garantiert, war er sich sicher. Wenn Schmiedle es zweieinhalb Monate mit dieser Melanie Schunter ausgehalten hatte, musste es sich um ein Rasseweib handeln, nach allem, was er bisher von den Kurzzeit-Partnerinnen des Mannes gesehen hatte. Er hatte sich noch einmal die Bilder ihrer Vorgängerinnen vergegenwärtigt, war sich mit der Zunge über die Lippen gefahren. Erfreuliche Ansichten, ausnahmslos. Wäre doch wirklich schade, wenn sich da privat nichts machen ließe. Vielleicht war eine der Damen im Moment solo und interessiert? Er musste sich eben die Mühe machen und sie aufsuchen. Eine nach der anderen. Mal sehen, ob sich da nicht etwas bewerkstelligen ließ.

Wie aber die angeblichen Drohungen in diesen Rahmen passen sollten, war ihm nicht klar. Den Kerl bringe ich um, sollte Melanie Schunter auf dem Weihnachtsmarkt in Esslingen von sich gegeben haben, dazu unzählige weitere Drohungen, Schmiedle ins Jenseits zu befördern, sämtliche Variationen, die sich da eröffneten. Wenn sie in ihm wirklich die große Liebe erblickt und seinetwegen eine langjährige Beziehung aufgegeben hatte, schien ihre Reaktion durchaus nachvollziehbar, zumal ihr Verhältnis abrupt zu einem – einseitigen, nur von dem Ermordeten initiierten? – Ende gekommen war. Aber hatte sie ihre Drohungen dann auch tatsächlich in die Tat umgesetzt? Oder waren sie nicht, wie bei einer zeternden, gefühlsmäßig zutiefst verletzten Frau wohl eher zu erwarten, bloße Ankündigungen geblieben, Schall und Rauch, die sich bald wieder verflüchtigt hatten?

Frauen in Rage konnten durchaus gefährlich werden, das wusste er aus eigener Erfahrung. Vielleicht hatten einige in den vergangenen Jahren vom Verhalten mancher Männer gelernt, er vermochte die Ursachen nicht zu nennen, kannte jedoch mehrere Beispiele, wo sich Vertreterinnen des weiblichen Geschlechts wilden Furien ähnlich aufgeführt, ihre aggressiven Emotionen nicht länger geschluckt, sondern in die Tat umgesetzt hatten. Nicht nur beruflich, auch privat war ihm diese Erfahrung zuteil geworden.

Nur allzu gut erinnerte er sich an die komplizierte Beziehung zu einer seiner Verflossenen, Catharina aus Rottweil. Schon allein die Tatsache, dass sie ihren Namen mit c und th geschrieben und auf dessen korrekte Ausführung immensen Wert gelegt hatte, hätte ihn von Anfang an warnen müssen. Auch ihn nicht hundert Prozent korrekt auszusprechen, sie in einer hektischen Situation etwa Katrin oder Kathi zu nennen, hatte langwierige Erörterungen über die Zusammenhänge von schlampiger Ausdrucksweise und untrennbar damit verbundener ebensolcher Lebensführung nach sich gezogen und die Dame in einen Zustand aggressiver und eine Weile anhaltender Gereiztheit versetzt.

Er sah die Szene noch vor sich, wie ihm einmal in einer solch angespannten Situation der Kragen geplatzt war und er den Kommentar des Fußballspiels, das er in diesem Moment gerade auf dem Bildschirm verfolgte, so laut aufgedreht hatte, dass ihr absurdes, nicht enden wollendes Gemotze nicht mehr zu verstehen war. Wie von einer Tarantel gestochen hatte sie sich auf ihn geworfen, ihm voller Wut die Fernbedienung entrissen, den Ton so leise gestellt, dass überhaupt nichts mehr zu hören war und die Fernbedienung dann mit Karacho an die Wand gedonnert. Er hatte heute noch ihren Gesichtsausdruck vor Augen, die unbändige Wut, die sich darin abgezeichnet, die unglaubliche Erregung, die er offensichtlich in ihr provoziert hatte. Natürlich hatten sie sich kurz darauf in einer fast ebenso heftigen Szene wieder miteinander versöhnt, sich in einer weiteren Aufwallung der Gefühle gegenseitig die Kleider vom Leib reißend – die Fernbedienung, dieses kleine Wunderwerk aus Plastik und Batterien hatte Catharinas Attacke nicht überlebt.

Frauen pauschal als potentielle Gewalttäter auszuschließen, kam ihm nicht erst seit dieser Begebenheit nicht mehr in den Sinn. Wenn diese Melanie Schunter sich so gravierend von Schmiedle gedemütigt und im tiefsten Inneren getroffen fühlte, wer garantierte, dass sie sich wirklich nur mit mündlichen Drohungen begnügt hatte? Er konnte die Frau nicht außen vor lassen, musste genau überprüfen, ob sie mit dem Tod des Mannes zu tun hatte.

Melanie Schunter zu erreichen, gelang ihm jedoch erst am nächsten Morgen. Sofort nach dem Betreten seines neuen Büros, einem kleinen Raum neben dem der Kriminalkommissarin Riedinger nahm er einen kräftigen Schluck aus seiner neuen Eineinhalb-Liter Cola-Flasche, rülpste die Kohlensäure von sich und wischte sich den Mund ab. Dann blätterte er das Album auf, um sich die Frau vor Augen zu holen, die er gestern Abend telefonisch nicht mehr erreicht hatte. Diesmal klappte es auf Anhieb. Er nahm den Apparat her, gab Melanie Schunters Nummer ein. Es läutete zweimal, dann hatte er sie in der Leitung.

»Ja?« Eine energische, kraftvolle Stimme.

Er hörte deutlich, wie sie an einer Zigarette sog, tief inhalierte, dann den Rauch von sich stieß. Geräusche aus dem Hintergrund ließen vermuten, dass sie sich entweder irgendwo im Freien oder in der Nähe eines geöffneten Fensters aufhielt.

»Aupperle, Mario«, stellte er sich vor, »ich hätte gern mit Frau Melanie Schunter gesprochen.«

»Das tun Sie gerade«, antwortete die Frau, »um was geht es?«

»Darf ich fragen, wo Sie sich gerade aufhalten? Ich würde mich gern mit Ihnen treffen.«

Sie schien überrascht. »Wann?«

»Möglichst bald.«

»Aber weshalb denn? Sie haben mir noch nicht erzählt, wer Sie sind und was Sie von mir wollen.«

»Markus Schmiedle«, sagte er.

Es dauerte mehrere Sekunden, bis sie reagierte. Er hörte, wie sie hustete – ein kurzer, kräftiger Raucherhusten – dann erneut an der Zigarette sog und kurz darauf den Rauch von sich blies. »Was wollen Sie?«, fragte sie.

»Mit Ihnen über Herrn Schmiedle sprechen.«

»Er ist tot, nicht?«

»Sie sind informiert?«

»Es steht in der Zeitung. Ich habe es gelesen.«

»Wann können wir uns treffen?«

»Wer sind Sie? Ein Verwandter?«

»Polizei. Wir benötigen Informationen über den Mann.«

»Und da rufen Sie mich an?« Sie schien sein Interesse an ihrer Person nicht zu begreifen. »Was wollen Sie von mir wissen?«

»Wer er war, mit wem er außer Ihnen Umgang hatte und ähnliches. Alles, was Sie uns über ihn erzählen können.«

»So viel ist das nicht. Sie werden enttäuscht sein.«

»Trotzdem. Es bringt uns garantiert weiter.«

»Also gut. Wenn es unbedingt sein muss.« Sie ließ einen kräftigen Seufzer hören, erklärte ihm, dass sie gerade mit ihrer Doktorarbeit beschäftigt und in ihrer Wohnung in Pliezhausen anzutreffen sei.

»Pliezhausen in der Nähe von Reutlingen und Metzingen?«, erkundigte er sich.

»Genau dort. In der Wilhelmstraße.« Sie nannte ihm die Hausnummer, erklärte sich bereit, ihn zu einem kurzen Gespräch zu empfangen.

Fünfundvierzig Minuten später hatte er die Wohnung Melanie Schunters gefunden. Es handelte sich um ein kleines Mehrfamilienhaus in der Nähe des Ortszentrums mit drei verschiedenen Namensschildern. Er sah, dass die Frau offenbar im obersten Stockwerk lebte, musste nicht lange warten, bis sie auf sein Läuten reagierte. Aupperle nahm die schmale Treppe mit großen Schritten, erkannte Melanie Schunter auf den ersten Blick. Sie hatte zwar, zumindest was ihre Wangen und die Partien um das Kinn anbetraf, gegenüber dem Foto sichtbar abgenommen, versteckte ihre Nase zudem hinter einer qualmenden Zigarette, trug ihre glatten blonden Haare aber unverändert wie zum Zeitpunkt der Aufnahme bis zur Schulter, sogar ein kleines Stück darüber hinaus. Eine hübsche, etwa fünfundzwanzig bis dreißig Jahre alte Frau mit unübersehbaren Rundungen an den richtigen Stellen, wie er schnell bemerkte. Nachvollziehbar, dass Schmiedle da angebissen hatte.

»Aupperle, Mario«, stellte er sich vor, streckte ihr seine Rechte entgegen, spürte ihren zögerlich zupackenden Händedruck. Ein Schwall konzentrierten Nikotins stach ihm in die Nase, schien sämtlichen Poren ihres insgesamt recht zierlichen Körpers zu entspringen. Die Aufwendungen für Zigaretten liegen wahrscheinlich höher als die für die komplette Ernährung, überlegte er, es handelte sich offenbar um eine dieser seltsamen jungen Frauen, die Hunger, Durst, zudem wohl auch noch ihre Bedürfnisse nach Sex und Streicheleinheiten zumindest zeitweise mit dem Konsum von Glimmstengeln kompensierten – weshalb auch immer. Er wollte gar nicht daran denken, mit wie vielen dieser weiblichen Wesen er es schon zu tun gehabt hatte, erinnerte sich nur an den durchdringenden Gestank seiner Kleidung, ja sogar seiner Haare und seiner Haut – jedes Mal, wenn er mit einer dieser Zigaretten-verschlingenden Tussis zusammengekommen war. Nur mit ausgiebigem Duschen und Unmengen von Reinigungsgel war es ihm gelungen, sich von dem widerlichen Geruch zu befreien.

»Am besten, wir gehen in mein Arbeitszimmer«, riss Melanie Schunter ihn aus seinen Gedanken.

Er sah sie von der Tür zurücktreten, atmete auf dem letzten Meter des Treppenhauses noch einmal kräftig durch, folgte ihr dann in die auf Schritt und Tritt mit Zigarettenmief gesättigte Wohnung. Die schmale Diele war zu dunkel, um die Folgen des Dauerqualmens auf den Tapeten und an der Decke zu offenbaren, das in der Dachschräge gelegene Arbeitszimmer dagegen trotz des einen Spalt weit geöffneten großen Fensters von blau-grauen Schwaden gezeichnet. Aupperle wedelte impulsiv mit seiner freien Hand durch die Luft, sah die kritische Miene der Frau.

»Soll ich kurz lüften?«

Er nickte zustimmend. »Gern.«

»Aber nicht lange, sonst wird es zu kalt.«

»Hauptsache, frische Luft.« Er wartete, bis sie das Fenster geöffnet und auf dem Drehstuhl vor dem mit einem aufgeklappten Notebook, unzähligen Büchern und Massen von Papierstapeln übersäten Schreibtisch Platz genommen hatte, setzte sich dann auf einen alten, schon etwas aus dem Leim geratenen Holzstuhl, der das einzige weitere Mobiliar des kleinen Raumes bildete. So rauchgeschwängert die Luft im Moment auch war, die Tapete und die Decke schienen bei den Nikotinausdünstungen bisher glimpflich davongekommen oder aber vor kurzem erst gereinigt worden zu sein.

»Also. Was wollen Sie wissen?«, fragte Melanie Schunter.

»Ihre Erfahrungen mit Herrn Schmiedle.«

»Meine Erfahrungen?« Sie schüttelte den Kopf. »Wen interessiert das?«

»Mich«, antwortete er schnell, markierte dann den Unwissenden, um sie endlich aus ihrer reservierten, wortkargen Stimmung zu reißen. »Sie leben mit ihm zusammen, soweit ich informiert bin.«

Sie zeigte keine Reaktion, unternahm keinerlei Versuch, seine Aussage zu korrigieren, sah nur ausdruckslos auf den Bildschirm ihres Notebook.

»Schon lange?«

»Wie schon lange?«

»Seit wann leben Sie mit ihm zusammen?«

»Seit dem letzten Sommer.« Sie schaute kurz über den Schreibtisch weg zu ihm hin, setzte dann: »Zusammenleben ist nicht ganz richtig«, hinzu.

»Wieso?«

»Wir haben unsere Wohnungen beibehalten. Markus seine in Metzingen, ich hier.«

»Na ja, das sind ja nur ein paar Kilometer.«

»Nur über den Neckar rüber, ja.«

»Wie haben Sie ihn kennengelernt?«

»Wie ich ihn ...« Sie stockte mitten im Satz, warf ihm einen irritiert wirkenden Blick zu. »Wieso wollen Sie das wissen?«

Soll einer diese Weiber kapieren, arbeitete es in ihm. Kann man es nicht brauchen, labern sie dich voll, unaufhörlich und ohne Pause, willst du aber etwas wissen, sind sie schweigsam wie ein Grab. Er erinnerte sich an einen Zeitungsartikel, in dem ein ihm unbekannter Professor, zuständig für Psychologie oder ähnliches, darüber räsoniert hatte, dass Frauen anders als Männer in jeder Hälfte des Gehirns über Bereiche verfügten, die speziell als Sprachzentren ausgebildet seien, jeweils eine genau abgegrenzte Region. Frauen sei es daher von Natur aus gegeben, hatte der gute Mann geschrieben, viele und lange währende Gespräche zu führen und dabei gleichzeitig auch noch etwas anderes zu erledigen.

Der hat es begriffen, hatte Aupperle damals bei der Lektüre des Textes überlegt, der weiß, wie Frauen ticken. Er hatte an mehrere seiner Affären oder Beziehungen – je nachdem, wie man diese Verhältnisse beurteilen wollte – zurück gedacht, des Professors Thesen als Erklärung für all die vielen weitgehend sinnlosen wie überflüssigen Erörterungen und Litaneien, die er in dieser Zeit über sich hatte ergehen lassen müssen, nutzend. Weiß Gott, es gab weibliche Wesen genug, die über diese besondere Ausstattung verfügten – anders war das unablässige Geplapper nicht zu erklären. Franziska aus Trossingen war ihm eingefallen, sie hatte dem Wissenschaftler für seine Ausführungen wohl Modell gestanden. Franziska, eine Frau, die Tag für Tag mehr Worte von sich gegeben hatte als er selbst in einem ganzen Monat. Es war mühsam und anstrengend gewesen mit ihr, hatte ihn viel Kraft und Nerven gekostet, all ihre Überlegungen über Gott und die Welt und ihre seltsamen Kundinnen – sie hatte als Verkäuferin in einer Drogerie gearbeitet – anzuhören und war nur angesichts ihrer überaus großen Phantasie, was Matratzenspiele anbelangte, zu ertragen gewesen.

Er spürte den widerlichen Gestank, der ihm in die Nase stach, sah sich aus seinen Gedanken gerissen. Eine große Wolke aus blaugrauem Zigarettenqualm hing mitten im Zimmer, ließ die Umrisse seines Gegenüber verschwimmen. Er sah, wie die Frau ihre Kippe in einer kleinen gelben Tasse ausdrückte, wedelte mit der Hand durch die Luft. Sie schien seine Bemühungen um frischen Sauerstoff nicht wahrzunehmen, blickte schweigend zu ihrem Notebook.

Was habe ich da nur für ein seltsames Wesen vor mir, überlegte er, muss ich der wirklich jedes Wort einzeln aus der Nase ziehen? Was ist mit den beiden Sprachzentren in ihrem Gehirn, was würde der Professor dazu sagen, sind sie etwa verkümmert? Oder gibt es andere Gründe, weshalb sie so schweigsam ist? Gründe, die mit meinem Besuch, mit dem Tod, der Ermordung Schmiedles, ihren Drohungen gegen ihren ehemaligen Geliebten oder Partner oder was immer er war, zu tun haben?

»Wie haben Sie ihn kennengelernt?«, wiederholte er seine vor wenigen Augenblicken schon einmal gestellte Frage.

Melanie Schunter griff in ihre Handtasche, die am Sockel des Schreibtischs lehnte, zog eine Schachtel Zigaretten vor, eine Marke, die er noch nie gesehen hatte, zündete sich eine an. Eine neue blaugraue Wolke schwebte durch das Zimmer, geradewegs auf ihn zu.

»In Stuttgart in der Liederhalle«, sagte sie dann.

»In der Liederhalle?«, rief er laut, sie aus großen Augen anstarrend. Seine Überraschung war weder zu übersehen, noch zu überhören.

»Ja, bei einem Kongress im Hegel-Saal. Ich war zufällig dort, wegen meiner Doktorarbeit.«

Die Liederhalle, überlegte Aupperle, schau an, schau an. Der Typ hatte das Kulturzentrum wie einen Teich benutzt, aus dem er sich seinen jeweils nächsten Fisch angelte. Die eine bei einem Konzert, die andere anlässlich eines Kongresses. Darauf musste man erst mal kommen, dass sich in dem Musentempel solche Prachtweiber – denn darum handelte es wohl bei beiden, so gut glaubte er den Geschmack Schmiedles inzwischen zu kennen, auch wenn beide im Moment etwas indisponiert schienen – tummelten. Die Liederhalle als Reservoir scharfer Frauen, das musste er sich merken. Höchste Zeit, das Konzert- und Kongressangebot ausführlich zu studieren, vielleicht gelang es ihm auch, dort seine Angelschnur auszuwerfen.

»Und dann?«, fragte er. »Wie ging es weiter mit Ihrer Beziehung?«

»Mit unserer Beziehung?« Melanie Schunter nahm einen kräftigen Lungenzug, spitzte den Mund, blies den Rauch nach einer kurzen Kopfbewegung Richtung Fenster. Aupperle sah sich Sekunden später dennoch von einer neuen Wolke eingehüllt.

»Gut. Wie das so abläuft zwischen zwei Menschen, die sich zusammentun.«

Er spürte, wie ihm langsam die Geduld ausging. Zusammentun, überlegte er, zwei Menschen, die sich zusammentun. Wie weit ist eine Beziehung, wenn einer der Partner das so formuliert? »Sie waren die ganze Zeit zusammen?«, fragte er.

»Wieso?«

»Na, weil sein Tod für Sie dann doch sehr schmerzlich sein muss.«

»Das ist er, ja.«

»Und trotzdem sitzen Sie heute schon wieder an Ihrer Doktorarbeit?«

»Meine Art, den Schock zu bewältigen«, erwiderte sie ohne langes Überlegen.

»Es kann nicht daran liegen, dass Sie längst nicht mehr zusammen sind?«

»Wieso?«

»Sie haben sich doch schon im November getrennt«,

ergänzte er. »Vor einem Vierteljahr. Sie sind im Streit auseinandergegangen, im bösen Streit. Weshalb? Haben Sie Schmiedle mit einer anderen Frau überrascht?«

Sein Gegenüber war mitten in ihrer Bewegung erstarrt, hielt die Zigarette, die sie gerade zum Mund hatte führen wollen, unnatürlich zur Seite gebogen in ihrer Rechten fest. »Was soll das?«, fragte sie.

»Sie haben damit gedroht, Schmiedle zu ermorden, haben sich die brutalsten Methoden dafür überlegt. Sie haben sich drei Monate Zeit gelassen. Aber gestern war es dann soweit.«

»Sind Sie verrückt?« Melanie Schunter warf die nur halb gerauchte Zigarette in die gelbe Tasse, sprang von ihrem Stuhl. »Was soll der Quatsch? Glauben Sie, ich hätte nichts Besseres zu tun, als meine abgelegten Liebhaber abzuschlachten?« Sie starrte wutentbrannt zu ihm über den Schreibtisch, schob ihr Notebook zur Seite.

»Liebhaber? Für Sie war er doch viel mehr als nur Ihr Liebhaber. Die große Liebe Ihres Lebens. Leider aber nicht umgekehrt. Es muss Sie hart getroffen haben, als er Sie so plötzlich fallen ließ. Und sich sofort auf die nächste Frau stürzte. Sonst hätten Sie sich nicht zu diesen brutalen Drohungen hinreißen lassen.«

»Ich weiß nicht, wovon Sie sprechen. Ich habe niemand bedroht.«

»Sie streiten es ab?« Aupperle schüttelte grinsend den Kopf. »Das nützt Ihnen nichts. Wir haben eine gute Zeugin. Ihr Kopf hängt schon längst in der Schlinge. Da kommen Sie nicht mehr raus.«

»Mein Kopf in der Schlinge? Sie wissen doch echt nicht, was Sie da von sich geben.« Melanie Schunter blieb hoch aufgerichtet vor ihm stehen, starrte, die Hände in den Hüften und die Brust weit vorgereckt mit vor Aufregung geröteter Miene zu ihrem Besucher hinunter. »Natürlich habe ich gekocht vor Wut auf den Kerl«, gab sie zu. »Wochenlang sogar. Ich hätte ihn vierteilen können, den Schweinegeier. Aber ist das nicht normal, nach so einer Erfahrung? Der Kerl schwor mir ewige Liebe, hing mir in jeder freien Minute am Hals, konnte nicht genug von mir kriegen – und dann plötzlich, von einer Sekunde zur anderen war alles vorbei? Wie hätten Sie denn in so einer Situation reagiert?«

Aupperle hörte kaum auf die Worte der Frau, war gebannt von dem Anblick, der sich ihm bot. Wie eine Rachegöttin thronte sie über ihm, das vor Aufregung gerötete Gesicht von langen blonden Haaren umrahmt, ihr Busen unter dem engen T-Shirt deutlich sichtbar. Ein Rasseweib, überlegte er, mei liabs Rotteburg am Neckar, eine Nacht oder besser, ein Wochenende mit der ...

»Hören Sie mir überhaupt zu?«

Er riss sich aus seinen Gedanken, wandte seinen Blick von ihrem Busen weg, rettete sich zu einem: »Ja, was denn sonst?«, hörte den Namen, den sie ihm, mehrfach wiederholend, mit Verve entgegenschleuderte: »Petra Langer.«

»Was ist mit dieser Petra Langer?«, fragte er.

»Die sollten Sie sich vornehmen, erkläre ich Ihnen die ganze Zeit. Wenn jemand wirklich vor Wut auf Schmiedle kocht, dann die. Was auch kein Wunder ist, wie er der mitgespielt hat. Ich an ihrer Stelle ... Ich glaube, ich hätte den wirklich umgebracht. Mir dagegen können Sie nichts anhaben, überhaupt nichts. Wenn es richtig ist, was ich in der Zeitung gelesen habe, dass Schmiedle am Dienstagmorgen getötet wurde, habe ich nämlich ein Alibi. Conny war hier, meine Freundin und zwar über Nacht. Ich gebe Ihnen gerne ihre Nummer, dann können Sie sich bei ihr erkundigen. Aber wenn Sie jemand suchen, der Schmiedle auf dem Gewissen haben könnte, dann diese Petra Langer. Halb Tübingen lacht über sie. So aufs Kreuz gelegt wurde selten jemand. Ich wünsche Ihnen viel Erfolg.«

24. Kapitel

In der Zeit vom 1. Januar bis zum 31. Dezember des vergangenen Jahres hatte es genau fünfzehn verschiedene Versuche gegeben, sich mittels krimineller Methoden das hochspezialisierte Know-how der militärisch nutzbaren Technologie der Firma Göttler anzueignen.

»In den ersten beiden Monaten dieses Jahres gab es zwei weitere Vorfälle dieser Kategorie«, erklärte Ralf Kober, der geschäftsführende Manager der Firma. »Sie sehen, das gehört bei uns fast schon zum Alltag.«

Braig hatte sich an den beiden Tagen zuvor über Stunden hinweg von seinen Kollegen der Abteilung Wirtschaftskriminalität Schwerpunkt außereuropäisches Ausland auf besonderen Wunsch des Staatsanwalts Söderhofer in das Metier einweisen lassen, war bei seinem Besuch der Firma Göttler an diesem Freitagmittag dennoch überrascht. »Verstehe ich das richtig: Sie haben nicht einen einzigen dieser Erpressungsversuche zur Anzeige gebracht?«

Kober hob abwehrend seine Hände. »Sie dürfen das nicht missverstehen«, antwortete der Mann. Er trug einen dunkelgrauen Anzug, ein weißes, am Kragen weit geöffnetes Hemd, dazu – locker gebunden – eine blaugestreifte, helle Krawatte. Mit seinen in kräftigem Rot erstrahlenden Backen erinnerte er Braig, wie schon bei dessen Besuch im Kloster Lorch, eher an einen gutmütigen Onkel aus einer Kinderserie im Fernsehen als an den erfahrenen, auf die Interessen seiner Firma bedachten Geschäftsführer eines international tätigen Konzerns.

»Das bedeutet nicht«, fuhr Kober fort, »dass wir diese Bedrohungen auf die leichte Schulter nehmen oder der Polizei nicht vertrauen – aber sämtliche in den Vorjahren Ihren

Kollegen zur Kenntnis gebrachten Attacken konnten nicht aufgeklärt werden, bis auf den einen Versuch. Und das war wirklich ein äußerst plumpes Unterfangen.«

Braig wusste, wovon der Manager sprach, hatte sich detailliert informiert: Zwei junge Männer hatten die Firma nach einem Zeitungsbericht, in der sie als weltweiter Marktführer in Sachen hochtechnologischer Waffensysteme dargestellt worden war, mit der Zusendung einer Briefbombe und der Androhung eines Anschlags auf das Werk erpresst, mehrere Millionen Euro zu zahlen. Bei der genau ausgehandelten Übergabe des Geldes war es der Polizei gelungen, die Täter festzunehmen.

»Die überwiegende Anzahl der Drohungen stammt aus dem Ausland. Arabische, afrikanische, chinesische Banden. Letztes Jahr wurden zwei unserer Repräsentanten in Kinshasa und in Shanghai überfallen, der eine, ein Einheimischer, im Kongo verschleppt. Von ihm haben wir seitdem nichts mehr gehört. Das sind die Schattenseiten einer globalisierten Wirtschaft. Wozu sollen wir das bei der deutschen Polizei anzeigen? Können Sie mir erklären, wie Sie uns im afrikanischen Busch helfen wollen?«

Braig unternahm erst gar nicht den Versuch einer Antwort.

»Wir gehen auf Erpressungsversuche prinzipiell nicht ein«, erklärte Kober. »Jeder Cent, den wir zahlen, schafft neue Begehrlichkeiten. Hat eine Gruppe Erfolg, folgt sofort die nächste. Das spricht sich in Windeseile herum. Dann haben Sie schnell halb Afrika am Hals. Geld können die alle brauchen. Sehr viel sogar. Deshalb lassen wir es sein. Generell.«

»Mit der Konsequenz, dass Mitarbeiter Ihrer Firma darunter leiden müssen. Wie der verschleppte Mann im Kongo.«

»Das tut uns leid. Aber wir wissen keine andere Lösung. Da sind unsere Hände gebunden. Nehmen Sie das Beispiel der Piraten im Meer vor Somalia. Die kapern ein Schiff nach dem anderen. Weshalb? Weil die Reedereien immer wieder zahlen. Das weckt ständig neue Begehrlichkeiten.«

»Wie wollen Sie sonst die Besatzungen der überfallenen Schiffe retten?«

»Ich weiß es nicht«, gab Kober ehrlich zu. »Vielleicht mit mehr internationaler Militärpräsenz? Ich kann Ihnen keine Antwort geben. Aber für unsere Firma haben wir uns entschieden: Auf Erpressungen gehen wir nicht ein. Sonst zahlen wir uns zu Tode. Dann können wir unsere Forschung und Produktion gleich stilllegen.«

»Sie glauben nicht, dass Herr Schmiedle genau deswegen sterben musste? Weil Erpresser sich dafür rächen wollen, dass Sie nicht auf ihre Forderungen eingingen und auch als Warnschuss, das jetzt doch zu tun?«

Der Manager nickte, ließ einen tiefen Seufzer hören. »Ich muss zugeben, dass ich das nicht ausschließen kann. Wir haben es teilweise mit internationalen Verbrecherorganisationen zu tun, wie mir ihre Kollegen schon mehrmals mitgeteilt haben, in den Vorjahren, als wir alle Erpressungsversuche noch zur Anzeige brachten. Terrororganisationen, die an unsere Waffentechnologie wollen. Die sind zu allem fähig, ohne Zweifel.«

»Dann möchte ich Sie bitten, mir alle Drohungen und Erpressungsversuche, überhaupt alles, womit Ihre Firma sonst belästigt wurde, zugänglich zu machen. Wir werden es mit den Erkenntnissen des Bundeskriminalamtes abgleichen, vielleicht stoßen wir schneller auf Hintermänner, als Sie glauben.«

Kober nestelte nervös an seiner Krawatte, band den Knoten enger. »Davon wird Markus aber auch nicht mehr lebendig.«

»Das nicht«, gab Braig zu. »Aber vielleicht verhindern wir auf diese Weise wenigstens weitere Opfer. Sie persönlich fühlen sich nicht bedroht? Ich meine, wenn Herr Schmiedle als führender Manager Ihrer Firma zum Ziel bestimmter Verbrecher wurde, wer könnte dann der Nächste sein?« Er sah, wie sein Gegenüber erbleichte und in seinem Stuhl zusammensackte.

»Daran habe ich bisher noch nicht gedacht«, erklärte der Mann.

»Vielleicht sollten Sie es aber tun«, erwiderte Braig.
Kober sah ihn mit vor Schreck geweiteten Augen an.

25. Kapitel

Zehn Minuten nach Elf am Samstagmorgen war Neundorf zum zweiten Mal in dieser Woche vor dem großzügig bemessenen Anwesen in Ludwigsburg-Hoheneck angelangt. Eine Stunde vorher, sie hatten ihr gemütliches Wochenendfrühstück zu Dritt gerade in Ruhe genossen, war Nathalie Binninger telefonisch bei ihr vorstellig geworden.

»Sie haben mir Ihre Nummer gegeben und mir angeboten, Sie jederzeit anrufen zu dürfen. Ich weiß nicht, ob ich Sie störe ...«

Neundorf hatte die Stimme der Frau überrascht wahrgenommen. Stundenlang war sie in den letzten beiden Tagen damit beschäftigt gewesen, mit Ohmstedt und auch mit Thomas Weiss die Aussage der Frau und deren Konsequenzen zu diskutieren. »Sie stören nicht«, erklärte sie deshalb, »im Gegenteil.«

»Dann ist es gut. Ich möchte Ihnen nur noch einmal versichern, dass ich die Wahrheit gesagt habe. Ich fürchte, Sie glauben mir immer noch nicht.«

»Dass Sie niemand gesehen haben, als Sie den Tankstellenshop verließen.«

»So ist es. Ich habe niemand gesehen. Es tut mir sehr leid, aber ich kann Ihnen nicht helfen. Ich will niemand decken, und ich werde auch nicht bedroht Nicht von Verbrechern und auch sonst von keiner Person. Ich lüge nicht. Wirklich.«

»Und Sie bleiben dabei, dass Sie nicht sofort nach Ihrem Einkauf weggefahren sind, sondern mehrere Minuten in Ihrem Auto saßen. Mehrere Minuten.«

»So war es, ja. Ich kam aus dem Laden, blieb vor der Tür stehen, lief dann zu meinem Wagen und stieg ein. Aber ich fuhr nicht gleich weg. Mir ging ... na, sagen wir mal, zu viel durch den Kopf.«

»Ob Sie wirklich noch einmal in Ihr Haus zurückfahren sollten, nachdem er Sie in dieser Nacht wieder so verprügelt hatte.«

Stundenlang hatte Neundorf in den Tagen zuvor ihrem Partner in den Ohren gelegen und ihm erklärt, dass sie nach Ludwigsburg fahren und die Frau aus den Klauen des Schlägers, mit dem sie liiert war, befreien wolle. Wenn mir der Kerl dabei aber über den Weg läuft, kann ich für nichts garantieren. Ich schlag dem ein paar in die Fresse, dass er alles abbüßt, was er der Frau angetan hat.

Du bleibst hier, hatte Weiss erwidert, das übersteigt deine Kompetenz. Die Frau ist erwachsen, die muss selbst wissen, warum sie bei ihm bleibt und sich das bieten lässt. Vorausgesetzt, es ist wirklich so. Du hast keine Beweise, dass ihre Verletzungen von seinen Schlägen stammen.

Du hältst mich für blöd, wie?, hatte sie gekontert, glaubst du, ich bin blind? Wie lange arbeite ich jetzt in dem Beruf? Meinst du nicht, dass ich langsam ein Auge für das habe, was da wirklich abgeht?

Für Neundorf war die Sache klar. Die Frau in dem schönen geräumigen Haus in Ludwigsburg-Hoheneck war in jener Nacht Opfer ihres eigenen Ehemannes geworden. Wieder einmal, wie schon oft zuvor wahrscheinlich.

»Sie haben recht«, hatte Nathalie Binninger zugegeben. »Genau das ging mir durch den Kopf. Ich habe mir überlegt, ob ich ihn nicht verlassen sollte. Endgültig. An diesem Morgen.«

»Können wir unter vier Augen darüber sprechen?«

»Er ist weg, in der Firma. Ich nehme an, wieder den ganzen Tag. Wenn Sie wollen ...«

Neundorf hatte keine Sekunde gezögert, ihr sofort zugesagt.

Sie musste nicht lange warten, als sie die Glocke von der Gartenpforte aus betätigt hatte. Nathalie Binninger öffnete die Haustür, winkte sie zu sich her. Zwei große Wundpflaster verdeckten ihre linke Wange und die rechte Partie des Kinns. Sie reichte der Kommissarin die Hand, bat sie ins Haus.

Neundorf folgte ihr durch die mit hellen Fliesen ausgelegte Diele in den bekannten großen Wohnraum, nahm in demselben Sessel Platz wie zwei Tage zuvor.

»Darf ich Ihnen etwas anbieten?«, fragte ihre Gastgeberin.

»Ich komme gerade vom Frühstück«. Neundorf zögerte einen Moment, entschied sich dann dafür, die Atmosphäre aufzulockern. »Vielleicht ein Wasser«, fügte sie deshalb hinzu.

Nathalie Binninger nickte, verschwand kurz aus dem Raum, kehrte nicht lange darauf mit einer Karaffe voll Wasser und zwei Gläsern zurück, stellte alles auf dem großen rechteckigen Tisch in der Mitte des Zimmers ab. Sie schenkte beide Gläser etwa dreiviertel voll ein, reichte eines ihrer Besucherin.

Neundorf beugte sich vor, nahm es entgegen, bedankte sich. »Ihr Mann ist unterwegs?«, fragte sie. Sie trank einen Schluck, stellte das Glas auf den Tisch.

Die Frau nickte. »In der Firma, wie immer.«

»Auch am Wochenende?«

»Fast jeden Samstag und Sonntag. Er ist der Geschäftsführer. Über sechshundert Beschäftigte. Da gibt es keine Pausen. Jedenfalls nicht so, wie er es praktiziert. Karriere, Karriere, Karriere.«

»Und wenn er den Stress dann mit Alkohol bekämpft, schlägt er zu«, sagte Neundorf.

Eine kleine, grauweiß getigerte Katze stiefelte ins Zimmer, drückte sich an Nathalie Binningers Beine. »Das ist Rafael«, erklärte sie, strich dem Tier über den Rücken. Der Kater schnurrte laut, wand sich vor Wonne auf dem Boden.

Neundorf bewunderte die Szene vor sich, spürte selbst, wie wenig ihre kritische Bemerkung jetzt passte. Der Kontakt mit dem Tier war wohl einer der wenigen Fluchtpunkte, die Nathalie Binninger im Moment zur Verfügung standen.

»Rafael ist vielleicht der einzige Grund, warum ich am Dienstagmorgen doch noch mal hierher kam. Ohne ihn ...« Sie ließ den Satz unvollendet, musste nichts mehr hinzufügen, um ihre Situation zu verdeutlichen.

»Dann saßen Sie also mehrere Minuten vor der Tankstelle und überlegten, wie Sie sich entscheiden sollten.«
Ihre Gastgeberin schaute kurz zu ihr herüber, nickte, widmete sich dann wieder der Katze.

Stundenlang hatte Neundorf darüber gebrütet, welche Schlussfolgerung der Aussage Nathalie Binningers zu entnehmen war. Wenn die Frau, wie sie nachdrücklich behauptete, nicht weit vom Eingang des Tankstellenshops entfernt geparkt und diesen die ganze Zeit über im Blick hatte, also genau mitbekam, dass in den Minuten nach ihrem Besuch des Ladens niemand zur Tür gelaufen war und diese passiert hatte, dann ...

Entweder die Täter waren schon vorher im Laden und hielten sich in einem Nebenraum oder sonst wo versteckt, so raffiniert jedenfalls, dass es Herbert Wössner, der Verkäufer nicht bemerkt hatte und sie auch nicht in den Blickwinkel der beiden Überwachungskameras geraten waren oder ...

Neundorf war noch einmal zur Tankstelle gefahren und hatte den Shop besichtigt. Kein Nebenraum, nur eine Toilette unweit der Verkaufstheke, deren Vorzimmer zur Aufbewahrung kleiner Warenbestände benutzt wurde. Danach hatte sie sich die Videos noch einmal vor Augen geholt, sich das Geschehen auf dem Bildschirm betrachtet, zuerst die letzten sechzig, dann die letzten einhundertzwanzig, danach sogar noch die letzten einhundertachtzig Minuten vor dem Überfall. Die Eingangstür des Verkaufsraums war ständig im Blickwinkel einer der beiden Kameras, ebenso die Tür zur Toilette. Niemand konnte den Laden oder die Toilette betreten, ohne von ihnen erfasst zu werden. Die Kunden waren gekommen und gegangen, sie hatte genau darauf geachtet, bis ihr plötzlich eine Person aufgefallen war ... .

Um 4.17 Uhr, hundertfünfundfünfzig Minuten vor dem Überfall also, hatte die Frau den Laden betreten, den Kopf nach unten, von den Kameras weg in Richtung Boden gebeugt. Zielstrebig war sie zur Verkaufstheke gelaufen, hatte sich dort kurz an den ausgelegten Schoko-Riegeln zu schaffen gemacht, war dann plötzlich aus dem Bild verschwunden, hinter der Theke abgetaucht, wie Neundorf nach mehrmaligem Wiederholen der Filmsequenz bemerkt hatte. Und dann?

Sie hatte sie nicht mehr gesehen, nicht eine Sekunde während der restlichen hundertfünfundfünfzig Minuten ... .

»Er war total außer sich in der Nacht.«

Neundorf schreckte aus ihren Gedanken, nahm Nathalie Binningers Worte erst nach mehreren Augenblicken Überlegens in ihrer vollen Bedeutung wahr. »Sie wissen den Grund?«

Die Frau ließ von dem Tier ab, nickte. »Er hat sie vor mir auf den Nachttisch geworfen, bevor er auf mich einschlug.«

»Was hat er auf den Nachttisch geworfen?«

Ihre Gastgeberin schob die Katze, die zu ihr aufs Sofa gesprungen war, zur Seite, stand auf, lief aus dem Raum. Der Kater drehte sich um sich selbst, tastete das Polster nach einer besonders weichen Stelle ab, rollte sich dann dort ein. Sein kräftiges Schnurren war durch den ganzen Raum zu hören.

»Hier, das war diesmal der Grund.« Nathalie Binninger streckte Neundorf mehrere Fotos entgegen.

»Diesmal«, wiederholte die Kommissarin. »Es geht schon lange so.«

Ihre Gesprächspartnerin verzichtete auf eine Antwort, nickte nur.

Die Kommissarin betrachtete die Fotos, begriff sofort, worum es sich handelte. Auf allen Bildern dasselbe Motiv, nur in jeweils verschiedenen Variationen. Ein nackter Mann und eine nackte Frau, in eindeutiger Weise miteinander beschäftigt. Der Mann war ihr unbekannt, die Frau ...

Sie stand vor ihr, wartete auf ihren Kommentar.

»Sie sind echt?«, fragte Neundorf.

»Nein«, erwiderte Nathalie Binninger, »das sind Fälschungen. Alle. Komplett.« Sie schaute ihrer Besucherin in die Augen, hielt deren prüfendem Blick stand.

»Fälschungen.« Die Kommissarin spitzte überrascht den Mund.

»So wahr ich hier stehe. Wir haben nie etwas miteinander ...«

»Sie kennen den Mann?«

Nathalie Binninger nickte. »Ein guter Freund. Aber wirklich, ich sage Ihnen die Wahrheit, wir haben nie ...«

»Wo hat Ihr Mann die Fotos her?«

»Ich weiß es nicht. Irgendwann in der Nacht, Sie wissen schon, kurz vor der Sache mit der Tankstelle, kam er damit an. Ich lag längst im Bett. Dann ging es wieder los.«

»Er überfiel Sie mitten im Schlaf.«

»Ich glaube, Mitternacht war längst vorbei. Er schrie auf mich ein, riss das Bettzeug weg, knallte die Fotos vor mir auf den Nachttisch. Ich weiß nicht, wie er zu ihnen kam. Sie sind auf jeden Fall falsch. Irgendjemand hat sie manipuliert.«

»Ihr Mann selbst? Halten Sie ihn dazu imstande?«

»Mein Mann?« Nathalie Binninger ließ sich auf das Sofa unmittelbar neben die Katze fallen. Das Tier schaute überrascht auf. »Sie meinen, er selbst ...?« Sie schüttelte energisch den Kopf. »Aber nein, wieso denn? Er glaubte doch, die seien echt! Was denken Sie, wie oft er mir das in dieser Nacht an den Kopf geworfen hat.«

Neundorf begann zu verstehen. »Dann sollten wir uns darum kümmern. Das ist ein Fall für uns, eindeutig. Da wollte jemand Ihren Mann gegen Sie aufhetzen. Eine dritte Person. Wer könnte das sein?«

Ihre Gastgeberin griff nach dem Wasserglas, nippte vorsichtig daran. »Was glauben Sie, wie oft ich mich das in dieser Woche schon gefragt habe. Die Fotos sind gefälscht. Wer macht so etwas? Warum?«

»Gibt es eine Person, die Sie und Ihren Mann auseinanderbringen will oder sich davon Vorteile verspricht?« Sie warf erneut einen Blick auf die Fotos, konnte nichts daran erkennen, was auf Manipulationen schließen ließ. Wenn sie wirklich gefälscht waren und davon ging sie aus, weil sie der Frau glaubte, dann war es das Werk eines Profis, der sein Handwerk perfekt beherrschte. Sie hörte das Signal ihres Handy, fragte nach dem Mann auf den Bildern. »Wie eng sind Sie mit ihm befreundet? Wirklich gut?« Sie griff nach ihrem Telefon, warf einen Blick aufs Display. Die Nummer des Amtes. Sie musste es annehmen, Gespräch hin oder her.

Nathalie Binninger nickte, hatte plötzlich Tränen in den Augen.

»Er weiß von den Fotos?«, fragte Neundorf. Sie sah, wie ihr Gegenüber mit der Schulter zuckte, wiederholte ihre Frage, hörte nur ein schwach gehauchtes: »Ich habe keine Ahnung. Er ist tot.«

Die Kommissarin entschuldigte sich, nahm das Gespräch an.

»Hier ist Stöhr. Frau Neundorf, ich wollte Ihnen nur mitteilen ... Es ist so ...«

»Ja?«

»Wir haben einen neuen, ähm …«

»Ja, was denn?«

»Es ist so: Einen neuen Überfall.«

»Doch nicht auf eine Tankstelle?«, rief sie mit lauter Stimme. Sie nahm die überraschten Blicke der Frau und der Katze wahr, die zu ihr her starrten und ihr Gespräch scheinbar interessiert verfolgten. Tränen liefen über Nathalie Binningers Wangen.

»Es ist so, jawohl, eine Tankstelle. In Münsingen. Sie wurde überfallen.«

»Wann? Heute Nacht? Wieso erfahre ich dann erst jetzt davon?«

»Nicht heute Nacht. Vor wenigen Minuten. 11.22 Uhr, melden die Kollegen.«

»In Münsingen? Auf der Alb?«

»Hm, ja«, bestätigte Kriminalmeister Stöhr, »zwei männliche Täter. Die Kollegen sind hinter ihnen her.«

»Wir wissen, wo sich die Täter aufhalten?«

»Bei Gomadingen. Es ist so, zwei unserer Fahrzeuge sind anscheinend direkt hinter ihnen, ein Hubschrauber ist angefordert, und von der Gegenrichtung kommt ebenfalls ein Streifenwagen auf sie zu.«

Neundorf spürte ihre aufkommende Anspannung. »Das heißt, es sieht so aus, als hätten wir dieses Mal Glück?«

»Es ist so, ähm«, der Kollege schien ebenfalls außer Atem, »die Täter haben Gomadingen wohl verlassen, was ich da gerade höre und rasen jetzt auf Lichtenstein zu. Und«, er hustete, fing sich erst nach mehreren Sekunden wieder, »der Zugriff steht anscheinend unmittelbar bevor.«

26. Kapitel

Annika Jung hatte sich schon seit Tagen auf dieses Wochenende gefreut.

»Wie wär´s mit einem Trip am Samstag zum Märchenschloss Lichtenstein?«

Michael Napf hatte seiner SMS ein angesichts der vielen grünen Bäume am Hang unter den Felsen offensichtlich im Sommer aufgenommenes Bild folgen lassen, das den grazilen Bau des kleinen Schlosses hoch über dem Steilabfall der Schwäbischen Alb in all seiner pittoresken Schönheit voll zur Geltung kommen ließ.

Annika Jung war von der Idee ihres Freundes auf Anhieb begeistert. Sie hatte das anmutige Gebäude zwar schon oft auf Fotos bewundert, noch nie jedoch die Gelegenheit gefunden, es im Original zu erleben.

»Es handelt sich übrigens um eine All-Inclusive-Tour: Fahrt, Schlossbesichtigung, Mittagessen und Kaffee – alles inbegriffen«, hatte er ihr dann erklärt, »du bist herzlich eingeladen.«

Sie hatte geglaubt, nicht richtig zu hören. »Was ist los mit dir? Hast du im Lotto gewonnen?«

Als Zivildienstleistender war Michael Napf nicht gerade mit Reichtum gesegnet. Zwar verdiente er sich mit gelegentlichen Computertüfteleien für ein Schwäbisch Gmünder und seit kurzem auch zwei Stuttgarter Grafikbüros teilweise erkleckliche Summen hinzu, war insgesamt jedoch dennoch zu einem bescheidenen Lebensstil gezwungen. Und was seine Freundin anbetraf – als Schülerin der 12. Klasse des Parler-Gymnasiums in Schwäbisch Gmünd war sie trotz regelmäßiger Tätigkeit in einem Supermarkt der Stadt und allmonatlichen Taschengeld-Zuwendungen durch die Eltern und

Großeltern nicht gerade zu großen Sprüngen fähig. Das großzügige Angebot Napfs ließ den Samstag deshalb in einem umso erfreulicheren Licht erscheinen.

»Kein Lottogewinn«, hatte er erwidert, »nur die freundliche Zuwendung eines Bewunderers meiner Computerkünste. Ein blanker Hunderter extra.«

Annika Jung wusste um die besondere Begabung und außergewöhnliche Kreativität ihres Freundes, was virtuelle Bearbeitung von Texten und Grafiken anbetraf. Dass sich einer seiner Auftraggeber da besonders dankbar und erkenntlich gezeigt hatte, wunderte sie deshalb nicht.

Sie hatten die Nacht auf den Samstag gemeinsam bei ihm verbracht, waren in den Zug nach Stuttgart und weiter nach Reutlingen gestiegen, dort dann in den unweit des Bahnhofs startenden Linienbus Richtung Engstingen gewechselt. »Wir benötigen nur eine einzige Fahrkarte«, hatte er ihr erklärt, »mit dem Baden-Württemberg-Ticket sind alle Bus- und Bahnfahrten frei. Und das hat er mir extra noch geschenkt.«

»Wir fahren direkt bis zum Schloss?«

»Ich finde es schöner, unten in Honau oder in Traifelberg auszusteigen und dann langsam auf es zuzuwandern. Wenn du einverstanden bist?«

Sie hatte sich seinem Vorschlag angeschlossen, genoss die Aussicht von dem schmalen Höhenweg auf das lang gestreckte Echaztal. Die Häuser und Gewerbeansiedlungen Honaus, Unterhausens, Pfullingens bis hin zu den Ausläufern Reutlingens waren zu erkennen, eng eingezwängt zwischen die links und rechts schroff ansteigenden bewaldeten Felsriegel der Schwäbischen Alb. Und dann, kurz nach elf Uhr an diesem Samstagmorgen waren sie am Rand der Albhochfläche angelangt, dort, wo ein einzigartig pittoreskes Gebäude auf einem über zweihundertfünfzig Meter senkrecht ins Tal abfallenden Felsen in den Himmel ragte: Der grazile, allem Anschein nach einem romantischen Märchen entlehnte Bau des Schlösschens Lichtenstein – so atemberaubend über dem Steilabfall der Alb gelegen, dass sich Annika Jung nach dem Betreten des Schlosshofes ruhig, wie die wenigen anderen Besucher, ohne jeden Kommentar der Betrachtung dieses Spielzeug-ähnlichen Wunderwerkes hingab.

Wie das Nest eines Vogels auf die höchsten Wipfel einer Eiche oder auf die kühnsten Zinnen eines Turmes gebaut, hing das Schlösschen auf dem Felsen ... Und wenn ihm die vielen hellen Fenster des oberen Stockes ein freies, luftiges Ansehen verliehen, so zeigten doch die ungeheuren Grundmauern und Strebepfeiler, die mit dem Felsen verwachsen schienen und durch Zeit und Ungewitter beinahe dieselbe braungraue Farbe wie die Steinmasse, worauf sie ruhten, angenommen hatten, dass es auf festem Grund wurzle ...

So hatte sich der junge romantische Dichter Wilhelm Hauff, dem gerade einmal fünfunfzwanzig Lebensjahre geschenkt waren (1802-1827), das Bauwerk ausgedacht und in seinem 1826 erschienen Roman Lichtenstein niedergeschrieben. Und wo sich sonst Erzählungen und Bücher um auffällige Gebäude, Kirchen, Burgen, Schlösser ranken, um deren Entstehung und Bedeutung literarisch zu verewigen und mit viel Phantasie mit der Geschichte der dort seit Jahrhunderten ansässigen, liebenden, hassenden und mordenden Menschen zu verflechten, so kehrte sich hier, in der Gestalt dieses so unnachahmlich in die Natur eingepassten und so viel Charme ausstrahlenden Bauwerks der gewohnte Ablauf der Dinge um: Was des jungen schwäbischen Dichters Phantasie entsprungen war, wurde 1840 bis 1842 lange nach dessen frühem Tod mithilfe der Pläne des Architekten Heideloff im Auftrag des Herzogs Wilhelm von Urach, Graf von Württemberg, dem Cousin des württembergischen Königs Wilhelm I., dem wohl begeistertsten Leser Wilhelm Hauffs, in Stein gemeißelt als mittelalterliche deutsche Ritterburg erstellt.

Schon im 12. Jahrhundert war auf dem exponiert über dem Steilabfall gelegenen Felsen, der heute das Wunderwerk beherbergt, von den Grafen von Gammertingen-Achalm eine Burg errichtet worden, fünfzig Jahre später auf dem benachbarten Felsvorsprung, heute Alt-Lichtenstein benannt, ein weiteres Festungsbauwerk. Beide Burgen wurden schon im 14. Jahrhundert in den Auseinandersetzungen zwischen den Württembergern, mit denen sich die Ritter von Lichtenstein verbündet hatten, und der freien und stolzen Reichsstadt Reutlingen zerstört. Den Württembergern übergeben, wurde auf dem Gelände des heutigen Schlosses die Burg bald wieder aufgebaut, über viele Jahrhunderte hinweg jedoch nur von Förstern und Waldarbeitern bewohnt. 1802 ließ der erste württembergische König, Friedrich I., an derselben Stelle ein kleines Jagdhaus bauen, das jedoch kaum Beachtung fand. Erst Wilhelm Hauffs Roman, in dem der junge Dichter den am Anfang des 16. Jahrhunderts regierenden und wegen seiner Untaten, unter anderem des Mordes an einem seiner engsten Freunde zeitweise des Landes verwiesenen Herzog Ulrich von Württemberg (1498-1550) ähnlich dem Strickmuster moderner Fernsehseifenopern in eine märchenhafte, zu unrecht verfolgte Figur verwandelt, die von ihren treuesten Freunden immer wieder Hilfe erfährt, gab den Impuls, dem Dichter folgend, das heute noch existierende, am Ende des 20. Jahrhunderts frisch restaurierte Schlösschen neu zu errichten.

Unter den Felsen von Lichtenstein, wohl dreihundert Klafter tief, breitet sich ein liebliches Tal aus, begrenzt von waldigen Höhen, durchschnitten von einem eilenden Waldbach, drei Dörfer liegen freundlich in der Tiefe; dem Auge, das in dieses Tal hinab sieht, ist es, als schaue es aus dem Himmel auf die Erde.

Die einzigartige Atmosphäre des so unnachahmlich in die natürliche Umgebung eingebetteten architektonischen Wunderwerks hatte Annika Jung so in ihren Bann gezogen, dass sie die aus dem Tal immer lauter anschwellenden Geräusche mit irrsinnigem Tempo die Straße entlangrasender Fahrzeuge wie das unmittelbar darauf einsetzende Heulen mehrerer Polizeisirenen erst bemerkte, als die wenigen Besucher des Schlosshofes längst voller Neugier auf den kleinen, exponiert über dem Steilabfall gelegenen Aussichtskanzeln Stellung bezogen hatten, um das Geschehen mit eigenen Augen zu verfolgen. Sie schaute sich um, suchte das hügelige Gelände mit ihren Augen ab, konnte ihren Freund nirgends entdecken. Der steht längst irgendwo am Geländer, überlegte sie, und starrt in die Tiefe, um zu erkunden, woher der Lärm kommt. Sie hörte das schrille Kreischen von Bremsen, dann einen irrsinnig lauten Knall, als sei ein Gastank explodiert, erneutes Quietschen, und noch einen heftigen dumpfen Schlag.

»Die sind aus der Kurve geflogen«, rief ein Mann, unverhohlene Begeisterung in der Stimme, »und dann voll gegen einen Baum. Wahnsinn!«

Sie eilte zum nächst gelegenen Aussichtspunkt, sah das wilde Gestikulieren eines dicken, mit einer Kamera bewaffneten Touristen, hörte sein aufgeregtes: »Die sind garantiert hinüber. Bei dem Affentempo haben die keine Chance.« Er griff nach seiner Kamera, richtete sie in die Tiefe, schwenkte sie hin und her, fotografierte ein Bild nach dem anderen. »Warum habe ich das nicht von Anfang an verfolgt«, keuchte er, von Jagdfieber ergriffen, »mein Gott, warum habe ich das versiebt? Das hätte Millionen bringen können.«

Besonders viel war nicht zu erkennen, dachte sie, insgeheim etwas enttäuscht, mehrere quer über die Fahrbahn gestellte Polizeifahrzeuge mit blinkenden Sirenen, ein am

Abhang unterhalb einer engen Serpentine zwischen zwei Bäume katapultiertes, auf dem Dach liegendes Auto, mehrere auf und neben der Fahrbahn hin- und herwuselnde Personen, einige davon deutlich sichtbar in Uniform. Sie sah die Umrisse eines menschlichen Körpers unweit des verunglückten Autos, beobachtete, wie sich zwei Polizeibeamte daran zu schaffen machten. Im selben Moment hörte sie den markerschütternden Schrei wenige Meter von sich entfernt. Sie fühlte sich wie aus heiterem Himmel von einem Blitz getroffen, wandte sich um, starrte in die Richtung, aus der er kam. Die kleine Aussichtskanzel, etwas erhöht, zwölf, fünfzehn Meter von ihr entfernt. Michael Napf mit seinem langen blonden Pferdeschwanz, kopfüber vor der Brüstung hängend, von einer in eine Winterjacke samt Kapuze gehüllten Gestalt an den Beinen gepackt und über das eiserne Geländer ...

Annika Jung versuchte zu schreien, ihrem fassungslosen, vor Schreck erstarrten Körper einen schrillen Hilferuf zu entlocken, brachte nur ein seltsam-heiseres Krächzen zustande. Ohnmächtig verfolgte sie, wie die kräftige Gestalt den jungen, verzweifelt schreienden und mit seinen Armen durch die Luft rudernden Mann vollends über das Geländer drückte, dann, bei schon fast vollständig verrichteter Tat vom Schuh des bereits abhebenden Opfers getroffen und für den Augenblick weniger Sekunden seiner Kapuze beraubt wurde. Die unbekannte Bestie warf ihren Kopf im Reflex zur Seite, blickte kurz in ihre Richtung, warf dann die Arme hoch und hüllte ihr Gesicht wieder in die Kapuze. Für den Bruchteil eines Moments hatte sie das Gesicht des Mannes erblickt, die Erregung, den Hass wahrgenommen, der sich seiner bemächtigt hatte. Dann, ungläubig in die Tiefe starrend, wo ein verzweifelt mit Armen und Beinen durch die Luft rudernder Mensch seinem abrupt bevorstehenden Ende entgegenstürzte, brach Annika Jung am Rand der kleinen Aussichtsplattform zusammen und sackte dem unablässig auf seinen Auslöser drückenden Fotografen in die Arme.

27. Kapitel

Als Neundorf und Ohmstedt endlich an Ort und Stelle angelangt waren, war längst alles vorbei.

»Wir haben sie, beide«, hatten sie unterwegs telefonisch bereits von den Kollegen der Schutzpolizei erfahren, »der eine ist tot, der andere bewusstlos. Wenn ich den Notarzt richtig verstanden habe, hat auch der Zweite keine großen Chancen. Sie haben uns wohl im Rückspiegel wahrgenommen, sind wie die Wahnsinnigen von Traifelberg in die Serpentinen. Kurz vor Honau hat es sie dann erwischt. Raus aus der Kurve, voll an einen Baum. Den einen schleuderte es auf den Abhang, für den anderen war die Windschutzscheibe Endstation. Beide waren nicht angeschnallt.«

»Und es handelt sich definitiv um die Männer, die kurz vorher die Tankstelle in Münsingen überfallen haben?«

»Wie Sie sagen, definitiv. Wir haben das Geld und die Pistole im Auto entdeckt. Der Spurensicherung wegen aber noch nichts angerührt.«

»Eine Pistole? Das ist hervorragend. Dann können wir den Vergleich zu den anderen Überfällen erstellen. Wie steht es mit der Identität der Männer?«

»Wir haben ihre Papiere. Sie trugen sie in ihren Jacken. Falls sie nicht gefälscht sind. Vom Aussehen her ist es nicht zu beurteilen. Da gibt es nicht mehr viel zu vergleichen. Keine Gesichter mehr. Nur noch eine unförmige Masse. Aber das kennen Sie ja aus Erfahrung.«

»So ist es. Kann ich bitte die Namen erfahren?«

Der Kollege hatte sie ihr postwendend genannt, dazu die Anschrift, unter der beide gemeldet waren. »Sie heißen Dimitar Mladoff und Ronny Völk und wohnen in Waiblingen im Ameisenbühl.«

Sie hatte aufgeschrien, als sie die Adresse gehört hatte, sehr zur Verwunderung ihres Gesprächspartners, der sich extra noch einmal vergewissert hatte, ob er etwas falsch formuliert oder sie etwas nicht richtig verstanden hatte.

»Nein, nein«, hatte sie ihn beruhigt, »das ist es nicht, was mich vom Stuhl haut. Es geht um einen ganz anderen Sachverhalt. Das Leben spielt manchmal doch wirklich sehr seltsam. Seit mehr als sechs Monaten bin ich hinter den Typen her. Eine Tankstelle nach der anderen, und wir kamen die ganze Zeit fast keinen Schritt vorwärts. Und wissen Sie, wo die Typen wohnen, sofern es sich wirklich um die von uns gesuchten Serientäter handelt? In Waiblingen im Ameisenbühl, zwei Hausnummern neben mir.«

»Na ja, darüber brauchen Sie sich jetzt nicht mehr aufregen. Die sind schachmatt, wie es aussieht, endgültig. Ohne dass es jemand auf diese Tour wollte.«

»Sie sorgen dafür, dass der Verletzte auf schnellstem Weg ins Krankenhaus kommt?«

»Der ist schon unterwegs nach Reutlingen.«

»Dann haben wir wenigstens da etwas Glück. Uns erwartet wohl nicht mehr allzu viel Arbeit.«

Der Mann am Telefon hatte ein heiseres Lachen hören lassen. »Ich fürchte, Sie täuschen sich. Es gibt ein weiteres Delikt. Ein Sturz in den Abgrund. Von einer Aussichtskanzel des Schlosses Lichtenstein. Wir haben eine Augenzeugin. Sie behauptet, es war Mord. Sie will den Täter gesehen haben. Ihr Wochenende, Frau Hauptkommissarin, ist wohl gelaufen. Nichts für ungut.«

Sich mit Annika Jung eingehender über das schreckliche Geschehen zu unterhalten war angesichts ihres traumatisierten Zustandes nach einem ausdrücklichen Verbot des Arztes an diesem Tag nicht mehr möglich. Der Mediziner hatte die apathisch auf einer Bank des Schlosshofes vor sich hin dämmernde und immer nur den einen Satz: »Der mit der Kapuze hat Micha über das Geländer gedrückt«, vor sich hin stammelnde junge Frau mit Medikamenten versorgt und in einem Nebenraum des in unmittelbarer Nachbarschaft gelegenen Gasthofes auf ein Sofa gebettet, wo sie am Nachmittag von ihren Eltern abgeholt und nach Hause nach Spraitbach, einem kleinen Dorf bei Schwäbisch Gmünd, gebracht worden war.

Neundorf, die Ohmstedt die Klärung des Tankstellenüberfalls überlassen hatte, war es zwar geglückt, zwei Frauen und einen Mann, die sich zur Tatzeit im Schlosshof aufgehalten und freundlicherweise bis zu ihrem Eintreffen dort gewartet hatten, auf ihre Beobachtungen hin zu befragen, doch war es ihr nicht gelungen, den drei zu einem Wochenendausflug nach Lichtenstein und auf die Reutlinger Alb aufgebrochenen Mitgliedern des Schwäbischen-Alb-Vereins mehr zu entlocken als die dreifach übereinstimmende Aussage, dass sie mitten in ihrer Beobachtung des Unfallgeschehens auf der Honauer Steige plötzlich durch laute Schreie wenige Meter von ihnen entfernt aufgeschreckt worden waren und im selben Moment einen wild durch die Luft rudernden menschlichen Körper in den Abgrund hatten stürzen sehen.

»I han denkt, i seh net recht, des ka doch net wohr sei!«

Auffällige Personen im Schlosshof selbst?

»I han oin wegrenne sehe, schnell wie der Deifel ond in a Kapuze ghüllt. Beschreibe ka i den net, i han den ja nur vo hinte gsehe. I hätt doch net denkt, dass der zu so was fähig wär. Net amol do obe in Lichtestoi ischd ma vor sottiche Verbrecher mehr sicher.«

Auch die Dame an der Kasse, die die Eintrittskarten in den Schlosshof verkaufte, hatte sich nicht mehr an die einzelnen Besucher erinnern können, mit Ausnahme eines großen, gut aussehenden jungen Mannes mit langen blonden, zu einem Pferdeschwanz gebundenen Haaren, der in der Begleitung der jungen, aufgrund des Verbrechens zusammengebrochenen Frau gekommen war. »Und ausgerechnet der wurde ermordet, wie ich jetzt erfahren habe.«

Elf Personen hatten an diesem Morgen eine Eintrittskarte erworben; zog man Annika Jung, ihren ermordeten Freund samt dem Täter sowie die drei bereits befragten Alb-Vereins-Mitglieder davon ab, gab es also weitere fünf Menschen, die als potenzielle Zeugen des Verbrechens eventuell Hinweise auf den Mörder liefern konnten. Neundorf hatte beschlossen, die Presse um Mitarbeit bei der Suche nach diesen Personen zu bitten.

Gleich im Anschluss an ihre Befragung hatten die Spurensicherer ihre Arbeit aufgenommen, in erster Linie darum bemüht, Profile von Schuhen sowie Partikel von Stofffasern in dem Bereich aufzuspüren, in dem sich der Täter nach den Vermutungen der drei Zeugen aufgehalten haben musste. Andere Hinweise auf den flüchtigen Mörder, ob mit oder ohne Kapuze, waren nirgends zu erhalten, weder auf dem nahen Parkplatz noch sonst wo in der Umgebung. Neundorfs Hoffnung, doch noch eine genauere Beschreibung des Mannes zu erhalten, fokussierte sich bald auf die Aussage der jungen Frau.

Dass es sich bei dem von der Aussichtskanzel gestürzten jungen Mann, dessen völlig entstellte Leiche etwa hundertzwanzig Meter unterhalb des Felsens an einem nur sehr schwer zugänglichen Waldhang entdeckt worden war, um Michael Napf handelte, der einundzwanzig Jahre jung war, aus Aalen stammte und zur Zeit seinen Zivildienst in einem Seniorenheim leistete, hatten sie den bei seinen Überresten entdeckten Papieren entnommen. Dem Ausweisfoto nach zu urteilen, war Napf ein auffallend gut aussehender Mann mit langen blonden Haaren gewesen.

»Was ist mit seinem Handy?«, hatte sich Neundorf bei Helmut Hutzenlaub, mit dem zusammen sie sich an die von einem örtlichen Kollegen gesicherte Leiche herangekämpft hatte, erkundigt. Handys waren seit Jahren die beliebtesten Objekte der Ermittler, auf einfachstem Weg an die nächsten Angehörigen eines Verstorbenen zu gelangen.

Die Antwort des Spurensicherers war anders ausgefallen, als sie es sich gewünscht hatte. »Kaputt. Das Ding hat den Geist genauso aufgegeben wie sein Besitzer. Damit kannst du nichts mehr anfangen.«

Der ebenso traurigen wie lästigen Verpflichtung wegen, die Verwandten des Ermordeten zu verständigen, hatte sie sich kurz nach 16 Uhr bei den Eltern Annika Jungs nach den familiären Verhältnissen des Begleiters oder Freundes ihrer Tochter erkundigt.

»Wir haben Michaels Eltern angerufen und ihnen alles erzählt. Sie konnten es zuerst nicht glauben. Bitte lassen Sie sie heute in Ruhe. Sie wollten sofort zu Michael, aber ich habe sie angefleht, es nicht zu tun. Veranlassen Sie bitte Ihre Kollegen, dass sie sie heute nicht mehr aufsuchen. Die können niemand mehr sehen. Morgen Nachmittag wollen wir uns treffen. Hier bei uns. Wenn Sie mit ihnen sprechen wollen, kommen Sie am besten ebenfalls bei uns vorbei. Vielleicht geht es Annika bis dahin etwas besser. Wir haben unseren Hausarzt verständigt, er ist sofort gekommen und hat ihr noch mal Tropfen zur Beruhigung verabreicht. Sie soll bis morgen Mittag durchschlafen, meinte er. Nach so einem Erlebnis sei das die einzige Chance, nicht durchzudrehen. Rufen Sie bitte morgen Mittag bei uns an, dann sehen wir weiter. Es geht nicht anders.«

Neundorf, die sehnlichst auf einen Gesprächstermin mit Annika Jung gehofft hatte, seufzte, erklärte sich aber zwangsweise einverstanden. Die Frau hatte recht: Sie mussten sich in Geduld üben, was die Beobachtung ihrer Tochter anbelangte. Wer einen solchen Alptraum hatte miterleben müssen, dessen seelische Verfassung hing am seidenen Faden. Diesen Anblick jemals wieder vergessen, in ein normales Leben zurückfinden zu können, war ein Geschenk. Ein Geschenk, das jetzt durch unbedachte Beanspruchung schnell unmöglich gemacht werden konnte.

28. Kapitel

Braig hatte selten eine dermaßen aufgetakelte Frau zu Gesicht bekommen. Ein wahres Gebirge grell blondierter, rings um den Kopf hoch aufgetürmter Locken, eimerweise aufgetragenes Make-up, ergänzt von nicht weniger reichhaltig verwendetem Eyeliner und Lippenstift. Das golden glänzende Kleid legte demonstrativ weite Teile des üppigen Busens frei, endete dafür erst wenige Millimeter über dem Boden.

»Weihnachten steht vor der Tür. Der Rauschgoldengel präsentiert seinen frisch hergerichteten Silikonbusen. Und das im März.« Dr. Genkingers Worte hallten laut durch die Nacht, Sekunden bevor die Frau die Glastür zur Seite schob. Eine helle Außenleuchte flammte auf, tauchte sie in grelles Licht. Die Frau riss in einer theatralischen Geste die Arme weit auseinander, aalte sich in den staunenden Blicken ihrer Besucher.

»Je später der Abend, desto netter die Gäste«, flötete sie laut.

»Netter nicht unbedingt, aber hungriger und durstiger«, konterte der Veterinär.

»Huch, Sie sind mir aber einer!« Isis Bopfinger nahm das reichhaltig in Geschenkpapier und farbige Zierbänder gehüllte Paket entgegen, das der Tierarzt ihr reichte, betrachtete es mit neugierigen Blicken. »Aber was haben Sie denn da wieder mitgebracht, Herr Doktor. Das wäre doch nicht nötig!«

Dr. Genkinger senkte seinen Kopf zu einer tiefen Verbeugung, küsste der Frau die Hand. »Nur eine Kleinigkeit, eine winzige Aufmerksamkeit. Für den eigentlichen Herrn«, er betonte das Wort, provozierte damit ein lautes Lachen seiner

Gesprächspartnerin, »des Hauses.«

Isis Bopfinger gluckste wie ein leicht alkoholisierter Teenie, tastete mit aufgeregter Miene das Paket ab. »Für unseren Caruso, oh, der wird sich freuen, wo ist er denn, Caruuuuuuusooo«, sie schmetterte den Namen wie den Höhepunkt einer Opernarie in die nächtlich ruhige Umgebung, verstummte erst wieder, als ein kräftiges Bellen aus dem Haus zu vernehmen war, »oh, was wird das wieder sein, Herr Doktor, ich kenne Sie!«

Ein dicker weißer Pudel schob sich bellend zu ihr her, drückte sich an ihre Beine. »Caruuusoooo, das ist für dich!«, flötete sie.

»Meine beiden Begleiter haben es gemeinsam mit mir ausgesucht«, erklärte der Veterinär, auf Braig und Ann-Katrin Räuber deutend, die die Szene amüsiert verfolgten.

Isis Bopfinger stellte das Paket auf einem Schemel ab, wandte sich Dr. Genkingers Begleitern zu. »Oh, das freut mich sehr, dass Sie unser Haus mit Ihrem Besuch beehren, sehr geehrte Frau Kriminalrat. Ja, ich kenne Ihre Stellung, nur nicht so bescheiden, der Herr Doktor hat mir alles verraten«, wehrte sie Ann-Katrins vorsichtig ablehnendes Gestikulieren ab, »und wie geht es den Drillingen?«

Ann-Katrin Räuber sah Dr. Genkingers verschmitztes Augenzwinkern, zwang sich, die Komödie mitzuspielen. »Den Umständen entsprechend. Einen Tag geht es gut, mir jedenfalls, dann wieder weniger. Vielen Dank für die Nachfrage.«

»Oh, das ist doch selbstverständlich. Und Sie sind tatsächlich schon im achten Monat?«

Ann-Katrin Räuber bejahte, ließ die bewundernden Worte der Frau über sich ergehen.

»Und das also ist unser neuer Abteilungspräsident im Landeskriminalamt«, wandte sich Isis Bopfinger Braig zu. »Welche Ehre für unser Haus. Da brauchen wir heute Abend ja keine Angst vor Verbrechern zu haben«, kicherte sie, »gleich zwei so hohe Hüter des Gesetzes in unseren Räumen.«

»Deshalb sind wir leider so spät«, erklärte der Tierarzt, »liebe Frau Bopfinger, Sie müssen entschuldigen, aber der Herr Abteilungspräsident musste sich heute Abend noch persönlich um eine schlimme Sache kümmern. Mord, verstehen Sie, Mord.«

Die Frau verharrte mitten in ihrer Bewegung. »Mord«, hauchte sie, »darum müssen Sie sich persönlich kümmern?«

»Fast jeden Tag«, antwortete Dr. Genkinger, bevor Braig zu Wort kommen konnte, »Sie glauben gar nicht, was bei uns los ist. Heute Abend war mein Begleiter noch in einer üblen Schießerei.« Er senkte seine Stimme, beugte sich zu ihr nieder, flüsterte ihr die nächsten Worte in verschwörerischem Ton ins Ohr. »Russische Mafia, wie er mir vorhin anvertraut hat, höchstwahrscheinlich russische Mafia im Krieg gegen die italienische Camorra. In Stuttgart. Aber das muss unter uns bleiben, ich habe es ihm versprochen. Hoch und heilig.«
»Russische Mafia?« Ihre Gastgeberin schlotterte an allen Gliedern. »Hier bei uns? Um Gottes Willen!« Sie rang um Luft, fand keine Kraft für weitere Worte.

Wenige Minuten vor 21 Uhr hatten Braig und Ann-Katrin Räuber – wie abgesprochen – an der Wohnungstür ihres Vermieters geklopft, bereit, das Haus zu verlassen. Dr. Genkinger, auffällig bunt mit einem samtrot-royalblau gestreiften Fleecehemd, einer schwarzen Jeans und einem ockerfarbenen Jackett sowie einer weißen Fliege bekleidet, hatte sie in die Wohnung gebeten und mit Apfel- und Kirschsaft sowie kleinen Mohn- und Sesambrötchen bewirtet. Er hatte von seinen neuesten Patienten erzählt, ihr oftmals verblüffend menschenähnliches Verhalten erwähnt.

»Was ist mit der Einladung? Fällt sie aus?«, hatte Braig

nach einer Weile angeregten Plauderns verwirrt gefragt.

»Ach so, die.« Dr. Genkingers Antwort war mit spitzbübisch grinsender Miene erfolgt. »Wieso soll sie ausfallen? Im Gegenteil! Je später wir kommen, desto interessanter die Gespräche.« Er hatte auf seine Uhr geblickt, Braig freundlich auf die Schulter geklopft. »Kurz vor Zehn. Das ist noch zu früh. Vor Elf macht es keinen Sinn, das sage ich Ihnen aus Erfahrung. So ab Elf ...« Er hatte mit beiden Augen gezwinkert, auf eine Schnapsflasche gedeutet, die auf dem Tisch stand. »Der Alkohol löst die Zungen. So ab Elf etwa, da wird es interessant. Mit steigendem Pegel dieses Zauberwässerchens gewähren auch die feineren Damen und Herren oft überraschende Einblicke in ihren wahren Kern. Das kann interessant sein! Sie glauben mir nicht?« Er hatte Braigs skeptischen Blick erhascht, ihn um Geduld gebeten. »Warten Sie bitte ab. Morgen oder in ein paar Tagen unterhalten wir uns dann wieder. Über so manchen illustren Gast, den Sie bisher nur in der Zeitung gesehen haben. Wenn Sie den mit vom Alkohol gelöster Zunge bei der Pool-Einweihungs-Party kennenlernen, sehen Sie ihn in Zukunft mit ganz anderen Augen, wetten?«

Er hatte ihnen von einer seiner unzähligen Tier-Expeditionen während seiner Zeit in Südafrika berichtet, damit spielend die Zeit überbrückt, bis er endlich kurz vor 23 Uhr bereit war, das Haus zu verlassen.

»Und was schleppen wir in diesem Paket mit uns?«, hatte Braig gefragt, nachdem er sich erboten hatte, den üppig verpackten Karton unter den Arm zu nehmen.

»Unser gemeinsames Geschenk.«

»Unser gemeinsames?«

»Ja, natürlich, die Bopfingers sind steinreich. Es gibt nichts, was die sich nicht leisten können. Aber dennoch: Eine Kleinigkeit erwarten die trotzdem. Und mehr ist es nicht. Irgendein Schrott aus China. Lassen Sie sich überraschen. Sie werden es sehen.«

»Oh, persönlich mit Mord und solchen Dingen haben Sie zu tun«, Isis Bopfinger war nach wie vor sichtlich beeindruckt, »da müssen Sie uns und unseren Gästen aber von Ihren Ermittlungen berichten. Mit Dieben und Mördern hat man es ja nicht alle Tage zu tun. Zumindest nicht in unseren Kreisen.« Ihr Flötenspiel endete in schrillem Lachen. Sie bückte sich, streichelte den Pudel, der aufgeregt an den Beinen der Neuankömmlinge schnupperte. »Aber jetzt kommen Sie doch erst mal rein und bedienen Sie sich an unserem Büfett.« Sie sahen das Winken Dr. Genkingers, folgten ihm durch die mit unzähligen frischen Blumensträußen dekorierte Saalähnliche Diele. Hier hätte unsere gesamte Wohnung Platz, überlegte Braig. Der Boden war mit weißen Fliesen ausgelegt, ein überdimensionierter Kleiderständer und ein wuchtiger Bauernschrank das einzige Mobiliar.

Sie folgten ihrer Gastgeberin durch eine offene Tür in einen riesigen, von unzähligen festlich gekleideten und eifrig miteinander palavernden Menschen gefüllten Raum, sahen sich einem trotz der späten Stunde immer noch reichhaltig ausgestatteten Angebot an Fisch-, Fleisch-, Käse- und Obsthäppchen gegenüber, die fast der gesamten Wand entlang auf einer nicht enden wollenden Gruppe von Tischen aufgereiht waren, flankiert von einem meterlangen Sammelsurium aller möglichen Getränke. Zwei junge, in ultrakurze Röckchen und den Hauch weißer Schürzen gekleidete Frauen wuselten umher, boten mit freundlicher Miene Cocktails, Weine, Champagner feil.

Braig ließ sich einen mit Campari angereicherten Orangensaft reichen, hörte die Stimme Isis Bopfingers neben sich. Die Frau war dabei, das Geschenk des Tierarztes unter der tätigen Mithilfe des Pudels, der nach den Schmuckbändern schnappte und an ihnen zerrte, auszupacken. »Also, letztes Jahr bei der Einweihung unseres Wintergartens waren Sie auch so spät dran, lieber Doktor, wissen Sie das noch?« Sie schälte den Karton aus seiner äußeren Geschenkpapierhülle, erhob schelmisch den Zeigefinger.

»Ich glaube, das haben Sie falsch in Erinnerung«, versuchte Dr. Genkinger gegen den allgemeinen Lärmpegel anzukämpfen, wurde aber von ihrer Gastgeberin unterbrochen.

»Doch, doch, doch, das weiß ich noch genau!«, beharrte sie. »Sie mussten an dem Abend noch in die Wilhelma, einen Affen operieren. Einen Stent legen wie bei uns Menschen, erinnern Sie sich noch?«

»Ja, natürlich erinnere ich mich noch. Das musste ich jetzt schon bei zwei Schimpansen tun. Und die eine Operation war ausgerechnet an diesem Abend?«

Braig sah das Augenzwinkern des Veterinärs, der sich von Isis Bopfinger ab- und dem Büfett zu gewandt hatte und nach einem Fischbrötchen griff, überlegte, dass es sich bei der angeblichen Affenoperation wohl nur um eine Mär handelte, die dazu hatte herhalten müssen, sein spätes Erscheinen ...

Das laute Bellen des Pudels riss ihn aus seinen Gedanken. Er schaute zur Seite, sah Isis Bopfinger über der verblüffend echt wirkenden lebensgroßen Attrappe eines weißen Pudels knien, die dem Geschenkpaket des Tierarztes entfleucht war und mit wackligen Beinen durch den Raum stolperte. Die Frau gab mit schrillen Rufen ihre Begeisterung kund, versuchte, ihren Vierbeiner zu beruhigen, der mit immer heftigerem Gebell um das Imitat hin- und herwuselte. Die Mehrzahl der Gespräche der vorher noch eifrig parlierenden Gäste war innerhalb kürzester Zeit verstummt, fast alle konzentrierten ihre Aufmerksamkeit auf das aufgeregte Gebaren des Hundes.

»Oh, Herr Doktor, Sie sind mir doch einer!«, ließ die Gastgeberin vom Boden her vernehmen.

Im selben Moment stoppte das Pudel-Imitat alle Bewegungen, ließ stattdessen ein kräftiges Miauen hören. Der Hund stob zur Seite, starrte irritiert auf das seltsame Gebilde neben sich. Das Miauen schien kein Ende zu nehmen, war dem einer lebendigen Katze verblüffend echt nachempfunden.
»Oh, Herr Doktor, Herr Doktor!«

Heiteres Lachen begleitete das Geschehen, erfasste immer weitere Gruppen der Besucher.

Braig sah einen kleinen, fülligen Mann auf den Tierarzt zutreten und ihm die Hand schütteln, bemerkte dessen Winken. Er nahm Ann-Katrin Räuber in den Arm, trat auf den Mann zu, wurde von Dr. Genkinger vorgestellt.

»Der neue Abteilungspräsident Schwerkriminalität des Landeskriminalamtes und seine werte Gattin. Übrigens, Sie werden es nicht glauben, aber sie erwarten Drillinge.«

»Karl Bopfinger. Honorarkonsul des ...« Der Lärmpegel der vehement wieder einsetzenden Gespräche verschluckte den Namen des Landes.

Braig reichte dem Mann die Hand, bedankte sich für die Einladung, tauschte die üblichen Höflichkeitsfloskeln aus. Die Konversation führte über die von Dr. Genkinger ausführlich kommentierte Berufspraxis Braigs und seiner Partnerin, kulminierte schließlich in der Aufforderung des Gastgebers, sich am reichhaltigen Büfett zu bedienen.

Der Kommissar wandte sich der Käsetheke zu, nahm sich einen kleinen Teller, füllte ihn mit verschiedenen Leckerbissen.

»Also, ich spüre eine deutliche Note von feinstem Waldmeister«, verkündete eine Stimme neben ihm.

»Tatsächlich? Ich finde, der duftet ganz zart nach etwas zu früh geernteter Honigmelone.«

»Nein, das ist mir doch zu vulgär. Der hat einen eigenen Körper, ja. Aber da ist doch höchstens eine Andeutung, ein Hauch von ... Moment, lassen Sie es mich doch noch einmal versuchen«, ein leichtes Schlürfen, dann ein kräftiges Schmatzen unmittelbar hinter ihm, »mhm, der ist schon fruchtig, ja, aber auch samtig, zart ...«

»Also, ich finde, der hat den ganz seltenen unverdorbenen Geschmack einer Bergwiese auf ... Wo habe ich das schon einmal gerochen? Ich glaube, das war letztes Jahr auf unserer Reise nach Nepal ..., irgendwo in den Höhen des Himalaja, dort wo sonst nie Menschen, vor allem keine Touristen hinkommen oder, Liebling, was meinst du?« Die Stimme hinter ihm stach Braig schrill in die Ohren. »Oder war das auf unserer exclusiven Expedition nach Tahiti?«

Der Kommissar kostete von einer der Käseschnitten, spürte ätzend-scharfen Schimmel auf seiner Zunge.

»Köstlich, was?«, murmelte ein Mann.

»Einmalig«, antwortete er, drehte sich zu der Gruppe in seinem Rücken um. Zwei Frauen, drei Männer, langstielige Weingläser in der Hand, bedeutungsschwangere Mienen präsentierend.

»Mauritius«, erklärte einer der Männer, eine dünne, fast knochige Gestalt, Braig gerade bis unter die Achsel reichend, »das war auf Mauritius, mein Schatz. Und er schmeckt wirklich so, genau wie diese Berggräser auf Mauritius dufteten, dort, wo sonst keine Menschen hinkommen, erinnerst du noch diese wunderbare Tour?«

»Du sagst es, Liebling«, echote es von der Seite, »letztes Jahr auf unserer Expedition über Alaska nach Mauritius.«

Braig schaute zur Seite, sah Dr. Genkinger umringt von einer Gruppe Frauen, trat zwei Schritte auf sie zu. »Nein, meine Damen, das Liebesleben des Breithorn-Nashorns ist ein reines Lotteriespiel, da gibt es keine Planung und keine

Romantik, das habe ich selbst oft genug in meiner Zeit in Südafrika beobachtet«, ließ der Tierarzt vernehmen. »Ein Nashornbulle markiert ein Revier von zwei bis drei Quadratkilometern mit großen Haufen von Kot und Mengen von Urin und bewacht es genau. Kein Nebenbuhler darf es betreten, nur ältere, schwache und kranke Männchen, die nicht die Kraft haben, sich eigenes Land zu erobern und Weibchen natürlich. Die Damen sind meistens in Gruppen von bis zu acht Tieren unterwegs, streifen gemeinsam durch die Gebiete mehrerer Bullen. Wird eines dieser Weibchen läufig, legt es eine entsprechende Duftspur. Jetzt kommt es darauf an, welcher Bulle diese Signale zuerst wahrnimmt: Derjenige, in dessen Revier sich die Dame gerade bewegt oder erst der andere, dessen Gebiet sie bald betritt? Wer immer es ist, er muss sich intensiv um sie bemühen und sie zuerst einmal daran hindern, sein Areal zu verlassen. Dabei geht es nicht besonders zärtlich zu, benötigt er meistens doch den Einsatz seiner Hörner. Er führt sich dann wie ein Hütehund auf, der seine Schafe in eine bestimmte Richtung, die Mitte seines Reviers nämlich, treiben soll, staucht die Dame solange, bis sie endlich dort angelangt sind. Erst wenn ihm das gelungen ist, kann er langsam zur Sache kommen. Und die dauert dann, na ja, bei den Breitmaul-Nashörnern schon so an die zwanzig Minuten. Beneidenswert, was?«

Braig hörte die begeisterten Kommentare, die den Ausführungen Dr. Genkingers gewidmet waren. Der Veterinär antwortete mit kurzen, sarkastischen Kommentaren, wies dann mit lauter Stimme darauf hin, welch vorbildliches Sozialverhalten die doch weithin als höchst primitiv verachteten Nashörner an den Tag legten. »Was uns aber immer, bei jeder Exkursion aufs Neue überraschte, war die Selbstverständlichkeit, mit der die dominierenden Bullen die ständige Anwesenheit älterer, kranker und schwacher Tiere in ihrem

Revier duldeten. Obwohl die Futtermenge oft sehr begrenzt war und eigentlich gerade ausreichte, ein Tier zu ernähren, erlaubten sie es den durch ihr Alter oder eine Krankheit geschwächten Tieren, sich auf »ihrem« Land dauerhaft aufzuhalten. So lebten auch die sonst vom Tod bedrohten alten Nashörner oft noch viele Jahre, ohne anderen zur Last zu fallen. Wie oft geht mir doch beim Verfolgen der Nachrichten der Gedanke nicht aus dem Hirn: Oh wäre uns seltsamen Zweibeinern doch nur ein Hauch vom Sozialverhalten der Nashörner beschieden!«

Wieder waren begeisterte Kommentare, zudem ständig neue Fragen nach den Lebensgewohnheiten verschiedener Tiere zu hören. Dr. Genkinger genoss es offensichtlich, im Mittelpunkt besonders der anwesenden Damen zu stehen und mit seinem unkonventionellen Verhalten die Rolle eines Paradiesvogels zu spielen. Er ging auf die seiner Meinung nach nahe Verwandtschaft von Gorillas, Schimpansen, Orang-Utans und Menschen ein, erzählte Beispiele von deren verblüffend menschenähnlichem Verhalten.

Braig und seine Partnerin widmeten sich der reichhaltigen Auswahl des Büfetts, genossen die Vielfalt der angebotenen Köstlichkeiten.

»Dir ist es nicht zu viel?«, fragte er eine gute Stunde nach Mitternacht.

»Ich wundere mich selbst, wie gut es mir geht«, gab Ann-Katrin Räuber zu verstehen. »Sorge macht mir nur mein Heißhunger. Ich darf nicht daran denken, was ich heute Abend schon alles genascht habe.«

Sie gaben sich weiteren kulinarischen Genüssen, unterbrochen vom Small Talk mit verschiedenen Gästen hin, hatten die Stimme des Tierarztes erst zu weit fortgeschrittener Stunde wieder im Ohr.

»Wie viel haben Sie ihm gezahlt?«, hallte Dr. Genkingers

Bass zu ihnen her.

Braig sah auf, bemerkte das heftige Winken des Veterinärs, begriff, dass es ihm galt. Er schob ein mit Oliven belegtes Mohnbrötchen in den Mund, drückte sich an zwei fettleibigen Männern vorbei, die voreinander mit ihren neuesten Geschwindigkeitsrekorden auf der nächtlich ruhigen A 8 prahlten, bezog im Schatten des Tierarztes Position.

»Zehntausend Euro?«, vergewisserte sich Dr. Genkinger gerade.

Der bereits seiner Krawatte entledigte, von Schweißperlen auf der Stirn, den Wangen und dem Kinn gezeichnete Mann ihm gegenüber hob abwehrend seine Hand. »Nisch direkt«, lallte er, deutlich angeheitert, »nisch mit Geld. Incentive-Tour.«

»Incentive-Tour?«

»Wellness-Hotel«, versuchte der Mann zu buchstabieren, »Wellness-Hotel in Thailand.«

»Ah«, sagte der Veterinär, »Sie haben ihm«, er deutete auf den Rücken eines großen, schlanken, mit einem hellen Anzug bekleideten Mannes, der wenige Meter von ihnen entfernt mit einem dicken Glatzkopf Small Talk hielt, »den Aufenthalt in einem Wellness-Hotel in Thailand bezahlt.«

»Wellness in Thailand«, nickte sein Gegenüber.

»Dafür, dass er Ihrer Firma den Auftrag für den Bau der Umgehungsstraße hat zukommen lassen.«

Der schweißgebadete Mann legte den Zeigefinger auf seine Lippen, murmelte ein verschwörerisches »Pschscht!«.

Braig hörte Dr. Genkingers: »Na ja, immerhin ist er ein großes Tier in seiner Partei. Der hat schon was zu sagen!«, sah, wie der große schlanke Mann sich umdrehte und zu ihnen herschaute. Er erkannte ihn auf den ersten Blick. Aus der Zeitung, aus dem Fernsehen, von den Plakaten.

»Aber denen reicht es ja nicht allein zur Macht«, fuhr der

Tierarzt fort. »Die brauchen die anderen für die Mehrheit.« Der Schweißgebadete winkte mit seiner Hand ab. »Das isch doch kein Brolem«, lallte er. »Haus im Tessin. Der wollte nisch na Thailand.«

»Ach so, der wollte kein Wellness-Hotel in Thailand. Der bevorzugte ein Ferienhaus in der Schweiz.«

»Genau. Haus im Tessin.«

Dr. Genkinger nahm das langstielige Sektglas des Schweißgebadeten, schenkte dem Mann aus einer dickbauchigen Flasche nach. Braig roch den scharfen Geruch hochprozentigen Alkohols, sah, wie der Tierarzt seinem Gegenüber zuprostete. Beide nahmen ihre Gläser an den Mund, der Schweißgebadete ein fast bis an den Rand gefülltes, der Veterinär ein vollkommen leeres, kippten den Inhalt mit einem kräftigen Schluck.

»Und die andere Straße?«, fragte Dr. Genkinger. »Die, gegen die sich alle Anwohner so heftig wehrten? Wie haben Sie das geschafft?«

Der Schweißgebadete beugte sich verschwörerisch nach vorne, ließ einen lauten Rülpser hören, legte dem Veterinär vertrauensselig die Hand auf die Schulter. »Ein neuer Daimler«, lallte er dann. »Für seine Geliebte!«

»Ein einziger Daimler?«

»Nein!« Der Mann wedelte abwehrend mit seiner freien Hand durch die Luft, zeigte dann auf den Rücken des dicken Glatzkopfs. »Für jeden einen. Das sind zwei«, hauchte er, zur Verdeutlichung zwei Finger in die Luft streckend, »zwei Parteien. Also auch zwei Daimler. Zwei Daimler und dann noch extra zwei Nutten. Für jeden eine! Aber pschscht!«

Im selben Moment drehten sich die beiden Männer um und starrten zu ihnen her. Braig kamen sie vor wie zwei alte Bekannte. Kein Wunder, überlegte er, ich sehe sie ja täglich. Wenn nicht im Fernsehen, dann in der Zeitung. Und noch dazu auf unzähligen Plakaten.

29. Kapitel

Das Haus der Jungs lag unweit des Ortseingangs von Spraitbach, dort wo die Bundesstraße von Gmünd nach Gaildorf mit ihrem nervenden Lärmpegel die ländliche Idylle der reizvollen Umgebung über weite Strecken des Tages vergessen ließ. Neundorf musste nicht lange warten, wurde von einer etwa fünfzigjährigen, mit einer schwarzen Weste und dunklen Hosen bekleideten Frau in die Wohnung gebeten, nachdem sie ihr ihren Dienstausweis gezeigt und sich vorgestellt hatte.

»Marliese Jung, ich bin Annikas Mutter.«

»Wie geht es Ihrer Tochter?«

»Vor zehn Minuten ungefähr ist sie aufgewacht. Sie hat den ganzen Mittag geschlafen. Der Arzt hat ihr heute Morgen noch einmal etwas verabreicht. Jetzt sitzt sie bei uns. Michaels Eltern und sein Bruder sind da.«

Sie führte sie durch eine schmale Diele in einen großen, von mehreren Menschen bevölkerten Raum. Kerzen brannten, ein kleines, mit einer schwarzen Schleife geschmücktes Foto lehnte mitten auf dem Tisch. Neundorf musste nicht lange überlegen, begriff sofort, wen sie vor sich hatte – die Ähnlichkeit mit dem gut aussehenden jungen Mann auf dem Passbild war nicht zu übersehen.

»Familie Napf«, erklärte ihre Gastgeberin, auf die beiden Männer und die Frau auf dem Sofa deutend, »und das sind Annika und mein Mann.«

Neundorf grüßte laut, trat vor die Eltern des Ermordeten, nannte ihren Namen, fügte »Landeskriminalamt« hinzu, reichte der Frau die Hand, verbeugte sich. »Mein aufrichtiges Beileid. Ich kann mir vorstellen, wie elend Ihnen zu Mute ist. Ich wünsche Ihnen viel Kraft.« Sie sah, wie ihrem Gegenüber die Tränen aus den Augen schossen, drückte die Frau impulsiv an sich, schlang beide Arme um sie.

»Es ist so völlig unbegreiflich«, meinte ihr Ehemann, von den gleichen Gesichtszügen wie seine Söhne gezeichnet. Nur die blonden Haare hatten an Fülle verloren, reichten zudem nur bis knapp über die Ohren.

Neundorf spürte den an sich gedrückten Körper der Frau vor Schmerz erschauern, strich ihr sanft über den Rücken.

»Wieso?«, fügte der Mann hinzu. »Wieso unser Micha?«

Sie spürte, wie die Frau sich sachte von ihr löste, ließ sie aus ihrer Umarmung frei.

»Welcher Teufel hat das getan?«

Neundorf hörte das leise Schluchzen Annika Jungs, reichte allen der Reihe nach die Hand, blieb bei der jungen Frau stehen, fuhr ihr langsam über die Haare.

»Kriegen Sie den Scheißkerl?«, fragte Andreas Napf.

Männer, fuhr es ihr durch den Kopf, Männer. Anstatt seine Frau, seinen Sohn, anstatt die Freundin des Getöteten zu trösten, diese Frage. Kriegen Sie den Scheißkerl? Wurde sein Sohn dadurch wieder lebendig? Änderte ein Ermittlungserfolg irgendetwas am grauenvollen Schicksal des Ermordeten?

»Oder lassen Sie den davonkommen?«

Sie ging nicht auf seine Fragen ein, ersparte sich sämtliche Plattitüden, die von einer ermittelnden Kriminalkommissarin erwartet wurden. Wir kriegen den Verbrecher. Ich werde persönlich dafür sorgen, dass der den Rest seines Lebens hinter Gittern verbringt. Der wird büßen, das können Sie mir glauben, so wahr ich hier stehe. Was änderten all diese Sprüche am viel zu frühen Tod des jungen Mannes?

»Trauen Sie sich das überhaupt zu oder ist das nicht eine Nummer zu hoch für Sie?«

Neundorf versuchte, das Geschwätz des Mannes als seinen

individuellen Versuch der Bewältigung des schrecklichen Geschehens zu verstehen, sich mit diesen – wohl spezifisch männlichen – Phrasen über seine Ohnmacht hinweg zu palavern, sah deshalb keinen Anlass, sich provozieren zu lassen. Noch nicht. Seine markigen Sprüche, Resultate unverarbeiteter emotionaler Verwirrungen, hatten keinen rationalen Kern. Wenn Mann schon nichts mehr tun kann, das Leben seines Sohnes zu retten, dann wenigstens mit deutlichen Worten Stärke zeigen, so hirnrissig ihre Bedeutung auch sein mochte. Männer, überlegte sie, erklärte das nicht alles?

»Wieso schicken die überhaupt Sie?«

Sie sah, wie Annika Jung zusammenzuckte, spürte, wie sehr die aggressiven Worte des Mannes sie belasteten.

»Jetzt lass das doch endlich«, bettelte Anne Napf.

»Ich will wissen, warum nichts getan wird, den Teufel zu fangen«, polterte ihr Mann mit lauter Stimme.

Neundorf sah sich gezwungen, zu reagieren. Sie wandte ihren Kopf zur Seite, fixierte Napf mit offenem Blick. »Ich weiß, dass Sie gestern einen schrecklichen Schicksalsschlag erleiden mussten. Ihnen wurde einer der vertrautesten Menschen geraubt, die Sie haben. Mir ist klar, unter welcher Anspannung Sie jetzt stehen und wie Sie sich fühlen. Aber seien Sie versichert, dass wir alles tun, den Teufel, der Ihren Sohn, Ihren Bruder, Ihren Freund«, sie nahm Annika Jungs Hände, hielt sie fest, »auf dem Gewissen hat, zu ermitteln.« Sie sah den trotzigen Blick des Mannes, verstärkte den Ton ihrer Stimme. »Ich bin leitende Kriminalhauptkommissarin bei der Abteilung Gewaltkriminalität des Landeskriminalamtes. Ich bin jetzt seit über fünfzehn Jahren im Dienst. Reicht Ihnen diese Erklärung, was meine Kompetenz anbetrifft, oder soll ich Ihnen einen kleinen Überblick über all die Mörder und Vergewaltiger geben, die ich in den vergangenen Jahren gejagt und hinter Gitter gebracht habe?« Sie fühlte sich nicht besonders wohl bei diesen markigen Worten, bereute sie im Nachhinein – genau die hohlen Phrasen, die sie eigentlich verabscheute – sah aber an der Reaktion des Mannes, dass es genau die richtige Methode gewesen war, ihn einigermaßen zur Vernunft zu bringen.

Napf lehnte sich im Sofa zurück, winkte beschwichtigend mit seiner rechten Hand, deutete ein sachtes Kopfnicken an. »Entschuldigen Sie, ich habe das nicht so gemeint. Ich weiß nicht, meine Nerven ...« Er verstummte, ersparte sich jede weitere Bemerkung.

»Du solltest dich schämen«, zischte seine Frau.

Neundorf wartete, bis sich die Situation etwas entspannt hatte, setzte sich dann zu Annika Jung an den Tisch. Sie barg die immer noch leicht zitternde Rechte der jungen Frau in ihrer Hand, versuchte, ihr mit dieser Geste Kraft zu vermitteln. »Ich weiß nicht, ob Sie es sich schon zutrauen«, sagte sie, bewusst langsam sprechend und in bedächtigem Ton, »aber es würde uns unendlich weiterhelfen. Sie haben gestern Mittag erwähnt ...« Sie verzichtete darauf, ihren Satz zu vervollständigen, sah, wie die junge Frau verständnisvoll mit ihrem Kopf nickte.

»Ich habe ihn«, sie betonte die drei Buchstaben nicht wie den Rest des Satzes, hauchte sie nur, »gesehen. Ganz kurz, aber genau.«

»Sie kennen ihn?«

Annika Jung schüttelte den Kopf. »Nein. Ich habe ihn noch nie vorher gesehen.«

»Seine Beschreibung. Trauen Sie es sich zu?« Sie ließ ihrer Gesprächspartnerin Zeit, sah, wie die junge Frau überlegte, dann langsam mit einer kurzen Kopfbewegung ihre Zustimmung signalisierte.

»Wir haben einen sehr freundlichen Experten. Er stellt Ihnen nur wenige Fragen, zehn, zwölf vielleicht, es geht sehr schnell, Sie brauchen sich nicht zu quälen. Darf ich ihn rufen?« Sie hatte ihre letzten Sätze auch an die Eltern Annika Jungs gerichtet, bemerkte deren Zögern. »Es ist im Moment unsere einzige Chance.«

»Es geht wirklich schnell? Nicht ein ewiges hin und her, Fragen nach diesem und jenem?«, warf Marliese Jung ein.

»Zehn Minuten«, antwortete Neundorf, »wirklich. Er ist sehr erfahren.« Sie sah die Skepsis der Frau, unternahm einen weiteren Anlauf. »Sie können dabeibleiben. Wir machen es hier.«

»Rufen Sie ihn«, forderte Annika Jung sie auf.

Neundorf nahm ihr Handy, gab Daniel Schiek, den sie bereits auf der Fahrt über ihr Problem informiert und um seine Mitarbeit gebeten hatte, Bescheid, erhielt seine Zusage, dass er sich sofort auf den Weg machen würde.

Schieks Talent und akribische Arbeit waren seit Jahren weit über das Landeskriminalamt hinaus bekannt. Kaum eine noch so vage Beschreibung eines Gesuchten, die er mit seinem Laptop und wenigen gezielten Fragen nicht binnen Minuten in einem ungemein ausdrucksvollen Phantombild präzisierte. Die Anfragen nach Schieks Hilfe trafen inzwischen aus sämtlichen benachbarten Bundesländern, sogar aus der Schweiz und Frankreich ein. Selbst Österreichs Strafverfolger hatten ihn im vergangenen Jahr für zwei Tage nach Wien ausgeliehen und prompt mit den von ihm erstellten Fahndungsbildern Erfolg erzielt. Die Kehrseite seines Erfolgs: Nur wenige ruhige Wochenenden ohne jede Störung waren ihm im Kreis seiner Familie noch vergönnt.

Zehn Minuten nach Acht an diesem Sonntagabend hatte er seinen außergewöhnlich großen Laptop auf dem Wohnzimmertisch der Familie Jung aufgeklappt, sich von der jungen Frau eine Kurzbeschreibung des Gesuchten geben lassen, dann einen ersten Versuch auf dem Bildschirm kreiert.

»Die Augen«, korrigierte Annika Jung, »sie wirkten irgendwie ... drohender ...«

Neundorf kannte Schieks Arbeitsmethoden, sah, wie er langsam, wie in einem Film, die unterschiedlichsten Augenkonstellationen vor der jungen Frau vorbeilaufen ließ. Sie trat zur Seite, ließ die beiden in Ruhe arbeiten.

Zuerst die Haare und die Stirn, dann die Augen, anschließend die Wangen. Nase, Mund und Kinn im Anschluss, zum Ende hin der Gesamteindruck.

»So«, hauchte Annika Jung plötzlich, »genau so. Das ist er.«

Neundorf hörte die abrupte Veränderung ihrer Stimme, sah die fahrigen Bewegungen ihrer Hände. Sie trat auf die junge Frau zu, sah diese zur Seite springen und in den Armen ihrer Mutter Zuflucht suchen. Ihr gesamter Körper zitterte.

»Sie kriegen ihn, oder?«, flüsterte sie, die einzelnen Worte verwischend.

»Wir tun alles dafür«, gab Neundorf zur Antwort. »Vielleicht sollten Sie sich jetzt wieder hinlegen. In Begleitung Ihrer Mutter. Ich danke Ihnen für Ihre Hilfe. Jetzt schaffen wir es.« Sie strich der jungen Frau über die Schulter, ging zu ihrem Kollegen, warf einen Blick auf den Bildschirm. Der Stich ging ihr durch den ganzen Körper. Wie ein spitzes Messer mit frisch geschärfter Klinge. Sie wollte laut aufschreien, die junge Frau darauf hinweisen, dass das nicht sein konnte, dass sie sich getäuscht haben musste, spürte den Kloß in ihrem Hals. Blut schoss ihr in den Kopf, machte sie schwindeln. Sie bemerkte Schieks vor Verblüffung veränderte Augen, hörte seine Worte : »Was ist mit dir? Geht es dir nicht gut?«

»Ich kenne den Kerl«, stammelte sie. »Ich weiß, wer das ist.«

30. Kapitel

Mario Aupperle war Feuer und Flamme, was seine neue Gesprächspartnerin anbetraf. Lange blonde Haare, schmale Wangen, dunkelblau schattierte Augen, sinnliche Lippen. Ein knappes rotes T-Shirt, das seine Phantasie auf Volltouren brachte, knallenge schwarze Jeans. Die Frau war der Höhepunkt. Kein Wunder, dass Schmiedle sich mit ihr beschäftigt hatte.

»Aupperle ist mein Name«, hatte er sich vorgestellt, vor wenigen Minuten vor der Tür der Wohngemeinschaft in Tübingen, deren Namensschild *Petra Langer/Marion Pelz* sie als hier ansässig auswies, »ich komme von der Polizei. Wir haben miteinander telefoniert.«

Sie hatte ihn ins gemeinsame Wohnzimmer gebeten, das zur Hälfte aus einer rustikalen Küche und zur anderen Hälfte aus einer Sitzecke samt großem Tisch bestand, ihn dann gefragt, ob sie ihm etwas anbieten dürfe. Des Sonntags wegen ein Stück ihres heute Nachmittag selbst gebackenen Kuchens etwa.

Aupperle nahm auf der Längsseite der Sitzecke Platz, akzeptierte das zuvorkommende Angebot ohne Zögern. Wenn er ihr auf Anhieb so sympathisch war, dass sie ihm ein Stück ihres selbst gebackenen Kuchens anbot, musste er auf diese Geste freundlich reagieren, um sich alle Optionen für weitere, auch private Begegnungen mit der Frau offenzuhalten. Mei liabs Rotteburg am Neckar, vielleicht ließ sich da etwas in die Wege leiten und seine Bereitschaft, auch den Sonntagabend beruflichen Untersuchungen zu opfern, wurde auf ganz andere Art und Weise belohnt, als er sich das hatte träumen lassen.

Für ihn war es keine Frage gewesen, ihr am Handy geäußertes Angebot anzunehmen, ihn am Sonntag gegen 19 Uhr aufzusuchen, weil sie erst irgendwann am Sonntagmittag von einer dreitägigen Exkursion zurückkommen würde. Selbstverständlich war Kriminalkommissar Mario Aupperle bereit, seine privaten Interessen auch am Sonntag hintanzustellen, wenn das der beruflichen Wahrheitsfindung diente! Er hatte sich noch am Donnerstagabend Melanie Schunters Alibi durch einen Besuch bei Conny Meitle in Untertürkheim bestätigen lassen. Die, wie er auf den ersten Blick bemerkt hatte, attraktive junge Frau arbeitete bei der Weinmanufaktur des Stuttgarter Vororts. Wir sind die bestbewertete Genossenschaft Deutschlands, hatte sie ihm voller Stolz erklärt, die Nummer eins unter den Wein-Guides, der Gault Millau, hat uns auf drei Trauben hochgestuft. Das haben in Deutschland außer uns nur noch Weinbauern an der Ahr geschafft.

Sie hatte ihn an ihrem Arbeitsplatz, dem großzügig, fast mondän eingerichteten Empfangs- und Verkaufsraum der Weinmanufaktur Untertürkheim empfangen. Weine der besten Lagen wurden hier angeboten und in der kurzen Zeit seiner Anwesenheit zahlreich verkauft. Jawohl, hatte die Frau erklärt, sie war von Montag Mittag bis Dienstagmittag mit Melanie Schunter zusammen in Pliezhausen, um es genauer zu sagen und sie hatten die gesamte Zeit, wenn man sich schon so selten sah, miteinander verbracht.

Auch Aupperles Treffen mit weiteren Frauen aus Schmiedles Album hatte sie nicht weiter gebracht. Zwar war er inzwischen sowohl bei Lydia Pfisterer in Nufringen als auch bei Stefanie Kliss in Großbettlingen vorstellig geworden, genauso bei Kitty Link in Leonberg, deren Nacktaufnahme in Schmiedles Verzeichnis er auf Geheiß des Staatsanwalts Söderhofer gemeinsam mit diesem während einer ausführlichen Sitzung detailliert analysiert und einem intensiven

Brainstorming sowie einem abschließenden Briefing unterzogen hatte, doch waren alle drei Frauen durch – wie sollte es angesichts dieser körperlichen Vorzüge auch anders sein – männliche Zeugen für die in Frage kommende Zeit aus der Schusslinie befreit.

Aupperles unermüdliche Ermittlungstätigkeit war von Söderhofer mit besonderem Lob geadelt worden, schien es dem Staatsanwalt doch völlig unwahrscheinlich, Schmiedles Mörder im von Braig und Riedinger favorisierten beruflichen Umfeld lokalisieren zu können.

»Derart qualifizierte Persönlichkeiten erweisen sich der Summe meiner langjährigen Erfahrung nach als so fundamental von klassischer Bildung geprägt, dass sie jede Assoziation, sie könnten solcher Infamie unterliegen, ad absurdum führen«, hatte Söderhofer die Ermittler belehrt, auf Braigs Einwurf: »Die machen sich die Hände nicht selbst schmutzig, sondern lassen das von ihren Killern erledigen«, erst gar nicht eingehend.

»Eifersüchtige Frauen – nolens volens kann ich es nicht anders formulieren - sind zu allem fähig«, war seit dem Fund von Schmiedles Album zum Standardsatz des Staatsanwalts geworden, was Braig jedes Mal äußerste Zurückhaltung abverlangte, ein »vor allem so oane« für sich zu behalten.

»Der Kuchen schmeckt?«

Aupperle hatte große Probleme, die süß-klebrige Masse zu schlucken, spülte mit zwei Gläsern Cola, die er sich als Getränk erbeten hatte, nach. An der Stelle des seltsamen Kuchens hätte er lieber die dazu gehörige Frau vernascht, die er nach der Bewältigung ihres Selbstgebackenen mit hungrigen Augen verschlang. »Wunderbar«, nuschelte er unbeholfen. Weshalb Schmiedle die Tussi weder nackt noch bekleidet fotografiert und in sein Album aufgenommen hatte, war ihm nicht nachvollziehbar, stellte sie doch, gemessen an seinen,

Aupperles heimlichen, von männlichen Hormonen gespeisten Träumen ohne jeden Zweifel einen der, wenn nicht den Höhepunkt dessen dar, was er in den letzten Tagen zu sehen bekommen hatte.

»Ja, es geht also eigentlich, ich meine, ich bin ja beruflich hier, jedenfalls jetzt, im Moment«, unternahm er einen ersten Versuch, seine Pflicht zu erfüllen. Vielleicht war es am besten, zuerst das Berufliche hinter sich zu bringen, möglichst schnell, um dann entspannt auf die private Seite zu wechseln. Hatte er erst einmal sein kriminalistisches Programm abgespult, ergab sich hoffentlich genügend Gelegenheit, auch dem Privaten zu huldigen – sofern, natürlich, sich die Frau hier nicht als das entpuppte, wofür sie nach Söderhofers und seinen eigenen Kriterien zu urteilen, durchaus in Frage kam: die Mörderin Markus Schmiedles zu sein.

»Der Mann, der in der Liederhalle ermordet wurde, haben Sie davon gehört?«

Sie blieb abwartend ihm gegenüber am Tisch sitzen, zeigte keine Reaktion.

»Schmiedle, Markus. Sie sollen, na ja«, er brach mitten im Satz ab, ärgerte sich über sich selbst. Sie jetzt zu beschuldigen, war ihm klar, machte die Frau nicht gerade williger. Sofern er die Geste mit dem selbst gebackenen seltsam klebrigen Kuchen wirklich korrekt als Zeichen unverhohlener Sympathie, vielleicht sogar Zuneigung deutete, drohte er selbst jetzt diese Gefühlshaltung, na ja, zumindest doch zu beeinträchtigen, wenn nicht gar zu zerstören. Also, Vorsicht mit der Formulierung! »Hm, darf ich fragen, ob Herr Schmiedle, sofern es stimmt, dass Sie ihn kannten, Ihnen nicht besonders sympathisch war?«

Er sah, wie es in ihren Mundwinkeln zuckte, sie unruhig auf ihrem Stuhl hin- und herrutschte, sich dann nicht mehr länger beherrschen konnte.

»Da ist uns jemand zuvorgekommen«, zischte sie.

Aupperle kratzte sich über dem Ohr, versuchte zu verstehen. »Wie? Zuvorgekommen?«

Die Augen seines Gegenüber funkelten gefährlich. Mei liabs Rotteburg am Neckar, tobte es in ihm, Herr Bischof, höret se net her, die Tussi flachlegen, das wär´s!

»Wenn die Drecksau diese Woche nicht gekillt worden wäre – spätestens nächste Woche hätten wir das erledigt!«

»Wie bitte?« Er hatte Mühe, sich von den funkelnden Augen und den sinnlichen Lippen abzuwenden und auf das zu konzentrieren, was die Frau gerade geäußert hatte, begann langsam den Inhalt ihres Satzes zu verstehen. »Sie ...« Die Fähigkeit, Worte in Zusammenhängen zu formulieren, war ihm abhanden gekommen. Er hockte versteinert auf seinem Stuhl, starrte sie reglos an.

»Einen Moment. Ich will Ihnen etwas zeigen.« Sie erhob sich, lief aus dem Zimmer, suchte etwas in einem anderen Raum, kehrte kurz darauf mit einem Foto zurück. »Deshalb sind Sie doch da. Eines reicht. Es gibt eine ganze Menge davon.«

Er nahm das Bild entgegen, erkannte es sofort. Eines aus der Sammlung, die sie bzw. seine Kollegin Riedinger in Schmiedles Wohnung entdeckt hatten: Schmiedle, nackt, in intensiver Beschäftigung mit einer jungen, ebenfalls nackten Frau. »Wer ist die Tussi?«, rutschte es ihm heraus.

Sein Gegenüber warf ihm einen bösen Blick zu, wollte wohl zu einer geharnischten Antwort ansetzen, als es läutete. Die Wohnungsglocke, wie er aufgrund der Lautstärke sofort vermutete.

Die Frau stieß ihren Stuhl zurück, lief in die Diele, betätigte den Türöffner, wartete auf den Besuch. Aupperle starrte auf das Foto vor sich, betrachtete die Nackte, war sich darüber im Klaren, dass Schmiedle wahrlich einen sehr guten Geschmack gehabt hatte – zumindest was das Aussehen der von ihm bevorzugten Weiblichkeit anbelangte. Er hörte die Stimmen zweier junger Frauen draußen in der Diele, eine bekannte, eine unbekannte, die sich herzlich und innig begrüßten und dann lachend und miteinander scherzend zu ihm ins Zimmer traten. Aupperle sprang auf der Stelle von seinem Stuhl, gaffte die neu angekommene Frau überrascht an. Sie war es. Ohne jeden Zweifel, die Frau von dem Foto vor ihm, zwar bekleidet, aber nichtsdestoweniger äußerst attraktiv.

»Darf ich vorstellen«, erklärte seine Gastgeberin, die Besucherin umarmend und innig liebkosend, »meine Lebensgefährtin Petra Langer.«

Aupperle klammerte sich an der Tischkante fest, glaubte, zu viel getrunken zu haben. »Das ist Frau Langer«, stammelte er, »die von den Fotos?«

»Das bin ich«, erklärte die Neuangekommene, »genau. Marion, meine Lebensgefährtin und ich«, sie deutete auf Aupperles bisherige Gesprächspartnerin, die ihn freundlich anlächelte, »wir sind seit zwei Jahren zusammen. Die Fotos stammen aus dem Jahr zuvor. Schmiedle, das elende Schwein, machte mich betrunken und hat mich verführt. Damals war ich noch bi, wenn Sie es wissen wollen, Herr Polizeirat. Dass er Bilder von uns gemacht hat, wusste ich nicht. Er muss erfahren haben, dass Marion und ich geheiratet haben. Da brachte er sie in Umlauf, weil er es nicht verschmerzt hat, dass ich ihm damals den Laufpass gegeben hatte. Das war ihm noch nicht passiert, dem tollen Lover. Ein schwerer Verstoß gegen seine Ehre. Sie glauben gar nicht, wie wir uns gefreut haben, als wir hörten, was mit ihm passiert ist. Und wenn Sie wissen wollen, wo wir am Dienstagmorgen waren, Marion hat die Hoteltickets bereitgelegt: Seit über einer Woche in Hamburg. Marion kam am Donnerstag zurück, weil sie am Freitag schon wieder woanders hin musste, ich erst jetzt, wie Sie sehen. Sie müssen leider weiter nach dem Täter suchen, wir hoffen aber, Schmiedle zuliebe, dass Sie ihn möglichst lange nicht finden!«

31. Kapitel

Neundorf hatte noch in der Nacht zum Montag bei der Staatsanwaltschaft die Verhaftung des auf dem Phantombild erkannten Mannes und die Durchsuchung seines Hauses angefordert. Alle Zweifel, Annika Jung könnte sich in der Panik des erlittenen Schocks getäuscht, eine falsche Person oder zumindest Partien des Gesichts unrealistisch wahrgenommen haben, waren noch auf der Rückfahrt von Spraitbach beseitigt worden, als Weisshaar ihr die Nachricht von einer der ersten Reaktionen auf die Aufrufe der Medien zur Mithilfe bei der Aufklärung des Verbrechens mitgeteilt hatte.

Sabine Gauger, eine Frau aus Tübingen, hatte am Samstagmittag kurz nach Elf auf dem Parkplatz unterhalb des Schlosses Lichtenstein eine in eine dunkle Jacke gehüllte Gestalt in großer Eile auf einen schwarzen Daimler zuspurten und das Auto dann schrill kreischend mit durchdrehenden Reifen davonrasen sehen. Instinktiv einen unerfreulichen Hintergrund für diesen übereilten Start vermutend, hatte Frau Gauger sich das Kennzeichen des Wagens notiert, ihrer mit den Fahrrädern bereits im nahen Wald verschwundenen Familie wegen dann aber nichts von dem Verbrechen und den darauf eingeleiteten polizeilichen Maßnahmen mitbekommen, bis ihr jetzt am Sonntagabend nach ihrer Rückkehr von der zweitägigen Exkursion der Aufruf zur Mithilfe zu Ohren gekommen war.

»Wir haben bereits überprüft, auf wen dieses Fahrzeug zugelassen ist«, hatte Weisshaar erklärt.

»Auf Matthias Binninger in Ludwigsburg-Hoheneck«, war Neundorf ihm ins Wort gefallen.

»Du weißt Bescheid?«, hatte der Kollege überrascht gefragt.

»Obwohl ich die Zusammenhänge noch nicht verstehe, ja.« Neundorf hatte sich anschließend mit dem Staatsanwalt vom Dienst in Verbindung gesetzt, dabei erfreut wahrgenommen, dass es sich um Steffen Bockisch, einen abgeklärten, erfahrenen Beamten handelte. Mit ihm gemeinsam hatte sie schon viele Ermittlungen durchgeführt, dabei auch mehrmals brenzlige oder unerfreuliche Situationen durchgestanden. Sie schätzte den Mann ob seiner in jahrelanger Praxis erworbenen beruflichen Kompetenz und der eigenständigen, abgeklärten Urteilsfähigkeit, die alle seine Untersuchungen prägte, war sich über das Privileg bewusst, sich in jeder Phase ihres Tuns voll auf seine kritische Begleitung verlassen zu können – eine Tatsache, die der Zusammenarbeit mit manchen seiner Kollegen leider abging.

Sie hatte Bockisch erklärt, woher sie den auf dem Phantombild dargestellten Mann kannte, hatte bemerkt, dass es ihm dieselben Schwierigkeiten bereitete, die Zusammenhänge mit ihrer Ermittlung in Sachen Tankstellenüberfälle zu erkennen wie ihr selbst.

»Verstehe ich das richtig«, hatte er sich zum Abschluss ihrer Ausführungen noch einmal versichert, »die Ehefrau dieses Binninger kennen wir, weil sie zufällig kurz vor dem Überfall auf die Tankstelle in Ludwigsburg am letzten Dienstagmorgen dort einkaufen war?«

»Eine Salbe und eine Creme zur Behandlung ihrer Wunden, nachdem ihr Mann sie in jener Nacht wieder einmal verprügelt hatte. Das hat sie mir bei meinem zweiten Besuch bei ihr gestern Morgen gestanden. Als ich am Donnerstag zum ersten Mal bei ihr war, lernte ich ihren Mann kennen. Ich habe ihn vorhin sofort wieder erkannt.«

»Und Sie glauben wirklich, dass das Phantombild so exakt ausfällt, dass Sie sich das Urteil erlauben können, ausgerechnet diesen Binninger zu identifizieren.«

»Schiek – Sie wissen, wie akribisch er arbeitet – hat es nach den Angaben Annika Jungs angefertigt. Sie behauptet, den Mann gesehen zu haben, genau in dem Moment, als er ihren Freund überwältigte. Zudem haben wir das Autokennzeichen Binningers: Eine Augenzeugin schilderte, wie sie etwa zum Zeitpunkt der Tat eine mit einer Kapuzenjacke bekleidete Gestalt, genau wie Annika Jung sie ebenfalls beobachtet hatte, zum Parkplatz unterhalb des Schlosses spurten und mit dem Auto davonrasen sah, das auf Binninger zugelassen ist.«

»Wie sieht es mit Fußabdrücken, Faserspuren und so weiter auf dieser Aussichtskanzel aus?«

»Die Techniker haben unter anderem an der Brüstung verschiedene Faserpartikel entdeckt. An mehreren Stellen dort. Wir müssen sie mit Binningers Kleidung vergleichen, vielleicht haben wir Glück.«

»Dann versuchen wir es«, hatte Bockisch sich einverstanden erklärt. »Morgen früh, 5.30 Uhr, volles Programm. Ich kümmere mich um die Unterschrift des Ermittlungsrichters.«

Nathalie Binninger fiel es schwer, dem Glauben zu schenken, was sie an diesem frühen Montagmorgen gegen 5.40 Uhr vor sich sah. »Sie?«, fragte sie, sichtbar verwirrt, Neundorf und ein halbes Dutzend zivil gekleideter Kriminalbeamter vor ihrer Haustür zu erblicken.

»Es tut mir Leid, dass wir Sie so früh schon stören, Frau Binninger«, erklärte die Kommissarin, »aber diesmal möchte ich zu Ihrem Mann. Ist er zu Hause?« Sie sah das zustimmende Kopfnicken der Frau, hörte ihre überraschte Frage. »Aber was wollen Sie jetzt von ihm? Doch nicht wegen ...« Sie ließ den Rest ihres Satzes offen, deutete zaghaft auf die Verletzung in ihrem Gesicht.

»Nein, nicht deswegen«, antwortete Neundorf, »dürfen wir

eintreten?« Sie hörte Schritte im Inneren, sah die mit einem Hausmantel bekleidete, verschlafen wirkende Gestalt Binningers ins Licht der Diele treten.

»Was ist hier so früh los?«, maulte er.

»Herr Binninger, mein Name ist Neundorf, vom LKA, wir kennen uns, Sie erinnern sich?« Sie merkte, wie der Mann zusammenzuckte, dann erstaunt ihre Kollegen betrachtete, die sich vor der Haustür aufgebaut hatten. »Hier habe ich die richterliche Anordnung zu einer Hausdurchsuchung. Wenn Sie unsere Spurensicherer bitte an Ihnen vorbeilassen könnten?«

»Wie bitte?« Binninger schien seine Überraschung überwunden und neue Kraft geschöpft zu haben. »Sie wollen ...«

»Eine Hausdurchsuchung, ja«. Sie reichte ihm das formelle Schreiben mit der richterlichen Erlaubnis, schob ihn zur Seite, winkte den Beamten, wartete, bis alle das Haus betreten hatten. »So, und jetzt werden wir beide uns eingehend unterhalten.«

»Wir beide?«

»Unter vier Augen, ja.« Sie sah die Verblüffung Nathalie Binningers, packte ihren Mann an der Schulter, drückte den Widerstrebenden in den großen Wohnraum, in dem sie erst am Samstagmorgen wieder von seiner Frau empfangen worden war, drehte sich zu ihr um. »Es dauert nicht lange. Ich muss allein mit ihm sprechen.«

Sie schob ihn vollends in das Zimmer, warf ihren Kopf zurück, als er sich erbost von ihr losriss, wartete, bis er auf dem Sofa Platz genommen hatte.

»Mein Rechtsanwalt«, verlangte er, »ich lasse mich nicht länger so behandeln. Ich will mit meinem Rechtsanwalt sprechen.«

»Damit Sie ihm erzählen können, wie brutal Sie diese Woche wieder Ihre Frau verschlagen haben? Der wird Sie beglückwünschen zu dieser großen Tat, garantiert!« Neundorf merkte, wie er zusammensackte, giftete ihn unvermindert an. »Bevor Sie Ihren Anwalt holen, hören Sie sich erst einmal an, was ich Ihnen zu sagen habe. Vorgestern Morgen, gegen 11 Uhr, wurden Sie im Hof von Schloss Lichtenstein gesehen. Auf einer Aussichtskanzel, um es genauer zu sagen. Wir haben Augenzeugen, die alles verfolgt haben, dazu genügend Spuren; Ihre Kleidung, Ihre Schuhe und so weiter, Sie wissen ja sicher, wie raffiniert die Methoden sind, über die wir inzwischen verfügen. Warum haben Sie Michael Napf ermordet?« Sie trat zur Tür, schaltete die Strahler ein, die, wie sie vom Donnerstagmorgen noch wusste, das Sofa in grelles Licht setzten, stieß den Mann zurück, als er seinen Platz verlassen wollte. »Los jetzt, weshalb haben Sie Napf in den Abgrund gestürzt?«

»Napf? Wer soll das sein?«

Neundorf sah, wie bleich und verkrampft der Mann auf dem Polster hockte, dachte an die Verletzungen seiner Frau, war nicht bereit, ihn zu schonen. »Was hat er Ihnen getan? Warum haben Sie ihn ermordet?«

Binninger holte tief Luft, suchte nach einer halbwegs befriedigenden Antwort. »Napf? Ich kennen keinen Napf! Außerdem verlange ich jetzt meinen Anwalt, sonst zeige ich Sie an.«

Im gleichen Moment klopfte es an die Tür. Neundorf wandte den Kopf, sah Rössle, ein Blatt in der Hand, in den Raum blicken.

»Du muschd entschuldige, wenn i stör, aber uf des do hanne solltesch mol en Blick druf werfe.«

Er trat zu ihr hin, reichte ihr Plastikhandschuhe, wartete, bis sie sie sich übergestülpt hatte, gab ihr dann das stark verknitterte Papier. Es enthielt nur wenige Zeilen, war am Computer ausgedruckt.

Neundorf benötigte nur den Bruchteil einer Sekunde, zu begreifen, was der Fund zu bedeuten hatte. Sie überflog den Text, las ihn dann laut und langsam vor.

Binninger, ich weiß genau, dass du es warst.

Er hat deine Alte gevögelt, du hast es selbst gesehen, deshalb blieb dir keine andere Wahl.

Deine Ehre hat er beschmutzt, es war richtig, dass du gehandelt hast.

Aber 100.000 müssen es schon sein, damit ich es nicht an die große Glocke hänge.

100.000 – was ist das schon für dich? Du, bei deinem Job – ein paar Monate und du hast es schon wieder.

Und ich werde schweigen, Ehrenwort.

Die Übergabe: Am Samstag, 7.3. um 11 Uhr im Schlosshof von Schloss Lichtenstein auf der Alb.

Du erkennst mich an meinen langen blonden Haaren und dem Pferdeschwanz.

Aber bitte: Den Termin und die 100.000 nicht vergessen – sonst läuten die Glocken.

Die ganz großen Glocken!

Neundorf legte das Schreiben vor sich auf den Tisch, nickte Rössle wortlos zu, wartete, bis er das Zimmer verlassen hatte.

»Damit wissen wir jetzt also, weshalb sie in Lichtenstein waren«, erklärte sie dann.

»Er hat mich erpresst, dieses Schwein«, zischte Binninger.

»Weshalb?«

»Weil er Geld wollte, weshalb denn sonst?«

»Womit hat er Sie erpresst?«

»Er wollte Geld. Ist das so schwer zu verstehen?«, wiederholte der Mann.

Neundorf drohte ihre Fassung zu verlieren. »Das will jeder. Die ganze Welt braucht Geld. Ich will wissen, was er gegen

Sie in der Hand hatte. Womit er Sie erpresst hat?«

Binninger wandte sein Gesicht von ihr ab, starrte zur Seite.

»Er hat deine Alte gevögelt, du hast es selbst gesehen«, zitierte sie aus dem Schreiben, fügte dann: »Haben Sie die beiden dabei erwischt?«, hinzu.

Ihr Gegenüber gab nur ein verächtliches Zischen von sich.

»Sie haben sie erwischt, richtig?«, meinte Neundorf, gab ihrer Stimme einen süffisanten Ton. »Mittendrin. In flagranti, wie man das so schön formuliert.« Sie setzte ein hämisches Grinsen auf, beugte sich nach vorne, in die Richtung des Mannes. »Ein tolles Gefühl, seine eigene Frau dabei zu überraschen, wie sie ... Kennen Sie ihren Lover, oder haben Sie ihn da zum ersten Mal gesehen?« Sie unterbrach ihre Ausführungen für einen Moment, lachte laut. »Muss wirklich ein tolles Gefühl sein, die eigene Frau dabei zu erwischen ... Vielleicht noch mit einem guten Freund?«

»Jetzt halten Sie endlich die Schnauze!«, schrie Binninger. Er hieb mit seiner Faust auf den Tisch, dass die Blumenvase auf und nieder hüpfte.

»Ah, der getroffene Hund bellt«, lachte sie, sofort weitersprechend. »Also, Ihr eigener Freund war es, mit dem Sie sie erwischt haben. Oh ja. Das sitzt!« Sie verzog ihr Gesicht zu einem hämischen Grinsen, sah seine dunkelrot angelaufene Miene. »Das ist schon peinlich, der eigene Freund, was?«

Er brodelte vor sich hin, gab keine Antwort.

»Der eigene Freund. Dumm gelaufen, wie?«

Binninger konnte sich nicht länger zurückhalten. »Sie sollen endlich die Schnauze halten.«

»Der gute Freund also mit der eigenen Frau. Ja gut, da kann man ausrasten, das ist klar.« Sie lachte provozierend laut, beugte sich vor. »Bleibt nur die Frage, was Sie dann getan haben. Obwohl, soviel zu fragen gibt es da nicht. Als erstes die eigene Frau verprügelt, wie schon so oft vorher. Das ist inzwischen ja Routine bei Ihnen, wie wir wissen, nicht?« Sie sah, wie er unruhig auf seinem Stuhl hin- und herrutschte, wurde lauter. »Die eigene Frau verschlagen, das hilft, Aggressionen abzubauen, stimmt´s? Eine in die Fresse, zwei aufs Auge, noch eine in die Fresse, die nächste mitten auf die Nase ...«

»Sie sollen die Schnauze halten«, schrie der Mann.

Neundorf nickte bestätigend. »Ja, das befreit von Wut und Stress. Die eigene Frau verschlagen. Immer feste drauf. Deswegen haben Sie sie ja geheiratet, um ab und an mal Dampf ablassen zu können.« Sie schwieg einen Moment, sah seine vor Wut glühenden Augen. »Was aber ist mit dem Freund? Soll der grade so davonkommen ...?«

Sie wurde mitten im Satz unterbrochen, starrte zur Tür. Rössle stürmte ins Zimmer, blieb erst unmittelbar vor ihr stehen. »Tausendmal Entschuldigung, aber des musch sehe.« Er streckte ihr zwei Fotos entgegen, schüttelte den Kopf. »I glaubs net! I glaubs wirklich net! Alle Idiote von Sindelfinge, so was gibt's net!« Er schien fassungslos.

Neundorf betrachtete die beiden Bilder, erkannte sie sofort wieder. Nathalie Binninger hatte sie ihr gezeigt. Sie und ein fremder Mann, in eindeutiger Weise miteinander beschäftigt. War das die Erklärung?

Das sind Fälschungen, hatte die Frau behauptet, alle. Komplett. So wahr ich hier stehe. Der Mann ist ein guter Freund. Wir hatten nie etwas miteinander.

Hatte die Frau gelogen? War doch etwas an der Sache und Binninger war deshalb ausgerastet? Neundorf versuchte an den Moment zu denken, als sie sich mit Nathalie Binninger über die Fotos unterhalten hatte. Nein, sie hatte nicht den Eindruck gehabt, dass die Frau log. Nicht einmal einen leisen Zweifel daran, dass sie die Wahrheit sagte. Aber auch sie konnte nicht in einen Menschen hineinsehen.

»Die zwei. Du kennsch die?«

Sie schaute auf, sah Rössle auf die Fotos deuten. »Ja«, antwortete sie, »das ist Frau Binninger.«

»Und der Kerl, mit dem sie do beschäftigt isch?«

»Ein guter Freund. Die Bilder sind gefälscht, hat sie mir erzählt.«

»Gefälscht?« Rössle begann herzhaft zu lachen. »Na, gut, wenn du des glaubsch. Manche glaubet au, der Papscht sei unfehlbar. Uf jeden Fall: Den Kerl do, den han i diese Woche scho mal unter de Händ ghabt.«

»Du kennst ihn?«, fragte Neundorf überrascht.

»So würd i des net formuliere«, widersprach der Techniker. »Von kenne ka wohl net die Rede sei. Als i den am Dienstag troffe han, in der Liederhalle, war der scho über de Jordan. Schmiedle heißt der ...«

»Schmiedle«, fiel Neundorf ihm ins Wort. »Das hier ist Schmiedle?«

»Die elende Drecksau«, zischte Binninger, »hintergeht mich mit meiner eigenen Frau.«

Die Kommissarin starrte den Mann an, schüttelte den Kopf. Wie Schuppen fiel es ihr von den Augen.

»Ein angeblicher Freund«. Binninger spuckte vor Wut auf den Boden.

»Den haben Sie auch noch auf dem Gewissen.«

Der Mann warf ihr einen vernichtenden Blick zu. »Na und?«

»I denk, mir wisset jetzt, wie alles glaufe isch«, erklärte Rössle.

Neundorf nickte.

Michael Napf, als Zivi nicht gerade mit Geld gesegnet, hatte Frau Binninger mit ihrem Liebhaber Schmiedle ertappt und die beiden heimlich in flagranti aufgenommen. In der Hoffnung auf schnelles Geld hatte der junge Mann die Bilder an Binninger geschickt und wahrscheinlich damit gedroht, sie der Öffentlichkeit zugänglich zu machen, wenn der ihm nicht eine ordentliche Summe überlassen würde. Was der Zivi aber wohl übersehen hatte, war Binningers völlig aus dem Ruder gelaufener Jähzorn. Kaum die Fotos in der Hand, hatte er – Montag auf Dienstagnacht – seine Frau hemmungslos verprügelt, war dann zu dem Kongress in der Liederhalle geeilt, bei dem er wohl ebenso wie sein Freund Schmiedle gemeldet war und hatte dort seinen Nebenbuhler beseitigt.

Dass sein Erpresser jetzt genau so behandelt werden musste, lag auf der Hand, ahnte der doch die Zusammenhänge. Wahrscheinlich war Napf jedoch seine Geldgier zum Verhängnis geworden – wie sonst hätte er sich so leichtfertig mit einem Mann eingelassen, vom dem er wusste, dass er gerade einen Freund ermordet hatte?

»Du solltesch den Braig arufe«, meldete sich Rössle wieder zu Wort, »der weiß noch gar nix davo, dass mir ihm seine Arbeit abgnomme hent. Der wird´s dir net glaube, wenn du dem des erzählsch.«

32. Kapitel

Am späten Dienstagnachmittag, kurz vor 17 Uhr, hatte Matthias Binninger sein Geständnis über die Morde an Markus Schmiedle und Michael Napf endlich unterschrieben. Sein Anwalt war es, der ihn aufgrund erdrückender Beweislast dazu überredet hatte, seine Verweigerungshaltung aufzugeben, um sich so wenigstens noch den Hauch einer Chance zu erhalten, der Höchststrafe zu entgehen.

Die Spurensicherer um Rössle hatten nicht nur Binningers Fußabdrücke im Innenraum der Toilette der Ebene vier der Liederhalle entdeckt, sondern auch Stoffpartikel seines dunkelgrauen Anzugs an Schmiedles Leiche wie an der Tür der Kabine identifiziert, in der er sein Opfer abgelegt hatte.

Nicht weniger erfolgreich hatten sie bei der Überprüfung der Aussichtskanzel des Schlosshofes von Lichtenstein wie der Leiche Michael Napfs gearbeitet: Sowohl an der Absturzstelle als auch an den körperlichen Überresten des Toten war es ihnen gelungen, Fasern einer Jeans zu identifizieren, die ihnen in Binningers Kleiderschrank in die Hände gefallen war. Die von mehreren Zeugen beschriebene Kapuzenjacke des Mannes war zwar nicht mehr aufzutreiben – er hatte sie nach eigener Aussage auf der Rückfahrt von Lichtenstein irgendwo an einem ihm selbst nicht mehr bekannten Ort im Wald vergraben – doch verfügte das LKA inzwischen über eine dermaßen weit entwickelte Faseridentifikationstechnologie, dass der Fund seiner am Tatort getragenen Jeans gereicht hatte, ihn des Verbrechens zu überführen.

»Damit haben wir wieder einmal die anfangs sehr schwierig erscheinenden Investigations successful zu Ende gebracht«, hatte Söderhofer unmittelbar nach der Unterzeichnung des Geständnisses zufrieden geäußert, »ich fühle mich sehr geehrt, dass ich Ihnen als Spin Doctor dazu die entscheidenden Impulse vermitteln konnte.«

Den Kommissaren hatte es angesichts dieser Ausführungen für einen Moment die Sprache verschlagen. Schlagworte wie professionelles Technologiemanagement, effiziente Prozessoptimierung, konsequent realisiertes Evaluations-Briefing in Kombination mit forciertem Brainstorming und internem und externem Benchmarking waren auf sie niedergegangen, bis der Staatsanwalt seine Ausführungen schließlich mit der Bemerkung beendet hatte: »Aber in dieser Causa criminalis manifestierte sich wieder einmal, wie die eheliche Untreue einer Frau ihren Mann ins Verderben laufen ließ.«

Neundorf hatte an sich halten müssen, nicht laut loszuschreien. »Ach Gott, wie einfach ist die Welt«, hatte sie gelästert, »und was wäre sie doch ein Paradies und welch himmlischer Friede herrschte unter den Menschen, gäbe es nicht das böse Weib, das alle in Versuchung führt.«

Söderhofer hatte sie verwundert betrachtet, war dann ohne ein weiteres Wort aus ihrem Büro gegangen.

»Ist der wirklich so borniert?«, fragte sie. »Das gibt es doch nur im Roman oder im Film, oder?«

»Ich fürchte, die Realität ist weit schlimmer als jeder Roman. Klischees entstehen nicht aus heiterem Himmel. Sie gehen auf reale Vorbilder zurück«, meinte Braig.

Neundorf lief zu ihrer Kaffeemaschine, schenkte sich eine Tasse voll. »Du auch?«

Er winkte ab, zeigte auf seinen Bauch. »Ich habe schon drei. Das reicht vorerst.«

Die Kommissarin setzte sich an ihren Schreibtisch, trank. »Es gibt da noch eine Menge seltsamer ungeklärter Phänomene, die dieser Idiot«, sie deutete auf die Tür, »anscheinend nicht bemerkt hat. Die Eltern Michael Napfs wie auch Annika Jung bestehen darauf, dass Napf nicht hinter dieser

Erpressung steckt, ich habe heute Morgen lange mit ihnen telefoniert.«

»Na ja«, wandte Braig ein, »das ist kein Argument. Es gibt wohl keinen Angehörigen, der seinen toten Verwandten oder Freund gerne als Verbrecher in Erinnerung behält.«

»Das ist richtig, ja. Aber mich hat doch einiges von dem, was ich da gehört habe, stutzig gemacht. Dass Napf sich gerne und intensiv mit Computern beschäftigte, steht außer Frage, das bestätigten beide. Das war sein großes Hobby, meinte seine Freundin. Sie wusste auch, ebenso wie seine Eltern, dass er diese irrsinnig teure Software, mit der man Fotos so profimäßig manipulieren kann, dass es niemand merkt, seit zwei Monaten etwa auf seinem Rechner hatte – Dolde hat sie ja bei der Überprüfung seines Zimmers entdeckt. 3.000 Euro kostet das Zeug, viel Geld für einen Zivi, der angeblich kein großes Nebeneinkommen hatte. Die Software ist der pure Wahnsinn, unglaublich, was man da alles mit anstellen kann, habe er zu ihr gesagt, erzählte mir Annika Jung, die habe ich geschenkt bekommen für ein paar Gegenleistungen. Ich muss mit ihr ein paar Bilder faken, eine irre Sache, schließlich soll es niemand merken. Irgend so ein Partygag – die Leute wissen heute doch nicht mehr, womit sie die anderen noch überraschen sollen. Dafür hat er mir sie aber geschenkt.«

»Das sagte Napfs Freundin?«

»Sie erzählte noch mehr. Micha hatte seit ein paar Monaten einen Gönner, meinte sie, der ihm immer wieder Software oder anderes Computerzubehör schenkte. Auch Geld, zum Teil sogar größere Mengen, eine Videokamera und Ähnliches. Dafür musste er ihm ab und an einige Arbeiten am Computer erledigen.«

»Wie Bilder fälschen und so?«, fragte Braig.

»Genau. Er hat ihr sogar öfter mal ein paar Fälschungen gezeigt. Mein Gesicht auf dem Körper der englischen Königin oder als Bundeskanzlerin und so ähnliche Sachen, alles harmlos, meinte sie. Am Anfang war er anscheinend total begeistert von dieser neuen Software, er war zu nichts anderem mehr zu gebrauchen. Vor ein paar Tagen hatte sich diese Begeisterung allerdings plötzlich gelegt.«

»Wie soll ich das verstehen?«

»Ich kann es jetzt auch nicht genauer erklären. So erzählte es Annika Jung jedenfalls. Stefanie Riedinger muss sie noch einmal fragen, was sie damit meinte. Sie fährt nachher nach Spraitbach, sie hat es mit Annika Jung und ihren Eltern ausgemacht.«

»Du glaubst ihr, was sie dir bisher erzählt hat?«

»Na ja, was spricht dagegen? Ein junger Mann, Computer-Freak, wird mit teurer Software beschenkt, damit er mit eben dieser Software Bilder fälscht. Wäre doch möglich, oder?« Neundorfs Miene brachte deutlich zum Ausdruck, dass ihr diese Vorstellung keine Schwierigkeiten bereitete.

»Das bedeutet also: Es gibt eine Person im Hintergrund, die Napf zu seiner Erpressung anleitete«, überlegte Braig.

»So etwa stelle ich mir das vor«, bestätigte seine Kollegin und reichte ihm ein beschriebenes Blatt, »aber da ist noch ein weiterer Punkt, mit dem ich nicht ganz klarkomme: Nathalie Binninger schwört Stein und Bein, dass die Fotos gefälscht sind. Sie kannte Schmiedle, weil Binninger früher als Manager bei der Firma Göttler arbeitete und dann zu deren Tochterfirma Zeidle wechselte. Er war ihr sympathisch, gab sie heute morgen zu, als ich sie noch einmal darauf ansprach, sympathisch, sie wiederholte das Wort zwei- oder dreimal, mehr war da nicht. Sie hat ihren Mann nicht betrogen, weder mit Schmiedle noch mit sonst jemandem, sie ist bereit, das vor Gericht zu beschwören. Hier hat sie es mir schriftlich gegeben.«

Braig überflog das Schreiben der Frau, das Neundorfs Worte bestätigte, gab es ihr zurück. »Du glaubst ihr?«

Seine Kollegin zögerte keine Sekunde mit ihrer Antwort. »Voll und ganz.«

»Binninger aber offensichtlich nicht«, meinte Braig. »Er hegte seiner Frau gegenüber so viel Misstrauen, dass er sofort bereit war, die Aufnahmen als echt zu akzeptieren. Napf muss von Binningers Eifersucht gewusst haben. Das hat ihn auf die Idee gebracht.«

»Napf?«, fragte Neundorf, »wirklich dieser kleine Zivildienstleistende?«

»Oder?«, überlegte Braig. Er wusste sofort, worauf seine Kollegin anspielte. »Du denkst an diese ominöse Person im Hintergrund?«

Neundorf trank ihre Tasse leer und nickte.

»Genau an die, ja.«

33. Kapitel

Außergewöhnliche Schwaben
Von Thomas Weiss

Gustav Werner

Nicht hoch bezahlte, mit Boni und Sondergratifikationen belohnte Spitzenmanager sind es, die den Menschen in der Situation größter Not aus ihrem Elend geholfen haben, sondern einfache, ohne lange Überlegung zum Zupacken bereite Leute, die sich, ohne nach besonderem Verdienst zu schielen, nicht zu schade waren, ihre Hände schmutzig zu machen – bei den Schwaben in ganz besonderem Maß.

Selten war die wirtschaftliche und soziale Lage in Württemberg schlimmer als in der Mitte des 19. Jahrhunderts. Unzählige Regenjahre, Unwetter mit Hagel und Frösten, dazu die fast überall verbreitete Kartoffelfäule hatten das Land zur Elendsregion verkommen lassen – und das mitten im Strukturwandel von der Agrar- zur Industriegesellschaft. Tausende von Menschen hungerten, ja verhungerten; in keiner anderen Region Mitteleuropas waren so viele um des bloßen Überlebens willen zum Auswandern gezwungen wie in Württemberg.

In dieser Situation erkannte der in Tübingen zum evangelischen Theologen ausgebildete junge Pfarrvikar Gustav Werner, dass es nicht damit getan sein konnte, seine Gemeindeglieder mit frommen Sprüchen zu gottgefälligem Dahinvegetieren anzuleiten, sondern ihnen mit aktiver Nächstenliebe zu helfen, sich aus dem Sumpf des materiellen Elends zu befreien. Im von der Industrialisierung bereits geprägten Reutlingen schuf Werner deshalb ein Netz von »Rettungshäusern«, die unter dem Namen Bruderhaus Behinderten, Kranken, Waisen und Verelendeten bald zur Heimat wurden. Er sorgte nicht nur für Unterkunft und Verpflegung dieser Menschen, sondern auch für ihre Schul- und Ausbildung, zudem für Arbeit in handwerklichen Berufen. Um den stetig zunehmenden Ansturm Bedürftiger zu bewältigen, unternahm Gustav Werner unzählige Vortragstouren durch ganz Württemberg, auf denen er um Helfer und Spenden für sein Bruderhaus warb. Innerhalb kürzester Zeit fanden sich so viele junge Idealisten, vor allem Frauen, dass er weitere Bruderhaus-Filialen gründen konnte, innerhalb von nur fünfzehn Jahren in zweiunddreißig verschiedenen, teilweise vollständig verarmten Orten im Land.

Weil er selbst keinen einzigen Cent besaß, das Geld zudem an allen Ecken und Enden fehlte, übernahm Werner 1851 eine Papierfabrik am Rand Reutlingens, die mithelfen sollte, das gesamte Werk zu finanzieren. Über hundertfünfzig Menschen fanden in dieser christlichen Papierfabrik zum Bruderhaus Arbeit, Unterkunft und Ausbildung. Werner lebte samt seiner Frau mit ihnen zusammen, teilte alles, was er hatte.
Zeit seines Lebens von Frommen und Wirtschaftsliberalen angefeindet und in unvorstellbarem Ausmaß verleumdet, weil ihnen Werners Lebensstil zu unkonventionell und nicht linientreu genug war, mutete er sich unermüdlich neue Lasten zu. Die Papierfabrik, belastet vom brackigen Wasser der Echaz, die flussaufwärts unzähligen Gerbereien als Abwasserkanal diente, schaffte es nur selten, Gewinn abzuwerfen. Ohne jedes Eigenkapital, nur mit gespendetem und geliehenem Geld erwarb Werner deshalb in Dettingen an der Erms eine neue Papierfabrik und ließ sie von einem seiner Bruderhäusler, Heinrich Schlatter, auf den modernsten Stand der

Technik bringen. Bald kamen Maschinenbauwerkstätten, eine Eisengießerei, Ackergeräte-Produktionen, eine Papiermaschinen- und Möbelfabrikation hinzu. Ihre Erzeugnisse fanden im württembergischen Königshaus als auch in vielen Ländern wie Russland, England und Schweden zahlreiche Abnehmer.

Seit dem Jahr 1850 rief Werner zudem ein großes Netz von Wohltätigkeitsvereinen im gesamten Ländle ins Leben, die unter dem Motto »Hilfe zur Selbsthilfe« Ausbildungs- und Arbeitsplätze für verelendete Menschen schufen. So gelang es ihm etwa mit dem »Verein zur Beschäftigung brotloser Arbeiter« in Stuttgart allein 1852 Arbeit für 180 Menschen zu schaffen. Der von ihm mitgegründete »Verein zur gegenseitigen Hilfeleistung« verteilte Darlehen mit niedrigen Zinssätzen, um arbeitslosen jungen Menschen den Aufbau einer beruflichen Existenz zu ermöglichen, wurde damals Kapital doch nur gegen Wucherzinsen verliehen.

Dass das Bruderhaus zwischendurch Konkurs anmelden musste, schien den Kritikastern Recht zu geben. Gustav Werner schaffte es jedoch innerhalb kürzester Zeit, sein Werk mit neuen Spenden weiterzuführen und sogar noch zu erweitern, dadurch unzähligen Menschen in ganz Württemberg die Grundlage ihres Lebens zu erhalten. Ausgelaugt und vollkommen überarbeitet – selbst in seinem letzten Lebensjahr war er noch fast täglich meist zu Fuß zu verschiedenen Orten unterwegs, um für sein Bruderhaus Mitarbeiter und Spenden zu werben, starb Werner 1887 im Bruderhaus-eigenen Krankenhaus in Reutlingen. Zigtausende von Menschen, überwiegend Frauen, halfen mit, sein Bruderhaus zu verwirklichen, Hunderttausende fanden dadurch für sich und ihre Familie einen Weg aus dem Elend in ein sozial erträgliches menschengerechtes Leben. Heute sind sein Werk wie seine Ideen zumindest in Teilen in der evangelischen Diakonie aufgegangen.

34. Kapitel

Tobias Schwenger empfing Braig am späten Dienstagnachmittag in seiner Wohnung in der Unteren Hauptstrasse in Geradstetten im Remstal. Er hatte sich mit dem Vorsitzenden des Betriebsrats der Firma Göttler per Handy auf 16.30 Uhr verabredet, dem frühest möglichen Termin, zu dem er ihn empfangen konnte.

»Ich sitze noch im Zug und komme erst gegen 15.30 Uhr von der Gewerkschaftstagung in Berlin nach Hause«, hatte er ihm mitgeteilt, »aber morgen habe ich mehrere Gespräche in unserem Zweigwerk in Mainz, da komme ich überhaupt nicht in unsere Firma nach Esslingen. Wenn ich Pech habe, ziehen sich die Gespräche bis zum Donnerstag hin. Wollen Sie mich also bald sprechen, sollten wir das möglichst heute Nachmittag tun. Am liebsten bei mir zu Hause, ich bin lange genug von meiner Familie weg.«

Braig kannte die Hauptstraße in Geradstetten, die wenige hundert Meter vom Bahnhof entfernt parallel zur lärmenden Bundesstraße durch den Ort führte. Schwengers Wohnung lag in einem unweit des kleinen Zentrums gelegenen Mehrfamilienhaus. Der Kommissar überflog die Namen am Klingelbord, drückte auf die gesuchte Glocke. Kurz darauf summte der Türöffner, Braig trat ins Treppenhaus. Er folgte den Stufen nach oben, sah sich im ersten Obergeschoss einem etwa fünfzig Jahre alten Mann gegenüber, der vor der geöffneten Wohnungstür gerade in ein dunkelblaues Hemd schlüpfte.

»Herr Braig?« Er stopfte sich das Hemd in die Hose, bat um Entschuldigung. »Leider bin ich noch nicht ganz fertig. Ich habe mich nur kurz aufs Ohr gelegt.« Er knöpfte sein Hemd zur Hälfte zu, reichte dem Besucher die Hand. »Meine Frau ist noch im Geschäft, ich kann Ihnen nicht viel anbieten«, fügte er zur Erklärung hinzu. »Kommen Sie bitte und trinken einen Kaffee mit.«

Braig sagte zu, ließ sich in ein helles, mit bequemen Holzstühlen ausgestattetes Zimmer führen, nahm an dem Tisch in der Mitte des Raumes Platz. Schwenger brachte eine Kaffeekanne, zwei Tassen mit Untertellern, stellte einen kleinen Pappkarton mit Milch dazu.

»Ich will Sie nicht von Ihrem Essen abhalten«, sagte Braig, »ich denke, meine Fragen dürften Ihnen keine großen Schwierigkeiten bereiten.«

»Ich hoffe nicht. Sie wünschen Auskunft zu unserer Firma, eventuellen Problemen mit Kriminellen wegen unserer Waffentechnologie und der Stellung von Herrn Binninger, erwähnten Sie am Telefon.« Sein Gegenüber schaute ihm offen in die Augen. »Was das Essen anbelangt: Das kommt später. Mit meiner Frau und den Kindern.« Er schenkte seinem Besucher Kaffee ein, schob ihm die Milch zu. »Zucker?«

Braig winkte ab.

»Das gemeinsame Essen ist uns heilig«, erklärte Schwenger. »Ich bin einfach zu viel unterwegs.«

»Weil die Firma Sie so in Anspruch nimmt.«

Der Mann nickte, nahm sich selbst von dem Kaffee, setzte sich Braig gegenüber an den Tisch.

»Göttler ist gewaltig im Umbruch, und jetzt nach dem Tod von Herrn Schmiedle und der Sache mit Herrn Binninger ...« Er ließ den Rest des Satzes offen, nippte an seiner Tasse.

»Herrn Schmiedles Tod bereitet Ihnen Probleme?«

»Das kann man so formulieren, ja. Wir stehen mitten in einem radikalen Umbruch, und Herr Schmiedle war unser, ich spreche von den Arbeitnehmern, treuester Verbündeter. Mitten im Kampf gestorben, wissen Sie. Das wird nicht einfach.«

»Sie sprechen von seinem neuen Entlohnungsmodell?«

Schwenger stellte seine Tasse zurück und nickte. »Genau. Wir haben jahrelang gekämpft, bis die Geschäftsleitung endlich zähneknirschend bereit war, es damit zu versuchen. Und noch sind wir im Probestadium. Herrn Schmiedles Tod kommt da einigen Leuten ganz schön gelegen, wenn ich das mal so formulieren darf.«

Braig hatte seine Tasse schon am Mund, stellte sie wieder zurück. »Schmiedles Tod kommt einigen Leuten gelegen? Wie meinen Sie das?«

Der Mann knöpfte sein Hemd vollends zu, fuhr sich mit seiner Rechten durch seine spärlichen, stark angegrauten Haare. Er atmete kräftig durch, musterte sein Gegenüber. »Sie kennen die Situation vieler Betriebe des Maschinenbaus?«

»Immer stärkere Spezialisierung, immer mehr elektronische und computergesteuerte Komponenten, weltweit zunehmende Konkurrenz.«

»Oh, mir scheint, Sie sind vom Fach.« Schwenger nickte anerkennend. »Ja, früher haben wir immer geglaubt, das geht ewig so weiter: Wir Deutschen produzieren hochwertige Technologie für teures Geld und in immer größeren Mengen und der Rest der Welt kauft uns alles ab. Alle warten nur auf unsere Erzeugnisse. Wir sind die Exportweltmeister.«

»Die Zeiten sind vorbei?«, warf Braig ein.

»Sagen wir mal so: Sie gehen wohl ihrem Ende entgegen. Warum auch immer. Das hat viele Gründe. Die anderen können inzwischen auch einiges, zum Beispiel. Ein paar intelligente Leute, wer hätte das gedacht, gibt es auch in anderen Ländern. Und dann haben wir es auch noch mit den Skrupellosen zu tun, die einfach alles abkupfern, unsere Produkte bis auf den letzten Millimeter auseinandernehmen und dann Stück für Stück nachbauen. Ohne jede Rücksicht auf die Kosten jahrelanger Entwicklungsarbeit. Der Wettbewerb ist gnadenlos. Die Welt ist nicht auf uns angewiesen.«

»Sie meinen, uns geht die Arbeit aus?«

Schwenger wiegte seinen Kopf bedächtig hin und her. »Sie wird auf jeden Fall weniger, sagen wir es mal so. Dieser Trend ist nicht mehr aufzuhalten, allen Politschwätzern zum Trotz.«

»Und da setzt Schmiedles Modell ein.«

»Genau. Weniger Arbeit für eine gleichbleibende Zahl von Angestellten. Und weil die Spitzenverdienste deutlich reduziert und die Zuwächse in Zukunft für alle gleich hoch oder niedrig ausfallen, müssen die mit den kleinen Einkommen mittelfristig keine Einbußen hinnehmen. Das ist genau das richtige Konzept für diese Zeit.«

»Und trotzdem, sagen Sie, mussten Sie kämpfen, es durchzusetzen.«

»Das ist noch sehr vornehm ausgedrückt.« Schwenger hatte seine Stirn in Falten gelegt. »Sie sollten meine Frau fragen. Sie musste wochenlang weg, samt den Kindern. Zu ihren Eltern.«

»Wie bitte?«

»Telefonterror, anonyme Briefe, verlogene E-Mails, Verleumdungen, die überall kursierten, meine eheliche Treue bzw. die meiner Frau betreffend, ehrverletzende Behauptungen über die Kinder. Sie werden es nicht glauben. Der altstalinistische Gewerkschafter, der das System umstürzen will, darauf lief es hinaus.«

»Weil Sie sich für Schmiedles Modell engagierten?«, fragte Braig.

»Genau deswegen. Die Mächtigen dieser Gesellschaft sahen den ersten Dominostein ihrer Herrschaft fallen. Das darf nicht sein.«

»Herr Schmiedle wurde ebenfalls bedroht?«

Schwenger nickte. »Ich an seiner Stelle wäre wahnsinnig geworden. Er aber ...«, er trank von seinem Kaffee, kratzte sich am Kopf, »er nahm es nicht ernst. Wie das ganze Leben. Er war ein anderer Typ. Irgendwie so ...«

»Leichtfüßig, die schönen Seiten des Lebens genießend, die weniger erfreulichen schnell vergessend?«

»Sie sagen es. Er nahm seine Gegner irgendwie nicht für voll, so wie das gesamte Leben. Eine Beziehung nach der anderen ... Fast jedes Mal, wenn ich ihn mit einer Frau traf, alle paar Wochen, musste ich einen neuen Namen lernen. Mal blond, mal dunkelhaarig. So war sein ganzes Leben. Bis auf seinen beruflichen Ehrgeiz. Was er sich vorgenommen hatte, das boxte er durch. Sein Modell zum Beispiel. Da blieb er stur, das war einzigartig.«

»Wem passte sein Modell überhaupt nicht in den Kram? Wer sind diese Organisationen oder Leute? Haben Sie Namen?«

Schwenger seufzte laut auf, erhob sich von seinem Stuhl. »Sie fragen vielleicht Sachen.« Er lief zwei Schritte zum Fenster, blickte nach draußen auf den vorgelagerten Balkon. »Es ist sehr schwierig, in dieser Sache offen zu sprechen. Wenn ich Ihnen jetzt Organisationen nenne, die uns und unser Modell über Jahre hinweg unnachgiebig bekämpft haben und Sie gehen hin und nehmen deshalb Ermittlungen auf, habe ich zwanzig Gerichtsverfahren gleichzeitig am Hals. Die kennen keinerlei Skrupel.«

Braig wusste aus Erfahrung, dass der Mann den Sachverhalt vollkommen korrekt, ohne jede Übertreibung schilderte. Die Besitzstandswahrer dieser Gesellschaft, die Etablierten kannten keine Rücksicht, wenn es darum ging, ihre Macht, ihren Einfluss, ihren Besitz zu verteidigen. Er versprach Schwenger deshalb, seine Aussagen in dieser Sache in keiner Weise zu Protokoll zu nehmen, irgendjemand gegenüber zu erwähnen oder sonst wie zu fixieren, zählte dann selbst die Organisationen der Reihe nach auf, deren Namen er im Verlauf dieser Ermittlungen mehrfach gehört hatte. Sein Gegenüber, mit dem Gesicht nach draußen blickend, nickte unablässig.

»Das ist eine ganze Litanei, die fast kein Ende findet«, seufzte Braig, »und alle wollen Schmiedles Modell partout verhindern?«

»Bis hinein in die Gewerkschaften«, ergänzte Schwenger, sich dem Kommissar zuwendend und dessen Überraschung mit nachhaltigem Kopfnicken bestätigend. »Auch da gibt es Besitzstandswahrer.«

Braig nahm seine Tasse auf, trank sie vollends leer.

»Aber über diese Entwicklung wollen wir jetzt wirklich nicht spekulieren«, erklärte sein Gesprächspartner, demonstrativ auf seine Uhr schauend, »oder?«

»Nein«, bestätigte der Kommissar, »das sprengt eindeutig den Rahmen unserer Unterhaltung.« Er stellte die Tasse zurück, erhob sich ebenfalls. »In der Firma selbst gab es aber keinen allzu großen Widerstand, habe ich gehört. Zwei Manager, die mit den reduzierten Gehältern nicht einverstanden waren, sind gegangen ...«

Er wurde vom lauten Lachen Schwengers unterbrochen. »Keinen Widerstand? Wer hat Ihnen denn diesen Bären aufgebunden?«

»Na ja, Herr Kober ...«

Sein Gegenüber schüttelte den Kopf. »Dann sind Sie ja bestens informiert. Da hätten Sie ja gleich Binninger fragen können.« Die Ironie in seinen Worten war nicht zu überhören.

»Binninger?«

»Also, Sie sind doch der Kriminalbeamte! Weshalb haben Sie Binninger denn festgenommen?«

»Er hat gestanden, Herrn Schmiedle getötet zu haben.«

»Also, da haben wir es doch. Ich meine, ich hätte nie gedacht, dass er wirklich so weit geht, seine Drohungen wahr zu machen ...«

»Binninger hat gedroht, Schmiedle zu töten?«

»Ich sage Ihnen doch, wir hatten heftige Auseinandersetzungen um Herrn Schmiedles Modell. Binninger wollte es um alles in der Welt verhindern.«

»Weshalb?«

»Weil er, ich sage es unter uns, es ist ein offenes Geheimnis, darauf spekulierte und alles dafür tat, in nicht allzu ferner Zukunft die Nachfolge von Herrn Kober als Geschäftsführer der gesamten Firmengruppe anzutreten. Binninger ist genauso wie sein Ziehvater Kober von beruflichem Ehrgeiz zerfressen. Schmiedles Modell, wissen Sie, wie viel die neue Entlohnung diese beiden Herren kostet? Millionen Euro. Jedes Jahr.«

»Dann würden Sie es für möglich halten, dass Binninger Schmiedle tötete, weil er um sein Einkommen fürchtete?«

»Dass er so weit gehen würde, hätte ich nie gedacht, muss ich noch einmal wiederholen. Aber dass er ihn hasste wie die Pest, war klar. Nicht nur seines neuen Modells wegen.«

»Weshalb denn noch?«

»Na, als Konkurrent. Schmiedle machte mit seinem Modell in kürzester Zeit so viel von sich reden und zwar positiv, versteht sich, als Retter von unzähligen Arbeitsplätzen, dass er selbst für Kober gefährlich wurde. Schmiedle wurde in den letzten Monaten, je länger sein Modell in der Praxis erprobt wurde und es sich zeigte, dass es genau die richtige Lösung für unsere Zeit darstellt, zum strahlenden Stern. Alle spekulierten schon darüber, wann Schmiedle Kober ablösen würde.«

»Dann fühlte sich auch Herr Kober von Herrn Schmiedle beruflich bedroht? Das hat er mir gegenüber aber ganz anders dargestellt.«

»Hören Sie, Herr Kober, der Geschäftsführer der Firma Göttler, hat zusammen mit seinem ihm treu ergebenen Adlatus Binninger Herrn Schmiedle und sein Modell vom ersten Tag an zu verhindern versucht. Mit allen legalen und, wie ich inzwischen weiß, auch illegalen Methoden.«

»Wie bitte?« Braigs Überraschung war ihm ins Gesicht geschrieben.

»Ach, hat der feine Herr auch Ihnen Honig ums Maul geschmiert, wie? Das ist die Technik, die er am besten beherrscht. Der freundliche, zurückhaltende Mann! Ich sage Ihnen: Niemand kommt Schmiedles Tod gelegener als ihm.« Schwenger sah Braigs interessierte Miene, zog den Stuhl wieder vor, setzte sich an den Tisch. »Kober hasste Schmiedle von der ersten Sekunde an. Der feine Herr wollte unbedingt vierhundert, lieber noch fünfhundert Stellen abbauen, als wir vor ein paar Jahren einen unserer wichtigsten Kunden verloren. Zufällig war ich da gerade auf Schmiedle aufmerksam geworden. Mit der Hilfe zweier Journalisten, die mehrere große Artikel über die Chancen dieses Modells und unseren Wunsch veröffentlichten, es bei der Firma Göttler auszuprobieren, um Massenentlassungen zu verhindern, setzten wir Kober und seinen Adlatus psychologisch unter Zugzwang. Die hatten die Entlassungspapiere bereits in Bearbeitung, als sie in letzter Sekunde nachgaben. Ohne den Druck der Medien wäre es uns nie geglückt, Schmiedles Modell hier zu erproben.«

»Das hat Herr Kober mir aber ganz anders dargestellt.«

»Ja, selbstverständlich. Er versteht es sehr gut, sich in ein angenehmes Licht zu rücken. Hat er Sie nicht auch im Seniorenheim bei der Betreuung seiner lieben Tante empfangen, oben in der friedlichen Umgebung des Klosters Lorch?«

Schwenger lachte, als er Braigs Kopfnicken sah.

»Auf die Idee hat ihn Binninger gebracht. Imagepflege nennt man das. Hollywoodstars und andere Sternchen praktizieren das seit Jahren. Von ihren Medienberatern angeleitet engagieren sie sich bei Projekten, die in Not geratenen Menschen oder Tieren helfen. Die jetten dann einmal im Monat in ein Flüchtlingscamp, unter Begleitung von unzähligen Fernsehkameras und Journalisten, streicheln abgemagerten Kindern über die Stirn, heucheln ein hundertfaches cheese in sämtliche Kameras und dann geht es schnell wieder zurück in die Luxusvilla an den Pool. Und schon ist der Heiligenschein geboren. Das Seniorenheim im Kloster Lorch ist Kobers Flüchtlingscamp. Hat er Ihnen nicht erzählt, er sei jeden Donnerstag dort? Jeden Tag Arbeit in der Firma, nur der Donnerstagmittag sei ihm heilig, nur für seine Tante reserviert?«

»Er sprach vom Dienstag. Jeden Dienstag ...«

»Ach ja, das wechselt. Je nachdem, wann Sie ihn zu sprechen wünschen. Wenn er einem Besucher wie zum Beispiel Journalisten, die die Info von der Waffenfirma im Kopf haben, imponieren will, rast er sofort nach Lorch und wartet dort dann auf sie. Und die Sekretärinnen und sogar die Leute im Seniorenheim sind entsprechend instruiert. So weit ich weiß, zahlt er sogar die Zivis dafür, dass sie Besuchern vom lieben Herrn Kober erzählen, der sich so aufopferungsvoll um seine Tante kümmert. Nein, Sie sollten sich nicht täuschen lassen: Kober ist ein knallharter Machtmensch. Er hat nur ein Interesse: Göttler nach Lust und Laune zu regieren und jeden, der seine Machtposition in Gefahr bringt, rechtzeitig aus dem Weg zu räumen. Binninger, sein Adlatus, den er jahrelang gefördert und die Schmutzarbeiten hat erledigen lassen, konnte er vor drei Jahren gerade noch rechtzeitig an die Spitze unserer Tochterfirma Zeidle abschieben, bevor der ihm seinen Posten streitig machen konnte. Und Schmiedles

Modell hat er letztendlich, als er sich dem Druck der Medien nicht mehr länger widersetzen konnte, nur geschluckt, um sich der Öffentlichkeit jetzt auf angenehme Weise präsentieren zu können: Der um seine Belegschaft so bekümmerte Firmenchef, der mit dem neuen Modell Hunderte von Arbeitsplätzen rettete.«

»Sie sagen, Herr Kober bezahle sogar die Zivis im Seniorenheim im Kloster Lorch ...« Braig wurde vom Signalton seines Handys unterbrochen. Er sah auf dem Display, dass Stefanie Riedinger mit ihm sprechen wollte, entschuldigte sich bei seinem Gastgeber.

»Hast du Neuigkeiten?«, fragte er.

»Allerdings. Ich bin gerade auf dem Rückweg von Spraitbach. Annika Jung, ich konnte eine halbe Stunde mit ihr sprechen.«

»Was hat sie erzählt?«

»Die Tour nach Lichtenstein bekamen sie geschenkt. Von Napfs großem Gönner. Er wusste, dass sie das Schloss schon lange besuchen wollten, gab ihnen die Fahrkarte, dazu eine Menge Bargeld. Einzige Bedingung: Sie mussten spätestens um 11 Uhr im Schlosshof sein.«

Braig spürte, wie ihm schwindlig wurde, glaubte, nicht richtig zu hören.

»Verstehst du, was das bedeuten kann?«

Er atmete tief durch, musste an sich halten, nicht loszuschreien. »Ja, das verstehe ich«, sagte er dann.

»Er behauptete, ihnen kurz nach Elf mit einer Überraschung aufwarten zu wollen.«

»Oh, mein Gott, was für ein Schwein!« Braig schüttelte den Kopf, sah die aufmerksame Miene seines Gastgebers, mit der der Mann seinen Worten folgte.

»Aber wir haben Glück.«

»Wie meinst du das?«

»Annika Jung gab mir eine CD-ROM. Michael Napf hat sie ihr vor wenigen Tagen gegeben. Ich habe sie gerade in meinem Notebook durchgesehen. Das ist der Beweis.«

»Weißt du, um wen es sich handelt?«

»Der ominöse Hintermann?«, fragte Riedinger. »Ich kenne ihn, ja. Napf hat ihn ausgetrickst. Ich bin auf dem Weg zu dem Kerl. Kommst du mit?«

35. Kapitel

Bis auf ein kleines, nur Neundorf und Ohmstedt bekanntes Problem konnte die Serie der seit mehr als sechs Monaten anhaltenden, den gesamten Kernraum Württembergs verunsichernden Tankstellenüberfälle an diesem Mittwochmorgen als aufgeklärt und des Todes der beiden Täter wegen als endgültig beendet gelten. Fast den gesamten Samstag und Sonntag waren die Spurensicherer in der Wohnung im Waiblinger Ameisenbühl tätig gewesen, alles akribisch nach Gegenständen absuchend, die in irgendeinem Zusammenhang mit der Verbrechensserie stehen konnten. Die beiden Tatwaffen hatten Dr. Dolde und Schöffler bereits in dem verunglückten Fahrzeug am Hang über Honau bzw. in der Hosentasche des aus dem Auto geschleuderten Toten entdeckt und einem ballistischen Vergleich mit den Kugeln der bei zwei Überfällen abgegebenen Schüsse unterzogen. Die am Dienstagabend eingegangene Antwort war eindeutig ausgefallen: Es handelte sich in der Tat um die damals verwendeten Waffen der Marke Beretta.

Auch, was die von den verschiedenen Aufzeichnungen der Überwachungskameras her bekannten Umrisse der Täter anbelangte, sahen sich die Ermittler im grünen Bereich: Dimitar Mladoff und Ronny Völk entsprachen sowohl von der Körpergröße als auch von ihrer Konstitution her genau dem, was man dort zu sehen bekam. Zwar war von beiden Männern, was ihre körperliche Beschaffenheit anbetraf, nicht mehr allzu viel im ursprünglichen Zustand vorhanden, doch ließen sie sich aufgrund der Analysen des Gerichtsmediziners Dr. Schäffler als auch den in ihrer Wohnung gefundenen Fotografien eindeutig als die auf den Tankstellenfilmen erkennbaren Gestalten identifizieren. Diverse Kleidungsstücke wie mit Sehschlitzen zurecht geschnittene Wollmützen, Handschuhe, dunkle Jacken und Jeans, wie von den Aufzeichnungen her bekannt, vervollständigten das Bild.

Wie Ohmstedt recherchiert hatte, handelte es sich bei den Männern um vorbestrafte Gewaltkriminelle, die jeweils schon mehrere Jahre wegen verschiedener Delikte hinter Gittern verbracht und sich dabei wohl kennengelernt hatten. Mladoffs bulgarische Heimat in der Nähe des Schwarzen Meers war von ihnen, den aufgefundenen Dokumenten zufolge, als Rückzugsgebiet benutzt worden, von wo aus sie offensichtlich ab und an Exkursionen in die kleine Wohnung in Waiblingen und von dort aus zu den verschiedenen Tankstellenshops unternommen hatten. Aller Wahrscheinlichkeit nach hatten sie dort auch den Großteil ihrer Beute deponiert, im Ameisenbühl selbst waren den Technikern nicht mehr als 80 Euro in die Hände gefallen.

»Den Verbleib der geraubten Gelder müssen wir in Zusammenarbeit mit den bulgarischen Kollegen klären«, hatte Ohmstedt ihre Ohnmacht bezüglich der Wiederbeschaffung der gestohlenen Summen verdeutlicht, war von Neundorf aber mit einer abweisenden Handbewegung bedacht worden.

»Das ist nicht der Punkt. Diese Konzerne haben genug Geld, die paar Peanuts, die da wegkamen, tun denen nicht weh. Entscheidend sind die Angst und der Schock, denen die Überfallenen ausgesetzt waren und die vielen von ihnen heute noch zu schaffen machen. Dass es uns nicht gelungen ist, das schon früher abzustellen, ärgert mich.«

Mitten in diese Überlegung hinein hatte Ohmstedt sie mit seiner Entdeckung konfrontiert. »Eine Sache müssen wir noch besprechen. Den Zeitpunkt des vorletzten Überfalls in Ludwigsburg nämlich.«

»Vergangene Woche, Dienstagmorgen?«

»Genau. Mit außergewöhnlich hoher Beute. Etwa 28.000 Euro.«

»Sofern die Angaben des Konzerns stimmen. Denen traue ich keinen Millimeter weit. Vielleicht waren es gerade mal die Hälfte oder auch nur ein Viertel, aber jetzt lässt sich die Versicherung eben abkassieren, damit auch mal wieder was zurückkommt.«

»Mag sein«, hatte Ohmstedt zugegeben, »aber gleichgültig, wie hoch die Beute ausfiel, wir haben da ein Problem.«

»Nämlich?«

Er hatte seine Rechte in einen Plastikhandschuh gehüllt, dann zwei kleine Papiere aus einer durchsichtigen Kladde gezogen.

»Was hast du da? Tankstellenquittungen?«

»Genau das. Gleich zwei, wie du siehst. Die eine«, er hatte auf das Papier gedeutet, »vom zweiten März dieses Jahres um 22 Uhr, ausgestellt von einer Station in Burgas. Das liegt in Bulgarien, wie dir vielleicht bekannt ist. Das war am letzten Montagabend, klar?« Ohmstedt hatte das Papier zur Seite geschoben, war zur zweiten Quittung übergegangen. »Und hier, dieser Beleg stammt vom fünften Dritten ebenfalls dieses Jahres, 19 Uhr. Ausgestellt in Timisoara, Rumänien. Das war am vergangenen Donnerstag. Du verstehst?«

»Wo hast du die Quittungen her?«

»Aus der Wohnung in deinem Nachbarhaus. Sie steckten in einer Jacke eines der beiden Täter.«

»Ich verstehe«, hatte Neundorf erklärt. »Du meinst, am Montag spät abends waren die Typen in Bulgarien. Sie fuhren erst am Donnerstag wieder zurück, um am Samstag die Tankstelle in Münsingen zu überfallen. Richtig?«

»Richtig.«

»Deshalb muss die Sache in Ludwigsburg andere Hintergründe haben.«

Ohmstedt hatte ihre Bemerkung mit Kopfnicken bestätigt, dann auf die Belege gedeutet. »Es kann gar nicht anders sein.«

»Es sei denn, die Typen waren getrennt unterwegs.«

»Wo sie sonst alle Überfälle, wie wir von den Überwachungsvideos her wissen, prinzipiell gemeinsam begangen haben? Zudem waren es auch in Ludwigsburg zwei Täter. Hast du die gleichzeitig erfolgte Attacke auf die Überwachungskameras vergessen?«

»Nein, das habe ich nicht vergessen. Aber vielleicht hatte einer von ihnen einen neuen Komplizen dabei.«

»Und dann am Samstag drauf schlagen sie plötzlich wieder gemeinsam zu?«

»Wer weiß von diesen beiden Quittungen, außer uns?«

Ohmstedt hatte ihr einen fragenden Blick zugeworfen, dann mit der Schulter gezuckt. »Niemand. Ich habe sie selbst in der Jacke entdeckt. Ihr Fund ist nirgends registriert. Auch der Staatsanwältin habe ich noch nichts mitgeteilt.«

»Dann haben wir hier also die einzigen Belege für die These, der Überfall in Ludwigsburg könne nicht auf das Konto der beiden verstorbenen Verbrecher gehen.«

»So ist es.«

»Gut. Dann müssen wir ausführlicher über die Sache reden«, sagte Neundorf. »Thomas, mein Lebensgefährte, hat da nämlich etwas entdeckt. Ich denke, du solltest davon wissen.«

»Dein Lebensgefährte? Ist er nicht Journalist?«

Sie nickte bestätigend. »Ja. Das ist auch der Grund, weshalb er darauf kam. Er und nicht wir.« Sie hatte sich schon oft genug darüber gewundert, wie schnell und auf welch kreative Weise Thomas Weiss und viele seiner Kolleginnen und Kollegen zu Informationen kamen, ohne auf ein solches Heer von Spezialisten zurückgreifen zu können wie sie selbst. Ein, zwei gezielte Anrufe, und schon hatte er eine Verbindung zwischen zwei scheinbar unzusammenhängenden Tatbeständen eruiert, die das Ganze plötzlich in einem ganz anderen Licht erscheinen ließen. Man musste nur wissen, wen und wo man anläuten sollte, um auf eine neue Spur zu kommen. Beziehungen und ihre Pflege, das was das eine.

Das zweite Standbein erfolgreicher journalistischer Recherche gründete, so beobachtete sie oft voller Staunen, in einer – wie ihr schien – anderen Art des Denkens, einer kreativeren, unkonventionelleren Weise, an Probleme heranzugehen und Lösungen dafür zu finden. Bestand ihre Polizeiarbeit, jedenfalls im Normalfall, daraus, logisch oder was man dafür hielt, vorzugehen und sachlich-nüchtern einen Baustein nach dem anderen aneinander zu fügen, gingen Weiss und seine Kollegen oft wesentlich emotionaler, zumindest nicht allein rationaler Logik gemäß zu Werk. Sie brachten weitaus mehr Komponenten des Lebens mit ins Spiel, nahmen einen – modern formuliert – ganzheitlicheren Ansatz, gaben sich durchaus auch Spekulationen oder zumindest Überlegungen hin, das Wie könnte sich eine Person in einem solchen Fall verhalten haben? in allen, auch den verrücktesten, absurdesten Variationen austastend und kamen auf diese Weise der Lösung eines Problems manchmal schneller nah als sie mit ihrer konventionellen Polizeiarbeit. So auch im vorliegenden Fall.

»Ich habe da etwas entdeckt«, hatte Weiss ihr am Sonntagabend beiläufig erzählt, nachdem er mit seinen Recherchen, Gustav Werner betreffend, zu Ende gekommen war, »vielleicht hilft es dir zu einer anderen Sicht.«

»Was meinst du?«

»Diese Tankstellenüberfälle.«

»Du hast etwas über die beiden Täter herausgefunden?«

Er hatte sie mit einem vieldeutigen Lächeln bedacht, ihr dann den Ausdruck eines Zeitungsartikels vorgelegt, der dem Datum nach knapp ein Jahr alt war.

Fristlos wegen 1.30 Euro gekündigte Kassiererin unterliegt vor Gericht, war der Bericht überschrieben.

Neundorf hatte die Zeilen gelesen, die begleitenden Worte ihres Partners erst danach zur Kenntnis genommen.

»Der Name der Frau. Verstehst du?«

Er war nur einmal kurz erwähnt worden, hatte ihr dennoch einen Adrenalinstoß versetzt.

Christa Wössner, 59, war bis letzten September bei dem auch in unserer Region mehrfach vertretenen Handelskonzern beschäftigt.

»Das ist derselbe Laden, der auch den Tankstellenshop betreibt«, hatte sie bemerkt.

»Du sagst es.« Wieder hatte er sie mit seinem vieldeutigen Lächeln betrachtet.

Ihr war auf der Stelle klar gewesen, was sein Gesichtsausdruck zu bedeuten hatte. All die vielen seltsamen Umstände beim Geschehen um die Tankstelle in Ludwigsburg, alle die außergewöhnlichen, irgendwie nicht in die Überfallserie passenden Phänomene – in diesem Zusammenhang erhielten sie jetzt einen neuen, durchaus nachvollziehbaren Sinn.

»Wenn alles so lief«, hatte Weiss ihr erklärt, »könnte ich es verstehen.«

»Wenn es so lief, ja«, hatte sie ihm zugestimmt. »Vielleicht sollte ich persönlich noch einmal mit ihr sprechen.«

»Die Mühe solltest du dir machen, unbedingt.«

Am Dienstag war sie endlich dazu gekommen, anzurufen, hatte den nächsten Morgen als Gesprächstermin vereinbart. »Ich habe um zehn Uhr ein Gespräch ausgemacht, mit Christa und Herbert Wössner. Mir wäre es recht, wenn du mitkommst«, sagte sie deshalb zu Ohmstedt, »ich werde dir auch ausführlich erklären, was Thomas entdeckt hat.«

»Sind wir rechtzeitig zur Pressekonferenz um 14 Uhr zurück?«

»Kein Problem. Wir fahren nur kurz nach Marbach.«

Ohmstedt sagte ihr zu, folgte ihr zu ihrem Dienstwagen. Neundorf hatte die Kladde mit den beiden Tankstellenquittungen aus Bulgarien und Rumänien eingesteckt, wurde kurz vor Fellbach vom Signal ihres Handys überrascht.

Braig. Sie nahm ihn über die Freisprechanlage an.

»Wir kommen gerade von Esslingen. Stefanie und ich.«

»Ihr wart in der Höhle des Löwen?«

»Der Löwe hatte nicht viel zum Brüllen. Wir haben ihm die Kopie einer CD-ROM vorgespielt.«

Er brauchte nicht mehr zu sagen, sie wusste sofort Bescheid.

Am Vorabend, kurz bevor sie sich auf den Nachhauseweg hatte machen wollen, war er in ihr Büro gekommen.

»Michael Napf«, hatte Braig erklärt. »Ursprünglich war es ja dein Fall. Ich muss dir etwas zeigen. Stefanie hat das von Annika Jung erhalten.«

Er hatte die CD-ROM, von der er sofort nach der ersten Ansicht mehrere Sicherheitskopien gezogen hatte, in ihren Computer gelegt, der Kürze der Zeit wegen dann die entscheidende Stelle eingespielt. Neundorf, die auf ihrem Bürostuhl sitzend gespannt den Monitor fixiert hatte, war vor Überraschung aufgesprungen.

»Mein Name ist Michael Napf«. Ein gut aussehender schlanker junger Mann mit langen blonden Haaren, die zu einem Pferdeschwanz gebunden waren, schaute etwas unsicher, dazu deutlich verzerrt und mit linkisch anmutenden Bewegungen in die Kamera.

»Sie sollen wissen, dass mir von Anfang an nicht wohl war bei dem, was ich getan habe. Ich fürchte, das war nicht mehr legal. Hoffentlich bin ich nicht schuld an dem, was da passiert ist.«

Napf zeigte auf den Bildschirm eines Computers, der vor ihm stand, machte sich an der Tastatur zu schaffen.

»Die Software für dieses Programm kostet ein paar tausend Euro. Ich erhielt sie als Geschenk. Zugegeben, am Anfang, vor ein paar Wochen noch, war ich total begeistert. Ich bin Computerfreak, sitze, das muss ich zugeben, seit Jahren in jeder freien Sekunde an meiner Kiste. Natürlich macht es Spaß, mit solch einer exklusiven Profi-Software arbeiten zu dürfen. Allein könnte ich mir das als Zivi niemals leisten.«

Auf dem Monitor hinter ihm waren die Fotos einer Frau und eines Mannes zu sehen. Neundorf hatte sie sofort erkannt. Nathalie Binninger, ohne Verletzung oder Pflaster im Gesicht und Markus Schmiedle, in einem gut sitzenden Anzug und mit Krawatte.

»Diese Software ist wirklich hyperstark. Du kannst mit ihr Menschen in Fotos hineinbeamen, ohne dass es irgendwie zu widerlegen ist. Da stimmt einfach alles, das Zeug ist teuflisch gut. Helligkeit, Schärfe, Umgebung, Größenverhältnisse, alles ist exakt auf den Millimeter genau vermessen. Zugegeben, an sich macht das irre Spaß.«

Napf fuhr sich durch die Haare, warf seinen Pferdeschwanz zurück.

»Ich will die Sache abkürzen. Bisher war ich voller Begeisterung dabei. Jetzt aber frage ich mich, ob ich nicht etwas getan habe, was schlimme Auswirkungen hatte. Ich habe von Anfang an das Gefühl gehabt, dass das kein Partygag mehr war. Ich habe es gegen meine innere Überzeugung getan. Das ist ein echt beschissenes Gefühl. Mein Freund, wie er sich nennt, hat mir den Rechner, einen schweineteuren Laptop und diese unbezahlbare Software geschenkt. Dafür sollte ich ihm, weil er so etwas nicht kann, mehrere Partybilder als Gag fabrizieren und ausdrucken. Das habe ich getan. Jetzt aber ...«

Der junge Mann zeigte auf den Monitor.

»Ich hatte als Vorlage zwei verschiedene Fotos. Eine Frau und einen Mann. Ich sollte sie virtuell ausziehen und sich nackt miteinander beschäftigen lassen. In fünf verschiedenen Positionen. Für die Software ist das kein Problem. Sie modelliert anhand der auf den Fotos sichtbaren Konturen der Körper deren Aussehen, etwa so«, er machte sich an der Tastatur zu schaffen, gab die entsprechenden Befehle ein, »und so. Und jetzt muss ich nur noch die beiden Körper in die erwünschten Positionen bringen. So.«

Er richtete seinen Blick wieder in die Kamera, verdeckte dabei einen Teil des Bildschirms.

»In Wirklichkeit ging das natürlich bei weitem nicht so schnell, wie ich es hier gezeigt habe; ich habe nur die Ergebnisse eingespielt. Mein sogenannter Freund hat die ausgedruckten Fotos voller Freude in Empfang genommen und mich in den Himmel gelobt. Aber ich werde den Verdacht nicht los, dass diese Fotos, die ich für ihn erstellt habe, mit dem Tod dieses Mannes zu tun haben, der gestern und heute in der Zeitung abgebildet war. Gestern habe ich ihn nicht erkannt, da war es nur das Foto seiner Leiche, aber heute ... Ich fürchte, er ist es, zumal auch die Polizei schon hier war. Nicht bei mir, aber bei meinem sogenannten Freund. Ich habe ein total schlechtes Gewissen und hoffe nur, dass meine Bilder nichts mit dem Tod dieses Schmiedle, wie die Zeitungen ihn nennen, zu tun haben. Lieber gebe ich alles, also Rechner, Laptop und Software zurück, als weiter solche Gefälligkeiten erweisen zu müssen.«

Das Bild verschwand für wenige Sekunden, dann schaute der junge Mann wieder aufgeregt in die Kamera.

»Mein sogenannter Freund ruft an, ich sehe es auf dem Display. Dieses Gespräch will ich unbedingt noch dokumentieren.«

In Großaufnahme war jetzt das Display seines Handy zu sehen. Eine Nummer leuchtete auf, dazu der Name des Anrufers: Ralf Kober.

»Hallo, mein junger Freund«, sagte die Neundorf unbekannte Männer-Stimme. »Ich habe einen tollen Vorschlag für dich. Ein Ausflug mit deiner Freundin, wenn ihr wollt, am nächsten Samstag zum Schloss Lichtenstein. Du hast mir doch erzählt, dass das schon immer dein Wunsch war, das Märchenschloss gemeinsam mit deiner Freundin zu besuchen. Das wäre doch eine wunderbare Gelegenheit für euch, das endlich zu tun? Und als besonderes Bonbon wartet dann am Samstagmorgen dort eine weitere Überraschung auf euch. Um was es geht, erfahrt ihr aber wirklich erst am Samstag. Wichtig ist nur: Ihr müsst unbedingt um 11 Uhr im Schlosshof sein. Einverstanden? Prima, dann gebe ich heute noch die Fahrkarte und das Taschengeld zur Post ...«

Das Bild verschwand wieder für wenige Sekunden, dann war noch einmal kurz der junge Mann zu sehen.

»Mein sogenannter Freund, der mich beauftragt hat, die Fälschungen dieser Fotos durchzuführen, ist Herr Ralf Kober. Er hat seine Tante, Frau Ingrid Gärtner, hier bei uns im Heim und besucht sie ab und an. Mein Name ist Michael Napf, ich bin zur Zeit Zivildienstleistender hier im Seniorenheim im Kloster Lorch.«

Neundorf hatte sofort begriffen, was diese CD-ROM bedeutete. »Damit ist der Drahtzieher also entlarvt«, hatte sie Braig gratuliert, »was?«

»Morgen früh nehmen wir ihn uns vor«, hatte er geantwortet, »heute ist er auf Geschäftsreise in Norddeutschland. Obwohl er sich am Dienstagnachmittag angeblich doch immer bei seiner Tante im Altenheim aufhält, wie er mir gegenüber behauptet hat.«

»Und?«, fragte Neundorf auf dem Weg nach Marbach. »Habt ihr ihn festgenommen?«

»Allerdings. Wir hatten mehr Glück als Verstand. Während

wir mit ihm sprachen, überprüfte Dolde die beiden Drucker von Kobers Büro. Ich weiß nicht, wie ich das nennen soll: Dummheit oder tollkühne Dreistigkeit? Wir haben alles. Der benutzte tatsächlich einen dieser beiden Drucker für das angebliche Erpresserschreiben Napfs an Binninger. Dolde brauchte nur ein paar Minuten, dann hatte er den Beweis: Zwei kleine, mit bloßem Auge nur schwer sichtbare Merkmale, die das Gerät auf jedem Blatt hinterlässt.«

»Hat er es zugegeben?«

»Da war nicht mehr viel zuzugeben. Wir haben ihm Ausschnitte von Napfs CD-ROM vorgespielt, den Mitschnitt seines Telefonats, und dann knallte ihm Dolde das Untersuchungsergebnis des Druckers auf den Tisch. Sie sind überführt, habe ich ihm erklärt, der Anstiftung zum zweifachen Mord. Sie kannten Binningers beruflichen Ehrgeiz, sein Konkurrenzstreben gegen den immer erfolgreicheren Schmiedle, seine Eifersucht und seinen Jähzorn sehr gut, Sie konnten es sich genau ausrechnen, wie er reagiert, wenn er die Fotos von Schmiedle und seiner eigenen Frau, scheinbar in flagranti ertappt, zu Gesicht bekommt, wie er sich in seiner privaten und beruflichen Ehre gekränkt und angegriffen fühlt. Und als dieser junge Zivi seine Nerven verlor, weil er begriff, wie er sich für diesen angeblichen Partygag hatte missbrauchen lassen, schickten sie ihn in den sicheren Tod, damit er Ihnen nicht gefährlich werden konnte. Sie wussten genau, wie Binninger reagiert, wenn er den vermeintlichen Erpresserbrief Napfs erhält.«

»Und? Wie war seine Reaktion?«

»Sie wagen es, mich für all das verantwortlich zu machen?, herrschte er uns an. Mich, das Opfer? Wer hatte denn die Wahnidee, mich mit einem Hungerlohn abspeisen zu wollen, mich hier für kaum mehr als ein normales Arbeitersalär schuften zu lassen? Ich schaffe mir hier den Rücken krumm, muss ständig darauf achten, nicht vom Ehrgeiz zerfressenen Haifischen wie Binninger zum Opfer zu fallen, die nur auf meine Position lauern und dann soll ich mich mit Peanuts wie einem geringfügig erhöhten Arbeitergehalt am Existenzminimum bewegen? Dieser dahergelaufene ständig koksende und Weiber flachlegende Hochschul-Theoretiker Schmiedle, der ist der Schuldige. Kommt zu uns, verhext mit seinen Gleichmacherei-Parolen die Idioten des Betriebsrats und glaubt, mit dieser angeblichen Erfolgsbilanz mir jetzt auch noch meinen Job wegnehmen zu können – wenn nicht Binninger, dann er. Jawohl, wenn Sie es wissen wollen – ich fühle mich in meiner Ehre verletzt. Ich bin Manager und gehöre nicht zu dem Gesocks, das bereit ist, auf Hartz IV-Niveau zu leben, so viel Ehre besitze ich noch.«

»Dann könnt ihr den Rest des Verfahrens jetzt dem Gericht überlassen«, meinte Neundorf.

»Zuerst müssen wir es Söderhofer beibringen, den korrekten Sachverhalt zu akzeptieren. Das wird eine Menge Arbeit. Errare humanum est. »

»Humanum?«, warf sie ein. »Ich glaube eher, das ist ein Problem Söderhofer.«

»Ich bin froh, wenn ich den Kerl nicht mehr sehen muss. Wie steht es bei dir?«

»Wir sind auf den letzten Metern. Bis bald.«

Neundorf beendete das Gespräch, wandte sich Ohmstedt zu. »Ich denke, dir geht es wie mir«, sagte sie. »Der Ludwigsburger Überfall. Einiges an der Sache kam mir schnell problematisch vor.«

»Außerhalb der Serie«, stimmte Ohmstedt zu.

Neundorf nickte. »Die Sache mit den zerstörten Kameras zum Beispiel.«

»Genau. Der späte Zeitpunkt. Der Überfall fand erst kurz vor sieben Uhr statt, ganz anders ...«

»Jetzt in Münsingen kamen sie aber auch erst am Vormittag«, fiel sie ihm ins Wort.

»Richtig. Aber in Ludwigsburg kam noch eine Besonderheit dazu: Die Einnahmen des Wochenendes waren ausnahmsweise noch nicht abgeholt, weil der Geldtransport ausgefallen war. Die Beute war deshalb wesentlich größer als sonst. Wer aber konnte das wissen, außer ...«

»Warum muss das jemand gewusst haben? Vielleicht war es Glück, einfach nur Glück?«

»Sei es, wie es will«, gab Ohmstedt zu. »Was mich aber wirklich stutzig machte, war diese doch sehr seltsame Aussage Frau Binningers dir gegenüber.«

»Dass sie mehrere Minuten vor dem Laden saß und niemand gesehen haben will.«

»Du hast es der Staatsanwältin mitgeteilt?«, fragte er.

»Nein, das habe ich nicht«, antwortete Neundorf. »Und ich beabsichtige – offen gesagt – auch nicht, das zu tun. Frau Binninger hat andere Sorgen, die wird das nicht von selbst zur Sprache bringen.«

Sie hatten das Haus in der Marbacher Altstadt, das sie bereits kannte, erreicht, läuteten an der Glocke. Christa Wössner ließ sie nicht lange warten, empfing sie schweigend am oberen Ende der knarzenden Treppe. Die beiden Kommissare reichten ihr die Hand, folgten ihr in das von der Dachschräge geprägte Wohnzimmer. Obwohl sie die altbackene verschlissene Einrichtung des Raumes längst kannte, erschrak Neundorf erneut über die Armut, die einfach nicht zu übersehen war. Wer sich gezwungen sah, in diesem Umfeld zu existieren, verfügte offensichtlich nicht über die Mittel, sich ein lebenswerteres Heim zu schaffen.

»Ihr Mann liegt im Bett?«, fragte Ohmstedt.

Christa Wössner nickte. Sie wartete, bis die Besucher auf zwei alten, bei jeder noch so geringfügigen Bewegung laut knarzenden Stühlen Platz genommen hatten, setzte sich dann auf der gegenüber liegenden Seite des Tisches. »Er packt es einfach nicht«, erklärte sie.

»Wie steht es mit einer Therapie?«

»Therapie?« Die Frau streckte ihre Arme weit von sich. »Wer bezahlt uns das?« Sie schaute fragend zu ihnen hin. »Er kommt nicht darüber hinweg, wie sie ihn bedroht haben im Oktober, bei dem ersten Überfall. Abend für Abend ist es dasselbe Spiel. Er findet keinen Schlaf, nicht vor dem frühen Morgen. Und wenn es dann doch gelingt, kaum hat er Ruhe, setzen ihn Alpträume wieder der Erinnerung aus. Er schreit wie ein Verrückter, schreckt schweißgebadet auf, schnappt nach Luft. Manchmal fällt er in Ohnmacht. Ich schleppe fast jede Nacht Handtücher ans Bett, wechsle das Tuch, seinen Schlafanzug, alles ist nass. Ich weiß nicht, wo das noch enden soll.«

»Wieso hat er dann wieder gearbeitet? Warum war er nicht krank geschrieben?«

»Weshalb fragen Sie mich das? Stellen Sie die Frage doch diesem seltsamen Arzt.«

»Was für ein seltsamer Arzt?«, fragte Neundorf.

»Na, dieser Arzt in Ludwigsburg, zu dem wir in Behandlung mussten. Die Firma zwang uns dazu.«

»Sie haben keinen Hausarzt hier in Marbach?«

»Natürlich haben wir den. Aber die Firma akzeptiert ihn nicht. Der sei dafür bekannt, dass er jeden schon eines Mückenstichs wegen krank schreibe. Sie zwangen uns, zu diesem Vertragsarzt zu gehen. Und dann musste Herbert wieder arbeiten.«

Neundorf nickte, er hatte von derlei Praktiken verschiedener Konzerne schon mehrfach gehört. Wenn die Arbeitssklaven nach einem krankheits- oder betriebsbedingten Ausfall nicht mehr schnell genug in ihren normalen Rhythmus zurückkehrten, dann wurden nicht etwa die therapeutischen Methoden überprüft und verändert, sondern die Kriterien verschärft, die es erlaubten, Hilfe zu beanspruchen. Je schlechter bezahlt der Job, desto höher das Limit, Anspruch auf eine Therapie zu erhalten, das war die Faustregel. Schlecht bezahlte Arbeiter, so die Erfahrung, begehrten selten auf, verfügten meist auch nicht über die Information, wie sie sich wehren sollten. Sie hatten schlicht und einfach keine Chance.

»Und wenn er ganz aufhören würde? Ich meine, sind Sie allein auf das Verdienst Ihres Mannes angewiesen?«, fragte Neundorf.

Christa Wössner schaute ihr lange in die Augen. Sie will sehen, ob ich es weiß, überlegte die Kommissarin, ob ich deswegen so dämliche Fragen stelle. »Sie haben keine Arbeit?«

Die Antwort der Frau ließ nicht lange auf sich warten. »Sie wissen es doch genau«, sagte sie, »weshalb reden Sie so um den heißen Brei?«

»Sie sprechen von Ihrer Entlassung?«

»Sie haben es garantiert in ihrem Computer«, meinte Christa Wössner.

»Ich würde es aber gerne von Ihnen selbst hören.«

Die Frau stand auf, griff nach einer Tasche, die an der Wand abgestellt war, zog ein paar Bogen Papier daraus hervor. »Ich habe genau gewusst, dass Sie damit kommen«, erklärte sie. Sie nahm eines der Blätter, legte es vor sich auf den Tisch. »Ich arbeitete achtundzwanzig Jahre bei der Firma. Ersparen Sie es mir, den Namen zu nennen. Das dürfen Sie mir nicht zumuten. Achtzehn Jahre lang war ich im Betriebsrat. Das ist nicht gern gesehen. Am liebsten hätten die nämlich keinen Betriebsrat. Wenn es nach denen ginge ...«

»Ich weiß«, sagte Neundorf, »ich kenne die Praktiken dieser Konzerne. In Ihrem Fall ist es dieselbe Firma, die auch den Ludwigsburger Tankstellenshop betreibt?«

»Dieselbe, ja. Vor drei Jahren konnte ich ihnen nachweisen, dass sie einen großen Teil der Verkäuferinnen weit unter Tarif bezahlen. Seit mehreren Jahren schon. Jeden Monat etwa zwanzig Prozent weniger als das, was in den Verträgen stand. Das heißt, die Frauen erhielten weniger Geld als unterschrieben und mussten dafür auch noch eine Stunde pro Tag länger arbeiten. Die Firma versuchte das totzuschweigen, drohte mir mit Kündigung beim kleinsten Fehlverhalten. Da ging ich an die Presse und hatte Glück: Zwei Journalisten griffen es auf und brachten es groß heraus. Die mussten Millionen Euro nachzahlen.«

»Seither standen Sie auf der Abschussliste.«

»Ich war so naiv, zu glauben, dass die mich in Ruhe lassen würden, weil alles groß in der Presse war. Das hielt aber nur zwölf Monate. Kaum war die Sache aus dem Licht der Öffentlichkeit verschwunden, stellten sie mich kalt. Auf dieselbe Methode, wie sie es mit unzähligen anderen Beschäftigten, die sich ebenfalls im Betriebsrat engagiert hatten, auch schon getan haben. Die Sache ist ganz einfach: Eine einzige intrigante Kollegin beschuldigte mich, den Getränkebon im Wert von 1.30 Euro, den eine Kundin verloren habe, eingelöst zu haben. Das war Lüge. Ich habe nur unserer kranken, alleinstehenden Nachbarin ihre Einkäufe besorgt und ihre Pfandflaschen eingelöst, sogar außerhalb meiner Dienstzeit. Die Kollegin, die inzwischen meinen ehemaligen Job als Filialleiterin ausübt, behauptete dagegen, sie habe genau gesehen, dass der Bon einer Kundin aus der Tasche gefallen war. So läuft das heute.«

»Wegen 1.30 Euro gekündigt?«, fragte Ohmstedt. »Und Sie haben sich nicht gewehrt?«

»Nicht gewehrt? Ich ging vor Gericht«, erklärte Christa Wössner, »aber nur, weil mir meine Gewerkschaft finanziell unter die Arme griff.«

»Und? Wie ging es aus?`«

»Sie wissen es nicht?«

»Doch«. Neundorf zog den Artikel, den ihr Thomas Weiss gegeben hatte, aus ihrer Tasche, reichte ihn ihrem Kollegen. »Es gab eine ganze Menge ähnlicher Gerichtsverfahren. Thomas hat sie alle aus verschiedenen Zeitungen ausgegraben. Die Frauen, fast alle Mitglieder des jeweiligen Betriebsrates, haben alle verloren. Ich wiederhole, alle.«

»Ich bin gebrannt«, erklärte Christa Wössner. »Mir gibt niemand mehr einen Job. Wenn Herbert nicht mehr kann, bleibt uns nur Hartz IV.«

»Mein Gott«, stöhnte Ohmstedt, »und wir schimpfen über Bananenrepubliken in Afrika.«

»Damit sind wohl alle Unstimmigkeiten über den Ludwigsburger Tankstellenüberfall geklärt«, meinte Neundorf. Sie griff nach der Kladde, zog die Quittungen aus Bulgarien und Rumänien vor.

»In der Zeitung stand, die Täter der Überfälle seien ermittelt, aber bei einem Autounfall umgekommen«, sagte Christa Wössner. »Ist das richtig?«

»Das ist richtig«, sagte Neundorf. Sie nahm beide Belege in die Hand, begann, sie der Reihe nach zu zerreißen. »Oder?«

»Die sind als Täter identifiziert«, bestätigte Ohmstedt. Er sah, wie Neundorf die Papiere in unzählige winzige Stücke zerlegte, nickte zustimmend.

»Wie haben Sie es geschafft, sich wieder aufzuraffen?«, fragte die Kommissarin.

»Mich wieder aufzuraffen?«

»Sich zu wehren«, sagte Neundorf, »weiterzumachen. Neu anzufangen. Nicht alles gefallen zu lassen - nach all dem?«

Christa Wössner schaute mit großen Augen zu ihr über den Tisch. »Sie werden es mir nicht glauben, aber vor zwei Monaten war ich zum ersten Mal wieder in einer Kirche. Ich bin nicht religiös, halte nichts von dem ganzen Tamtam. Aber da war eine Pfarrerin, die die wenigen Leute, die in ihrem Gottesdienst waren, draußen persönlich verabschiedete. Wir redeten lange miteinander, und sie sprach mir Mut zu. Von allen Teufeln dieser Welt nicht unterkriegen lassen, sagte sie, das war schon das Motto von Martin Luther. Und dann drückte sie mir dieses Blatt in die Hand, und mir war klar, was zu tun war.«

Neundorf starrte auf das Papier, das ihr die Frau zugeschoben hatte und spürte plötzlich, dass das, was da geschrieben stand, ihr sehr vertraut vorkam. Wie die Beschreibung des alltäglichen Geschehens in dieser Gesellschaft.

Dieweil lassen sie Diebe hängen,
die einen Gulden oder einen halben gestohlen haben,
und machen Geschäfte mit denen,
die alle Welt berauben und mehr stehlen, als alle anderen,
damit ja das Sprichwort wahr bleibe:
Große Diebe hängen die kleinen Diebe,
und ... kleine Diebe liegen im (Schuld)turm und Stock,
aber öffentliche Diebe gehen in Gold und Seide.

Martin Luther